Jim Kelly

DIE DUNKLEN STUNDEN DER NACHT

Eden Brooke ermittelt

KRIMINALROMAN

Aus dem Englischen von
Frauke Meier

lübbe

MIX
Papier aus verantwortungsvollen Quellen
FSC® C014496
FSC www.fsc.org

Dieser Titel ist auch als Hörbuch und E-Book erschienen.

Vollständige Paperbackausgabe

Deutsche Erstausgabe

Titel der englischen Originalausgabe: »The Great Darkness«
Originalverlag: Allison & Busby Limited

Textredaktion: Dr. Frank Weinreich, Bochum
Umschlaggestaltung: Johannes Wiebel | punchdesign, München
unter Verwendung von Illustrationen von © shutterstock.com: atiger | Husjak; © alamy.de: De Luan; © trevillion.com: Tim Robinson
Satz: hanseatenSatz-bremen, Bremen
Gesetzt aus der Baskerville
Druck und Verarbeitung: GGP Media GmbH, Pößneck
Printed in Germany
ISBN 978-3-404-18507-8

5 4 3 2 1

Sie finden uns im Internet unter luebbe.de
Bitte beachten Sie auch: lesejury.de

Für Rowan Haysom,

für seine intime Kenntnis der Stadt Cambridge
und dafür, dass er sein enormes Gespür
für diesen Ort mit mir geteilt hat.

ANMERKUNG DES AUTORS

Die Stadt Cambridge spielt eine der Hauptrollen in *Die dunklen Stunden der Nacht.* Wie alle fiktiven Charaktere ist auch sie eine Mischung aus Realität und Fantasie, sowohl in geografischer als auch in historischer Hinsicht. Die Stadt Sheffield spielt zwar eine Nebenrolle, dennoch gilt das Gleiche auch für sie.

KAPITEL EINS

Oktober 1939
Cambridge, England

Der geheime Ort lag am Ende einer der vielen Sackgassen, die sich in Cambridge finden, jenseits einer kleinen Eichentür. Brooke hatte den Schlüssel, der sich in dem gut geölten antiken Schloss mühelos drehen ließ. Über schlüpfrige Stufen gelangte er zum Fluss. Dort saß er in der Dunkelheit auf einem steinernen Sims und legte seine Brille mit den ockerbraun gefärbten Gläsern auf einen Absatz im Ziegelwerk. Verborgen in einer Holzkiste mit Schieferdeckel lag ein Leinenbeutel, der Badehose und Handtuch enthielt.

Für einen Moment saß er nur da und lauschte der alten Stadt, die unsichtbar hinter den hohen Mauern lag. In einer Schulküche klapperten Pfannen, Wasser rieselte in Abflüsse, und ganz in der Nähe holperte ein Fahrrad über Pflastersteine. Und da war noch etwas Neues, die Laute des Krieges: Soldaten marschierten, synchrone Stiefelschritte entfernten sich in Richtung Bahnhof. Aber dann war da auch noch die *Stille* des Krieges, die leeren Straßen, die Busse und Trams, die in ihren Depots blieben, die Kinos und Theater mit den zugenagelten Türen.

Im Süden bohrten sich wie Stricknadeln die Lichtstrahlen zweier Suchscheinwerfer in den Himmel, überkreuzten sich und entfernten sich dann wieder voneinander, auf ihrer Suche nach den Fallschirmen feindlicher Spione.

Tief atmete Brooke die Nachtluft ein, die erfüllt war vom Geruch des Flusses, diesem unverwechselbaren Mischmasch aus Grünalgen, nassem Wurzelwerk und diversen Ausdünstungen am Ufer. Kohlefeuer überzogen die Nacht mit rauchiger Milde. Die großen abgeernteten Rüben-, Kartoffel- und Kohlfelder in den nördlich gelegenen Fens fügten dem eine erdige Note bei, die charakteristisch war für die darunterliegende dicke schwarze Torfschicht. Und in dieser Nacht gesellte sich noch ein Hauch Flugbenzin von der Jagdfliegerbasis am Stadtrand hinzu.

Brooke hängte seinen Hut an einen Nagel im Türrahmen und nahm sich eine Minute Zeit zum Umziehen, faltete seine Kleidung säuberlich zusammen und legte sie in die Kiste. Dann setzte er sich wieder auf den Sims am Ufer des River Cam, die Füße im Wasser, zögerte aber noch einen Moment: Nach Einbruch der Dunkelheit zu schwimmen war nicht mehr erlaubt, und die Army führte regelmäßig Patrouillen mit einem Motorboot durch, das mit einem Suchscheinwerfer ausgerüstet war. Andererseits waren derartige Vorschriften für Brooke schon immer einer Herausforderung gleichgekommen.

Er stemmte sich auf den Handflächen die zweieinhalb Zentimeter in die Höhe, die notwendig waren, um direkt von der Kante nach vorn in das kühle, versöhnliche Nass zu gleiten.

In Rückenlage ließ er sich treiben und blickte hinauf in die gnadenvolle Nacht. Er schloss die versehrten Augen und ließ sich von der Strömung tragen, die durch diese uralte steinerne Schlucht glitt; dunkel floss sie dahin heute Nacht, unbeaufsichtigt vom juwelenhaften Schimmer der Collegefenster. Es war besonders finster in dieser Nacht, denn ganz Cambridge lag in tiefem Schatten, alle Fenster waren dunkel, und durch die

Straßen patrouillierten Luftschutzhelfer. Die Große Verdunkelung hatte sich auf Erlass der Regierung in Whitehall über halb England gesenkt, ein Blackout zur Vorbereitung auf die Bomben, die bald fallen würden.

Derzeit galt der Krieg, inzwischen einen Monat alt, als »Sitzkrieg« – der Westfeldzug der Deutschen, der dem Überfall auf Polen folgen sollte, wurde nicht vor dem nächsten Jahr erwartet. Die Polen kämpften weiter, waren aber klar unterlegen. Die Russen waren von Osten her eingedrungen. Die Franzosen hatten eine Offensive an der Saar geführt, während die British Expeditionary Force an der belgischen Grenze lagerte.

Aber es gab Verluste, sogar jetzt, da die Welt wartete. Im Atlantik hatte ein U-Boot die *HMS Courageous* mit mehr als fünfhundert Mann versenkt. Einer der Toten war ein ehemaliger Schüler von Brookes altem College gewesen. Sie hatten seinen Namen auf eine Tafel neben der Pförtnerloge geschrieben, eine kleine Zeremonie, die den Verlust spürbarer machte. Für Brooke, der gerade Anfang vierzig war, aber auch ein Veteran des Großen Krieges, fühlte es sich an wie ein Omen.

Er schwamm nach Norden zu einer offenen Wiese am Westufer, Marschland, das in einem der von Brooke geliebten Stadtpläne als St. John's Wilderness ausgewiesen wurde. Weiter voraus zeigte sich der Fluss wie der Geist seiner eigenen Reflexionen: ein gewundenes Band schwacher Lumineszenz, weichgezeichnet von aufsteigendem Nebel. Von irgendwoher hörte er wiederholt den dumpfen Knall der Waffe eines Wilderers, begleitet von den zugehörigen Echos. Er tauchte sein Gesicht ins Wasser, erst die Augen, dann die Ohren, und hörte zu, wie der Fluss kleine Steine in seinem Kiesbett herumrollte; es klang wie ein Sopran vor dem Bass des Wassers, dem tiefen Rumpeln der Hauptströmung zwischen den Ufern.

Als er wieder auftauchte, hörte oder besser identifizierte er ein Geräusch, das schon eine Weile da gewesen war und das er bis dahin für das Murmeln des Flusses selbst gehalten hatte.

Es war ein leises Grollen, ein Raunen wie von Wagenrädern.

Aber er konnte nichts sehen; die Dunkelheit schien direkt auf seinen Augen zu ruhen.

Die Wagenräder kamen näher, begleitet von stampfenden Stiefelsohlen, die sich in der gleichen Geschwindigkeit wie die rollenden Räder bewegten.

Endlich erkannte er Schatten am Ufer.

Und hörte eine Stimme: »Grausige Arbeit.«

Dann folgte ein halber Takt eines Liedes in drei Stimmen, dessen Melodie durcheinandergeraten war.

»Ruhe! Gut, wir sind unter den Bäumen, Jungs. Die, die rauchen wollen, können das jetzt tun.«

Ein Streichholz flammte auf, dann noch eines; das Licht wanderte von einem Gesicht zum anderen. Brooke sah alles in einem einzigen Moment: eine Reihe von drei leeren Wagen, die Stränge pferdelos. Ein Dutzend Soldaten, jeder mit einem Spaten, standen im Halbkreis da, als der Zigarettenrauch in die Luft emporstieg. Später, als er sich die Szene wieder ins Gedächtnis rief, um sie seiner Frau Claire zu beschreiben, fiel ihm auf, dass die Männer eingeschüchtert wirkten, wie sie sich mit hängenden Schultern und gesenkten Köpfen aufeinander stützten.

Soldaten waren auf den Straßen inzwischen so alltäglich wie Studenten. In den Wochen, seit Chamberlain in einer Radioansprache den bevorstehenden Kriegszustand angekündigt hatte, war Cambridge mehr und mehr zu einem Militärlager geworden. Zeltreihen beherrschten Parker's Piece, einen der großen Parks in der Stadt. Es war, als wollte man den Vorabend der Schlacht bei Crécy oder der von Agincourt wieder aufleben lassen. Flugabwehrgeschütze in extra ausgeschachteten Gruben umrahmten das Stadtgebiet wie eine Halskette, gebildet aus Feldlagern. Sogar der Himmel war geschützt, getüpfelt von Sperrballons, die an Seilen über Bahnlinien und Fabriken schwebten, bereit, Stukas abzuwehren, die im Tiefflug angriffen.

Aber was hatte dieses Platoon trotz der Auflagen der Großen Verdunkelung um Mitternacht auf die Wiese hier draußen geführt?

Eine Stimme erklang am Flussufer. »Also gibt es dieses Mal nicht nur ein Taschengeld, Sarge?«

»Ihr habt gute Arbeit geleistet. Ich habe euch ja gesagt, haltet euch an mich, und ihr werdet nicht zu kurz kommen. Beim nächsten Mal zahlen sie den doppelten Preis.« Sein Akzent verriet, dass er aus dem Norden kam, ein seltsam gutturaler Klang, den Brooke nicht richtig einzuordnen vermochte. Aber der Fragesteller war ein Londoner.

Brooke erhaschte einen süßlichen Geruch in der Brise.

Als hätte der nächste Sprecher seine Gedanken gelesen, sagte jemand: »Das bist du, Spider – dieser Gestank. Du hast dich doch das ganze Jahr noch nicht gewaschen.«

Wieder London, East End, es roch geradezu nach Marktständen und Geschacher.

»Himmel, dieser Gestank klebt an den Spaten«, schimpfte ein anderer.

»Benutzt den Fluss.« Das war wieder die Stimme des Sergeants, der anscheinend die Geduld mit seinen Männern verlor.

Brooke sah die weißen Spritzer, als sie ihre Werkzeuge ins Wasser tauchten.

»Gut. Lasst uns was futtern gehen«, sagte der Sergeant. »Also legt euch mal ins Zeug.«

Zigarettenkippen erloschen zischend im Fluss, und dann waren die Soldaten fort, stapften ihrer Wege und zogen die leeren Karren gen Norden.

Der klebrig-süße Geruch ging mit ihnen.

Wasser tretend strich sich Brooke das dichte nasse Haar aus den Augen. Er dachte, dass alles, was bei Nacht unternommen wurde, mit Konnotationen befrachtet war: Scham, Heimlichkeit, Schuld. Was hatten die Soldaten vergraben? Wo war die Grube?

Detective Inspector Eden Brooke schwamm zurück zu den moosbedeckten Stufen.

KAPITEL ZWEI

Brooke war eine Nachteule, aber damit war er nicht allein. Über die Jahre, seit man ihn aufgrund einer Verwundung als dienstuntauglich aus dem letzten Krieg nach Hause geschickt hatte, war seine Schlaflosigkeit schlimmer geworden. Zudem waren seine versehrten Augen nie richtig verheilt, weshalb er angefangen hatte, bei Nacht durch die Straßen zu schlendern. Die waren, wie er festgestellt hatte, auch von anderen Wanderern bevölkert: jenen, die nicht schlafen konnten, jenen, die nicht schlafen wollten, jenen, deren Arbeit erst begann, wenn die Sonne unterging. Sie boten ihm ein warmes Feuer, eine freundliche Unterhaltung und manchmal eine Inspiration in einem Fall, der sich bis dahin als unlösbar präsentiert hatte. Und in jeder Nacht fand er irgendwann zur Ruhe: zu Hause, wenn Claire nicht im Krankenhaus in der Nachtschicht arbeitete, oder in einer Zelle des Reviers. Der Schlaf, so er sich denn einstellte, war stets kurz und überfallartig. In den dunklen, schlaflosen Stunden der Nacht fühlte sich sein Leben oft an wie eine Uhr, die allmählich ablief.

Rose King mit ihrem Teestand auf dem Market Hill war die erste andere Nachteule, mit der er in Kontakt gekommen war. Nach seiner Rückkehr aus dem Großen Krieg hatte sich Brooke dem Borough angeschlossen – der städtischen Polizeitruppe, einer der ältesten, aber auch kleinsten im ganzen Land. Nach der Ausbildung hatte er auf einer vorherbestimmten Runde Nachtdienst geschoben, die ihn jeweils um Mitternacht über den Market Hill geführt hatte, den zentralen Platz in der Stadt. Rose hatte ihn regelmäßig mit einem heißen Getränk und einer Oase goldenen Lichts unter einer breiten Markise empfangen.

Aber selbst die unverwüstliche Rose musste die Regeln und Bestimmungen der Großen Verdunkelung befolgen, und so fand er unter all den verlassenen Händlerbuden nun auch ihre Hütte in der Ecke des Platzes mit Brettern vernagelt und teilweise hinter einer Wand aus Sandsäcken verborgen vor. Auf einer schlichten Tafel stand in Kreide geschrieben: AUF BEHÖRDLICHE ANWEISUNG GESCHLOSSEN.

Brooke stand auf dem stillen Platz, dachte über seinen nächsten Zug nach und zündete sich eine seiner geliebten Black-Russian-Zigaretten an. Er sah zu, wie sich die Glut durch das Papier fraß und dem goldenen Filter näherte. Der Nebel wurde immer dichter, sickerte aus Kanaldeckeln und Abflussrinnen hervor, eine milchig-weiße Flut, die die Stadt zu verschlingen drohte. Die Nacht wurde allmählich kalt, und sein nasses Haar trug seinen Teil dazu bei, dass er vor Kälte zitterte. Aus einem nahen Pub ertönten dann und wann Pianoklänge, aber es gab kein Licht, nur einen halben Liedvers.

Etwas an dem Vorfall, dessen Zeuge er unten am Flussufer geworden war, entzog sich jeglicher rationalen Erklärung. Viele Menschen waren neugierig und stellten Fragen, aber Brooke wurde von der angeborenen Überzeugung getrieben, dass er ein Recht darauf hatte, die Antworten zu kennen. Die Folge davon war ein rastloses Leben. Warum befahl man Soldaten, bei Nacht zu graben? Warum versprach man, Soldaten dafür zu *bezahlen*, bei Nacht zu graben? Er brauchte eine neue Perspektive, um sich von dem zu lösen, was er mit angesehen hatte, und er wusste genau, welche Nachteule er zu diesem Zwecke aufsuchen musste.

Er ließ die Schatten des alten Marktes hinter sich und ging die Petty Cury hinunter. Die schmale Straße bestand aus einer Abfolge von Schaufenstern, die kreuz und quer mit Klebestreifen überzogen waren, um sie vor Bombenexplosionen zu schützen. Dank der Blakeys an seinen Halbschuhen, metallenen Schuhschonern zum Schutz der Ledersohlen, ein Army-Trick, den er ins Zivilleben übernommen hatte, hallten seine Schritte laut durch die Nacht. Er umrundete St. Andrew the Great, ließ den Lichtschein seiner Taschenlampe über das Buntglas wandern und betrachtete das Bild, das ihn so erschreckt hatte, als er noch ein Junge gewesen war: Es zeigte den abgetrennten Kopf von Johannes dem Täufer, säuberlich auf einem Silbertablett drapiert, das von dem Blut des Heiligen überzogen war.

Ein Echo dieses grausigen Märtyrertums lauerte etwa hundert Meter weiter unten an der Straße, wo Brooke vor dem Sidney Sussex College innehielt. Sein Vater, ein Professor für Medizin, war immer recht distanziert gewesen, aber einmal war er mit der sensationellen Geschichte eines formellen Abendessens im College nach Hause gekommen. Er hatte sie seinem Sohn erzählt und sich dazu auf dessen Bettkante gesetzt – ein noch nie da gewesenes Ausmaß an Intimität, das diesen Moment viel tiefer in Brookes Gedächtnis verankert hatte als die schaurige Geschichte selbst.

»Heute Abend habe ich den Schädel eines Mannes gesehen«, hatte sein Vater gesagt, und seine Augen leuchteten im Kerzenschein.

Es war eine rechte Schauergeschichte. Der Leichnam von Oliver Cromwell, dem großen Republikaner und ehemaligen Studenten dieses Colleges, war von den Anhängern von Charles II, der nach Wiedereinsetzung der Königswürde den Thron bestiegen hatte, aus seinem stillen Grab geholt worden.

Den abgehackten Kopf hatte man an die London Bridge gehängt, zusammen mit denen von gewöhnlichen Kriminellen, wo Vögel ihm das Fleisch vom Schädel gepickt hatten.

»Die Augen waren als Erstes dran«, hatte sein Vater ihm erklärt.

Ein Sturm fegte den Schädel von seiner Stange, woraufhin er mit gebrochener Kalotte heimlich von Anhängern fortgeschafft und nach Norden gebracht wurde, um ihn im College des großen Mannes zu verbergen. Von da an kannten immer nur zwei vertrauenswürdige Männer das Versteck. Doch in besonderen Nächten wurden während des Essens die Lichter gelöscht und die Kustoden ausgesandt, den Schatz zu holen, der sodann auf dem polierten Mahagonitisch platziert wurde, wo er als Kerzenhalter diente.

»Er war bis zu Portwein und Käse bei uns«, hatte sein Vater gesagt und Brooke warm zugedeckt. »Dann wurde er rasch wieder fortgebracht.«

Als Brooke die Fassade des Colleges betrachtete, sah er für einen Moment ein flackerndes Licht in einem der Spitzbogenfenster; vielleicht die Auserwählten, die Cromwells Kopf in sein Versteck zurückbrachten.

Er setzte seinen Weg fort. Über eine Abkürzung durch eine Gasse voller metallener Abfalleimer erreichte er eine Feuertreppe, die ihn sechs Stockwerke hinauftrug und schließlich auf dem Dach eines der Geschäftshäuser entließ. Eine Metallleiter brachte ihn noch ein bisschen höher hinauf zu einem Ausguck, einem von vielen, die das Observer Corps in der Stadt verteilt hatte. Sie boten einen weiten Panoramablick über die Dächer, ideal, um feindliche Flugzeuge ebenso auszumachen wie die Feuer, die ihre Bomben und Brandsätze zu entfachen drohten.

Jo Ashmore kam aus dem konischen Unterschlupf auf der Rückseite der Plattform, strich sich die Uniform glatt und konnte sich nicht zurückhalten, den Sitz ihres kurzen braunen Haars zu korrigieren, dessen Schnitt viel Geld gekostet hatte. Die Frau, groß, gertenschlank und von modisch knabenhafter Erscheinung, lächelte, als sie ihren Besucher erkannte.

Brooke zeigte mit einer ausholenden Bewegung auf die Szenerie in der Tiefe. »Die Große Verdunkelung! Zweifellos ein Erfolg. Aber was hast du gesehen, Jo? Erzähl mir alles.«

»Sie haben immer Fragen, Brooke, aber nie Antworten.«

»Ich bin Wissenschaftler. Entschuldigung, ich *war* Wissenschaftler oder so was Ähnliches«, sagte er, nahm seinen Hut ab und strich sich mit der Hand durch das dichte schwarze Haar.

»Wenn Sie Antworten wollen, müssen Sie Fragen stellen. Fragen Sie die richtige Person zur richtigen Zeit, und schon ergibt das Leben Sinn.«

Sie musterte Brookes schattenhaftes Gesicht und lachte, fischte eine kompakte Puderdose aus ihrer Uniform und hielt den Spiegel hoch. Der Detective nahm seine Brille ab und starrte sein Abbild an: die hohe Stirn, die blass-blauen Augen, das Haar, das ihm in die Augen fiel. Ein langes Stück Grünalge klebte an seiner Wange.

»Als Nächstes wachsen Ihnen Schwimmhäute zwischen den Zehen«, merkte sie an.

Ashmore war Brookes neueste Nachteule, und die heutige Nacht bildete den Abschluss ihres ersten ganzen Monats als Angehörige des Observer Corps. Sie war im Nachbarhaus der Brookes aufgewachsen, hatte mit ihren Kindern gespielt und war wie ihr Bruder Markus regelmäßig zu Gast gewesen. Die frei stehenden Häuser lagen an den Wiesen unten am Fluss. Die Familien standen sich auf eine völlig natürliche Weise nahe, was bedeutete, dass niemand mehr sagen konnte, was wann wozu geführt hatte.

Beim Erwachsenwerden hatte sie sich einen anzüglichen

Ruf eingefangen. Da waren die Partys in London, Freunde mit schnellen Wagen, schicke Kleider. All das hatte sie bei Kriegsausbruch für diesen neuen Posten aufgegeben; ein Mysterium, das sie, wie Brooke argwöhnte, als romantisch empfand. Ihm fiel auf, dass sie ihren Lippenstift sorgfältig so aufgetragen hatte, dass er die zarten Linien ihrer Lippen betonte, und dass auf ihrem Stahlhelm in eleganter Schrift die Abkürzung *OC* aufgemalt worden war.

Von ihrem Posten aus hielt sie Ausschau nach feindlichen Fliegern, vor allem Bombenflugzeugen, von denen es in diesem Krieg bisher noch keine gegeben hatte. Aber das ganze Land behielt den Himmel im Auge, wenn es nicht gerade versuchte, Spione und deutsche Fallschirmspringer aufzustöbern, die sich in irgendwelchen Gartenhäuschen versteckten. Das war das Unerträgliche an diesem Sitzkrieg: die Zeit des Wachens und Wartens.

Nicht ein Licht verriet die Stadt. Die Dächer zogen sich nordwärts in Richtung der Fens, südwärts zu den Gogs, einer Reihe niedriger Kreidehügel, die sich schwach vor dem Sternenhimmel abzeichneten. Nebel lag in den Straßen, als hätte man die Betttücher aus dem College auf dem Pflaster ausgebreitet.

»Ich habe Sie vorhin beobachtet«, sagte sie, und das Lächeln unter dem Stahlhelm wurde breiter. »Nur gut, dass diese Ferngläser nicht besonders gut sind, sonst hätte ich vielleicht mehr gesehen, als ich sollte.«

Sie genoss es, Brooke mit seinem Aussehen aufzuziehen. Als Kind hatte man ihr erzählt, der große blasse Mann mit der seltsamen Brille hätte mit T. E. Lawrence in der Wildnis Ägyptens und Palästinas gekämpft. Das düster-gute Aussehen des großen Helden fand seinen Widerhall in Brooke, dem grüblerischen verwundeten Ritter, der dennoch immer weitermachte.

Und dann war da noch der Orden des Königs für eine ewig unerwähnte Heldentat, der der Legende zusätzlichen Glanz verlieh. Als Zehnjährige hatte sie einmal einen ganzen Abend lang zusammen mit Brookes Tochter das Obergeschoss seines Hauses auf der Suche nach seiner nicht vorhandenen Beduinenkleidung durchstöbert.

»Sonst hast du nichts gesehen, während ich schwimmen war?«, fragte Brooke. »Auf dem anderen Ufer, gleich dort …« Er zeigte auf eine Stelle in der Finsternis jenseits der Dächer.

Sie kehrte in ihren Unterschlupf zurück, kam mit einer Ablagebox wieder heraus und reichte Brooke eine getippte Arbeitsanweisung.

CAM 005/OC WARNUNG
20-21 Oktober 1939

Dauer der planmäßigen Verdunkelung 21.30 bis 6.30. Alle Truppenbewegungen werden eingestellt. Sämtliche Fahrzeuge sind bis Mitternacht in den Depots abzustellen.

KEINE FLÜGE CAMBRIDGE – DUXFORD

Luftfahrtministerium empfiehlt zwei Überflüge von der Luftaufklärung Stanmore.

Nachtmanöver St. John's Wilderness. Alle Geräusche ignorieren. Keine Aufzeichnung erforderlich.

EASTERN COUNTIES COMMAND.
MADINGLEY HALL.
Büro CO Ost: COL. SWIFT-LANE.

»Das ist doch komisch, nicht wahr?«, meinte Brooke. »Warum hält man ein Nachtmanöver ab, wo wir uns doch alle hinter unseren verdunkelten Fensterläden im Bett verstecken sollen? Ich bezweifle, dass unsere Jungs allzu viel Übung brauchen, um Löcher in den Boden zu buddeln. Hast du die Anordnung befolgt und alle Geräusche von St. John's Wilderness ignoriert?«

»Das wäre eine Herausforderung gewesen«, sagte Ashmore. »Die haben einen ganz schönen Lärm veranstaltet. Erst die Zivilisten, die die Schaufeln vor Einbruch der Dämmerung hingeschleppt haben. Die sind dann später in der Stadt verschwunden und wurden prompt von Soldaten und Karren ersetzt ... Wie es aussieht, haben die Zivilisten ein Loch gegraben, und die Soldaten schütteten es wieder zu.«

Brooke studierte die Dienstanweisung. »Ich habe Soldaten gesehen. Einen Sergeant und seinen Trupp. Und sie haben gearbeitet. Andere Befehle außer diesem hat es nicht gegeben?«

Sie gab ihm fünf weitere Zettel, alle bezogen sich zu ähnlichen Zeiten auf denselben Ort und reichten zurück bis in den vergangenen Monat.

»Den Papierkram können Sie behalten«, sagte sie. »Wenn wir nur Spitfires und Munition so schnell produzieren würden wie diesen bürokratischen Mist, dann würden wir den Krieg mit links gewinnen.«

In kameradschaftlichem Schweigen standen sie beisammen, dabei kontrollierte Ashmore mindestens dreimal ihre Uhr.

»Ich warte auf den Mondaufgang«, erklärte sie. »Es müsste – meiner Tabelle zufolge – jeden Moment so weit sein. Madingley Hall hat telefonisch durchgegeben, dass sie drei Sperrballons verloren haben.«

Madingley Hall, eine Tudor-Villa am Stadtrand, war das militärische Hauptquartier für den größten Teil von Ostengland.

»Sie haben sich vor einer Stunde eine Meile südlich vom Bahnhof aus der Vertäuung gelöst, also fliegen sie in diese Richtung. Drei ausgerissene Luftschiffe außer Kontrolle – was für ein Spaß, was? Niemand hat irgendeine Ahnung, wo sie sind, solange wir nicht ein bisschen Mondlicht bekommen. Sobald ich sie sehe, muss ich die Position telefonisch melden.«

Brooke starrte in die Dunkelheit. Er fand es beunruhigend, dass drei sechzig Fuß lange zigarrenförmige Ballons unsichtbar direkt vor ihrer Nase hängen könnten.

»Jemand wird Ärger bekommen, weil er sie hat entwischen lassen«, bemerkte Ashmore. »Vor einer Woche haben sie den Gerüchten zufolge schon sechs Stück in einem Sturm an der Ostküste verloren. Sind über die Nordsee getrieben und haben Stromleitungen in Norwegen runtergerissen. Hat offenbar Chaos gegeben – die Seile, die von den Ballons runterhängen, richten den Schaden an. Sie verfangen sich an allem Möglichen. Je früher wir die Mistdinger finden, desto besser. Sobald ich ihre Position durchgefunkt habe, darf sich jemand anderes den Kopf darüber zerbrechen. Was tut man nicht alles für ein ruhiges Leben.«

Brooke hatte Josephine Ashmore nie mit einem ruhigen Leben in Verbindung gebracht, und er fragte sich, was der wirkliche Grund für ihre Entscheidung sein mochte, sich freiwillig für so eine einsame Arbeit bei Nacht auf einem kalten Dach zu melden.

»Da ist der Mond endlich …« sagte sie.

Ein helles Licht war über einem der College-Dächer erschienen und hing nun zwischen den sich verjüngenden mittelalterlichen Schornsteinen. Binnen Sekunden zeigte sich ein Bogen des Runds, das sich rasch über die Silhouette des Gebäudes erhob. Silbernes Licht flutete die Dächer von Cambridge, offenbarte die vier Turmspitzen der King's College

Chapel, den fernen, klobigen Turm der University Library, die Colleges, die den mäandernden Fluss säumten sowie auf dessen anderer Seite, auf einem Abschnitt, der jedem Studenten unter dem Namen *The Backs* bekannt war, offenes Wiesengelände.

Brooke sah zu, wie der Mond höher stieg, stellte sich das leise Summen der Himmelsmechanik vor, bis er schließlich frei über den Himmel glitt und sein Licht den Fluss zu entflammen schien, der in der Tiefe schimmerte wie Stahl, der sich aus einem Schmelzofen ergoss.

»Da!«, rief Ashmore.

Ein Ballon, so groß wie einer der städtischen Busse, hing ein paar Hundert Meter windabwärts nahe dem kubischen Turm der St. John's College Chapel in der Luft. Ein Netzwerk aus Tauen hatte sich um das Bauwerk gewickelt. Während sie hinschauten, kräuselte sich die Oberfläche wellenförmig, als der Ballon an seiner Vertäuung zerrte.

»Und da«, sagte Brooke und zeigte fort vom Fluss und zu dem offenen Marschland im Norden.

Dieser Ballon, der mehrere Fuß hoch in der Luft schwebte, war erheblich weiter gekommen und bewegte sich dem Augenschein nach rasch auf die ferne Küste zu, momentan aber noch gehindert von einem Baum, der sich in dem Netz unter seinem Bauch verfangen hatte.

Von dem dritten Ballon war nirgends eine Spur zu sehen.

Ashmore verzeichnete die Position der zwei Ballons in Sichtweite und gab telefonisch die Daten durch, ehe sie sich setzte, um im Licht der Taschenlampe einen schriftlichen Bericht zusammenzufummeln.

»Papierkram«, klagte sie. »Verdammter Papierkram.«

Als sie fertig war, zündete sie sich eine Zigarette an.

Dann sahen sie den dritten vagabundierenden Ballon.

Plötzlich blitzte eine gelb-blaue Flamme auf und erhellte den Himmel über dem Bahnhof. Ein paar Sekunden später ertönte der sonderbar in die Länge gezogene Schallimpuls wie ein heißes, schroffes Zischen. Ein brennender Ballon, verfangen in elektrischen Leitungen, fiel über der großen Getreidemühle neben dem Bahnhof in sich zusammen. Als die Haut verbrannt war, trat das Gerüst im Inneren zutage und krachte gleich darauf zu Boden. Das markante Donnern beim Aufprall erschütterte die Dächer.

Ein Feuerball freigesetzten Gases erhellte die Nacht; eine pulsierende Vision in Gelb, von der Flammen tropften.

Der Schmerz in Brookes Augen war trotz der gelb eingefärbten Brillengläser scharf wie ein Rasiermesser, und er musste sich auf dem Kartentisch abstützen.

Eine Luftschutzsirene begann zu heulen.

Brooke zog sich die Hutkrempe tiefer über die Augen. »So viel zur Großen Verdunkelung.«

KAPITEL DREI

Als Brooke die Leiter von Jo Ashmores Beobachtungsposten wieder hinunterkletterte, wurde ihm kurzzeitig schwindelig – vermutlich eine verzögerte Auswirkung vieler Stunden ohne eine Mahlzeit in Kombination mit dem nächtlichen Schwimmen. Bei seinem Aufbruch war Ashmore gerade dabei, mit der Feuerbrigade und dem Zivilschutz zu telefonieren, um sie zu den qualmenden Überresten des Sperrballons zu dirigieren, der nach dem explosiv aufflackernden Feuer unterhalb der Dächer verschwunden war. Ein schwacher orangefarbener Lichtschimmer am südlichen Himmel zeigte nur die ungefähre Richtung des Orts der Havarie an.

Als er wieder auf festem Boden stand, läuteten schon die Glocken der Feuerwehrautos im Wetteifer mit der weiterhin heulenden Sirene. Was er nun dringend brauchte, war etwas zu essen. Er ging durch die Trinity Street, vorbei an der Old Divinity School, an deren roter Ziegelsteinfassade fahle Statuen der Helden der Theologie in ihren Nischen standen. Als einsamer Schuljunge hatte er ein Interesse an dem Teil der Stadt kultiviert, der sich oberhalb seiner Augenhöhe befand. Er war nur ein Kind, dessen Mutter gestorben war, als es noch klein gewesen war, und dessen Vater seine Arbeit im Labor gefesselt hatte. Nach der Schule und an den Wochenenden erforschte er also die Stadt und fand in dem Labyrinth aus Sackgassen ein Puzzle, das er Stück für Stück zusammensetzen konnte. Wenn er durch die Straßen streifte, begutachtete er das Mauerwerk, die Statuen, die Gargoyles und die Heiligen. In seinem Kopf platzierte er sie auf einer mentalen Karte, auf der jeder Hof, jeder Torbogen und jede Pflasterstraße verzeichnet waren. Mit zehn Jahren hatte er die ganze Stadt im Kopf.

Einer seiner Favoriten stand gleich hier an der Old Divinity School: die dritte Statue an der Fassade, die von Bischof Joseph Lightfoot. Wenn er sich auf die Zehenspitzen stellte, konnte Brooke gerade noch seinen Schuh berühren; ein Kunststück, das ihm als Kind verwehrt geblieben war. Stets hatte er bewundert, wie der Bildhauer dem alten Mann ein Buch in die linke Hand gelegt hatte, das ihn niederzudrücken schien. Neugierig hatte er den kurzen biografischen Text über das Leben Bischof Lightfoots in einem der Nachschlagewerke seines Vaters gelesen und sich einen der prägnanten Aussprüche des Klerikers eingeprägt, den er besonders bewundert hatte: *Misserfolg wird mir den Schneid nicht nehmen, Erfolg wird mich nicht mit Stolz erfüllen.*

Die Sirene verklang in der Ferne und ließ eine klirrende Stille zurück.

Gegenüber dem Torhaus des Trinity Colleges sah Brooke einen Wagen herannahen, dessen Scheinwerfer bis auf zwei schmale Streifen mit Klebeband abgedeckt waren. Das verlieh ihm den Anschein einer jagenden Katze, die tief geduckt vorankroch, bereit, sich auf ihre Beute zu stürzen. Als das Fahrzeug ihn passierte, flammte ein Streichholz auf, dessen Licht auf den Fahrer und seine Passagiere fiel, und Brooke erhaschte einen Blick auf einen Seidenschal, eine Fliege und ein silbernes Zigarettenetui. Trotz des Krieges und der Verdunkelung waren die Freuden des Nachtlebens für einige lebendig geblieben.

Brooke bog in die All Saints Passage ab, den Zugang zu dem Teil der Stadt, der einst das Jüdische Ghetto beherbergt hatte. Es war ein Wirrwarr schmaler Pfade, eingerahmt von hohen Mauern, die nirgends mehr als zwanzig Meter weit einer geraden Linie folgten. Auch dieses Labyrinth war Bestandteil von Brookes internem Stadtplan, aber es hatte mehrere Jahre geduldiger Erforschung erfordert, um es in seiner Gänze zu erfassen. Eine seiner Karten offenbarte den Blick von oben, gleichsam wie ein Querschnitt durch das menschliche Hirn; ein organisches, verschachteltes Puzzle.

In der Dunkelheit musste er sich tastend seinen Weg suchen, denn die engen Gassen blockten den Mondschein ab. Die hiesige Finsternis hatte eine ganz neue Qualität, was ihn veranlasste, kurz innezuhalten und seine eigene Hand zu studieren, die er wenige Zentimeter von seiner Nase entfernt gerade noch erkennen konnte. Mit den Fingern an der Wand bahnte er sich seinen Weg bis zur ersten Ecke, bog dort rechts und an der nächsten links ab. Die Mauern waren noch etwas feucht von dem Nebel, der sich sogar in dieses widerhallende Labyrinth geschlichen hatte. Und die Steine waren eisig, überzogen mit einem dünnen Belag, dem Vorboten einer frostigen Morgendämmerung. An einer Ecke, in der ein Brunnen an einer Mauer stand, blieb er stehen; er hob die Hand und konnte eine eiserne Rinnenklemme von der Form eines Hundekopfes ertasten. Er tätschelte sie kurz, wie er es schon viele Male getan hatte, und ging weiter, bis er zu einer kleinen Klapptür gelangte, die in eine größere Tür aus eisenbeschlagener Eiche eingelassen war.

Sein Klopfen, das sich über viele Jahre herausgebildet hatte, bestand aus einem scharfen Pochen mit seinem Siegelring auf dem Metallscharnier.

Ein Schloss klickte, dann noch eines, und dann wurde die Tür geöffnet.

Über die hölzerne Schwelle betrat er die Pförtnerloge von Michaelhouse. Das Licht im Inneren veranlasste ihn, stehen zu bleiben und mit zwei Fingern die Nasenwurzel zusammenzupressen, während der Schmerz in seinen Augen in sein Hirn stach. Rasch tauschte er die Brille mit den ockergelben gegen eine mit grüngefärbten und somit dunkleren Gläsern aus. Er hatte vier Stück bei sich: Ocker, Grün, Blau und Schwarz; jede lieferte ihm einen stärkeren Schutz vor Licht als die vorhergehende.

»Feuer am Himmel, Mister Brooke. Was ist geschehen?«, fragte Doric, der Pförtner.

»Ein Sperrballon ist in Flammen aufgegangen. Was gibt es hier Neues?«

Doric war Brookes verlässlichste Nachteule. Mit Ausnahme einer erzwungenen zweiwöchigen Pause im Januar, wenn er zu seiner Schwester nach Margate reiste, war Doric ebenso sehr ein Teil der Nacht wie der Polarstern. Einem Detective wie Brooke hatte er zudem den unermesslichen Reichtum des College-Geschwätzes zu bieten, das in der Bruderschaft der College-Pförtner von Cambridge weitergetragen wurde.

»Alles ruhig«, sagte Doric und löschte die Lampen, sodass nur noch das Licht der schwachen Koksglut und das einer kleinen Schreibtischleuchte über dem Diarium auf dem Schaltertisch den Raum erhellte. Als Student vor dem Großen Krieg hatte Brooke oft die verwitterte Behaglichkeit der Holzvertäfelung dieses Raums bewundert, auf Hochglanz poliert wie in einer Kajüte.

Doric stand neben dem Kessel auf dem ringförmigen Gasbrenner und wartete darauf, dass das Wasser zu kochen begann.

»Sind alle in ihren Betten?«, erkundigte sich Brooke und strich sich das schwarze Haar aus den Augen.

Der Pförtner, ein stämmiger, kräftiger Kerl, trat steif zum Schaltertisch und studierte tonlos vor sich hin pfeifend das aufgeschlagene Diarium.

»Phipps, Torrington und Jordan – unsere drei Naturwissenschaftler – sind um acht mit Lux, einem Yankee, der hier zu Besuch ist, gegangen«, sagte er schließlich. »Ich habe gefragt, ob sie auswärts essen, und sie sagten, sie könnten es mir nicht verraten, weil es ›geheim‹ sei. Leichtsinniges Geschwätz. Aufgeblasene kleine Scheißer. Wie auch immer, ich wusste, wo sie hinwollten, und das hat ihnen das Grinsen aus den eingebildeten Gesichtern gewischt. Der Pförtner vom Emmanuel hat die Neuigkeit verbreitet, dass es da ein streng geheimes Treffen in diesem neuen Anatomiegebäude geben soll. Das Galen?«

»Richtig«, sagte Brooke. »Einer der Helden meines Vaters, Doric: Galen von Pergamon, Begründer der medizinischen Wissenschaft.«

Bei der Erwähnung von Brookes Vater, Professor Sir John Brooke, wurde der Pförtner stets ganz schweigsam. Sein Blick wanderte zu einer Tafel neben dem Schreibtisch, die mit den Namen der College Master in goldener Schrift beschriftet war. Sir Johns Leitung hatte von 1910 bis 1921 gedauert und den Großen Krieg umfasst, der beinahe seinen Sohn getötet hätte.

»Da bekommt mich niemand hin, nicht für Geld und gute Worte. Nicht, solange ich noch am Leben bin«, verkündete Doric mit einem theatralischen Schaudern. »Die schneiden da alles auf. Phipps, Torrington und Jordan ist das auch nicht bekommen. Als sie wieder zurückgekommen sind – ohne Lux –, wollten sie nicht einmal das kalte Hammelfleisch essen, das der Koch für sie zur Seite gestellt hat. Aber Jordan hat drei Flaschen Saint-Émilion geordert. Sahen aus, als würden sie den brauchen.«

Brookes Hunger meldete sich zurück. »Sind noch irgendwelche Überbleibsel da, Doric?«

Der Pförtner zog ein Stück Stoff von einem Tablett, und zum Vorschein kamen kaltes Hammelfleisch, Kartoffeln und ein Hühnerbein. Der Tee war stark und schwarz, aber der Pförtner zauberte eine Dose Kondensmilch mit zwei sauber gestanzten Löchern im Deckel hervor, die er nun neben dem Becher abstellte. Brooke ließ sich den Dampf ins Gesicht steigen, ehe er die ölige Kaffeesahne hinzufügte. Die Farbe, die dabei herauskam, ein beinahe fluoreszierendes Orange, fand man nach Brookes Erfahrung sonst nur in der Britischen Armee.

Er legte seine Brille auf das Fensterbrett und rieb sich die Augen.

»Ich habe ein Platoon Soldaten am Flussufer gesehen. East-End-Akzent, bis auf den Sergeant. Wer kann das gewesen sein, Doric?«

Der Blick des Pförtners huschte zu der schattigen Wand der Poststelle, an der eine Militärflagge hing, glatt gestrichen, die Regimentsfarben verblasst und von Feuer und Ruß geschwärzt.

»Das London-Regiment kann's nicht sein. Die sind weg, aufgelöst wie meine Truppe. Ein Skandal, das. Also, ich würde sagen, es waren die Buffs. Das East-Kent-Regiment. Aber das ist merkwürdig, denn ich habe nichts davon gehört, dass die jetzt ebenfalls bei uns sind. Allerdings sind alle anderen ja auch hier. Auf Parker's Piece müssen um die zweitausend Mann lagern. Haben Sie die gesehen? Und dann sind noch welche auf den Backs. Aber Sie haben gesagt, dieser Haufen war heute Abend unten beim Fluss?«

Brooke nickte. »Schauen Sie, ob Sie mehr herausfinden können, ja?«

Doric setzte sich an seinen Schreibtisch. Seine fetten Finger trommelten auf der Armlehne des Stuhls. Der Ruhestand würde für diesen Pförtner, wenn es einst so weit war, eine Art Tod bedeuten. Es gab Gerüchte, denen zufolge das Nachtpersonal des Colleges »auf Kriegsdauer«, wie man das inzwischen zu nennen pflegte, freigestellt werden sollte. Doric musste damit rechnen, vorzeitig in den Ruhestand versetzt zu werden. Oder, schlimmer, bei Tag zu arbeiten.

Stillhalten war eine Tugend, die der Pförtner nie erlernt hatte, nicht einmal für eine flüchtige Sekunde. Unter großer Willensanstrengung legte er die Hände flach auf das Holz, doch da kehrte prompt das klanglose Pfeifen zurück.

»Da war auch ein Geruch, da unten am Flussufer. Vielleicht Chemikalien?«, bemerkte Brooke.

Doric scharrte unter dem Tisch mit den Füßen. »'s gibt Gerüchte.«

»Tatsächlich? Erzählen Sie mir davon«, bat Brooke und lehnte sich mit dem Hühnerknochen in der Hand zurück.

»Man sagt, es hätte einen Luftangriff gegeben. Einen schlimmen, aber die Zeitungen können es nicht drucken.«

»Schottland?«

»Genau. Dann haben Sie es also auch gehört. Firth of Forth, am Hafen. Mir kam zu Ohren, Glasgow hätte es auch erwischt, vielleicht Liverpool. Die Straßen voller Schutt, Hunderte verschollen, wahrscheinlich tot, aber man hat sie noch nicht gefunden. London, ebenfalls am Hafen. Leichen, die offen herumliegen, können sie schnell wegschaffen. Aber es bleibt keine Zeit, um die Ruinen einer Stadt zu durchsuchen. Und sie wollen es totschweigen. Da geht's um die Moral; man will vermeiden, dass Leute auf die Straßen gehen, um zu protestieren. Darum schicken sie Lastwagen hin und laden einfach alles auf, Ziegelsteine, Fensterrahmen, Treppen, Möbel – mitsamt den Toten. Überall im Land gibt es Gruben. Sie decken sie mit Kalziumoxid ab; so heißt die Chemikalie. Vielleicht haben Ihre Cockneys auch was von dem Zeug verbuddelt.«

Brooke riss einen Fetzen Fleisch von dem Hühnerknochen. Die Erklärung war gut, verriet ihm aber immer noch nicht, warum sie für die Arbeit bezahlt wurden.

»Klingt nach einer Lügengeschichte. Was hatten wir denn bisher? Einen Angriff an der Westküste, drei Flieger, keine Verletzten. Das ist nicht gerade der gefürchtete Blitzkrieg, oder?«

Doric riss die Hände in die Luft. »Sie haben's genauso gehört wie ich«, sagte er. »Ich bin nur ein College-Pförtner. Sie sind der Detective Inspector.«

KAPITEL VIER

Die eisige Nachtluft hatte Brooke nach seinem nächtlichen Bad bis auf die Knochen ausgekühlt. Als er nun die King Street hinunterging, die berüchtigt für ihre vielen schäbigen Pubs war, blieb er vor dem *Champion of the Cam* stehen. Er legte ein Ohr an die Tür und vernahm das leise Gemurmel von Thekengesprächen. Ein scharfes Klopfen lockte den Wirt herbei, der Brooke erkannte und ihm Zutritt gewährte. Diese verschwiegene Geselligkeit nach der Sperrstunde war ein Aspekt des alltäglichen Lebens, den auch der Krieg nicht hatte abstellen können, nicht einmal während der Großen Verdunkelung. Er setzte sich mit einem Whisky in eine Ecke und beobachtete eine Gruppe Studenten, die über die Unwägbarkeiten von Hitlers Angebot einer Friedenskonferenz mit den Alliierten diskutierten.

Als er eine halbe Stunde später wieder vor der Tür stand, fühlte er sich immer noch durchgefroren. Ihm war, als bildete sich allmählich eine Eiskugel in seinen Eingeweiden, als ballte sich die Kälte in ihm zusammen, trotz der Kohlenglut in der Feuerstelle des *Champion* und des Bluts, das in seine Magengrube rauschte. Er brauchte Gesellschaft und Wärme. Er brauchte Claire.

Er passierte die abgedeckte Ampel an der Fitzwilliam Street gegenüber Little St. Mary's und gelangte zu den offen stehenden Eisentoren des Krankenhauses. Trotz der Verdunkelung konnte er den Dampf sehen, der von den Rohren und

Leitungsschächten des großen Gebäudes aufstieg, als würde es innerlich überkochen. Eine einzelne, nach unten gerichtete Lampe kennzeichnete den Haupteingang, vor dem ein verlassener Krankenwagen mit offenen Türen stand.

Claire war die Oberschwester der Rosewood-Station im dritten Obergeschoss. Zwei Stufen auf einmal nehmend lief er mit neuem Schwung hinauf und drückte sacht die Doppeltür auf, hinter der die Station in voller Länge auf ihn wartete. Seine eigene Silhouette zog sich in Form eines langen Schattens über den Boden.

Bettfedern knarrten, und irgendwo erging sich eine dünne Stimme in traumhaftem Geplauder. In den Schatten auf der linken Seite konnte er eine fahle Hand nach einem Glas Wasser auf dem Nachttisch tasten sehen.

Ganz am hinteren Ende saß Claire an einem Schreibtisch. Eine Lampe mit grünem Schirm warf Licht auf ihre Papiere. Auf seinen nächtlichen Gängen, wenn er sich fragte, wie es ihr wohl gerade erging, kam ihm stets dieser Anblick in den Sinn.

Er gab sich Mühe, so leise wie nur möglich über den Fliesenboden zu gehen, aber die Blakeys unter den Sohlen verriet jeden seiner Schritte. Sie sah ihm entgegen, als er näher kam, und kontrollierte die Zeit mithilfe der Uhr, die sie an einer Kette um den Hals trug.

»Was ist los?«, fragte sie und erhob sich. Sie war schlank und adrett und trug das weißblonde Haar zu einem Pagenkopf frisiert, der immer perfekt zu sitzen schien. »Du zitterst«, stellte sie fest. »Und du bist so blass wie ein Gespenst.«

»Mir ist kalt. Der Fluss war kälter, als ich erwartet hatte. Ich bin völlig durchgefroren. Was verordnen Sie, Schwester?«

»Warte einen Moment«, sagte sie und ging zu einem Bett, in dem im Licht einer Nachttischlampe ein bewusstloser Mann lag. Der größte Teil seines Körpers war unter einem weißen

Laken verborgen, auf dem seine bandagierten Hände lagen. Beide waren blutig. Claire maß seinen Puls und legte ihm eine Hand an die Stirn.

»Was ist passiert?«, fragte Brooke und studierte das blasse Gesicht des Soldaten.

»Laut dem Kameraden, der ihn hergebracht hat, ist er ›Windenmann‹. Ich habe mir die Details nicht alle gemerkt, aber er arbeitet an einer Maschine, die dazu dient, die Sperrballons steigen zu lassen oder einzuholen. Das Tau ist gerissen, und er hat versucht, den Ballon zurückzuziehen. Seine Hände sehen furchtbar aus, Eden, bis auf die Knochen zerfetzt. Jedes dieser Taue besteht aus Tausenden von Drähten, und wenn es reißt, dann fransen die aus wie zerzauste Haare, jedes rasiermesserscharf. Man sollte ihm einen Orden verleihen, aber das wird wohl nicht passieren, was? Er ist nur ein Private, aber ich denke, er ist ein Held.«

Sie steckte die Decke fest, damit der Mann es warm hatte. »Das Komische ist, dass hier ein Sergeant aufgetaucht ist, der sich ganz schön wichtiggemacht hat. Er hat behauptet, die Arbeit dieses Jungen unterliege der Geheimhaltung und sein Kamerad solle in die Kaserne zurückgehen. Der hatte sogar den Nerv, *mir* zu sagen, ich dürfe nichts von dem preisgeben, was ich gehört habe oder während der Nacht vielleicht noch hören könnte. Ich habe ihm erklärt, er könne ganz beruhigt sein, weil ich dem Patienten eine ordentliche Dosis Morphin verpasst habe und er mindestens bis zur Morgendämmerung schlafen werde. Ich glaube, das ist das Mindeste, was er verdient hat.«

Nachdem sie sich vergewissert hatte, dass ihr Patient gut versorgt war, holte Claire eine Jungschwester herbei, die in der Stationsküche Bettpfannen gespült hatte, und wies sie an, den Schwesternstützpunkt zu übernehmen, da sie nun beabsichtige, ihre halbstündige Pause zu nehmen.

Brooke folgte ihr zu einer Nebentür, die hinaus zur Feuertreppe führte. Über eine eiserne Wendeltreppe ging es hinab zum Boden, von dem aus zwei Fluchten weiter hinunter in den Keller führten.

Auf einer Stahltür prangte der Schriftzug: BETRETEN STRENG VERBOTEN.

Claire schloss die Tür auf.

Trockene, pulsierende Hitze erfüllte den Heizkeller. Claire hatte ein frisches Handtuch mitgenommen. Brooke presste sich mit dem Rücken an den Metallkessel, spürte das sengend heiße Metall, das sanfte Rumpeln der heißen Rohrleitungen, das subtile Wogen von Wasser nahe dem Siedepunkt.

»Es ist vielleicht an der Zeit, den Fluss bis zum nächsten Jahr sich selbst zu überlassen«, sagte Claire und schob seine Hände beiseite, um ihm das Haar zu trocknen und sein Hemd aufzuknöpfen.

Es war nicht das erste Mal, dass sie ihn hierherbrachte.

»Hast du die Tür verriegelt?«, fragte er und küsste sie. »Wir wollen ja den Nachtwächter nicht traumatisieren.«

»Ich habe die Tür abgeschlossen, Eden. Ich bin eine erfahrene und sorgfältige Krankenschwester. So jedenfalls steht es auf meinem jüngsten Personalbogen, und das ist die Meinung eines Doktors, also muss es stimmen.«

Später, als sie einander im Halbdunkel in den Armen hielten, brach Brooke nach einer Weile das lange Schweigen. »Heute habe ich vom Fluss aus ein Platoon Soldaten auf St. John's Wilderness gesehen. Sie haben Gruben ausgehoben. Doric, der, wie du weißt, omnipotent ist, sagt, es gäbe Gerüchte, dass die Army den Schutt von Bombeneinschlägen vergräbt.«

»Bombeneinschläge?«, wiederholte Claire, stand auf und ließ sich ihre Uniform mit hoch erhobenen Armen über die

Schultern fallen. »Es hat doch gar keine Angriffe gegeben. Sirenengeheul, Alarm und eine Menge Hysterie, aber keine Flugzeuge.«

»Doric sagt, die Regierung würde es vertuschen. Dass es Todesfälle gegeben habe und dass die verstümmelten Leichen in dem Schutt lägen und sie keine Zeit hätten, sie zu suchen. Überhaupt solle die Sache geheim gehalten werden, um die Moral aufrechtzuerhalten. Für mich klingt das nach Unsinn, aber vielleicht kannst du dich mal umhören? Doric meinte zu wissen, der Angriff sei in Schottland erfolgt, möglicherweise in Glasgow, aber er hat auch gehört, es könnte im East End passiert sein. Wenn das stimmt, werden die Ärzte davon wissen. Die Überlebenden müssen ja irgendwo behandelt worden sein.«

»Ich erkundige mich«, versprach sie. »Aber du weißt so gut wie ich, dass Neugier aus der Mode kommt.«

KAPITEL FÜNF

Romsey Town, ein Arbeiterviertel mit schmalen, leiterförmig angeordneten Straßen, lag gleich jenseits der Bahngleise und war nur über eine rostige viktorianische Eisenbrücke erreichbar. Überquerte man sie, ließ man die mittelalterliche Innenstadt hinter sich und gelangte in eine Industrievorstadt, deren Wohnbereiche von schmuddeligen Reihenhäusern geprägt waren, Wand an Wand in trostlosen Zeilen erbaut. Rauch kräuselte sich über den Schornsteinaufsätzen. Eine Methodistenkirche wachte über die Brücke. Gleich gegenüber lag ein Pub namens *Earl of Beaconsfield*, in dessen Fenster trinkbare Verlockungen geätzt worden waren: Windsor Ales schmückte sich mit dem Bild eines großen Schlosses, Lamb's Navy Rum zierte eine Grafik des Union Jack. Eine Ritze zwischen den beiden Verdunkelungsabdeckungen offenbarte gastlichen Lichtschein im Inneren.

Das »Dörfchen«, wie man das Viertel, einst erbaut für Eisenbahnarbeiter, nannte, war überzogen mit dem Kohlenstaub seiner eigenen ärmlichen Feuer und der Dampfloks, die auf der Hauptstrecke nach London vorbeidonnerten oder Güterwagen zum Verschiebebahnhof rangierten. Jeder Stein und jeder Ziegel war geschwärzt, rußbeschmutzt und fühlte sich ein wenig klebrig an. Der dahintreibende Geruch von billigem Koks vermengte sich mit den Ausdünstungen, die die Zuckerrübenfabrik in die Welt rülpste, und überzog die ganze Gegend mit einem derben Brandgestank.

Um halb elf kennzeichnete ein Chor verschiedenster Glocken in einer Reihe von Eckkneipen die Sperrstunde der Pubs. Licht ergoss sich auf das Pflaster vor dem *Earl*, als drei Männer hinaus auf die Straße strömten, ihre Mäntel schlossen und die Kragen hochschlugen, während die Tür hinter ihnen hastig von innen geschlossen wurde.

»Also, tun wir's«, sagte Henderson, der Größte der drei und zugleich der Federführende. Zusammen mit Lauder, dem Schotten, und Popper, dem Doktor, repräsentierte Henderson das Komitee des East Cambridge & District Branch der kommunistischen Partei. Im *Earl* hatten sie über Fußball gesprochen und sorgsam vermieden, von Politik zu reden oder ihre Pläne für den weiteren Abend zu erwähnen. Durch den Einmarsch in Polen, bei dem die Sowjets gemeinsame Sache mit Hitler gemacht hatten, war die Partei in eine prekäre Lage geraten. *Auf wessen Seite,* so fragten die Zeitungen, *steht die Partei?* In London war es zu Festnahmen gekommen, nationale Führungspersonen waren verhört worden, und im Parlament wurde schon darüber geredet, die Partei komplett zu verbieten. Sollte das passieren, würden sie untertauchen müssen, also war es nicht in ihrem Interesse, Aufmerksamkeit zu erregen.

Zu dritt standen sie beisammen und warteten darauf, dass ihre Augen sich an die Dunkelheit gewöhnten, ehe Henderson sie eine Nebenstraße hinunter zu einer Sackgasse geleitete, in der ein schmaler Durchgang auf der Rückseite der Häuser zu einer Schule und weiter zu einem Bahndamm führte, von dem aus man Höfe und Gärten sehen konnte.

Ein Mann wartete auf der Balkenbrücke für Fußgänger, die über die Hauptbahnstrecke führte.

»Chris?«, rief Henderson.

»Ich bin hier«, sagte der junge Mann. »Könnt ihr es sehen? Es brennt am Bahnhof. Glaubt ihr, das ist ein Bombenangriff?«

»Das bezweifle ich«, sagte Henderson, aber sie alle blieben auf der Brücke stehen und musterten prüfend den Himmel, an dem ein schwacher gelber Lichtschimmer pulsierte.

»Wir müssen weiter …«, sagte Henderson und ging voran, die Stufen auf der anderen Seite hinunter und über eine Reihe von Gleisen, vorbei an einem hoch aufragenden Wasserturm und weiter zu einem großen Wellblechschuppen. Eine Minute lang kämpfte er mit dem Schloss, ehe er die anderen hineinscheuchte. Im Inneren riss seine Taschenlampe eine Tenderlok auf Schienen inmitten des Betonbodens aus dem Dunkel. Er nahm einige Kerzen aus der Tasche und bat Popper, sie zu verteilen, während Lauder angewiesen wurde, Stühle zu beschaffen.

Henderson selbst holte eine hölzerne Kiste aus einem Lagerbereich, stellte sie auf dem Boden ab, kletterte auf die Tenderlok, setzte sich auf das Trittbrett über den Rädern und ließ die Beine baumeln.

»Also, Jungs, lasst uns unsere Fantasie benutzen«, sagte er. »Wir befinden uns inmitten der ganzen Pracht des Schwurgerichtssaals Nummer eins auf dem Market Hill in Cambridge. Ich sitze auf der Richterbank. Richter Henderson führt den Vorsitz. Christopher Childe, dein Fall wird verhandelt, daher sitzt du auf der Anklagebank, also stell dich auf die Kiste. Morgen wird das alles real sein.«

Childe nickte. Popper und Lauder setzten sich in die erste Reihe.

»Im Moment, Chris, wirst du als Kriegsdienstverweigerer geführt, ein Feigling wie der Rest von uns. *Unter Vorbehalt* als Wehrdienstverweigerer registriert. Jeder von uns weiß, was das bedeutet. Du musst alles tun, was sie von dir verlangen. Harte Arbeit. Morgen sitzt das Militärtribunal zu Gericht und entscheidet, ob du es verdienst, *ohne Vorbehalt* als Wehrdienstverweigerer anerkannt zu werden. Das würde bedeuten, du könntest ganztägig für die Partei arbeiten … Das hier einmal durchzuspielen erhöht deine Chancen auf einen Erfolg vor dem Tribunal um das Vierfache. Popper hat von der Parteiführung Zahlen erhalten, die das beweisen. Dies …« Er breitete die Arme aus. »Dies ist dein Probedurchlauf. Du hast Glück!«

»Kann ich mich setzen?«, fragte Childe. Er war Anfang zwanzig, hatte ein blasses rundes Gesicht mit einer kleinen Stupsnase, unter der ein dünner Schnurrbart wuchs. Die Lippen ragten über dem fliehenden Kinn nach vorn, sodass sich der Kerzenschein auf ihnen fing.

»Nimm dich zusammen«, sagte Henderson. »Morgen wirst du auch stehen müssen. Und hör auf zu flennen. Ich weiß, wir gelten alle als Drückeberger, aber das ist nur ein Klischee.«

Die Männer nickten und sahen zu, wie Henderson eine Ausgabe der *Peace News* aus der Tasche holte und auf den Boden warf, als handelte es sich um ein Beweisstück. Die Zeitung wurde landesweit mit dem Ziel gedruckt, den Pazifismus zu propagieren.

»Das mag nur ein Revolverblatt sein, Jungs, aber es wendet sich an das Proletariat«, erklärte Henderson. »Wichtiger noch, es wird gelesen, anders als die meisten dieser langweiligen Schriften, die die Partei sonst abliefert. Darum helfen wir, es zu verteilen. Wenn Chris morgen Erfolg hat, dann können wir, Kameraden, die *Peace News* dazu nutzen, die Massen anzusprechen. Wir können eine eigene Seite drucken, ein Nachrichtenblatt, und sie hineinlegen. Wir brauchen dich, Chris – ganztags – als Herausgeber und Drucker.«

Chris zupfte am Kragen seines Overalls. Die Blässe seines Gesichts stand im krassen Kontrast zu einem Fleck auf seiner Stirn, der ganz nach Schmutz aussah. Sein Haar, kurz und buschig, sah ebenfalls verdreckt aus, und seine Finger waren schmuddelig, die Fingernägel schwarz.

»Das Wichtigste zuerst«, fuhr Henderson fort. »Vor der echten Verhandlung – und die ist *morgen* – nimm verdammt noch mal ein Bad.«

»Ich hab Gräben ausgehoben«, erklärte Childe.

»Exakt. Und genau darum musst du vor das Tribunal treten.« Henderson ließ seine Knöchel knacken. »Also, zuerst werden sie dich auffordern, eine persönliche Erklärung zu verlesen. Natürlich werden sie dir gar nicht zuhören. Wirklich wichtig sind die Antworten, die du ihnen auf ihre Fragen gibst. Und dein Auftreten! Du musst sie überzeugen, dass du ernsthafte Gewissensprobleme hast.« Henderson hüstelte. »Fangen wir an. Sind Sie gegen das Töten?«

»Ja.«

»Sind Sie Vegetarier?«

Childe entspannte sich ein wenig und verlagerte sein Gewicht auf das linke Bein. »Das ist eine kindische Frage. Ich bin gegen …«

»Niemals den Fragesteller infrage stellen«, donnerte Henderson.

»Das hassen die«, sagte Popper. »Das ist kein Debattierclub. Es ist auch kein Weltuntergang, Chris. Neunzehn-vierzehn hätten sie dich noch erschossen, aber jetzt hast du eine echte Chance, dass sie dich weiterleben lassen. Also beruhig dich.«

»Haben Sie eine Schwester?«, setzte Henderson die Befragung fort, und ein feindseliger Ton schlich sich in seine Stimme. »Wenn ein deutscher Soldat sie in Ihrer Gegenwart vergewaltigen würde, würden Sie Gewalt anwenden, um ihr zu helfen?«

Childe traten die Tränen in die Augen. »Ich muss die Antworten auswendig lernen, einen Spickzettel vorbereiten …«, sagte er.

»Das ist das Letzte, was du brauchst, Bursche«, unterbrach ihn Lauder und ließ sich auf seinem Stuhl nach hinten sacken.

»Das sind keine Militärs. Da werden zwei Zivilisten sein. Ein Mädchen ist bestimmt auch dabei …«

»Und hör auf zu zittern, Chris«, warf Popper ein.

»Ich *kann* nicht aufhören zu zittern«, klagte Childe. Er stieg von der Kiste. »Ich habe heute Abend einen echten Schrecken bekommen. Sie haben uns zu St. John's Wilderness befohlen, wo wir am Fluss Gruben ausheben sollten. Sie haben gesagt, später kämen Soldaten, und die würden diese Gruben brauchen, aber sie haben uns nicht erzählt, wofür. Wir haben drei Stunden lang gegraben …«

»Was hast du denn erwartet?«, spottete Lauder in Anbetracht von Childes Abneigung gegen harte Arbeit. »Dachtest du, du kannst eine ruhige Kugel schieben?«

Childe schüttelte den Kopf. »Meine Antwort auf all das und für euch alle lautet, dass es verdammt noch mal nichts mehr ausmacht, was das Tribunal sagt. Weil ich nämlich heute Abend etwas gesehen habe, das beweist, dass es zu spät ist. Der Krieg, der da aufzieht, Kameraden, für den werden sie keine Soldaten brauchen. Ich habe es mit eigenen Augen gesehen. Ich weiß, was sie in diesen Gruben verbuddeln …«

KAPITEL SECHS

Der Nebel war noch dichter geworden und strömte wie ein Fluss durch die verlassenen Straßen; Fetzen davon lugten gleichsam wie Leichentücher in gewundener Prozession um Ecken, leckten am feuchten Mauerwerk der Bogengänge, spitzten unter Türen. Brooke schlug den Kragen seines Mantels hoch und ging zurück zum Polizeihauptquartier. Claire sagte immer, sie könnte ihn auch in einer Menschenmenge schon aus hundert Metern Entfernung ausmachen: Die Hutkrempe heruntergeklappt, hatte er die Hände stets tief in den Manteltaschen vergraben, und er setzte seine Schritte unberirrbar in einer Linie, sodass sich seine Silhouette zu einem winzigen Punkt des Kontakts mit der Erde zu verjüngen schien.

Mondschein fiel auf King's Parade, eine Reihe vornehmer Geschäfte und Cafés gegenüber einer ganzen Serie breiter Rasenflächen, hinter denen sich das stattliche College erhob. Auf Brooke wirkte diese Straße von jeher erbaulich, denn sie erinnerte ihn an eine Uferpromenade, als spähte die Parade der Geschäfte hinaus zur See – vielleicht im herrschaftlichen Eastbourne oder dem Regency Brighton –, wenngleich ihr Blick hier stattdessen auf typisch englischen Rasen und die honigfarbenen Mauern und Maßwerke der mittelalterlichen Fassaden im Hintergrund traf. Das weitläufige, offene Gelände und der Sternenhimmel über ihm bildeten einen starken Kontrast zu den schmalen Gassen und Durchgängen im Rest der alten Stadt.

An der King's College Chapel sammelte eine große Rosskastanie Nebel um ihre Wurzeln, sodass es schien, als würde das hoch aufragende Gemäuer über der Erde schweben. Die silbergrauen Äste des großen Baumes passten wunderbar zu den Steinen, aus denen das College erbaut war, beinahe als wären auch sie von mittelalterlichen Steinmetzen gehauen worden. Mit ihren hundert Jahren war die Kastanie eine der Kostbarkeiten der Stadt. Ihre höchsten Zweige reichten hundert Fuß weit in die Luft und waren geschmückt von herbstlichem Laub. Aber selbst an der Kapelle hatte der Krieg seine Spuren hinterlassen: Grauer Filz und Klebstreifen verdeckten das hohe Ostfenster des Gotteshauses, während das wertvolle mittelalterliche Glas in den städtischen Gewölben in Sicherheit gebracht worden war.

Brooke ging zum Bull Hotel, dessen Fensterläden geschlossen waren, und bog dann in Richtung der Silver-Street-Brücke ab. Die College-Mauern links und rechts des Wegs waren so nah, er musste nur die Arme ausstrecken und konnte beide auf einmal berühren. Vor sich sah er einen Funkwagen der Polizei, der zur verabredeten Zeit am richtigen Ort auf der Brücke stand. Die halb verdeckten Heckleuchten schimmerten schwach durch den Nebel.

Ein uniformierter Fahrer saß am Steuer; einen Ellbogen auf die untere Kante des Fensterrahmens gelegt, schrieb er etwas in sein Protokollbuch und verfolgte zugleich Brookes Annäherung im Rückspiegel.

»Machen Sie Pause, Constable«, sagte der. »Ich brauche Ihr Funkgerät.«

Der junge Officer sprang aus dem Wagen.

Brooke glitt auf den Sitz, nahm den Hörer von der Gabel und legte seine Brille auf das Armaturenbrett. Die Windschutzscheibe war von der Asche des verbrannten Ballons verschleiert, also wischte er den Schmutz mit dem Scheibenwischer fort. Zum ersten Mal in dieser Nacht sah er seinen eigenen Atem, der sich auf dem Glas niederschlug.

»Brooke an vier«, sagte er, begleitet von statischen Hintergrundgeräuschen. Er wiederholte den Ruf dreimal und beendete ihn jedes Mal mit dem obligatorischen »Over«. Ungeduldig fischte er den Zinnflachmann heraus, den Claire ihm vergangene Weihnachten geschenkt hatte, und trank einen Schluck Wasser.

Immer noch keine Antwort; der diensthabende Sergeant klammerte sich zweifellos an einem Becher Tee fest und überlegte, welches der rechte Moment war, den Ruf zu beantworten. Oder hielt er sich gerade unten im Zellenbereich auf?

In dem schlitzförmigen Lichtstrahl der Scheinwerfer konnte Brooke den Constable am Brückengeländer sehen. Er versank bis zum Bauch in dem Nebel, der still von Norden nach Süden strömte und die Brücke bis zur Unsichtbarkeit verhüllte. Es wirkte, als würde der Mann mitten über dem Fluss in der Luft hängen.

»Wache hier. Over.« Brooke erkannte die Stimme. Sie gehörte einem älteren Sergeant, den man aus dem Ruhestand zurückgelockt hatte, um die Reihen des Borough zu verstärken, die durch die Einberufungen ausgedünnt worden waren.

»Gibt es irgendetwas über das Feuer am Bahnhof, Sergeant?«

»Die Hilfsfeuerbrigade hat zwei Löschfahrzeuge bei Kew's, Sir. Bei der Getreidemühle am Bahnhof. Die County Brigade unterstützt sie. Ich habe die zwei von der Nachtschicht zu Fuß von hier losgeschickt. Uns hat man gesagt, dafür wären Sperrballons von der Strecke nach London verantwortlich. Anscheinend sind die Taue gerissen. Einer schwebt nordwärts, darum habe ich Ely, Downham und sogar Lynn benachrichtigt. Wenn er die Richtung beibehält, erreicht er bei Anbruch der Dämmerung das Meer. Ein Ballon ist über dem St. John's College und hat sich dort am Kapellendach verheddert. Der Pförtner hat den Master geweckt, und der sagt, sie würden sich darum kümmern, sobald sie wieder ein bisschen Licht haben.«

»Irgendwelche Kunden in den Zellen?«, fragte Brooke.

»Drei Betrunkene, aber die lassen wir in einer Stunde wieder raus. Die Wächter sagen, es ist niemand auf der Straße. Aber wer weiß. Bei Tageslicht könnte sich das anders darstellen. Eine Sache …«

Der Rest ging in statischem Rauschen unter.

Brooke forderte ihn auf, zu wiederholen, was er gesagt hatte.

»Die Fußstreife – PC siebzehn – hat sich von der Polizei-Zelle vorm Shire Hall, oben in der Nähe des Schlosses, gemeldet. Er hat drei Lastwagen entdeckt, die hangaufwärts angehalten haben. Ist ein paar Stunden her. Die Fahrer haben ein Schläfchen gehalten. Ihre Papiere sahen verdächtig aus, darum hat er ihre Personalien aufgenommen. Ich hab ihm gesagt, er soll die Spedition nachschlagen, aber sie steht nicht im Kelly's. Laut Adresse auf der Seite der Laster kommen die aus York. Ich würde ja da im Revier anrufen, doch die Leitung ist tot. Aber ich versuch's weiter. Over.«

PC siebzehn hatte, wie Brooke sich erinnerte, gerade die Ausbildung hinter sich und steuerte auf die Einberufung um Weihnachten herum zu. Der Name wollte ihm nicht einfallen, aber er kannte die Akte: vormals Bürokraft für das Arbeitnehmerregister, vertraut mit Dokumentation, Formularen, Signaturen, Passierscheinen, Vorschriften.

Und was war nun »verdächtig« an den Papieren der Lastwagenfahrer?

»Ich gehe rüber«, sagte Brooke und legte auf. Eigentlich hatte er vorgehabt, eine der Zellen für eine Stunde zu beanspruchen, aber der Gedanke an diese drei Lastwagen, die in der dunklen Nacht abgestellt worden waren, war Grund genug, es sich anders zu überlegen.

Der Constable aus dem Funkwagen stand immer noch auf der Brücke. Als er sah, dass Brooke ausgestiegen war, warf er seine Zigarette ins Wasser, als würde er einen Pfeil auf eine Dartscheibe werfen.

»Sir«, sagte er und nahm Haltung an.

Brookes Ruf eilte ihm voraus: forsch, ungeduldig, keine Zeit für Trottel oder Schlamperei. Die Fähigkeit des Detectives, Unfug auf Anhieb zu erkennen, galt ebenfalls als lokale Legende. Sich von Inspector Brooke fernzuhalten, wurde weithin als karrierefördernde Maßnahme angesehen.

»PC Woods, richtig?«, fragte er.

»Sir.«

»Später, wenn die Sonne aufgegangen ist, vertreten Sie sich mal die Beine am Flussufer, nördlich der Trinity Bridge.«

»Ich soll diesseits des Flusses bleiben, Sir. Wagen drei ist …«

»Das ist mir bekannt«, fiel Brooke ihm ins Wort. »Aber wir sind Polizisten, Officer. Keine Bankbeamten. Denken Sie, die Gauner bleiben auch alle auf dieser Seite des Flusses?«

»Sir!«

»Genau. Also, machen Sie einen Spaziergang am Westufer. Halten Sie die Augen offen. Ich habe gegen Mitternacht da draußen ein Platoon Soldaten gesehen, die dort gegraben haben. Schauen Sie, ob Sie die Grube finden, und achten Sie auch auf alles andere, was Ihnen ins Auge fällt. Ehe Sie Feierabend machen, legen Sie mir einen Vermerk über Ihre Erkenntnisse auf den Schreibtisch. Alles klar?«

KAPITEL SIEBEN

Die drei Laster hatten auf der linken Seite der Castle Hill angehalten, einer breiten Straße, die sich vom nebligen Fluss hinauf zu einem grob kreisförmigen Grashügel zog. Darauf standen die Überreste der einst imposanten mittelalterlichen Burg, die nun als Bezirksgefängnis zweckentfremdet worden waren. Die Laster waren hangaufwärts am Straßenrand abgestellt, als wollten sie die Stadt verlassen. Die Straße selbst mit ihren diversen Pubs, einer Brauerei und einer Sägemühle lag still im Mondschein. Eine rote Gaslaterne war an einer Kreuzung auf halbem Weg den Hang hinauf an einem Pfosten entzündet worden und überzog die Szenerie mit einer warmen Patina.

Als er auf dem Pflaster den Hügel ein Stück weit hinaufgestiegen war, fand Brooke den ersten Fahrer schlafend in seinem Laster vor. Er war nach vorn gesunken, und der Mondschein fing sich in falschen Zähnen, die ihm ein kleines Stück weit über die Lippen gerutscht waren. Fünfzig, fünfundfünfzig, schwerer Kopf, fleischiges Gesicht. Hautfalten fielen in die Form eines Doppelkinns, das auf seiner Brust lastete.

Das nächste Führerhaus war leer, die Beifahrertür weit offen. Eine Zigarette glomm in einem Aschenbecher gleich neben dem Schaltknüppel. Als er seinen Weg zum letzten Lastwagen fortsetzte, hörte er Stimmen. Als er schließlich auf einer Höhe mit dem Führerhaus war, sah er einen Police Constable vor dem Fahrzeug stehen, der sich Notizen machte und leise mit einem Mann in einem Arbeitsoverall sprach.

Der Constable salutierte. »PC Cable, Sir. Das ist Mister Turl, Vorarbeiter bei …« Er warf einen Blick auf seine Notizen. »Turl Haulage, York.«

»Was gibt es für ein Problem, Cable?«, fragte Brooke, trat zurück und bedachte Turl mit einem verhaltenen Lächeln.

Der Fahrer war um die eins fünfundsiebzig, sehr schlank, kleiner Kopf, schwarzes Haar mit spitzem Haaransatz, vielleicht fünfundzwanzig Jahre alt. Seine Mimik wirkte unverstellt, achtungsvoll, beinahe devot. Brooke fand, er war extrem jung für einen Vorarbeiter, aber in Anbetracht des Namens der Unternehmung war er ja vielleicht der Sohn des Eigentümers. Ein bauschiger Overall flatterte locker um seine Glieder, große Hände bearbeiteten einen Lumpen und vermittelten den Eindruck von unterdrückter Energie.

Er sollte Uniform tragen und in Frankreich sein, dachte Brooke, dann aber fiel ihm ein, dass die Fahrer im Straßentransport vom Wehrdienst freigestellt waren. Wenn die Kampfhandlungen aber erst einmal losgingen, würde diese Freistellung nicht länger gelten.

»Es geht eigentlich um die Papiere«, sagte Cable. »Die sind einfach ein bisschen durcheinander. Ich habe die Einzelheiten zum Hauptquartier durchgegeben, in der Hoffnung, dass die die grundlegenden Informationen überprüfen können.«

Mit einem Nicken deutete er auf die andere Straßenseite. Im Schatten eines Baumes stand dort eine Polizeizelle, ausgestattet mit einer direkten Leitung zum Revier, einem Erste-Hilfe-Koffer und einem Feuerlöscher. Im Borough machten Gerüchte die Runde, denen zufolge mehrere auch mit Paraffinkochern ausgerüstet waren, die es den Beamten ermöglichten, sich in kalten Nächten einen Tee zu brauen, und manchmal fand sich sogar eine Flasche Bier. Ein schwacher Lichtschein fiel aus der halb offenen Tür.

»Der Sergeant hat gesagt, er ruft in der Zelle an, wenn er irgendwas rausbekommt«, fügte Cable hinzu und reichte Brooke das Fahrtenbuch des Lasters. »Ausweis ist in Ordnung. Die beiden anderen habe ich noch nicht überprüft. Die Waren wurden in einem Depot in Nordlondon aufgeladen, medizinisches Bedarfsmaterial und Kleidung, bestimmt für einen Laden in Goole am Humber. Hunter's Shipping, Ouse Wharf. Die genaue Adresse lautet South Riding.«

Cable blickte auf, scheinbar fassungslos wegen dieses Fehlers. »Es heißt West Riding. East wäre ein verständlicher Irrtum. Aber es gibt kein South Riding. Hat es nie gegeben.«

Turl schüttelte den Kopf. »Das war bestimmt Meg aus unserem Büro«, sagte er. »Das Mädel heiratet dieses Wochenende. Ist nicht so helle, müssen Sie wissen. Und das ist ihr großer Tag.« Er lächelte Brooke an, und in seinen Augen lag echte Wärme. »Ist schon ein ziemliches Prachtweib, unsere Meg.«

»Ein Yorkshire-Mädel?«, fragte Brooke.

»Geboren und aufgewachsen«, bestätigte Turl.

»Dann sollte man doch annehmen, sie wüsste so was«, bemerkte Brooke.

Turl lächelte immer noch.

Cable setzte seinen Bericht fort. »Zwei der Autonummern passen nicht zu denen auf dem Nummernschild – bei der einen ist eine Zahl falsch, drei statt fünf, bei der anderen steht GJ anstelle von SJ. Die Reisegenehmigungen sind in Ordnung, aber die Ausgabestempel sind verschmiert …«

Brooke hielt das Dokument, während Cable die Taschenlampe auf den kreisrunden blauen Stempel richtete, auf dem eine unleserliche Unterschrift prangte.

»Sonderbar, dass Sie bei Nacht fahren. Besonders in *dieser* Nacht«, konstatierte Brooke und studierte das fröhliche Gesicht des jungen Fahrers.

»Wir haben ja angehalten. Wollten bis zur Morgendämmerung ein bisschen ratzen. Dann geht es wieder los. Ihr Mann hier hat mich aus dem Tiefschlaf geholt. Wir sind bis acht Uhr nicht weiter als hierher gekommen, und mit abgedunkelten Scheinwerfern zu fahren ist heikel, besonders auf langer Strecke. Darum sind wir hiergeblieben, um ein Nickerchen zu machen.«

»Ihr Kollege aus dem nächsten Laster fehlt«, sagte Brooke.

Turl sah ihn ausdruckslos an. »Ginger? Schwache Blase, der Bursche. Der wird sich in irgendeine Gasse verkrochen haben. Der Ruf der Natur.« Er nickte, als wollte er seiner eigenen Erklärung zustimmen.

»Was halten Sie davon, Constable?«, fragte Brooke. »Von Gesetzes wegen sollten wir sie hier festhalten, bis wir alles überprüft haben. Aber wir können morgen auch York bitten, sich um den Papierkram zu kümmern. Ich bin sicher, das sind nur Flüchtigkeitsfehler. Sind Sie damit einverstanden, Mister Turl? Aber Sie müssten sich beim Revier melden und die Dokumente vorlegen.«

»Kein Problem, Inspector«, sagte Turl.

»Wir werfen nur noch einen kurzen Blick auf die Ladung«, fügte Brooke hinzu. »Fangen wir doch mit der schlafenden Schönheit am Fuß des Hügels an.«

Turl hatte angefangen zu schwitzen, stark genug, dass seine reine Haut glänzte, und seine Augen waren so geweitet, dass das Weiße regelrecht aufleuchtete. »Nev schläft gerade. Das war ein langer Tag. Na, dann viel Spaß beim Aufwecken.«

Später, als Brooke sich den Moment ins Gedächtnis rief, um Claire davon zu erzählen, wusste er nicht mehr so recht, was zuerst geschah: ob es das Aufleuchten der Lampe auf der Polizeizelle war oder das Klingeln des Telefons.

Doch was auch der Auslöser war, das Ergebnis folgte auf

dem Fuße: Turl rannte davon. Die Bezeichnung Windhund wäre ihm nicht gerecht geworden.

PC Cable verfolgte ihn.

Brooke ging rasch den Hügel hinunter zu dem letzten der drei Lastwagen. Das Führerhaus war leer, der vormals schlafende Fahrer geflüchtet, und die Beifahrertür stand weit offen.

Drei Lastwagen, alle mit Vorhängeschlössern gesichert, alle drei Fahrer weg.

KAPITEL ACHT

Die Polizeitruppe des Borough residierte im Spinning House, einem ehemaligen Armen- und Zuchthaus, das auf Fundamenten aus dem siebzehnten Jahrhundert fußte. Früher hatte es als Karzer der Universität gedient, in dem die furchterregenden Wachtmeister – die »Bulldoggen« – auf Anweisung ihres jeweiligen Vorgesetzten Prostituierte inhaftiert hatten, um die Moral der Studenten und Gelehrten zu schützen. Die Frauen hatte man in einem großen Raum im obersten Stockwerk direkt unter dem großen Eichendach an Spinnräder gesetzt. Danach hatten die Viktorianer das Gebäude zur Unterbringung bedürftiger und mittelloser Menschen genutzt. Es war ein Ort der Mühen gewesen, in dem Schufterei gegen eine dünne Suppe und eine Zuflucht bei Nacht getauscht wurde. Die Zellen aus früheren Zeiten wurden immer noch genutzt und zudem laut Aussage mehrerer Bewohner der jüngsten Zeit von den Geistern ehemaliger Gefangener heimgesucht.

Die gemauerte Fassade des Gebäudes mit ihren schmalen Lanzettenfenstern im Erdgeschoss unter den hervortretenden großen Erkern weiter oben war von schlichter Eleganz. Hinter der Eingangstür, die durch einen imposanten Torbogen führte, befand sich ein holzgetäfelter Vorraum, in dem der Nachtschalter des Reviers den Zugang zu den weiter hinten gelegenen Büros versperrte.

Als Brooke eintraf, deckte der diensthabende Sergeant die Sprechmuschel des Telefonhörers ab, den er an sein Ohr gepresst hielt. »York besteht darauf, Sir: Es gibt keine Firma Turl Haulage, jedenfalls nicht in deren Einzugsgebiet. Da macht man sich schon Gedanken über die Ausweise. Übrigens hat Cable sich gerade gemeldet. Hat den Fahrer endgültig verloren, drüben in der Nähe von Bait's Lock.«

Brooke war beeindruckt von Cables Ausdauer. Die Schleuse lag draußen am Stadtrand, wo die zwischen den Kriegen entstandenen Vorstädte in offenes Marschland übergingen.

Der Sergeant beendete sein Gespräch mit dem Revier in York und legte den Hörer zurück auf die Gabel. »Ich habe alle auf die Suche geschickt, Sir. Aber Sie wissen ja – Nadel, Heuhaufen, immer die gleiche alte Geschichte.«

»Irgendwelche Fortschritte wegen der Bolzenschneider?«, fragte Brooke. »Wir müssen in die Laderäume dieser Laster, Sergeant.«

»Gleich morgen als Erstes, Sir. Die Werkstatt ist verriegelt, bis die Tagesschicht anfängt«, entgegnete der Sergeant und deutete mit einem Nicken in Richtung Innenhof des Reviers. »Vor dem Krieg war die ja noch vierundzwanzig Stunden besetzt. Aber was muss, das muss. Der Funkwagen wird die Laster am Castle Hill im Auge behalten, bis die Mechaniker die Dinger kurzschließen und herbringen können.«

Brooke nickte. »Das wird reichen müssen. Wenn Sie noch jemanden erübrigen können, postieren Sie ihn vor Ort, ja? Wir haben drei Flüchtige. Ich möchte nicht, dass einer von denen zurückkommt und wegfährt.«

Der Sergeant sah Brooke an. »Ist alles in Ordnung, Sir?«

»Ich borge mir vielleicht eine Ihrer Zellen, Sergeant. Und eine Kerze. Ich bin müde. Es war eine lange Nacht. Ist Nummer sechs frei?«

Die Zelle, die am Ende eines kurzen Korridors lag, war weiter nichts als eine kleine steinerne Kiste ohne Fenster und ohne

Belüftung, deren Ausstattung sich auf eine Pritsche und einen sauberen Eimer beschränkte. Der Raum hatte Brooke schon viele Male als Zuflucht gedient.

Er nahm ein Buch aus der Manteltasche, faltete das Kleidungsstück zu einem Kissen zusammen, legte sich hin und hielt das Buch in einem schiefen Winkel hoch, um den flackernden Kerzenschein einzufangen.

Er las den Titel. *Gesuchte Landstreicher und Diebe.*

Auf jeder Seite waren eine kurze Anmerkung, eine Beschreibung und ein Fahndungsfoto zu sehen. Das Buch wurde alle sechs Monate vom Home Office neu aufgelegt. Er hatte es immer bei sich und pflegte freie Minuten damit auszufüllen, sich die Gesichter, die er sich gemerkt hatte, noch einmal anzusehen. Der Trick bestand darin, sich nicht auf Augen oder Lippen oder eine gebrochene Nase zu konzentrieren, sondern sich irgendwie ein Bild des ganzen Gesichts einzuprägen. Brooke hatte festgestellt, dass er, wenn er in einer Menge nach einem Räuber suchte oder auf der Straße nach einem Dieb Ausschau hielt, imstande war, dieses Bild zum Leben zu erwecken, dass er es drehen konnte wie eine Büste; eine dreidimensionale Schöpfung seines eigenen Vorstellungsvermögens.

Er blätterte zwanzig Seiten durch auf der Suche nach dem Geist von Turls jungenhaften Zügen, bis er spürte, wie er langsam wegdämmerte. Kurz sah er zur Uhr, schloss die Augen und hörte gerade noch das Buch auf den Boden fallen, ehe er in der Finsternis versank. Es war eher ein Vergessen als Schlaf, und als er entschlüpfte, zuckten seine Glieder, als befände sich sein Körper im freien Fall.

Das letzte Mal, dass er auf die übliche oder »bodenständige« Art geschlafen hatte, wie sein Arzt es nannte, war im späten Oktober 1917 gewesen. Das war in der Wüste, in der Nacht vor seiner Gefangennahme durch die Türken, in einer

Oase ungefähr fünfundzwanzig Kilometer östlich von Gaza. Die Egyptian Expeditionary Force war da bereits drei Monate im Dauereinsatz gewesen, kämpfte sich den Weg gen Osten nach Palästina frei und überwachte den Bau einer neuen Bahnlinie von Alexandria aus. Als endlich eine Marschpause ausgerufen wurde, hatten sie sich einige Mühe gegeben, ein anständiges Lager aufzubauen.

Brookes Offiziersbursche hatte mit Paraffin gefüllte Sardinenbüchsen unter jeden Fuß des Betts gestellt, um Skorpione zu fangen. Das leinene Bettzeug, das hinter dem Ende des Gleises mithilfe einer als Wasserbehältnis dienenden Persenning gedämpft worden war, war weiß und frisch und trug die Kennzeichnung HOTEL BRISTOL, KAIRO. Er selbst hatte sich ein Glas Whisky und eine Zigarette gegönnt – eine dieser eleganten Black Russians, die sein Vater ihm bei ihrem Abschied am Bahnhof von Cambridge gegeben hatte. Im Verein mit dem vorhergehenden Bad in heißem Wasser – unter dem Sternenhimmel! –, war ihm das alles als enorm kultivierter Luxus vorgekommen.

Die Nachtluft in Gaza war kalt gewesen. Er hatte gerade den Kopf von dem halb geleerten Glas weggedreht, da war er auch schon eingeschlafen. Von den folgenden vierzehn Stunden Schlaf war ihm nichts in Erinnerung geblieben. Das war das letzte Mal, dass er sich dem Schlaf so hatte hingeben können, dass er ihn furchtlos als Abschluss des Tages, als harmlose und befreiende Erholung hatte erleben dürfen. Dieser Tage war sein Schlaf, so er sich denn einstellte, unruhig und unterbrochen, geprägt von abrupt auftretender tiefer Versenkung, verloren zwischen Albträumen, die ihn mit pochendem Herzen zurückließen.

Nun schrak er in Zelle sechs mit beiden Beinen um sich tretend aus dem Schlaf. Nach einem Blick auf den Kerzenstummel sah er auf seine Uhr: sechs Uhr fünfundvierzig. Er hatte einunddreißig Minuten geschlafen. Inzwischen musste die Sonne aufgegangen sein.

Im Einschlafen hatte er über die Lastwagen nachgedacht, ihre Fracht und die verschwundenen Fahrer. Beim Aufwachen war er in Gedanken bei den Soldaten am Flussufer, und er fragte sich, ob PC Woods die Grube auf der Uferwiese gefunden hatte. Das Gelände, überwuchert von Weiden und Dornengestrüpp, war die reinste Wildnis, aber es musste eine Grube geben, denn sie hatten dort etwas vergraben.

Wie dem auch sei, er würde es sich zur Aufgabe machen, oben im Militärhauptquartier in Madingley Hall einige Fragen zu stellen. Angesichts der Bürokratiebesessenheit der Army würde er sich wohl oder übel die Zeit nehmen müssen, seine Fragen schriftlich einzureichen.

Er rief sich die Soldaten an den Strängen der Wagen in Erinnerung, als ihm etwas auffiel: Zufällig hatte der weiche, gutturale, ländliche Akzent aus dem Norden, der ihm an dem Sergeant aufgefallen war, sein perfektes Echo in den Worten aus dem Munde Turls gefunden, jenes jungen Mannes, der am Ende doch schneller gewesen war als PC Cable.

KAPITEL NEUN

Chris Childe, der Kriegsdienstverweigerer, lag wach im morgendlichen Zwielicht über Romsey Town, verfolgt von den flackernden Bildern eines Albtraums, der gerade geendet hatte: Leichen und Skelette, die an Seilen einen steifen, gekünstelten Tanz des Todes aufführten, überwacht von vermummten Scharfrichtern. Schweißgebadet stützte er sich auf einen Ellbogen und fand Trost im Anblick der schlafenden Gesichter seiner Zwillingsmädchen und seiner Frau, die alle mit ihm in dem Doppelbett lagen. Die einzigen Lebenszeichen, die von draußen hereindrangen, waren das sonderbar metallische Rumpeln eines Güterwagons auf den Schienen und das ferne Gläserklirren eines Milchwagens, der von einem schwer schuftenden Pferd gezogen wurde.

Er ging hinunter ins Wohnzimmer, holte sich seine Schreibmaschine, trug sie in die Küche, schloss die Tür und tippte rasch eine knappe Erklärung zu dem Geschehen, dessen Zeuge er in der Nacht zuvor geworden war. Was hatte der Parteivorsitzende Henderson ihm gleich geraten?

»Wenn du es uns nicht erzählen willst, Chris, dann erzähl es London. Erzähl es der Partei. Schreib es auf, halte dich an die Fakten, und führ sie in der korrekten Reihenfolge auf. Dann gibst du Vera deinen Bericht – sie wird dafür sorgen, dass er ins Hauptquartier am Cadogan Square gelangt. Und fertige auch eine Kopie für dich an, aber bewahr sie sicher auf.«

Mit dem versiegelten Umschlag in der Tasche schloss er die

Haustür hinter sich und machte sich auf den Weg. Er passierte die ärmlichen Reihenhäuser in seiner Straße und überquerte die Eisenbrücke, hinter der sich die alte Stadt ausbreitete. Nebelschwaden schwebten wie Flaggen um die College-Türme. Noch immer hing die feine Asche von dem verbrannten Sperrballon in der Luft, und die morgendliche Brise trug den beißenden Geruch des Feuers mit sich. Die Große Verdunkelung war einem nebligen Herbstmorgen gewichen, doch Childe konnte bereits einen Streifen blauen Himmels erkennen, der verhieß, dass der Altweibersommer vielleicht noch andauern würde. Auf der Regent Street schepperte ein früher Bus vorüber, während eine Reihe Soldaten Sandsäcke an der Ecke Parker's Piece abluden.

Er bog in die Babylon Street ein und hielt inne. Diese kurze Sackgasse bildete das Zentrum des Rotlichtbezirks, ein kleines Viertel, das der Prostitution gewidmet war. Die Häuser waren fünf Stockwerke hoch, hatten tiefe Keller und hohe Mansarden. Sogar jetzt, um acht Uhr am Morgen, saßen zwei Männer rauchend auf den steinernen Stufen eines der Gebäude und ließen ihn nicht aus den Augen.

Childe ging zielstrebig zur Nummer zwölf und klopfte.

Während er an der Türschwelle wartete, versuchte er, sich den Moment ins Gedächtnis zu rufen, in dem er begriffen hatte, dass Vera Staunton, Schriftführerin des örtlichen Verbands der Partei, auch dem ältesten Gewerbe der Welt nachging. Wie hatte diese Erkenntnis zu einem Gemeinplatz werden können? In den Debatten während der wöchentlichen Treffen hatte sie sich stets für Frauen im ganzen Empire eingesetzt, die, »von Männern und Geld unterjocht«, gezwungen seien, ihre Körper zu verkaufen. Sie ging jedem direkten Zugeständnis aus dem Weg, doch niemand hatte irgendwelche Zweifel daran, dass sie die brutale Realität dieses Klassenkampfes aus erster Hand kennengelernt hatte. Eine Erfahrung, die in einem krassen Kontrast zu den theoretischen Träumereien der Akademiker in der Partei stand.

Durch das Buntglas in der Tür sah Childe eine Gestalt herbeischlurfen, die gleich darauf leicht gebückt mit dem Schloss kämpfte.

Dann tauchte das Gesicht einer alten Frau in der schmalen Ritze zwischen Tür und Rahmen auf, über die sich eine Kette aus Metall zog.

»Ich habe einen Brief für Vera Staunton, aber ich muss ihn ihr persönlich übergeben.«

Die Frau zuckte mit den Schultern, nahm die Kette ab und zog sich zu einer Tür am Ende des gefliesten Korridors zurück. Im letzten Moment drehte sie sich um und rief: »Gehen Sie rauf. Fünfter Stock, Vorderzimmer. Ihr Name steht an der Tür.«

Auf der Treppe begegnete Childe einem Mann auf dem Weg nach unten, möglicherweise einer von Veras Kunden, eingewickelt in einen Militärmantel, das Kinn gesenkt, einen eleganten Trilby fest auf den Kopf gerammt. Er trat zur Seite, und als Childe mit ihm auf einer Höhe war, versuchte er, sein Gesicht zu betrachten. Er hoffte, vielleicht so etwas wie Scham darin erkennen zu können oder auch einen flüchtigen Hinweis auf einen Treuebruch. Aber da war nichts, nur die unterdrückte Ungeduld eines Mannes in mittleren Jahren, der sich plötzlich zum Warten gezwungen sah, nachdem er ein Geschäft abgeschlossen und für eine Dienstleistung bezahlt hatte.

Staunton öffnete ihre Tür in einem dünnen Nachthemd mit chinesischem Muster. Als sie Childe erkannte, zog sie es bis zur Kehle fest zu. »Chris. Was gibt es? Was ist passiert?«

Childe reichte ihr den Umschlag.

»Das muss zum Vorsitzenden, zu Harry Pollitt am Cadogan Square«, sagte Childe und blieb förmlich auf der Schwelle kleben. »Heute noch, Vera. Entweder persönlich oder mit der Post.

Ich habe etwas gesehen, das sie wissen sollten, etwas Bedeutsames. Ich weiß nicht, wie man so was macht, Vera – mit der Partei. Ist ein Brief in Ordnung? Sollte ich ihn per Einschreiben schicken? Oder bringst du die Papiere hin? Ich könnte auch selbst hingehen, wenn du meinst, dass das meine Pflicht ist.«

»Ganz ruhig, Chris«, sagte sie lächelnd. »Pollitt ist eh nicht mehr da, weil er den Krieg unterstützt. Irgendwo habe ich den Namen seines Nachfolgers …«

»Die müssen das gleich erfahren, Vera, so schnell wie möglich, und Henderson sagt, dem Telefon können wir nicht trau-«

Staunton unterbrach ihn mit erhobener Hand und legte dann einen Finger an die Lippen. Sie ergriff seine Hand, zog ihn hinein und schloss die Tür. Dann kehrte sie ihm den Rücken zu und fummelte an ihrem Plattenspieler herum, bis Jazzklänge die Luft erfüllten.

Als sie zu ihm zurückkehrte, stellte sie sich nur ein paar Zoll entfernt von ihm auf, und da drang er ihm in die Nase, der Geruch der Männer, die zuvor hier gewesen waren. Was hatte Childe erwartet? Schweiß, vielleicht, und schalen Zigarettenrauch. Aber dies war weniger verräterisch: Duftseife, Rasierwasser, Zigarre.

Die Musik brachte einen Singvogel in einem Käfig dazu, so kräftig mit den Flügeln zu schlagen, dass winzige Federn zu Boden schwebten, in denen sich das Licht fing, das zum Fenster hereinfiel.

»Was steht drin?«, fragte Vera. Sie hielt den Brief hoch, stellte fest, dass er versiegelt war, und legte ihm eine Hand auf die Schulter.

»Ich kann es dir nicht sagen. Jetzt noch nicht. Wir waren uns alle einig, dass London zuerst informiert werden muss. Die müssen darüber entscheiden, die Führungskräfte auf der höchsten Ebene. Das ist keine Frage, über die wir befinden können.«

Sie wog den Umschlag in ihrer Hand.

»Hast du eine Kopie gemacht?«

Childe klopfte auf seine Jackentasche und lächelte.

»Ich kann heute nicht nach London gehen«, sagte er. »Sonst hätte ich ihn selbst hingebracht, wirklich. Aber ich muss heute Vormittag graben, am Nachmittag vor das Tribunal treten und danach zurück an die Arbeit ...« Er warf einen Blick zur Uhr. »Davor kann ich mich nicht drücken. Ich muss vor dem Tribunal eine Erklärung abgeben. Aber es ist wichtig, dass die Partei so schnell wie möglich von dem erfährt, was in diesem Brief steht, Vera. Heute noch. Können wir die Post erwischen?«

»Du hast recht. Es ist das Beste, den Brief mit der Post zu schicken.« Sie nickte lächelnd. »Warte hier«, fügte sie hinzu und zog sich in einen kleinen Nebenraum zurück, in dem er ein Einzelbett, ein Waschbecken und einen Gaskocher sehen konnte. Er hörte, wie Schubladen geöffnet und geschlossen wurden. Licht flammte auf, und ein Stuhl knarrte.

»Einen Moment«, rief sie.

Den Hauptraum dominierte ein Doppelbett, auf dem haufenweise Kissen und ein Patchwork-Quilt lagen. Neben dem Tisch mit dem Plattenspieler befanden sich ein Barwagen und ein weiterer Tisch, auf dem drei Aschenbecher standen, alle leer. Ein Bücherregal war mit einer chaotischen Auswahl an Titeln gefüllt, und an den Wänden hingen namenlose Drucke.

Nichts davon lieferte einen Hinweis auf Stauntons persönliche Geschichte.

In jener ersten Nacht bei den wöchentlichen Treffen über dem Pub *The Mitre*, in der sie ihr gesagt hatten, sie müsse sich der Partei anschließen, da hatte Henderson ihr die Schlüsselfragen gestellt: Warum hatte sie für *Peace News* gearbeitet, warum war sie Pazifistin geworden?

Sie erzählte, dass ihr Ehemann, Corporal Harry Staunton, an der Somme gestorben war. Im Anschluss an ein Gemetzel im Schlamm war sein Leichnam in der Menge von Toten, die später in einem Massengrab verscharrt worden waren, nie identifiziert worden. Der Brief seines kommandierenden Offiziers, der sie über ihren Verlust informierte, hatte keine Einzelheiten seines Todes offenbart und keinerlei Trost gespendet. Seine Einheit hatte beim Klang einer Trillerpfeife überreagiert, und von zweiundvierzig Männern hatten nur siebzehn überlebt. Die dreißig Meter, die sie in der dem Signal folgenden Schlacht erobert hatten, waren am nächsten Tag schon wieder verloren.

»Ich glaube nicht an einen ruhmreichen Tod, Sie etwa?«, hatte sie abschließend gefragt. »Der Krieg hat mich als Witwe mit einem Sohn zurückgelassen und meinen Ehemann dermaßen zerfetzt, dass sie keinem der Toten mehr seinen Namen zuordnen konnten. Also wird er nun wohl in dieser Grube liegen, zusammen mit einem Haufen anderer. Dafür hatten sie dann aber noch die Frechheit, ihm einen Orden zu verleihen, als würde mir das helfen. Nein, ich bin für den Frieden. Frieden um jeden Preis.«

Staunton kam mit dem Umschlag zurück, der nun in säuberlicher Schrift an das Londoner Hauptquartier der Partei adressiert war.

»Ich schicke ihn weg, aber ich brauche Briefmarken. Auf Einschreiben dürfen wir nicht vertrauen, besonders nicht bei Briefen für Cadogan Square. Und die beobachten uns Tag und Nacht, also ziehe ich es vor, nicht persönlich dort zu erscheinen, so lange es nicht zwingend notwendig ist.« Sie warf einen Blick auf ihre filigrane Armbanduhr. »Ich muss mich sputen.«

KAPITEL ZEHN

Zum Frühstück besuchte Brooke die Masonic Hall, hundert Meter vom Spinning House entfernt, die vom Ernährungsministerium damit beauftragt war, billige Mahlzeiten in großer Menge für Arbeiter und Soldaten bereitzustellen. Die Fenster dessen, was einmal als das British Restaurant bekannt gewesen war, waren beschlagen. Eine Handvoll Soldaten und einige Arbeiter, die früh anfangen mussten, saßen an einfachen Biertischen.

Brooke wählte ein Ei, das auf einer Warmhalteplatte förmlich in Schmalz schwamm, eine Scheibe Speck und zwei Scheiben Toast und steckte das Wechselgeld ein. Der Tee hatte zu lange gezogen, war übertrieben stark und nur noch lauwarm. Er trank ihn mit einem ganzen Haufen Zucker. An der Decke über ihm prangten Stuckverzierungen in Form von kunstvollen Symbolen des Freimaurerordens: Zirkel und Kelle und ein nervenzermürbendes einzelnes Auge in einem rituellen Dreieck. Er rauchte eine Zigarette und sog das Nikotin tief in die Lunge.

Er wäre nach Hause gegangen, um sich umzuziehen und zu rasieren, aber Claire war immer noch in der Klinik, und der Gedanke an das leere Haus war entmutigend. Ein Satz Kleidung und ein Rasierer lagen stets in seinem Büro im Spinning House bereit, zusammen mit einem Ersatzhandtuch und einer kurzen Hose für seine heimlichen Schwimmausflüge. Folglich saß er um acht an seinem Schreibtisch und kümmerte sich um liegen gebliebenen Papierkram. Darunter war auch eine Nachricht von PC Woods, die besagte, dass am Flussufer keine Spur von einer Grube oder sonst etwas in der Richtung zu finden gewesen sei.

Brookes Büro trumpfte mit zwei Dingen auf, die nicht zur üblichen Ausrüstung im Borough gehörten: hölzerne Jalousien und eine Liege, die er vor dem Wüstenfeldzug am Hafen von Suez erworben hatte, seinerzeit vor goldenem Hintergrund mit weißen Kranichen und grünen Rohrkolben neben einem blauen Nil verziert.

Auf den Schlag um acht Uhr fünfzehn griff er zu seinem Telefon und wählte die Null.

»Mister Brooke, guten Morgen, Sir.«

»Geben Sie mir bitte ein Amt«, sagte er und nippte an seinem Wasser. »Ach ja, Ihnen auch einen guten Morgen«, fügte er hinzu.

Eine Nummer in Cambridge wurde angewählt. Es klingelte nur einmal, ehe abgenommen wurde.

»Captain Kerridge.«

»Rühren!«, sagte Brooke und stellte sich vor, wie sein alter Freund steif und starr an seinem Schreibtisch stand. Captain »Rich« Kerridge war sein Pendant im Hauptquartier in Kairo gewesen, der Kontaktstelle zwischen seinem eigenen Bataillon und den Leuten von General Allenby. Ihre Freundschaft hatten sie auf der Bereitschaft aufgebaut, gegen Vorschriften zu verstoßen, die Uniformen abzulegen und mit dem Wagen hinaus in die Wüste zu fahren. Kerridge, der in Oxford Geschichte studiert hatte, war damals auf der Suche nach alten Ruinen gewesen, um seine heiß geliebten Hieroglyphen aufzuzeichnen. Brooke, der Naturwissenschaftler, hatte Ausschau gehalten nach dem berühmten nubischen Löwen und Krokodilen, die sich am Ufer des Nils sonnten.

Kerridge war Berufssoldat und nun als Adjutant des kommandierenden Offiziers in Madingley stationiert. Seine Stimme klang kultiviert und ruhig. »Du schleichst also zu dieser Stunde schon in deinem schäbigen Büro herum, Brooke. Die letzte Nacht muss ein Segen gewesen sein. All diese Dunkelheit im Staatsauftrag.«

»Dunkelheit, in der ihr es geschafft habt, ein paar Sperrballons zu verlieren«, erwiderte Brooke. »Das ist leichtsinnig. Der, den ich gesehen habe, war so groß wie ein Bus. Und ich fürchte, es gibt noch mehr schlechte Neuigkeiten, Rich. Sehr schlechte Neuigkeiten.«

»Jesus, wirklich?«, fragte Kerridge. »Die sprichwörtliche Kacke dampft schon seit der Morgendämmerung. Diese Dinger sollten die Eckpfeiler unserer Verteidigung darstellen, Brooke, unseren Schutz vor den Hunnen. Und was ist? Wir lassen sie über eine Stadt treiben, die bis obenhin voll ist mit Militärpersonal und Staatsbediensteten, von den Evakuierten ganz zu schweigen. Eines der Scheißdinger ist immer noch in der Luft. Es hat die Kathedrale von Ely um dreihundert Meter verfehlt und steigt weiter. Der König ist oben auf Sandringham. Wenn der das Ding sieht, bricht die Hölle los. Also, was ist passiert?«

Dann hörte Brooke Kerridges gedämpfte Stimme, und gleich darauf wurde eine Tür zugeknallt.

»Tut mir leid, Brooke. Der kommandierende Offizier beruft eine Lagebesprechung ein. Erzähl mir das Schlimmste, und mach schnell.«

Bildete Brooke sich die Geräusche nur ein? Das metallische Quietschen des Verschlusses einer Feldflasche, der abgeschraubt wurde? Das kaum wahrnehmbare Schmatzen trockener Lippen? Kerridge begann die meisten Tage mit einer kleinen medizinischen »Stärkung«.

Der Bericht auf Brookes Schreibtisch, den er nun für Kerridge zusammenfasste, beinhaltete keine der forensischen Einzelheiten, die sie beide hätten haben wollen, aber die grundlegenden Ereignisse waren mit brutaler Klarheit festgehalten worden.

Ein Amerikaner namens Lux, ein Forschungsstipendiat im Michaelhouse, hatte zusammen mit einigen Kameraden nach einer Vorlesung im Galen Anatomy Building in der Gaststätte *Eagle* einen Drink genossen. Er war wenige Minuten vor neun aufgebrochen und hatte erklärt, er ginge zurück in seine Räumlichkeiten. Ein Constable, der zu der Zeit Dienst hatte, meldete, dass er einen Mann, auf den Lux' Beschreibung passte – klein, kräftig gebaut, Mitte zwanzig –, um kurz nach neun am Senate House habe vorbeigehen sehen, zweifellos auf dem Weg zu seinem College. Aber wie Doric, der Nachtportier, berichtet hatte, war er zwar mit drei anderen Wissenschaftlern gegangen, jedoch nicht zurückgekehrt, bis die Tore geschlossen worden waren.

Es gab Hinweise darauf, dass Lux auf der Senate House Passage mit einem der treibenden Ballons zusammengestoßen war, genauer, mit seinen Gurten und den herabhängenden Tauen. Geborstene Dachziegel sprenkelten den Durchgang, ein Schornstein am Außenküchenherd des nächsten Colleges war beschädigt worden, und ein Stück Seil hatte sich in der Dachrinne verfangen. Mehrere Studenten berichteten, sie hätten kurze Zeit nach neun Uhr abends Dachziegel fallen gehört.

Lux' Leichnam war kurz nach halb sieben am Morgen eine halbe Meile vom Senate House entfernt am Flussufer von einer Frau entdeckt worden, die ihren Hund spazieren führte. Sie war nur teilweise bekleidet und hatte mehrere schwere Verletzungen aufgewiesen. Der Satz, den der Constable gebraucht hatte, um die Szene zu beschreiben, war aufschlussreich: *Er ist in Stücke gerissen worden*. Die Frau hatte ein Sedativum erhalten und war in einem Polizeiwagen heimgefahren worden.

»Erspar mir bitte die grausamen Einzelheiten«, sagte Kerridge.

In Kairo hatte sich Kerridge auf Logistik und Kommunikation spezialisiert. Vor dem großen Vorstoß Richtung Jerusalem hatte er freie Stunden mit einer anderen Pflicht ausgefüllt und die Anfragen von Feldkommandeuren aus dem Nahen Osten überprüft, die darum ersuchten, besondere Heldentaten durch Orden und Belobigungen auszuzeichnen. Brooke hatte ihn dafür bewundert, dass er imstande war, das Ironische an der Situation zu erkennen: ein Mann, der seinen Krieg im Grunde nur auf Papier auskämpfte, war offiziell damit betraut worden, Heroismus zu bewerten. Kerridge hatte ein Händchen für Bürokratie, verstand sich hervorragend auf intelligente Verwaltung und hegte eine Aversion gegen den Anblick von Blut.

Brooke hatte Lux' Brieftasche, die auch seinen College-Ausweis enthielt, auf seinem Schreibtisch, zusammen mit dem Gürtel des Amerikaners, dessen Schnalle die Golden Gate Bridge am Eingang der Bucht von San Francisco abbildete. Ein Fetzen eines noch nicht genau bestimmten Materials hatte sich an dem Gürtel verfangen.

»Ich bin kein Experte«, sagte Brooke. »Aber es sieht nach Kautschuk aus, leicht und dehnbar.«

»Farbe?«

»Silber. Ich sehe auch ein Stück Naht. Ich glaube nicht, dass es noch Zweifel geben kann, Rich. Er hatte ein Zusammentreffen mit einem Sperrballon. Ein tödliches Zusammentreffen.«

»Schön, dann hisst die verdammte Flagge. Nicht nur, dass wir drei Sperrballons verloren haben, wir haben es auch noch geschafft, einen Wissenschaftler umzubringen, einen Yankee-

Juden, wenn ich raten darf. Erfolgreiche Nacht. Du weißt, was das bedeutet. Whitehall und was sonst noch an den Schaltstellen der Macht kreucht …«

Brooke versuchte, sich den Moment des Todes vorzustellen: den treibenden Ballon, der Lux mit seinen Tauen einfängt, ihn in die Luft hebt, gegen steinerne Wände schlägt und ihn über Dächer schleift, hoffentlich in bewusstlosem Zustand, ehe er ihn der Erde zurückgibt. Wenigstens war es die feuchte Erde des süßlich riechenden Ufers.

»Kann so was wirklich einfach so passieren?«, fragte er.

»Ist nicht das erste Mal«, antwortete Kerridge. »Ich glaube, in diesem Fall liegt es nicht an der Vertäuung, sondern an dem Netz. Stell dir ein Fußballtor ohne Pfosten vor, das über eine Straße geschleift wird. Wenn man sich einmal drin verheddert, kommt man erst wieder frei, wenn irgendwas reißt.«

Brooke nahm die Einnahme eines weiteren Schnäpschens am anderen Ende der Leitung wahr.

»Musst du dich da einmischen, Brooke?«

Brooke war in Versuchung, es dem Militär zu überlassen, sich mit diesem Todesfall zu befassen. Der Krieg hatte die Polizeikräfte schwer dezimiert. Die Lahmen und Kranken und die längst Pensionierten waren zurückgeholt worden, um die Lücken zu füllen. Das CID – Criminal Investigation Department – im eigentlichen Sinne bestand aus gerade zwei Detective Inspectors, von denen einer im Begriff war, sich freiwillig bei der Royal Air Force zu melden, und vier Detective Sergeants. In einem realistischeren Sinne *war* Brooke das CID, denn über ihm gab es nur einen einzelnen Chief Inspector, der schwer mit administrativen Tätigkeiten beladen war, und einen Chief Constable, der seine Rolle als vornehmlich zeremoniell verstand. Ein Revierkampf mit dem Militär war das Letzte, was Brooke brauchen konnte.

Aber Lux' geschundener Leichnam war an einer öffentlichen Straße gefunden worden, eine halbe Welt vom Kriegsgeschehen entfernt. Ehe er zu einem Punkt in einer militärischen Statistik verkam, hatte der Mann, so empfand es Brooke, zumindest ein gewisses Maß an zivilrechtlicher Aufmerksamkeit verdient.

»Die Räder drehen sich bereits«, sagte Brooke. »Der Untersuchungsrichter wurde informiert. Du weißt ja, wie das läuft. Ich werde eine Aussage von dem Offizier benötigen, der für die Speerballons zuständig ist«, erklärte Brooke.

»Swift-Lane ist der CO«, entgegnete Kerridge. »Aber, um ganz offen zu sein, Brooke, der steht ein Stück weit über deiner Gehaltsstufe. Und über meiner. Dein Mann ist der stellvertretende Kommandant – Major Joelyn Stone. Er war für die Planung der Verdunkelung zuständig, also fällt das auch in seine Verantwortung. Die Ballons gehören zum Aufgabenbereich der RAF, aber von denen ist kein Ranghöherer hier, und wir sollen eigentlich als Verbindungsstelle zwischen den Streitkräften dienen. Ich kümmere mich darum. Ich sollte sowieso besser dabei sein … Bleib dran …«

Die Leitung war nicht tot, aber es kam ihm vor, als wäre der Hörer in eine Art elektronischen Kasten gelegt worden. Die schwachen Echos von Stimmen waren vor einem monotonen Brummen hörbar.

Es knisterte in der Leitung. »Brooke? Ich muss los. Wir sehen uns in einer Stunde hier.«

KAPITEL ELF

Ralph Edison war Brookes neuer Detective Sergeant. Uniformierte Officers, die zur Kriminalpolizei wechselten, standen stets vor einer Herausforderung, wenn sie plötzlich in Zivil aufzutreten hatten. Der Schutz, den die Insignien, die Knöpfe, die Streifen und der Gürtel boten, fiel abrupt weg. Die meisten nahmen Zuflucht bei einer streng regulierten Version ziviler Straßenkleidung, versinnbildlicht durch weißes Hemd, schwarzer oder marineblauer Binder-Krawatte, dunklem Anzug und schwarzen Lederschuhen. (Es gab Krawatten, die einfach am Kragen festgesteckt werden konnten, was die Gefahr, im Verlauf einer Festnahme damit erdrosselt zu werden, eliminierte.)

Sergeant Ralph Edison war die Veränderung schwerer gefallen als den meisten anderen. Nach dreißig Jahren in Uniform im Borough war er zwei Jahre vor Kriegsausbruch in den Ruhestand gegangen. Eine Spendensammlung an seinem letzten Tag im Spinning House hatte genug eingebracht, dass er sich einen Satz neuer Gartenwerkzeuge hatte leisten können. Brooke erinnerte sich an seine kurze, kultivierte Dankesrede, die besonders dadurch auffiel, dass sie den deutlichen Eindruck vermittelte, er ginge nur ungern. Infolge der Einberufungen hatte man ihn aus dem Ruhestand zurückgeholt.

Der Anzug hing immer noch recht eigentümlich über seinen leicht gebeugten Schultern, die Hosenbeine waren zu kurz, die Schuhe drückten. Andererseits hatte er mit seiner ruhigen, gemütlichen Persönlichkeit etwas an sich, das die *Vorstellung* einer Uniform vermittelte, obwohl sie schon lange nicht mehr da war. Ein Gefühl selbstsicherer Kompetenz strahlte von seiner großen, knochigen Gestalt aus. Edison stand in dem Ruf, ehrlich und fleißig zu sein, und er hatte ein Gespür für den Umgang mit einfachen Leuten. Die letzten fünf Jahre vor seiner Pensionierung hatte er die Wache im Spinning House während der Tagesschicht bemannt; ein geduldiger Zuhörer und das Gesicht des Borough gegenüber dem Publikumsverkehr auf dem Revier.

Nun hielt er auf der Schwelle zu Brookes Büro inne.

»Setzen Sie sich nur, wenn Sie möchten, Sergeant«, sagte Brooke. »Wir legen hier nicht so viel Wert auf Förmlichkeit.«

Die Uniformierten hatten strenge Regeln zu befolgen, die eine alles beherrschende Hierarchie widerspiegelten. Edison trug erst seit genau drei Wochen Zivil, und die alten Gewohnheiten klangen noch nach.

»Ich versuche gerade, diesen Vorfall von letzter Nacht zu klären, Sergeant«, sagte Brooke. »Die Sperrballons, wissen Sie?«

»Hab davon gehört. Und ich habe das Feuer gesehen«, sagte Edison und setzte sich. »Oben am Bahnhof. Wir hatten von unserem Hinterhof einen guten Ausblick. Meine Enkelin dachte, es wäre Bonfire Night. Die verdammten Ballons sind gefährlich … über London gibt es Hunderte davon, Sir. War letzte Woche mit meinem Sohn da, um mir das anzusehen. Die sind über den ganzen Fluss verteilt. Wie Wolken in Uniform«, bemerkte er kopfschüttelnd und nippte an dem Becher Tee, den er mitgebracht hatte.

»Tja, einer davon hat letzte Nacht jemanden getötet, Sergeant. Direkt hier in Cambridge. Zeigt, dass Sie richtigliegen.«

»Gütiger Gott«, entfuhr es Edison.

»Haben wir sonst noch was im Dienstbuch?«, fragte Brooke, erpicht darauf, voranzukommen.

Edison lieferte ihm eine knappe und präzise Zusammenfassung aller weiteren Ereignisse, die über Nacht protokolliert worden waren. Abgesehen von einer Serie von Verkehrsunfällen war es während der dunklen Stunden still zugegangen.

»Ein mutmaßlicher Selbstmord war da noch«, fügte er hinzu und fuhr sich mit der Hand durch das kurze, weiße Haar. »Ein Leichnam, aufgefunden in Byron's Pool. Männlich, in den Fünfzigern, ordentlich gekleidet, gute Schuhe. Er hatte ein paar Backsteine in den Taschen, um sicherzugehen. Ein uniformierter Constable hat die Sache übernommen, nachdem ein Anwohner Meldung gemacht hat. Armer Kerl. Da fragt man sich …«

»Beschaffen Sie mir einen Autopsietermin, ja?«, sagte Brooke. Die Vorstellung, dass der Tod an solch einem idyllischen Ort zugeschlagen hatte, behagte ihm gar nicht. Einmal war er mit seinem Sohn zum Schwimmen dorthin gegangen, sozusagen in den Fußstapfen des großen Dichters, der diesen Ort als Student häufig aufgesucht hatte. Der tiefe grüne Wehrteich vermittelte das verstörende Gefühl von Bodenlosigkeit.

Brooke stand auf und zog die Jalousien hoch. Unten im Hof standen die drei Laster vom Castle Hill mit offener Ladeklappe.

»Das ist Ihre wichtigste Aufgabe, Sergeant. Irgendetwas Neues über die Fahrer?«

Edison schüttelte den Kopf.

Die Vorhängeschlösser hatten sich endlich den Bolzenschneidern gebeugt und den Blick auf die Ladung freigegeben. Kaum war die Ladeklappe heruntergeklappt worden, da war auch schon in stetem Rinnsal das Blut geflossen. Die ersten beiden Laster waren mit frischem Fleisch beladen – Rind,

Schwein, Lamm, Federvieh – das abgeladen und an Metzger im Stadtzentrum verteilt worden war, die über Kühlräume verfügten. Gebrochene Hälse beim Geflügel, saubere Kopfschüsse bei den anderen Tieren.

Das eigentliche Rätsel war Turls Truck. Der war leer.

»Was denken Sie?«, fragte Edison neben ihm.

»Schwarzmarkt«, sagte Brooke. »Wir wissen alle, dass uns eine Rationierung bevorsteht. Wenn man die Schlachthäuser und Vorschriften umgeht und genug hortet, kann man den Preis festlegen und ein Vermögen machen. Die verdienen sich eine goldene Nase.«

KAPITEL ZWÖLF

Die Schranke vor Madingley Hall blieb stur an Ort und Stelle, als Brooke vom Polizeifunkwagen aus seinen Dienstausweis vorzeigte. Ein Militärpolizist, der sich hinabbeugte, um Augenkontakt herzustellen, starrte in die getönten Brillengläser des Detectives. Es war ein klarer, heller Tag, der Nebel war längst verdunstet, also hatte Brooke auf die blauen Gläser hochgerüstet, durch die der manikürte Rasen um Madingley Hall sich in einem üppigen, exotischen Farbton zeigte.

»Wären Sie so freundlich, Sir?«, bat der Militärpolizist.

Brooke nahm die Brille ab, blinzelte ins Licht und offenbarte Augen, deren blasse Farbe an einen Wasserfall erinnerte. Die Sicherheitsmaßnahmen waren auf eine bizarre Art streng, bedachte man, dass er in einem Wagen saß, auf dessen Dach ein Blaulicht angebracht und das mit dem Schriftzug POLICE versehen war.

Die Schranke schnellte empor. Zu beiden Seiten des Kontrollpunkts zog sich Stacheldraht, ein zweireihiger Zaun mit einer drei Meter breiten Lücke, gekrönt von einem Abschluss aus Zaunspitzen. Sonnenschein wurde von einem kleinen Wachturm in der Ferne zurückgeworfen, vermutlich reflektiert von einer Waffe oder einem Feldstecher.

Sie sausten über das Gelände. Edison, den er im Spinning House zurückgelassen hatte, damit er die Suche nach den verschwundenen Fahrern koordinierte, hatte seiner Enttäuschung darüber Ausdruck verliehen, dass er bei diesem Einsatz nicht dabei sein durfte. Die Gärten waren von Capability Brown, dem genialen georgianischen Landschaftsarchitekten, entworfen worden, und der Sergeant hätte sie gern besucht. Brooke fragte sich, wie lange die Formschnitthecken, das Parterre, die samtigen Rasenflächen und der sichelförmige See unter der Herrschaft des Militärs ihre Makellosigkeit behalten würden.

Das mittelalterliche Gebäude verbarg sich hinter den kunstvollen Backsteinen einer Tudorfassade. Schon in der ersten Minute entdeckte Brooke die Uniformen aller drei Waffengattungen, des Zivilschutzes, des Luftschutzes und der Feuerwehr. Außerdem waren etliche Motorradkuriere unterwegs und eine Gruppe Leute, die nach einer Gas-Dekontaminierungs-Einheit aussah, lud ihre Ausrüstung in einen nicht gekennzeichneten Lieferwagen.

Jenseits der steinernen Veranda und der offenen Eichentüren führte eine mit Marmor ausgelegte Vorhalle zu einem großen getäfelten Saal, der offenbar als provisorischer Hangar diente. Ein luftleerer Sperrballon nahm den größten Teil des aus blank polierten Dielen bestehenden Bodens ein. An seinen Rändern kauerten Frauen auf ihren Knien und vernähten die Säume.

Ein Sergeant notierte Brookes Namen auf einem Klemmbrett und führte ihn eine Eichentreppe hinauf in das erste Obergeschoss und weiter in ein Büro mit Erkerkastenfenstern. Captain Kerridge saß auf einer breiten Fensterbank und rauchte.

Major Joelyn Stone, der stellvertretende CO, stellte sich ihm vor, erhob sich aber nicht von seinem Schreibtisch, um ihm die Hand zu schütteln, sondern beugte sich nur ungelenk über die Schreibunterlage. Er dirigierte Brooke zu einem Stuhl und wies Captain Kerridge an, sich zu ihnen zu setzen. Stone war stämmig, hatte einen Stiernacken und einen runden knochigen Kopf, auf dem das Haar rabiat barbiert worden war. Er verströmte unablässig ein Gefühl von Ärger und Ungeduld. Befehle zu erteilen, denen gehorcht wurde, war ganz offensichtlich zu einer zweiten Natur für ihn geworden.

Der Kontrast zu Kerridge – attraktiv, schlaksig, entspannt, das schwarze Haar mit Pomade zurückgekämmt – war enorm.

»Wie kann ich Ihnen helfen?«, fragte er.

»Reine Routine, hoffe ich«, sagte Brooke. »Es wird eine Autopsie geben, und ich werde einen Bericht über die grundlegenden Fakten anfertigen müssen. Der Untersuchungsrichter muss überzeugt sein, dass es keine Wiederholung derartiger Ereignisse geben wird. Andernfalls könnte er seine Beurteilung um ein Addendum ergänzen, eine Warnung, wenn Sie so wollen, die eher allgemeingültiger Natur wäre. Das könnte ein Nachspiel haben, und es würde auf jeden Fall den Weg in die Zeitungen finden.«

»Unfälle passieren«, erwiderte Stone forsch. »Ich kann Ihnen versichern, das wird sich nicht wiederholen. Was die militärischen Einzelheiten angeht, so sind die ein wenig fachspezifisch. Und zudem geheim.«

Kerridge verlagerte sein Gewicht auf seinem Stuhl. »Detective Inspector Brooke war in Palästina, Sir. Ausgezeichnet mit dem DSO für besondere Verdienste. Er hat unter General Allenby gedient. Ich denke, wir können uns auf seine Diskretion verlassen. Und er ist mit der Wissenschaft ausreichend vertraut; Sperrballons wurden am Suezkanal in umfangreichem Maß zur Abwehr italienischer Luftangriffe eingesetzt. Vielleicht könnte er sich unseren Bericht an das Kriegsministerium ansehen?«

Stone leckte sich die Lippen. »Palästina, ja? Das war damals natürlich noch eine ganz andere Technik. Die haben die Ballons in einer Reihe aufsteigen lassen, um ein Netz hochzuziehen, hoch genug, um feindliche Flugzeuge aufzuhalten. Was aber nicht allzu hoch war. Wir nennen das die Betriebshöchstgrenze. Ich war an der Westfront, und wir haben sie auf tausendfünfhundert Fuß gebracht. Dieses Mal fliegen die Bomber viel höher, mindestens doppelt so hoch. Wir müssen imstande sein, die Ballons mithilfe von Winden bis über die Wolken steigen zu lassen und wieder herunterzuholen, und wir müssen sie auf unterschiedlichen Ebenen in Formation bringen. Das ist eine äußerst komplizierte Operation. Dafür experimentieren wir hier mit diversen Innovationen.«

»Sie waren an der Westfront?«, erkundigte sich Brooke.

»An der Somme – beide Male. Und dann Cambrai.« Der Major hielt eine Hand hoch, die er bis dahin unter der Tischplatte versteckt hatte. Zwei Finger fehlten ab dem mittleren Gelenk, das mit einer Metallhülse versiegelt war. »Ein Scharfschütze hat mir die Waffe aus der Hand geschossen.«

Brooke war ein Aficionado von Anführern. Edmund »Bull« Allenby, sein CO in der Wüste, war ein Mann von herausragendem Naturell und unerschöpflicher Energie gewesen. T. E. Lawrence war trotz seiner auffälligen Kostümierung eine wandelnde Lektion in Stille und innerer Entschlossenheit. Beide hatten sich die Liebe ihrer Männer verdient, weil sie echt waren, weil ihre offizielle Rolle lediglich eine Erweiterung ihres wahren Kerns darstellte.

Stone, so schätzte er ihn ein, war ein wenig heuchlerisch. Wie dem auch sei, Brooke war mehr als bereit zu akzeptieren, dass er ein höchst effizienter Heuchler sein mochte und dass erfolgreiche militärische Persönlichkeiten oftmals diverse bekannte psychologische Schwachstellen aufwiesen.

Bei dem Namen Joelyn Stone hatte etwas geklingelt. Ein Skandal? Er würde dem nachgehen müssen.

»Wir haben beinahe zweihundert Ballons in diesem Gebiet«, fuhr Stone fort. »Weitere hundert an der Bahnlinie in Richtung London. Diverse technische Neuerungen werden hier im Auftrag des Kriegsministeriums erprobt, wie ich bereits sagte. Wir stehen noch am Anfang, da läuft nun mal nicht alles glatt. Die Taue haben versagt, ebenso wie eine der Winden. Die Ingenieure sehen sich die Sache gerade an.«

»Sie erwähnten einen Bericht für das Kriegsministerium?«, fragte Brooke. Die Art, wie der Amerikaner zu Tode gekommen war, weckte in ihm den Wunsch, weitere Fragen zu stellen. Vielleicht lag es an den grauenhaften Verletzungen, vielleicht auch daran, dass er wie durch göttliche Gewalt abrupt aus dem Leben gerissen worden war.

Stone griff zu dem weißen Telefon auf seinem Schreibtisch und wies jemanden an, die relevanten Dokumente herzuschaffen. Außerdem orderte er drei Tassen Tee.

»Ich wüsste ein gewisses Maß an Diskretion zu schätzen, Brooke. Die Einzelheiten sind ein wenig heikel.« Aus einer Schublade holte er eine Karte hervor, auf der er die Stelle markierte, an der die drei Sperrballons vertäut gewesen waren. Der fehlende dritte Ballon war inzwischen von einem Militärkurier etwa zehn Meilen vor der Küste auf einem Feld ausfindig gemacht worden.

Der Tee traf ein. Brooke balancierte seine Untertasse auf dem Knie, während Stone mit einer Zigarre herumfuhrwerkte.

»Wir haben vergangene Nacht Berichte über einen Arbeitstrupp draußen am Fluss erhalten, Major. Bestimmt Army; anscheinend Londoner. Ihre Jungs?«, fragte Brooke.

Stone nickte mehrfach, als wollte er zustimmen. »Middlesex Regiment, Teil des Luftabwehrbataillons«, sagte er schließlich. »Die Waffen befinden sich im Süden und Osten der Stadt. Wenn die Show ernsthaft losgeht, werden die sich ihren Lebensunterhalt verdienen. Bis dahin verrichten sie Sonderdienste für den Zivilschutz. Wir helfen immer gern, wenn wir können.«

»Warum waren die letzte Nacht unten am Fluss?«, hakte Brooke nach. »Sah aus wie ein Arbeitstrupp; haben vielleicht Gruben ausgehoben.«

»Da haben Sie Ihre Antwort«, erwiderte Stone.

Ein Ordonnanzoffizier kam mit dem Bericht für das Kriegsministerium herein, der aus einem einzelnen Blatt Papier im Format A4 bestand. Brooke überflog rasch die ersten beiden Sätze und stellte fest, dass sie, vollgestopft mit Militärjargon, technischen Spezifikationen und dürftiger Rechtschreibung, schlicht unverständlich waren.

»Der Mann, der gestorben ist, hieß Lux. Ein amerikanischer Wissenschaftler«, sagte er, faltete den Bericht zusammen und steckte ihn in die Tasche.

»Ein Ausländer?«, fragte Stone. »Bedauerlich, aber nicht zu ändern. Das Kriegsministerium wird sich von solchen Todesfällen wohl ein genaueres Bild machen wollen.«

Für einen Moment stellte Brooke sich Lux vor, verstrickt im Netz, wie er mit bloßen Händen an den Tauen zerrte und versuchte, sie von seiner Kehle wegzuziehen. Der Bericht des Constables hatte die Hände erwähnt, zerfetzt; das war eines jener Worte, bei denen Brooke innerlich zusammenzuckte, und ein solidarischer Schmerz raste bis in seine Fingerspitzen. Unwillkürlich dachte er an Claires Patienten mit den verbundenen Händen.

»Was beinhaltet dieses *genauere Bild*?«, fragte Brooke, dem überaus klar war, dass Stone in gewissen Grenzen versuchte, ihn abzuwimmeln.

»Wir vergeuden Zeit, Inspector. Dies war ein einzelner Mann«, sagte Stone und umfasste mit der gesunden Hand seine Tasse. »Dieser Krieg wird Tausende töten. Das wissen

Sie. Hunderttausende. Sie sind tot, und sie sterben noch, gerade jetzt, während wir hier sitzen. In Polen, draußen auf dem Atlantik. Ohne Sinn und Verstand. So etwas haben wir bei Passendale nicht getan, nicht wahr? Wir sind nicht über das Schlachtfeld gegangen und haben gefragt: Und der hier, wie ist *er* gestorben? Niemand hat das Recht zu urteilen, so ist der Krieg, Brooke. Er setzt die normalen Gesetze außer Kraft. Was macht Doktor Ernst Lux zu so etwas Besonderem?«

Als Brooke zehn Minuten später am Kontrollpunkt vorbeifuhr, ging er das Gespräch im Kopf immer wieder durch, bis er wirklich sicher war: Er hatte Lux' Vornamen kein einziges Mal erwähnt, ebenso wenig seinen Doktortitel. Vielleicht war Major Stone wegen des toten Amerikaners doch stärker beunruhigt, als er sich hatte anmerken lassen wollen.

KAPITEL DREIZEHN

Der Sitzkrieg stotterte weiter vor sich hin. Die Wehrmacht hatte einen Blitzüberfall in französisches Territorium geführt, was die versammelten alliierten Truppen in Aufruhr versetzt hatte. Stalin erklärte den Finnen, welchen Preis sie für Frieden zu zahlen hätten. Auf See hatten deutsche U-Boote ein britisches Handelsschiff versenkt, allerdings hatte die *Clement* – so besagten die Berichte – lediglich Ballast an Bord auf ihrem Weg nach Rotterdam, und die Crew war gerettet worden.

Brooke faltete den *Daily Telegraph* zusammen und legte ihn weg, als der Wolseley in eine Sackgasse am südlichen Stadtrand steuerte. An dem Wagen hatte Edison die größte Wonne – ein Vierzylinder-Wolseley-Wasp. Brooke nahm an, die Fahrleistungsvergütung und die Möglichkeit, den Wagen trotz der Kraftstoffrationierung zu fahren, gehörten zu den Vorzügen, die den ehemaligen Sergeant aus seinem Garten und zurück zur Polizei gelockt hatten.

Edison parkte den Wagen übertrieben vorsichtig auf dem mit Kirschbäumen bestandenen, grasbewachsenen Randstreifen.

»Ein einziger Schuss? Nur der eine?«, fragte Brooke und betrachtete die Straße.

»Das ist alles, Sir. Mehr hat er nicht gehört, der Mann, der angerufen hat. Nummer neunundzwanzig; da … Er glaubt, es ist ein Nazi-Fallschirmjäger, der sich in einer Gartenhütte versteckt hat.«

Brooke gefiel Edisons altmodische Genauigkeit. Es mochten mehr Schüsse gefallen sein, aber *gehört* worden war nur einer.

Die Straße war typisch Metroland. Doppelhäuser im Stil von Lutyens mit optischem Fachwerk standen ein Stück von der Straße entfernt hinter gepflegten Vorgärten, die alle aussahen wie Miniaturausgaben der ausgedehnten Prachtgärten von Madingley Hall.

Am hinteren Ende der Straße hatte sich eine Menschenmenge gebildet. Ein Uniformierter hielt sie in Schach, während ein anderer, der vor dem Tor von Nummer neunundzwanzig Wache gehalten hatte, auf den Wasp zukam.

»Sir, die Familie hält sich zusammen mit den anderen am Ende der Straße auf, dort sind sie außer Gefahr«, sagte er. »Wir haben alle Häuser geräumt. Mister Reed – das ist der Mann, der ihn entdeckt hat – ist im Haus.«

Mr Reed war Kricketfan: In dem Schirmständer im Hausflur war ein Schläger, und auf der Fußmatte standen Kricketschuhe. Im Wohnzimmer hing ein großer Druck von einem Testspiel im Lord's über einem offenen Kamin. Reed selbst saß auf einem Esszimmerstuhl vor der Verandatür und hielt ein Gewehr im Schoß.

»Ich hab ihn im Auge behalten«, sagte er und strich sich ein paar Haarsträhnen aus der Stirn. »Der Constable hat gesagt, es gäbe Berichte über Fallschirmjäger auf einem Kommandounternehmen letzte Nacht. Schätze, ich habe einen erwischt. Vielleicht hat er seinen Fallschirm ja auch da drin.«

Mit einem Nicken deutete er auf den Garten, der sich über gute fünfunddreißig Meter erstreckte und von einem makellosen Rasen beherrscht wurde, der in Längsstreifen gemäht worden war. Ganz hinten befand sich eine Hütte gleich neben einem Luftschutzkeller, der so tief im Boden verborgen war, dass nur noch das gewölbte und mit Gras bewachsene Dach zu sehen war. Vor dem Luftschutzraum stand eine große Rasenwalze, die den Blick auf die Tür verstellte. Der Griff in Form eines großen T ragte aufrecht empor.

»Meine Jüngste hat ihn gehört, als sie mit dem Hund spazieren gegangen ist. Er steckt im Bunker, nicht in der Hütte.«

»Wann war das?«, fragte Brooke.

»Spät. Nach dem Angriff haben wir alle ein bisschen länger geschlafen. Gegen acht Uhr dreißig, schätze ich. Ich bin rübergeschlichen und hab gelauscht«, berichtete Reed. »Der Mistkerl hat fest geschlafen, also habe ich die Walze über den Rasen geschoben. Die ist gut geölt, weil ich sie für den Club brauche, und wir sind hier nahe an der Hauptbahnlinie, also habe ich sie jedes Mal, wenn ein Zug vorbeigekommen ist, zwanzig Fuß weitergeschoben. Zum Schluss habe ich sie in die Tür gerammt und einen Ziegelstein druntergeklemmt. Der geht nirgendwohin.«

Brooke dachte über die stille vorstädtische Szenerie nach. Späte Rosen blühten zu beiden Seiten des Rasens, während eine Reihe Platanen ihr herbstliches Laub fallen ließ. Wenn das ein deutscher Fallschirmjäger war, dann sollte er den Schauplatz sichern und Madingley Hall informieren. Das Militär hatte Notverordnungen ausgegeben, die exakt diese Situation betrafen.

Brooke jedoch fand die Chance, dem Feind Auge in Auge gegenüberzutreten, reizvoll.

»Erzählen Sie mir von dem Schuss«, sagte er.

»Nun ja, zuerst hat er gebrüllt. Hat gesagt, er will raus und ich hätte nichts zu befürchten. Ich habe gesagt, ich würde die Polizei rufen. Dann hat er mir Geld angeboten, fünf Pfund, damit ich ihn laufen lasse. Er hat gesagt, das wäre alles nur ein großer Irrtum. Er hat viel erzählt, also habe ich ihn ignoriert.«

»Dann hat er also Englisch gesprochen?«

Mr Reed nickte. »Wenn er ein Spion ist, muss er das wohl.«

Edison kehrte von einem Erkundungsgang zurück. »Alles klar, Sir. In der Hintergasse hält ein Constable Wache, und dann ist da gleich die Bahnlinie, vor der ein zwei Meter hoher Drahtzaun steht.«

»Und dann hat er die Waffe abgefeuert, richtig, Mister Reed?«, hakte Brooke nach.

»Völlig richtig. Da ist eine Lücke in der Türfüllung, um Luft reinzulassen, und ich schätze, er hat sich gedacht, so eine Attacke könnte hilfreich sein. Ist an der Hausrückseite abgeprallt. Er hat gesagt, ich soll ihn rauslassen, oder er würde sich befreien und schießen. Dummes Zeug, der geht nirgendwohin. Allerdings wird er wohl mehr als eine Kugel haben, darum bleibe ich hier.«

Brooke nahm Reed das Gewehr ab, gab es Edison und ging zur Verandatür hinaus. Die Sonne brach durch die dahintreibenden Wolken, und ihr Licht malte den Garten in prächtigen Farben.

Brookes Schritte waren auf dem Rasen kaum zu hören. Als er die Walze erreicht hatte, setzte er sich mit dem Rücken zu ihr ins Gras. Die Metalltrommel wärmte sich bereits in der Sonne auf. Wer immer in dem Bunker steckte, er war keine zwei Meter entfernt, also musste er die Stimme nicht erheben.

»Hier ist Detective Inspector Brooke«, sagte er und hörte, wie jemand sein Gewicht verlagerte. »Borough Police. Ich bin kein Experte, aber ich würde sagen, es gibt keinen anderen Weg aus dem Bunker raus als den durch diese Tür, und vor der liegt eine Tonne Eisen, die Ihnen den Weg versperrt. Wir haben zwanzig Officers auf der Straße und in der Hintergasse auch, außerdem ein Platoon bewaffneter Soldaten. Ich kann das Ding nicht wegrollen, ehe Sie die Waffe rauswerfen. Wenn Sie sie also durch die Lücke schieben?«

Lange herrschte Schweigen. Eine Katze lief über den Rasen und fing an, eine der Beetpflanzen zu fressen. Ein Güterzug rumpelte auf den Schienen vorüber.

Die silberne Kugel fing Brookes Blick ein, als sie in das Gras fiel, gleich gefolgt von vier weiteren.

»Ich kann die Waffe nicht rauswerfen. Das ist alles, was ich an Munition habe.«

Die Stimme klang schrill, als würde ein Sterbender um Wasser bitten. Was, wenn er log? Ein Anruf in Madingley Hall würde ihm ein Platoon Soldaten liefern, die den Bunker umstellen könnten.

Er stand auf, trat den Ziegel weg und zog die Walze einen Meter zurück.

Kaum öffnete er, da sah er sich auch schon einer undurchdringlichen Dunkelheit gegenüber. Er nahm die Brille ab, und für einen Moment haderte er mit seiner Entscheidung, als er das Licht sah, das sich in einem Waffenlauf spiegelte. Dann hörte er das unverkennbare metallische Klicken einer Kammer, die weitergedreht wurde. Angespannt wich er zurück und hörte, wie der Hahn gespannt wurde.

Ein Gesicht tauchte im Licht auf. Es war Turl, der Lastwagenfahrer aus der vergangenen Nacht. Er zeigte Brooke die Waffe: Es war ein Revolver, und die Kammern waren leer.

Dann öffnete er seine andere Hand, in der eine Kugel lag.

»Alter Trick. Man muss immer eine in Reserve haben. Sie haben Glück. Ich habe keine Lust, für den Mord an einem Polypen zu baumeln. Aber ich hab drüber nachgedacht …«

KAPITEL VIERZEHN

Blenheim House war eine imposante Vorstadtvilla aus dem neunzehnten Jahrhundert mit einer Veranda, deren Dach auf zwei Säulen ruhte, und einer riesigen Glyzinie, die sich so über die Fassade ausbreitete, dass die Fenster freigeschnitten werden mussten. Major Joelyn Stone hatte das Haus vor sechs Wochen auf den ersten Blick gefallen. Zwar waren in Madingley Hall Offiziersquartiere bereitgestellt worden, aber seine Frau hatte ihm ihren Beschluss kundgetan, dass sie gedenke, sich während des Krieges vor Ort häuslich niederzulassen. Stone selbst hatte das Gefühl, das Haus würde ihre gesellschaftliche Position um eine ebenso elegante wie selbstbewusste Aura bereichern, was es zu einer passenden Residenz für den stellvertretenden Kommandanten machte. (Swift-Lane, sein Vorgesetzter, stammte aus Cambridge und lebte mit seiner Familie in einer Villa ganz in der Nähe.) Besonders die Fassade hatte Stone als reizvoll empfunden, doch sein gut entwickelter Sinn für Selbsterkenntnis hatte ihn bewogen, sich rasch den anderen Attributen des Hauses zuzuwenden: Da gab es einen schönen Speiseraum, eine renovierte Küche und Waschküche sowie einen elektrischen Fahrstuhl, der groß genug für die Mutter seiner Frau und ihren Rollstuhl war.

Der Bataillonsfahrer steuerte den Dienstwagen in einem weiten Bogen über den Kies. Mit rasch auf und nieder schnellenden Knien rannte Stone die halbrunden Stufen zur Tür fast hinauf. Die Tür stand offen in der Herbsthitze, und die Eingangshalle war erfüllt von dem Geräusch tickender Uhren.

Zwei Schritte auf einmal nehmend hastete er die Treppe ins Obergeschoss hinauf.

Auch die Tür zum Schlafzimmer seiner Frau war offen, und er hörte Stuhlbeine über den Boden raspeln, als sie sich von ihrem Schreibtisch wegdrückte.

»Bleib ruhig sitzen«, sagte er. »Der Wagen wartet. Ich muss zum Tribunal und darf mich nicht verspäten.«

Zwei Ersatzuniformen hingen in seinem Ankleideraum.

Einundzwanzig Jahre war es her, seit er die beiden Finger an seiner rechten Hand verloren hatte. Sein Mittelfinger war bei dem Schuss auch schlimm verletzt worden, aber den hatte der Militärchirurg retten können, allerdings war die Narbe hässlich, weshalb er stets eine Fingerhülse trug. Ursprünglich war es nur eine Leinenhülle gewesen, aber er hatte einen Juwelier beauftragt, ihm eine Messinghülse mit einer dezenten Gravur des Regimentsabzeichens anzufertigen.

Eine Uniformjacke mit einer Hand zuzuknöpfen gehörte zu den vielen Fertigkeiten, die er über die Jahre erlernt und stets verfeinert hatte. Hätte er die Zeit gehabt, so hätte er ein Bad genommen und sich den Schmutz und Staub des Tages vom Leib gewaschen. Aber das Gericht tagte um eins, und er war stets pünktlich.

Er betrachtete sich in dem mannshohen Spiegel.

Stellte Brooke, der Detective vom Borough, eine Bedrohung dar? Stone war mit seinen Plänen an einem Punkt angelangt, an dem er keine Komplikationen brauchen konnte. Ein toter Zivilist war misslich, aber das Kriegsministerium schien geneigt, das beiseitezuschieben. Für den Moment konnte er weiter nichts tun, als sicherzustellen, dass die notwendigen Papiere im Eiltempo zusammengestellt wurden. Der Bericht für das Ministerium, die Stellungnahme des Untersuchungsrichters, sein Protokoll für den CO: Alles lag bereits vor.

Das Problem war, dass Brooke ihm seltsam beharrlich erschien. Das Getue mit den getönten Gläsern passte ihm überhaupt nicht. Obwohl er nur ein Provinzpolizist ohne erkennbaren Verstand war, verströmte er Hochmut und Ungeduld. Hätte er Uniform getragen, hätte Stone unterdrückte Insubordination vermutet.

In seiner frisch gewaschenen Uniform ging Stone die Treppe hinunter, an deren Fuß er auf Margaret traf, die genau da stand, wo sie so häufig stand, unter dem lebensgroßen Gemälde ihres Vaters. Stone war dem General nie begegnet, aber die liebevoll gemalten Insignien und Orden auf dem Bild erzählten die Geschichte seines Schwiegervaters in beispielhafter Deutlichkeit. Bei einem längst vergessenen Scharmützel in Indien war er in Artilleriefeuer geraten und zu einem toten Helden geworden. Die letzte Ehre, der Starburst-Orden in Silber und Gold, war ihm posthum verliehen worden, dennoch hatte der Künstler ihn auf des Generals imposanter Brust abgebildet.

»Vergiss die Atkinsons nicht, Joelyn. Heute Abend um sieben. Es gibt Lammschulter, dein Lieblingsessen.«

Ohne weiter auf sie zu achten trat er vor einen schmalen Spiegel und richtete seine Krawatte. Irgendwo im Gebäude war der Fahrstuhl unterwegs, denn sie konnten hören, wie sich die Ketten im Schacht bewegten.

»Mutter möchte ausgehen«, sagte seine Frau, was irgendwie zu implizieren schien, dass er sich vor einer Pflicht gedrückt hatte. Die Ehe mit Margaret hatte ihm ein Vermögen eingebracht und dazu den unbezahlbaren Vorzug, der damit verbunden war, Teil einer berühmten Militärfamilie zu sein. Bis jetzt hatte Stone es allerdings versäumt, diese Privilegien auszunutzen.

»Dann also gegen sechs, sechs Uhr dreißig«, sagte sie.

Eine fünfminütige Fahrt über laubbedeckte Wege brachte Stone in die Stadt, vorbei an einer Straßensperre, die den Zivilverkehr von der Station Road fernhielt. Dahinter konnte er eine Reihe Feuerlöschfahrzeuge und eine Wolke grauen Rauchs sehen, der über Kew's Mill in der Luft hing, dort, wo der brennende Ballon heruntergekommen war.

Ein paar glänzende Militärkarrieren waren auf Tapferkeit, Initiative oder Intelligenz aufgebaut, die meisten jedoch auf der Befähigung, sich bedeckt zu halten. Die drei verirrten Sperrballons stellten einen schweren Schlag für Stones Reputation dar, die eigentlich besagte, dass er seinen Dienst so gewissenhaft wie *unauffällig* verrichtete. Andererseits gehörte Schadensbegrenzung an sich auch zu den militärischen Tugenden.

Der Wagen glitt auf den Hinterhof des Schwurgerichts. Die hohen, mit Dornen besetzten Mauern strahlten die Herbsthitze ab, die den ganzen Tag über zugenommen hatte, sodass Stone sich beim Aussteigen dazu verführen ließ, einen Finger der linken Hand unter seinen gestärkten Kragen zu schieben.

Das Mittagessen war eine Vergünstigung, die zusammen mit Sherry und Wein im alten *Judge's Lodgings* serviert wurde. Kalter Schinken, ein grüner Salat und mehlige Moorkartoffeln, angerichtet auf einer silbernen Platte, erwarteten ihn auf einem edlen Tisch in dem von Bücherregalen gesäumten Raum. Stones Knöpfe spiegelten sich in der polierten Oberfläche. Die beiden anderen »Richter« des Tribunals waren ein Labour-Ratsherr und eine Frau vom WVS, dem Freiwilligendienst für Frauen, die im Großen Krieg einen Krankenwagen gefahren hatte. Die Unterhaltung war bieder, inspiriert von den Morgennachrichten im Radio, in denen ein vorläufiger Zeitplan für die Einführung der Rationierung bekannt gegeben worden war.

Der Gerichtsschreiber klopfte dreimal, und sie nahmen sich einen Moment Zeit, um sich zu sammeln. Die Frau sprach ein Gebet, was Stone als Zumutung empfand, dennoch senkte er sein Kinn auf die Brust. Jenseits der Tür lag ein feuchter holzverkleideter Korridor, dessen Biegung sie im Halbkreis zu einem steinernen Bogen und einer mit grünem Stoff bezogenen Tür führte. Ein Saaldiener erschien und schaltete unterwegs das Licht an. Sie folgten ihm – die Dame zuerst – als von drinnen »Erheben Sie sich!« erklang.

Die Verfahrensliste war auf jeder Schreibunterlage ausgelegt worden: die zehn Namen von Männern, die sich als Kriegsdienstverweigerer registrieren lassen wollten. Es war Stones Aufgabe – ein temporärer Posten, den er einer Erkrankung verdankte – zusammen mit seinen beiden Beisitzern jeden der zehn Antragsteller einer von vier Kategorien zuzuordnen:

Bewaffnete Streitkräfte
Nichtkombattanten der bewaffneten Streitkräfte
Registrierter Kriegsdienstverweigerer unter Vorbehalt
Registrierter Kriegsdienstverweigerer ohne Vorbehalt

Stone studierte die Namen und blickte auf, als der erste Mann hereingerufen wurde. Sie kamen und gingen, ein jeder erhielt seine Einstufung und musste sich zur weiteren Bearbeitung den Schreibern vorstellen, die in der Eingangshalle des Gerichtsgebäudes saßen. Alles in allem erschienen sie ihm in ihrer Überzeugung, dass Krieg amoralisch sei, aufrichtig zu sein. Seine eigene Erfahrung an der Westfront hatte ihn gelehrt, dass es nicht viel Courage erforderte, ein Gewehr zu halten und in einem Schützengraben zu hocken. Furcht hatte eine lähmende Wirkung auf die menschliche Psyche. Was *ihn* geängstigt hatte, das war die schreckliche Verantwortung, die damit einherging, seine Männer anzuführen. Den Feind anzugreifen, als Erster aus der Deckung zu kommen, das erforderte ein seltenes Maß an Tapferkeit. In einer gewissen Weise waren die vor ihm stehenden Männer, die von vielen als Feiglinge eingestuft wurden, ebenfalls Anführer, die sich aus der Sicherheit der Masse hervorwagten.

Eine Stunde später wurde der letzte Name aufgerufen.

»John Christopher Childe.«

Die Besuchertribüne war voll besetzt, und Stone fielen mehrere Frauen und zwei kleine Kinder auf. Childe saß auf der Anklagebank und blickte nervös zur Richterbank empor. Stones Herz setzte einen Schlag aus; er erkannte den Mann auf Anhieb. Er war ihm erst an diesem Morgen auf der Treppe begegnet, als er Veras Haus verlassen hatte.

KAPITEL FÜNFZEHN

Brooke saß allein im Vernehmungsraum des Spinning House und wartete darauf, dass Turl, der Lastwagenfahrer, der vom Castle Hill geflüchtet war, aus der Zelle hergebracht wurde. Die Möblierung war auf eine schon brutale Weise utilitaristisch. Sie bestand aus einem Tisch, an dem auf einer Seite zwei Stühle für die Officers standen, die die Befragung durchführten, und auf der anderen ein dritter für den Gefangenen. In der Ecke befand sich ein weiterer Stuhl für den Pflichtverteidiger. Eine einzelne kahle Birne hing über dem Tisch, und durch ein schmales Lanzettenfenster fiel ein wenig Tageslicht von Norden ein. An der südlichen Wand klebte ein großer Stadtplan, der enthüllte, wie der in den Bergen im Süden entspringende Fluss die Innenstadt wie mit einer Schlaufe umfing, ehe er nordwärts schwenkte und seinen Weg zu den Fens und zum Meer fortsetzte.

Zwanzig Jahre waren verstrichen, seit er in der Wüste in Gefangenschaft geraten war, aber in Räumen wie diesem bekam Brooke noch immer feuchte Hände.

Die Luft war durchsetzt von der spröden Ahnung vergangener Spannungen. Für Brooke waren die Regeln, die seine Peiniger aufgestellt hatten, zum Albtraum geworden. Sie besagten, dass er Antworten zu liefern hatte, es ihm jedoch nicht freistand, selbst Fragen zu stellen. Bei Tag hatten sie ihn an ein altes Wagenrad gefesselt und es in den Sand gelegt, sodass er zum

Himmel hinaufsehen musste. Bei Nacht hatten sie ihn in eine Zelle ohne Licht gesteckt und zu unvorhersehbaren Zeiten herausgeholt und über einen kurzen Korridor in einen Raum gezerrt, der sich, von dem Fenster abgesehen, kaum von diesem unterschied. Was ihn heimsuchte, wenn er doch einmal schlief, war das lebhafte Gefühl, er befände sich in diesem Raum und nähme den üblen, erdigen Geruch seines eigenen Körpers war, angefüllt mit dem elektrischen Prickeln der Furcht.

Man hatte ihn in der Ruine einer alten Telegrafenstation neben einer aufgegebenen Bahnlinie festgehalten. Die Verhöre wurden in einem Keller am Ende einer kurzen Treppe mit steinernen Stufen durchgeführt. Die grelle Lampe mit dem spiegelnden silbernen Schirm befand sich hinter den Befragern; die Männer, die ihn verhörten, wechselten häufig, aber das Licht war eine Konstante, und so bekam er nie ihre Gesichter zu sehen. Gegen Ende seiner Gefangenschaft war die elektrische Lampe für ihn mit der Sonne verschmolzen, sodass er das eine vom anderen nicht mehr zu unterscheiden wusste. Das Licht beider Quellen bohrte sich gleichermaßen in seine Augen, passierte die glasige Hornhaut und die schmerzende Netzhaut und drang tief in sein Gehirn.

Aus der Ferne riss ihn das Geräusch marschierender Soldaten auf der Regent Street aus seinen Gedanken. Er atmete tief durch und schlug den Bericht auf, der vor ihm auf dem Tisch lag. Edison hatte die Fortschritte hinsichtlich der drei beschlagnahmten Lastwagen vom Castle Hill zusammengefasst. Der prosaische Stil des Sergeants war recht langweilig, aber akkurat: Die Kennzeichen waren falsch, die Firma – *Turl's of York* – ein Schwindel, ebenso sämtliche Dokumente der Fahrer, die sie in den Kabinen gefunden hatten. Die relevanten Papiere waren dem Verkehrsministerium zugeschickt worden, um prüfen zu lassen, ob noch an anderen Orten des Landes Fälschungen ähnlicher Art aufgetaucht waren. Die Motoren aller drei Laster waren in erstklassigem Zustand und regelmäßig aufwendig gewartet worden. Einer der Laster hatte einen Tank, den man mit einem Stück Altmetall geflickt hatte, in das eine Seriennummer und der Schriftzug LOXLEY GARAGE gestanzt worden waren.

Die Verwaltung im Spinning House bestand aus drei jungen Damen, die sich die Büroarbeit teilten. Sie waren angewiesen worden, den Polizeidienststellen in Manchester, Liverpool, Leeds, York und Nottingham telegrafisch eine Zusammenfassung der Fallakte zu schicken. Edison hatte eine Anfrage mit Dringlichkeitsvermerk hinzugefügt, in der die einzelnen Dienststellen gebeten wurden, in den örtlichen Adressverzeichnissen nach »Loxley Garage« zu suchen. Außerdem hatte er einen Fotografen kommen lassen, der ein Porträtfoto des Gefangenen Turl anfertigen sollte, das anschließend per Post weitergeleitet würde.

Chief Inspector Carnegie-Brown, Brookes Vorgesetzte, hatte hilfreicherweise ein weiteres Dokument zu seiner persönlichen Erwägung über die interne Post geschickt. Jean Carnegie-Brown war eine Rarität – eine in der Hierarchie hochstehende *Frau*, die zum Borough versetzt worden war, um dort den Posten des Chief Inspectors zu übernehmen, nachdem sie zwanzig Jahre lang in Glasgow in Uniform gedient hatte. Im Großen Krieg hatte ihr akademischer Grad aus Edinburgh – im Fach Germanistik – sie dazu befähigt, als Übersetzerin zu arbeiten und Kriegsgefangene zu verhören. Dieser Widerhall von Brookes Leidenszeit im Krieg sorgte dafür, dass ihre seltenen Begegnungen stets von einer nervösen Anspannung begleitet waren.

Carnegie-Brown war eine tüchtige Bürokratin, und Memos waren ihre Lieblingswaffen. Das Dokument, das sie in Brookes Eingangskorb geleitet hatte, trug die Signatur des Innenministers und appellierte an alle Polizeikräfte, auf das Entstehen eines Schwarzmarkts unter dem Einfluss des organisierten Verbrechens zu achten. Angesichts der Rationalisierungspläne von Whitehall sollten sie Zwischenfällen im Zusammenhang mit Kraftstoff, Zucker, Eiern oder Frischfleisch besondere Beachtung zukommen lassen.

Carnegie-Brown hatte in ihrer typischen, gestochen scharfen Schrift oben auf der Seite einige Zeilen eingefügt:

> *Innenministerium über drei Laster von Castle Hill informiert. Erwarten täglichen Fortschrittsbericht. Höchste Priorität erforderlich im Sinne der nationalen Sicherheit. Kopien an Sir Philip Game.*

Brooke streckte die langen Beine aus und schloss die Augen. Sir Philip war der Commissioner der Metropolitan Police, und Brookes Erfahrung nach war es nicht förderlich, bei irgendeiner Untersuchung die Aufmerksamkeit von Scotland Yard zu erregen.

Eine Minute später saß ihm Turl, der Lastwagenfahrer, gegenüber. Er fläzte sich auf seinen Stuhl, während Edison die Routinefragen stellte: Name, Anschrift, Identität der anderen Fahrer, die Namen derjenigen, die den Wagenzug organisiert hatten. Denn genau das war es, eine *Kolonne* mit Schwarzmarktfleisch.

Turl machte den Mund nicht auf. Nun konnten sie verstehen, warum er auf sein Recht verzichtet hatte, sich von einem Anwalt vertreten zu lassen.

Sie bohrten weiter. Bestimmungsort? Vergütung? Soweit es darum ging, die Triebfeder für das Verbrechen auszumachen, standen sie vollends auf verlorenem Posten. Gab es noch andere Fahrzeugkolonnen? Wo sollte das Fleisch gelagert werden? Das war der Trick dabei, es ging nicht darum, jetzt den Markt damit zu fluten, sondern darum, den richtigen Krieg abzuwarten und den Beginn der Fleischrationierung. Großtechnische Kühlanlagen waren selten. Gefrieranlagen sogar noch seltener. Die Nacht war kalt gewesen und die Laster gut isoliert, trotzdem konnte ihr Bestimmungsort nicht mehr als eine Nachtfahrt entfernt sein.

Turl beobachtete sie aus klugen Augen. Die Rolle, die er auf Castle Hill gespielt hatte, als er mit beiden Händen einen öligen Lumpen geknetet hatte, war etwas gewichen, das weitaus vielschichtiger war: In seinen ruhelosen Augen spiegelte sich eine lebhafte Intelligenz, die sehnigen Hände sprachen von tödlicher Präzision, auch wenn die derzeit nur zum Drehen einer Zigarette diente.

Brooke und Edison stellten ihm in einem Zeitraum von fünfzehn Minuten mehr als hundert Fragen, ohne eine einzige Antwort hervorzulocken.

Endlich stellte er selbst eine Frage.

»Wozu ist die Brille?« Mit einem Nicken deutete er auf Brooke, der sich in dem sanften Licht, das durch das Lanzettenfenster hereinfiel, für die leicht getönten ockerfarbenen Gläser entschieden hatte.

Brooke nahm sie ab. Seine Augen waren so fahl, sie sahen aus wie Eis. Turl senkte den Blick und tat, als würde er sich auf das Zigarettendrehen konzentrieren.

»Dazu, in die Seelen von Parasiten wie dir zu schauen«, sagte Brooke. »Ich würde an deiner Stelle so viel wie möglich aus dieser Kippe rausholen. Wenn wir nicht bald Antworten bekommen, ist das deine letzte.«

Edison, der gerade an seinem Tee nippte, nickte zustimmend.

»Haben Sie die anderen geschnappt?«, fragte Turl, lehnte sich auf seinem Stuhl zurück und kippelte auf den hinteren Stuhlbeinen. »Wenn die stillgehalten hätten, wären wir vielleicht davongekommen. Aber Ginger ist getürmt. Nev ist direkt hinterher, was? Haben es beide nicht geschafft, unter Druck die Nerven zu behalten. Dafür werden sie bezahlen.« Dieser Gedanke lockte ein Lächeln hervor. »Falls – nein, *wenn* Sie sie finden, dann sind nur noch verkohlte Leichen übrig, das kann ich Ihnen sagen. *Verbrannt.* Aber Sie werden sie noch identifizieren können, das ist schon klar. Anderenfalls hätte es ja keinen Sinn, nicht wahr? Das ist unsere Spezialität. Wie nennt man das noch? Unser Markenzeichen. Tod durch Feuer.«

Es war stets eine Offenbarung, jenes Ausmaß, bis zu dem Gefangene glaubten, sie könnten reden, *ohne* wesentliche Informationen zu offenbaren. Sie begriffen einfach nicht, dass diese Art von Fang-mich-wenn-du-kannst-Spielchen schlicht die dem Verbrechen zugrunde liegenden Strukturen aufdeckte. Nun war klar, dass die Fahrer, die geflohen waren, die Bande verraten hatten, weil sie die Nerven verloren hatten. Turl selbst sah sich hingegen als das standhafte Opfer ihres Verrats.

»Ist es das, was dich erwartet?«, fragte Brooke. »Eine Exekution?«

Turl schüttelte den Kopf. »Mich nicht, Chef.«

Er grinste Edison an. »Wie alt ist der Opa?«, fragte er.

»Wie dumm bist du eigentlich?«, sagte Brooke und sah für eine halbe Sekunde Ärger in den Augen des Mannes aufblitzen. »Ich glaube, du bist sehr dumm. Du bist ein Lakai. Was ist das schon?«

Turls Gesicht war nun völlig unbewegt. »Ein Gefolgsmann eines mächtigen Mannes«, antwortete er.

Brooke setzte die Brille wieder auf. »Ein unterwürfiger Gefolgsmann. Ich glaube, du hast deinen Platz in der Welt aus den Augen verloren. Du bist nur ein kleines Rädchen in einer großen Maschine. Ich bin nicht überzeugt, dass die Tatsache, dass du den Kopf nicht verloren hast, als alle um dich herum es getan haben, schwer genug wiegt, wenn am Ende abgerechnet wird.«

Edisons Füller kratzte über das Papier, als er etwas notierte.

»Schreibt der das alles auf?«, wollte Turl wissen.

»Alles bis auf das Folgende.«

Edison legte den Stift weg.

»Du hast mich auf eine Idee gebracht«, sagte Brooke.

Turl versuchte sich an einem Lächeln und zupfte einen Tabakfaden von seiner Lippe.

»Wir werden erst noch ein bisschen mehr herausfinden. Dieses Foto von dir macht bereits die Runde. Leeds, was? Bradford? Manchester? Wie auch immer. Wir werden Glück haben. Und dann verbreiten wir, dass du uns mit einigen Namen und Adressen geholfen hast. Und wenn wir dann tatsächlich Namen herausfinden, dann werden wir sicherstellen, dass man dir das *Verdienst* daran zuschreibt. Dann können die sich überlegen, was sie mit dir machen, wenn du rauskommst. Das wird in fünf Jahren sein, vielleicht auch schon früher. Darauf kannst du dich freuen, wenn du nachts auf deiner Pritsche liegst. Das wird ein Dilemma: Willst du fünf Jahre lang deine Zeit absitzen und dir wünschen, sie wäre endlich vorbei, damit du rauskommst? Oder willst du fünf Jahre lang hoffen, sie würde nie vorbeigehen, wegen dem, was dich draußen erwartet? Wenn du dann endlich zum Gefängnistor hinausgehst, wird da ein Wagen warten, eine Packung Zigaretten, eine Flasche Whiskey, eine langbeinige Blondine auf dem Rücksitz. Aber sie werden dich nicht nach Hause fahren. Wo werden sie es wohl machen?

In einer Werkstatt vielleicht, und dann was? Ein Hieb mit dem Schraubenschlüssel auf den Kopf und dann das Feuer, oder verbrennen sie euch bei lebendigem Leib? Wie sieht ihr Modus Operandi aus?«

Turl zog an seiner Selbstgedrehten und blinzelte nicht einmal, als ihm der Rauch in die Augen stieg.

KAPITEL SECHZEHN

Die Abenddämmerung senkte sich über den Mill Road Cemetery, als Chris Childe, der Kriegsdienstverweigerer, vor dem Grab seiner Eltern kniete. Es war mit einem flachen Stein abgedeckt, während sich rundherum ein gotischer Tumult aus kunstvoll gemeißelten Grabmalen voller Efeu und Statuen erhob. Eine Schwarzdrossel thronte auf dem Kopf eines Engels und sang ihr Lied. Die beiden doppelflügeligen Eisentore waren verschlossen, aber der Friedhof war seit dem letzten Krieg verwahrlost, und die Mauer war kein ernsthaftes Hindernis mehr für jemanden, der außerhalb der Öffnungszeiten die Verstorbenen besuchen wollte.

Er sah zur Uhr. Er war schon spät dran für das wöchentliche Treffen der Ortsgruppe der Partei, also stand er auf und strich sich das tote Laub von der Hose. Sie sollten ruhig ohne ihn anfangen und die eintönigen Formalitäten hinter sich bringen, ehe er einträfe, um für einen Moment seinen Platz im Rampenlicht einzunehmen. Vera hatte den Brief, und sie hatte versprochen, ihn nach London zu schicken, aber aus irgendeinem Grund hatte er festgestellt, dass er außerstande war, ihr voll und ganz zu vertrauen. Da war etwas an ihrer forschen, tüchtigen Art, das ihm das Gefühl vermittelt hatte, ein Narr zu sein, unbedeutend, und sogar *benutzt* zu werden.

Im Gegensatz dazu war das Urteil des Tribunals befreiend gewesen. Er war nun vorbehaltlos als Kriegsdienstverweigerer anerkannt und frei, sein Leben so zu führen, wie er es wünschte. Was bedeutete, er konnte das Nachrichtenblatt, dass sie der *Peace News* beizulegen planten, redigieren und drucken. Hunderte, womöglich Tausende von Kopien würden in der Stadt verteilt werden.

Die bloße Aussicht gab ihm neue Kraft und gebar eine berauschende Idee. Der Brief konnte nach London reisen; er hatte seine Pflicht gegenüber der Partei erfüllt. Aber heute Abend würde er den Inhalt vor seinen Parteigenossen offenbaren, und er würde noch weitergehen – er würde die Geschichte in dem Nachrichtenblatt drucken und dafür sorgen, dass auch die örtliche Zeitung sie brachte. Binnen Tagen, womöglich binnen Stunden, würde er sich einen Namen machen und sich eine Fußnote in der Geschichte des Landes sichern.

Er zwang sich, ein letztes Gebet zu sprechen, während er am Fuß des ebenen gravierten Steins stand. Er war mit dem Emblem des Machine Gun Corps dekoriert: zwei der bedrohlichen Waffen, die sich unter einer Krone kreuzten. Sein Vater George hatte während des Großen Krieges gedient, der Höhepunkt eines ansonsten trübsinnigen Lebens. Das einzige Symbol, das für seine Mutter stand, war ihr Name: Jennifer Maud McCulloch. Sie hatte, ganz nach schottischer Art, darauf bestanden, dass ihr Mädchenname für die Inschrift verwendet wurde – ein letzter, unbedeutender Sieg über einen gewalttätigen Mann, den sie gehasst haben musste.

Als Kind hatte er die blauen Flecke gesehen, doch nie die Schläge, bis zu jener Nacht, als er zehn Jahre alt gewesen war. Er hatte sie aus dem *Spread Eagle* die Gothic Street heraufkommen hören. Es war Sommer, das Fenster halb offen, also hatte er hinausgeschaut. Kein Wort wurde gesprochen. Sein Vater war vorausgegangen und stand nun unten auf der Straße, wartete auf seine Mutter, die sich beeilte, um aufzuschließen. Ein Streit im Pub, das, was er gern als »Aufbrausen« bezeichnete, hatte zweifellos dazu geführt, dass man ihn hinausgeworfen hatte.

Als seine Mutter die Tür erreicht hatte und nach dem Schlüssel suchte, schlug er von der Seite zu. Mit der flachen Hand und aller Kraft, sodass sie in die Gosse flog. Auf Knien suchte sie verzweifelt in ihrer Handtasche nach dem Schlüssel, während er wartete, sich an einen Laternenpfahl lehnte und »The Happy Clown« pfiff – die offizielle Marschmusik des Machine Gun Corps.

Childe trat zurück und dachte über Gewalt nach und darüber, dass sie nicht rückgängig gemacht werden konnte, dass sie Wogen des Hasses und des Bedauerns hervorbrachte. Gewalt war, was ihn veranlasst hatte, Stellung zu beziehen und für den Frieden einzutreten, und auch das hatte Auswirkungen, zog Kreise, erreichte andere Menschen.

Ein Schritt hinter ihm, ganz in seiner Nähe, jagte ihm eine Gänsehaut über den Leib. Als er sich umdrehte, sah er gerade noch eine Gestalt aus dem Augenwinkel. Ein einzelner Schritt, der Arm angespannt, das ölige Klicken eines Abzugs; er hörte den Schuss, der ihn tötete, nicht einmal, und wenn da auch noch eine verweilende Ahnung von Bewusstsein war, sackte sein Körper doch zu Boden wie eine Marionette, deren Fäden durchschnitten worden waren.

Ein Bild, das im Sinne einer Reihe von miteinander verbundenen elektrischen Signalen in seinem Gehirn existiert hatte, erlosch flackernd: Er hatte sich selbst gesehen, an der Druckerpresse, in der Hand das noch feuchte Nachrichtenblatt mit der Sensationsgeschichte auf der Titelseite.

Eine Hand glitt in seine Jacke, durchsuchte seine Taschen.

Gewiss, sein Sehvermögen war mit dem Tod seines Gehirns

erloschen. Aber das letzte Bild spiegelte sich noch in seinen leeren Augen: sein eigenes Blut, ganz nah an seiner Wange, das sich ausbreitete und allmählich die Lettern im Namen seines Vaters füllte.

KAPITEL SIEBZEHN

Brooke badete im Lichtschein einer alten Stehlampe. Die Wanne stand auf vier Messingklauenfüßen inmitten eines großen teppichlosen Mansardenzimmers. Reflexionen von der Wasseroberfläche tüpfelten den groben Putz der Zimmerdecke, ganz so, als wäre er hier unter einer der Bogenbrücken, die sich wie ein Pferd im Sprung über den Cam wölbten. Dampf stieg auf wie eine Wolke über einer Thermalquelle. Den Kopf in den Nacken gelegt, drehte Brooke die Kinnlade nach rechts, stemmte sich gegen den Widerstand seiner Halswirbel, bis er hörte – und fühlte –, wie die Knochen mit einem Knacken wieder an den rechten Platz rückten. Der größte Teil des Torfs hatte sich bereits am Boden der Wanne gesammelt, ein winziger kiesiger Überrest an schwarzen Partikeln. Brooke begutachtete seine Hände und nutzte eine kleine Feile, um das, was an Erde unter den Nägeln verblieben war, herauszuschaben.

Der Mansardenraum verfügte über zwei Dachfenster, denen es nicht einmal in diesem milden Herbst gelang, die Wärme des Tages festzuhalten. Dieses Zimmer war der Rückzugsort seiner Mutter gewesen, ganze drei Stockwerke entfernt vom Labor seines Vaters unten im Keller mit seinen Dekantierkolben und Schläuchen, dem beschlagenen Abzugsschrank und den zischenden Bunsenbrennern.

Hier, in ihrem eigenen Reich, hatte sie eine Chaiselongue aufgestellt, einen Schreibtisch, die Stehlampe, die noch immer an Ort und Stelle war, und sie hatte einen großen türkischen

Teppich ausgelegt, auf dem Brooke als Kind gespielt hatte. Die Erinnerung an das Gittermuster aus Sonnenschein auf dem gemusterten Teppich rief ein beinahe greifbares Gefühl verlorener Liebe wach. Sie war ganz plötzlich gestorben, als Brooke gerade sechs Jahre alt gewesen war, und die Mansarde war bis zum Tod seines Vaters verschlossen geblieben.

Eine Tür öffnete sich auf der Etage, und er hörte Schritte auf dem ausgetretenen Teppich, Füße, die selbstsicher mit der Ferse zuerst auftraten, absichtsvoll und begleitet von einer Aura entfesselter Energie.

»Warum liegst du hier in dieser Schlammbrühe?«, fragte seine Frau und knäulte auf Kinnhöhe ein weißes Leinenhemd zusammen. »Ich dachte, wir hätten gesagt, das Schwimmen wäre wieder bis zum nächsten Jahr beendet?«

»Bin in einem Graben gelandet«, sagte er. »Ich hab versucht, alles abzuwaschen. Hartnäckiges Zeug, dieser Torf. Mikroskopisch kleine Partikel.« Er rieb Daumen und Zeigefinger aneinander, als suchte er nach winzigen Abriebspuren.

Nachdem er von den moosbewachsenen Stufen ins Wasser geglitten war, war er dem Fluss zurück zu St. John's Wilderness gefolgt und hatte die Stelle gesucht, an der die geheimnisvollen Erdarbeiter in der Nacht zuvor ihre Zigaretten genossen hatten. PC Woods hatte keinen Hinweis auf eine Grabung entdeckt, aber es musste eine geben. Also schob er sich durch ein altes eisernes Schleusentor in einen tiefen Graben, der vom Fluss weg und in die Wiesen führte. Die zähe Klebrigkeit des Wassers, voller Unkraut, Federn und Algen, war ihm nicht entgangen, als er durch die Rinne watete. Insekten tanzten auf der Oberfläche.

Überzeugt, allein zu sein, kletterte er ans Ufer und blickte hinaus auf das Marschland. Eine Reihe ordentlicher niedriger Aufschüttungen zog sich in militärisch gerader Linie dahin.

Sie sahen aus wie die Gräber von Riesen, vom Mondschein aus der Finsternis zwischen Hagedorn und Weiden gerissen. Hinter ihnen konnte er einen sandigen Pfad ausmachen, der in der Dunkelheit fahler als die Umgebung war und sich hinaus auf das offene Land schlängelte. Nichts rührte sich in der weitgehend unberührten Landschaft. Also glitt er den Hang hinab, kniete sich neben die nächste Aufschüttung, bohrte seine Hand in die lockere Erde und erschrak ein wenig, als er spürte, dass in ihr noch immer ein Rest der Tageshitze zu spüren war.

Was lag darunter?

»Was hast du bei deinem Schwimmausflug gesehen?«, fragte Claire und rieb sich die Wangen, um wacher zu werden.

Brooke bemühte sich stets sehr, seine Arbeit nicht mit nach Hause zu bringen.

»Nicht viel, abgesehen von dem Kartonagenhaus. Hast du es gesehen?«

Gähnend schüttelte sie den Kopf.

»Gleich hinter Jesus Lock auf dem Midsummer Common. Ich konnte nur einen flüchtigen Blick auf die Silhouette erhaschen, aber das hat schon was. Drei Stockwerke hoch, pyramidenförmiges Dach, komplett aus Pappkartons aufgebaut. Sie werden es anzünden und uns alle einladen, damit wir die Fähigkeiten der Hilfsfeuerwehr bewundern können. Übernächsten Abend. Wir sollten hingehen.«

»Da habe ich Schicht. Tee?«, fragte Claire und tappte die Treppe hinunter. »So heißes Wasser ist nicht gut für dich«, rief sie. »Das zieht das Blut zur Haut. Wenn du dann aufstehst, wird dir schwindelig. Posteriore Hypertonie. Du wurdest gewarnt.«

Wenige Minuten später kehrte sie mit einem Becher Tee und einem schweren Tumbler aus Kristallglas mit Whisky zurück. Beides stellte sie auf die emaillierte Ablage der Badewanne neben Brookes Kopf. Kaum hatte sie es abgestellt, streckte sie erneut die Hand danach aus, um das Arrangement ein paar Zentimeter weiter vom Rand wegzuschieben. Der innere Drang, die Welt in Ordnung zu bringen, war eine von Claires besonderen Tugenden als Krankenschwester, ein Zug, den sie auch außerhalb der Klinik nicht ablegen konnte.

»Übrigens«, sagte sie. »Ich habe einen der Chirurgen nach Dorics Theorie gefragt, der zufolge die Army zivile Opfer der Bombenangriffe verbuddelt. Einen, dessen Bruder im Victoria Infirmary in Glasgow arbeitet. Er hat gesagt, du hast recht; es ist Humbug.«

Brooke nickte und hielt die Nase über den Rand des Whiskyglases. Der dumpfe, erdige Geruch der Spirituose war so berauschend wie der Alkohol selbst.

»Ich habe mit Joy gesprochen«, sagte Claire und setzte sich auf den Rand eines Korbstuhls. Ihre Tochter, Krankenschwester wie die Mutter, hatte sich freiwillig gemeldet und war nach Portsmouth abkommandiert worden, wo sie in einem Zeltlazarett am Hafen arbeitete und die Soldaten untersuchte, ehe sie sich nach Frankreich einschifften.

»Guter Gott«, sagte Brooke. »Wie hast du das denn geschafft? Ich brauche schon eine halbe Stunde, um eine Leitung nach London zu bekommen.«

Seit Kriegsbeginn hatten sie das Leben ihrer Kinder nur noch per Brief verfolgen können. Aber auf die Post war kein Verlass, die Schreiben selten und oft sehr knapp gehalten.

Beim Aufsetzen jagte er eine Welle durch die Wanne, die erst die Wasserhähne überspülte und dann zurück zu seiner Brust schwappte. Er zog ein Bein an und massierte einen Bereich mit weißem Narbengewebe gleich unterhalb der Kniescheibe.

»Ich wurde angewiesen, die Einheit in Gosport anzurufen«,

sagte Claire. »Wir haben Befehl, die Soldaten, die auf Parker's Piece stationiert sind, zu untersuchen. Hast du das gesehen? Das ist wie der Delhi Durbar. Fehlen nur die Elefanten und der König auf seinem Podium.«

Sie nippte an ihrem Tee. »Wie auch immer, ich habe Gosport angerufen, um eine Kopie ihrer Verfahrensregeln anzufordern: Pflichtuntersuchungen, was sonst noch wichtig ist, was wir auslassen können. Die sind losgegangen und haben Joy geholt!«

Wieder umklammerte sie das Material ihres Blusenkragens. Sie sah zehn Jahre jünger aus als neununddreißig. Das machte ihm bewusst, dass sie, von diesem kurzen Moment abgesehen, auch ein Opfer des Krieges war, geschwächt und belastet durch die Abwesenheit der Menschen, die sie liebte.

»Wie hat sie sich angehört?«

Das ist eine typische Brooke-Frage, dachte Claire. Nicht, was hat sie gesagt, sondern wie hat sie sich angehört.

»Gut. Aufgeregt. Sie hat gesagt, sie hätte beantragt, nach Frankreich versetzt zu werden. Wenn es losgeht, sollen da Feldlazarette hinter den Linien eingerichtet werden. Da geht es um Traumata, Wunden, Verbrennungen, Amputationen. Die werden sich verdammt glücklich schätzen können, sie zu haben.« Diesen letzten Gedanken betonte sie übertrieben deutlich, und sie legte eine Hand an die Lippen. »Ich glaube, sie will nur in Lukes Nähe sein.«

Die Briefe ihres Sohnes, wenn sie sie denn erreichten, erzählten von einem unheimlich rustikalen Paradies voller verschlafener Gehöfte und ferner Kirchenglocken an der französisch-belgischen Grenze. Seine Einheit, Teil der British Expeditionary Force, lagerte dort, bereit, die Deutschen aufzuhalten, wenn der Krieg im Westen dann doch endlich losginge.

Brooke nahm den Whisky zur Hand. »Was hast *du* gesagt?«

»Ich habe gesagt, ich hätte vielleicht das Gleiche getan. Weißt du, versuchen, rüberzugehen. Dorthin, wo ich etwas Gutes tun kann.«

Sie versuchte, seine Mimik zu lesen.

»Werdet ihr euch wieder sprechen?«, fragte er. »Ich meine …«

»Ja. Nachts, denke ich. Sie sagt, es wäre ziemlich chaotisch zugegangen, darum müssten sie sich erst über eine Verfahrensweise einigen, ehe sie sie mit uns teilen können. Sie klang sehr besonnen. Ich bin wirklich stolz auf sie.«

Brooke versenkte sein Kinn im Wasser.

»Sag ihr, ich liebe sie. Sag ihr, ich vermisse sie. Aber wenn sie rübergehen will, dann verstehe ich das. Dort wird sie wohl auch Kriegsgefangene behandeln müssen. Ich glaube, es ist hilfreich, wenn man den Feind mit eigenen Augen sieht.«

Im Geiste sah er Turl, den Lastwagenfahrer vor sich, der nicht einmal geblinzelt hatte, als ihm der Rauch seiner Zigarette in die Augen gestiegen war.

»Ich hasse das alles …«, sagte er, hob sein Whiskyglas und deutete zum Fenster. »Diese Kriegsmaschinerie. Die Beamten von Whitehall. Die Verdunkelung. Die Nachschublinien. Die Fabriken. Einberufung. Neue Waffen. Das macht den Kampf unausweichlich. Aber man braucht keine Courage dafür, keine Vorstellung von der Realität des Krieges. Das ist nur das Moment der Bewegung, eine kollektive Unfähigkeit, die Richtung zu ändern. Es ist der Tanz des Todes, und man muss die korrekte Schrittfolge wahren.«

»Was für eine Ansprache«, kommentierte sie sanft.

Er schüttelte den Kopf und fragte sich, was sein Vater wohl von einer Welt halten würde, in der die Wissenschaft zu einer Kriegswaffe gemacht worden war.

Claire ging zum Fenster und blickte zum Mond.

»Feigheit ist etwas Großartiges«, beharrte Brooke. »Das ist die Bremse im Krieg, wenn es um Nahkampf geht. Das ist ein altes Klischee – *das Weiße in ihren Augen* –, aber es macht die Realität des Kampfes deutlich. Aber heute? Aus hundert Meilen Entfernung kann jeder einen Krieg führen. Man muss nur auf den Knopf drücken. Und es wird noch schlimmer werden. Raketen. Gift. Wahrscheinlich ist sie näher an der Front sicherer als hier. Dieses Mal werden es die Zivilisten sein, die dran glauben müssen.«

Er trank noch einen Mundvoll Whisky. »Wenn du gehen willst – geh. Ich komme schon zurecht. Ich wäre woanders nutzlos, also fechte ich hier meine eigenen kleinen Kriege aus. Der Feind im Inneren und so.«

Sie lächelte, betrachtete seinen fahlen Körper in dem trüben Badewasser. Das erste Mal hatte sie ihn im Krankenhaus von Scarborough berührt. Damals hatte sie ihn in seinem Krankenbett gewaschen. Sein Gesicht war nussbraun gewesen, der Rest weiß. Er hatte auf dem Rücken gelegen, und sie hatte ihn zwingen müssen, die Hände vom Gesicht zu nehmen, mit denen er sich die Augen zugehalten hatte.

Sie nahm eine Schwesternuniform von einem Bügel an der Tür.

»Bleibst du heute Nacht daheim?«, fragte sie.

Brooke zog den Stöpsel. »Nein, ich habe zwei Leichen zu inspizieren. Ein einsamer Selbstmörder, der in Byron's Pool gefunden wurde, und den übel zugerichteten Leichnam eines amerikanischen Wissenschaftlers, der von den herunterhängenden Tauen eines Sperrballons zerfetzt wurde. Beide wurden, jeder auf seine Weise, zu Opfern der Großen Verdunkelung.«

KAPITEL ACHTZEHN

»Sie sind beide noch in dem Zustand, in dem sie aufgefunden wurden, Brooke. Ich weiß ja, dass Ihnen das so lieber ist«, erklärte Dr. Henry Comfort, der Pathologe des Borough, als er die Doppeltür zur Leichenhalle mit dem Fuß aufstieß.

Der zweckmäßig gestaltete Raum lag im hellen Licht von Neonröhren, womit er gut zum Rest des neuen Galen Anatomy Building passte. Zwei zusätzliche Scheinwerfer waren auf ein paar Sektionstische ausgerichtet. So intensiv das Licht auch war, konnten die verschiedenen Lichtquellen doch nicht alle Schatten verdrängen. Dadurch gewannen die beiden Leichen mehr Kontur, obwohl die sich setzenden Körperflüssigkeiten und die Entspannung von Muskeln und Gewebe zugleich den Eindruck erweckten, als würden sie ein wenig zusammensacken. Fast als würden sie sich ganz allmählich auflösen und in die Abflussrinnen sickern, die in darunter befindliche metallene Auffangbehälter mündeten.

»Wo steckt denn Ihr neuer Detective Sergeant?«, fragte Comfort.

»Genau jetzt befindet er sich auf einem Stocherkahn und wünscht sich zweifellos, er wäre in seinem behaglichen Ruhestand geblieben.«

Brooke hatte den Kahn mit Dorics Unterstützung vom Michaelhouse bekommen, und Edison hatte Anweisung, sich im Schatten des Ufers auf der gegenüberliegenden Seite von St. John's Wilderness zu halten und die Gegend während der dunklen Stunden des frühen Morgens nicht aus den Augen zu lassen. Brooke war überzeugt, dass die Soldaten zurückkommen würden. Was mochte wohl auf ihren Rollwagen liegen?

»Diese beiden Männer kennen Sie ja …«, sagte Comfort und zeigte auf seine beiden »Diener«; Brooke konnte sich an die lateinische Bezeichnung nicht erinnern, aber das war letztlich die Kernaussage. Einer half dabei, den Leichnam auf die Seite zu drehen, der andere führte die einfachen Schnitte aus und bediente die Knochensäge, wenn er dazu aufgefordert wurde. Beide hielten sich mit ihren Emailbechern in Händen im Hintergrund, und zwischen ihnen lag eine Ausgabe der *Evening News* auf der Bank.

Comfort kämpfte mit seinen Gummihandschuhen. Immer wieder erstaunt über die zarten, beinahe femininen Hände, dachte Brooke an den überraschend eisernen Griff, mit dem der Pathologe sein Handwerkszeug zu führen verstand: die Rippenschere, die Klinge mit der euphemistischen Bezeichnung »Brotmesser«, den hakenförmigen Meißel zum Abheben der Schädeldecke.

Mit Geplauder hielt sich Comfort nie auf. Er kannte Brooke bereits seit einem Jahrzehnt, und ihre Beziehung zeichnete sich durch eine respektvolle Distanz aus. Das Borough bezog seine Pathologen von der Universität. Die erste derartige Berufung hatte, wie auf einer Tafel im Spinning House festgehalten worden war, 1880 stattgefunden. Schlichte Bequemlichkeit bildete die Grundlage dieses Arrangements. Und Zweckmäßigkeit. Das Zentrum der mittelalterlichen Stadt, das unter die Zuständigkeit des Reviers fiel, wurde nicht gerade überschwemmt mit regelmäßigen Anhäufungen gewaltsamer Todesfälle, zumindest nicht im derzeitigen Jahrhundert. Die Grafschaftspolizei, deren Verantwortlichkeiten außerhalb der engen Grenzen der Stadt begannen, hatte ihren eigenen ständig verfügbaren Pathologen, aber die berufliche Rivalität, die zwischen den Behörden herrschte, schloss eine Kooperation aus. Im Tod wie im Leben.

»Lux, Ihr Wissenschaftler«, sagte Comfort schließlich und zog an den Fingern seiner linken Hand, dass die Knöchel knackten, ehe er die Plastikfolie über dem Gesicht zurückschlug.

»Er war gestern Abend hier, lebendig und gesund«, sagte Brooke. »Offenbar hat er eine Lehrveranstaltung besucht, alles streng geheim. Ich bezweifle, dass er damit gerechnet hatte, so schnell wieder hier zu landen.« Brooke kam ein Gedanke. »Waren Sie auch dabei?«

»Ich wollte teilnehmen«, sagte Comfort. »Aber man hat mich höflich darüber in Kenntnis gesetzt, dass ich nicht über die notwendige Sicherheitsfreigabe verfüge. Nicht für meine Ohren bestimmt. Anscheinend irgendein Regierungsprojekt. Eine verdammte Frechheit ist das. Die haben sich Essen von der Küche des Emmanuel liefern lassen, und sie hatten einen Wachmann vor der Tür.«

Comfort ging einmal um den Leichnam herum. »Wir werden die Überreste der Kleidung abschneiden, aber die Wunden sind auch so unverkennbar: traumatisch, tödlich und ante mortem entstanden.«

Brookes Erfahrung nach konnte diese Phase der äußeren Begutachtung bei einer Autopsie mehrere stille Minuten beanspruchen.

Trotz der späten Stunde konnten sie um sich herum die Geräusche hören, die das Innenleben des Gebäudes erzeugte: Wasser lief durch eine Leitung, ein Lift surrte, und vom Gang hallten die Schritte eines vorbeigehenden Wachmanns herbei. Das Galen war erst in diesem Sommer fertiggestellt worden. Das alte Anatomiegebäude der Universität befand sich gegenüber dem Queen's College und war nun ein von Spinnweben überzogenes Museum. Das Galen hingegen glänzte in der weißen Glut der Moderne. Die weiße Fassadenverkleidung aus behauenem Stein, die sich im Art-déco-Stil nach oben verjüngte, erinnerte Brooke an ein Kenotaph, ein Begriff, der im Altgriechischen ein »leeres Grab« bezeichnete. Eine schaurige Ironie, war doch Comforts Leichenhalle nur selten leer. Die Leichen, die für studentische Übungssektionen bereitgehalten wurden, lagen verborgen in stählernen Schubladen an der fensterlosen Wand.

Comfort fing an, über den Leichnam zu berichten.

Das linke Bein des Mannes war direkt unter dem Knie fast vollständig abgetrennt, der untere Teil lag in einem Abstand von etwa einem Zoll zum oberen auf dem Tisch. Nur Gewebe hielt es noch zusammen, die Knochen waren komplett durchschlagen worden, das Hosenbein bis zum Oberschenkel fortgerissen. Die Hände, die in den Ablaufrinnen neben dem Torso lagen, waren blutig und zerfetzt. Fleisch und Knochen der linken Schulter waren so extrem ausgerenkt, dass der Körper deformiert und schief aussah. Der Schädel war teilweise eingedrückt, und Brooke erhaschte, ehe er sich abwenden konnte, einen Blick auf eine grässliche Wunde, durch die ein Stück des Gehirns erkennbar war.

Brooke schloss die Augen und atmete tief durch.

»Das Rückgrat ist auch gebrochen«, sagte Comfort und bewegte den Kopf. »Stumpfes Trauma. Und hier am Schädel …« Mit einem Skalpell deutete er auf die sonderbar oval aussehende linke Augenhöhle. »Der Alkohol dürfte hilfreich gewesen sein, falls das ein Trost ist. Ich habe mir eine Blutprobe angesehen, und die deutet auf ein Glas Wein hin, möglicherweise auch ein Pint Bier. Wäre er eine Treppe hinuntergefallen, hätte der Konsum die Schmerzen vielleicht gelindert. Aber er wurde *zerschmettert* – das ist das passende Wort. Ich denke, es wird Zeit, ihn genauer in Augenschein zu nehmen …«

Ein unmerkliches Nicken des Pathologen setzte einen der Diener in Gang, der sich wie ein Automat mit einer langen Schere näherte und anfing, die Kleidung aufzutrennen, die noch an der Leiche hing.

Brooke studierte die tickende Uhr an der Wand und ging schließlich zur Tür, wo er sich eine Zigarette anzündete.

Das geisterhafte Leben von Dr. Ernst Lux erwachte in seinem Geist in Form einer Reihe von Bildern, zusammengestellt von Edison im Zuge der Befragung von Freunden und Kollegen des Amerikaners im Michaelhouse. Lux stammte von deutschen Eltern ab, lebte aber gewöhnlich in Kalifornien und hatte seinen ersten Abschluss an der Universität Berkeley gemacht. Er war Junggeselle, aber mit einem Liebchen, das, wie sich einer seiner Freunde erinnerte, als ehrenamtliche Schwester im spanischen Bürgerkrieg tätig gewesen war. Das Paar war sich bei einer Kundgebung begegnet, die der Spendensammlung zugunsten der antifaschistischen International Brigade gewidmet war.

Als bewunderter Athlet war Lux College-Ruderer und ein leidenschaftlicher Kletterer gewesen, der während der Sommermonate zusammen mit einem Bergsteigerverein der Universität in die Alpen gezogen war. Die Fens, eine der ebensten Gegenden in ganz Europa, waren eine schwere Enttäuschung für ihn gewesen. Also hatte er seine überschüssigen Energien während des Semesters mit Morgenläufen entlang des Treidelpfads zur Clayhithe Bridge und zurück über die Flussauen abgebaut.

Lux lag nun bis auf Schuhe und Socken nackt auf dem Tisch. In Ermangelung anderer Kleidung konzentrierte sich Brooke auf die Füße des Toten.

Diese Schuhe waren einmal sehr modern, dachte er. Es handelte sich um leichte Filzstiefel, die ursprünglich einmal grün gewesen sein mussten. Die Schnürbänder in Rot und Weiß waren durch den intensiven Gebrauch grau geworden. Die Sohlen waren breit, wie bei Arbeiterschuhen, aber vor allem sprang ihm ins Auge, dass die Schuhe am falschen Fuß steckten.

Brooke ging in die Knie. »Ist es möglich, dass die Schuhe bei einer früheren Untersuchung aus- und dann wieder angezogen wurden?«, fragte er.

Comfort war beinahe im selben Moment auf diese Anomalie aufmerksam geworden, und nun kam der Kopf des Pathologen dem von Brooke nahe genug, dass der das schwache Aroma von Pfeifentabak riechen konnte.

»Nein, wie ich bereits sagte, er wurde so gefunden.« Der Pathologe löste die Schnürbänder und zog den Schuh mit einer schnellen Drehung im Handgelenk vom linken Fuß. Aus dem Körper erklang das leise Knirschen der zwei Hälften eines gebrochenen Gelenks.

Comfort kniete sich vor die nun freigelegten Füße in ihren Socken, die an den Fersen großflächig gestopft worden waren.

»Das ist symptomatisch«, sagte er. »Es erfordert große Geschicklichkeit, eine Socke anzuziehen. Wir neigen dazu, unsere eigene Präzision und Fingerfertigkeit zu unterschätzen. Andererseits können wir auf jahrelange Übung zurückgreifen, um zu wissen, was zu tun ist, wenn wir die Socke ordentlich überstreifen wollen, sodass sie auch an der Ferse gut sitzt. Hier sehen Sie …« Er zupfte an dem Material.

Der Gerichtsmediziner hatte recht. Jede Socke saß schief und verdreht über dem Körperglied.

»Das macht es komplizierter«, bemerkte Brooke.

Comfort zog dem Toten die Socken aus. Die Spitzen mehrerer Zehen an beiden Füßen waren zerkratzt und hatten stark geblutet, aber auf der Innenseite wiesen die Socken kaum Blutflecken auf.

Comfort machte sich Notizen, ehe er mithilfe seiner Diener mit der inneren Leichenschau begann. Brooke zog sich mit einem Whiskey zurück, der aus einer Flasche stammte, die der Pathologe in einer Laborwerkbank mit Abzug verwahrte. In den passenden Momenten hielt sich Brooke das Glas dicht unter die Nase und atmete den holzigen Duft ein. Er war gewiss nicht zimperlich, aber zuzusehen, wie ein anderer Mensch aufgeschnitten und in seine Einzelteile zerlegt wurde, versetzte seinem System doch einen herben Schlag. Auf ihn wirkte die Autopsie wie ein existenzieller Schock. Das Gehirn, dem Schädel entnommen, trieb, gesichert mit einer Schlinge, in einem Glas mit einer flüssigen Chemikalie; was für ein Jammer – vielleicht –, dass die Erinnerungen aller konservierenden Flüssigkeit zum Trotz verloren waren.

Brooke versuchte, sich von der Szene abzulenken, die sich vor ihm abspielte, indem er sich einige drängende Fragen stellte: Wer hatte der Leiche Schuhe und Socken angezogen? *Warum* hatte jemand einer Leiche Schuhe und Socken angezogen?

Als Comfort fertig war, wusch er sich Hände und Arme und schenkte sich dann schwarzen Kaffee aus einer Taschenflasche ein, während seine Assistenten einer Metallkanne Tee entlockten.

Sie alle gingen durch den Raum zu dem zweiten Leichnam. Zum ersten Mal fiel Brooke auf, dass dieser Mann zwar ebenfalls bekleidet, aber zudem von mehreren Strängen grünen Flusskrauts umwickelt war. Diese Pflanzen waren charakteristisch für die oberen Abschnitte des Flusses, wo das Wasser aus den Kreidebergen über ein Kiesbett floss. Außerdem fiel ihm eine weitere Anomalie an den Füßen auf, denn einer steckte in einem orthopädischen Stiefel, was auf einen Klumpfuß hindeutete.

»Unser zweiter Kunde heute Nacht«, sagte Comfort. »Wurde aus Byron's Pool gezogen. Zwei Mauersteine in den Taschen. Edison sagte, Sie interessieren sich für den Fall? Ich werde natürlich die Lunge untersuchen müssen, aber es sieht unkompliziert aus. Keine Anzeichen für ein Verbrechen. Armer Kerl.«

Brooke studierte das Profil des Opfers; das markante Kinn, die falschen Zähne, die großen Tränensäcke, den fleischigen Hals.

Kein Zweifel, das war der schlafende Fahrer aus dem Lastwagen, der am Fuß des Castle Hill geparkt hatte. Es war nicht schwer, sich vorzustellen, was ihn dazu getrieben hatte, sich das Leben zu nehmen. Turl hatte ein recht lebhaftes Bild gezeichnet: Dafür dass er die Nerven verloren hatte, hatte ihm Verbrennung gedroht, die rituelle Bestrafung der Verbrecherbande. Wenigstens darum hatte er sie betrügen können.

KAPITEL NEUNZEHN

Doric reichte Brooke ein Glas Rotwein aus dem Weinkeller und dazu eine Scheibe Blue Stilton. Der Portier führte im Kerzenlicht seine Inventur der Schlüssel durch; ein alltäglicher organisatorischer Vorgang, den er jedoch irgendwie mit der geheimnisvollen Aura einer uralten Zeremonie zu tränken verstand. Michaelhouse war georgianisch mit einigen hässlichen viktorianischen Ergänzungen, aber Dorics Gefühle erstreckten sich in eine mythische Vergangenheit. Er würde nie zulassen, dass sich die Geschichte seiner Liebe zu dem College in den Weg stellte.

Alle paar Minuten unterbrach er die Dokumentation der Schlüssel, um einen Zug auf dem Schachbrett zu machen.

»Irgendwas Neues über die Londoner, die unten am Fluss Gruben ausgehoben haben?«, fragte Brooke, bemüht, für einen Moment das Rätsel um Ernst Lux' Tod und die Identität des Mannes, den sie aus Byron's Pool gefischt hatten, beiseitezuschieben.

»Duke of Cambridge's Own, jetzt nennen sie sich das Middlesex Regiment.«

»Ja, ich weiß, Doric. Aber was haben die *gemacht*?«

»Langfristige Flugabwehrmaßnahmen. Haben gerade nix zu tun, also geben sie sich jetzt alle der Erschöpfung hin. Ist auch nicht das erste Mal. Und sie können es nicht leiden. Jenner, der Portier vom Trinity, geht in *The Duke*. Der Wirt da ist ein Cockney, ich schätze, darum fühlen sich die Soldaten da wie zu Hause. Jenner sagt, die beklagen sich ständig. Die, die daran schuld sind, das sind die hohen Tiere oben auf Madingley. In deren Auftrag melden sich die Jungs ständig als Freiwillige für irgendwelche Extrapflichten. Vierzehn Tage lang haben sie Gräben in Parker's Piece ausgehoben, und jetzt buddeln sie ein verdammt großes Loch für die Fundamente eines Bofors-Geschützes an der London Road. Die ganze Nacht sind die zugange. Alle paar Wochen kommen sie dann wieder zu dem Ufer, das Sie meinen. Immer bereit, sich unerlaubt von der Truppe zu entfernen, aber das wird wohl alles nur Gerede sein.«

Brooke zog seinen Läufer. »Ich weiß, dass sie Löcher buddeln, Doric. Ich möchte wissen, was die da reinpacken.«

»Jenner hat gesagt, sie würden den Mund nicht aufmachen, wenn man ihnen Fragen stellt. Zuhören ist eine Sache, fragen eine andere. Er hält die Ohren offen, aber versprechen kann er nichts«, erklärte Doric und pfiff durch die Zähne.

Schweigend spielten sie noch weitere zwanzig Minuten, doch Brooke war in Gedanken nicht bei dem Spiel. Das Rätsel um Dr. Lux' Schuhe und Socken überlagerte die Komplexität der Vorgänge auf dem Schachbrett.

»Irgendwas Neues wegen Ihrer Situation?«, fragte er und zwang sich, einen Zug zu tun, schob einen Turm hinüber in feindliches Territorium.

Die Reorganisation der Aufgabenbereiche des Colleges ragte so bedeutend über Dorics Leben auf wie das Gebäude selbst.

»Morgen treffen sich die Kollegen. Drei von der Tagesschicht sind schon rausgeflogen, also könnte mir das auch passieren. Oder sie schaffen nur Platz, und ich ende selbst im Tagdienst …« Unverbesserlicher Fatalist, der er war, zuckte er mit den Schultern.

Brooke hatte ihn nie gefragt, gegenüber welchem speziellen Aspekt des Konzepts *Tag* er solch eine Aversion hegte. Während seiner Armeezeit war Doric Sergeant Major seines Regiments gewesen. Ein Alphatier. Bei Nacht war er wieder sein eigener Herr, also war ihm vielleicht einfach der Gedanke unerträglich, von Leuten wie dem Oberpförtner herumkommandiert zu werden.

Brooke musterte das Schachbrett, kam zu dem Schluss, dass seine Lage hoffnungslos war, kippte den König um, schnappte sich seinen Hut vom Garderobenständer und wünschte Doric eine gute Nacht.

Noch hatte es keinen Fliegeralarm gegeben, folglich herrschte auf den Straßen geschäftiges Treiben. Autos, die aus ihren Schlitzaugen lugten, fuhren vorüber, ständig auf der Suche nach der weißen Linie am Randstein. Drei Fahrräder, unbeleuchtet, aber klingelnd, rasten vorbei, als würde er überhaupt nicht existieren. An der Ecke bei der Round Church sah er Jo Ashmore oben auf ihrem Beobachtungsposten, wie sie mit dem Feldstecher den Westrand der Stadt beäugte.

Brooke beeilte sich, erpicht darauf, den Teestand auf dem Platz zu erreichen, ehe sich irgendwer irgendwo einbildete, er hätte feindliche Flugzeuge gesehen, und das ganze Durcheinander der vergangenen Nacht von vorn losginge. Wenn die Bomben irgendwann wirklich fallen, dachte er, als er gerade Market Hill betrat, sind wir abgehärtet gegen die Vorstellung, in Trümmern zu sterben. Dann gehen die Sirenen los, und niemanden kümmert es noch.

Rose King stand hinter ihrer Theke, und ein Rudel Soldaten scharte sich in dem Lichtschein, der auf die Steinplatten des Platzes hinausdrang. Krieg war Roses Metier. Er erlaubte es ihr, ihre Genialität, wenn es darum ging, kurzfristig massenhaft Leute zu bewirten, unter Beweis zu stellen. Konfrontiert mit fünfunddreißig Soldaten, die eines Tees bedurften, stellte sie die Becher in einer Reihe auf, schüttete Milch hinein und zog dann die emaillierte Kanne über die ganze Reihe. Sie hielt über jedem Becher inne, richtete sie aber nie so weit auf, dass das dunkle Tannin versiegte. Der Tee schwappte nur so, aber auf geschickte Weise.

Auf einem Grillteller hatte sie das ganze Angebot an frittierten Speisen zusammen mit den stärkenden Standardzutaten für ein gutes englisches Frühstück arrangiert: Würstchen, Schinken, Röstbrot, Pilze, halbe Tomaten. Eier, die schon recht schwer zu bekommen waren, lagen in ihren Kartons und warteten auf eine ausdrückliche Bestellung. Aber die Soldaten, die zweifellos knapp bei Kasse waren, wollten sich über den Tee hinaus nicht verleiten lassen, und zogen stattdessen weiter zu den Bänken im Kirchhof von Great St. Mary's.

»Da ist er ja«, sagte Rose, als sie Brooke sah, »der Held der Nacht. Was zu essen?«

»Ein Schinkenbrot, Rose. Und Tee.«

Mitte fünfzig und von einem arbeitsreichen Leben auf ihren zwei Füßen ermattet, erweckte Rose dennoch ständig den Eindruck, eine besondere Vorstellung abzuliefern, ganz so, als wäre die offene, rechteckige Klapptür ihres Standes ihre eigene Bühne. Ein buntes Kopftuch bändigte das graue Haar, von dem sie eine Strähne zurücksteckte, als sie Brookes Tee einschenkte.

»Setzen Sie sich, ich bringe es Ihnen raus. Ich könnte auch eine kleine Pause vertragen«, sagte sie mit einer unangezündeten Zigarette im Mundwinkel.

Vor dem Teestand war ein halbes Dutzend runder aus einem Pub geborgener Metalltische aufgebaut worden, die von passenden schmiedeeisernen Stühlen komplettiert wurden.

Rose brachte ihm das Sandwich auf einem Teller und

setzte sich zu ihm. Sie streckte die Beine aus und benutzte den rechten Schuh, um sich den linken vom Fuß zu hebeln und die zappelnden Zehen in ihrem Strumpf zu befreien. Dann zündete sie sich die Zigarette an und balancierte sie auf der Unterlippe.

Da sah Brooke, was sie in der Hand hielt: eine große Porzellantasse, die sie mit geradezu religiöser Hingabe schwenkte, ganz so, wie ein Priester den Kelch säubern mochte, ehe er den letzten Wein vom Abendmahl trank. Den größten Teil der Flüssigkeit schüttete sie in den breiten Rinnstein, ehe sie die Tasse so kippte, dass das Licht aus ihrem Stand hineinfiel.

Nun folgte der übliche Hokuspokus, und Brooke hörte so gutmütig zu, wie er nur konnte. Wie es schien, zeichnete sich eine Schlange in den Teeblättern ab. Oder war es im Weiß zwischen den Teeblättern? Wie dem auch sei, eine Schlange verwies auf Falschheit. Ein Haus von nicht spezifizierter Bauart deutete auf Tod hin.

Roses Schuhe, kraftvoll von den Füßen getreten, lagen auf dem Pflaster. Einer war auf Sohle und Absatz gelandet und zeigte direkt auf sie, während der Zweite auf der Seite lag und in die andere Richtung wies. Pumps, abgetragen bis an den Punkt vollständiger Vernichtung, weshalb sie ein wenig aufklafften.

Getrennt von den Füßen ihrer Eignerin und voneinander gewannen sie auf sonderbare Art an Bedeutung.

Brooke nippte an seinem Tee. Als er damit fertig war, wusste er, wie Ernst Lux gestorben war. Die Frage war nur, wo.

KAPITEL ZWANZIG

In dem Jahr, das Brooke als Student zugebracht hatte, ehe er sich mit einer Ausgabe der *Ilias* in der hinteren Tasche auf den Weg zum Rekrutierungsbüro begeben hatte, hatte er sich die Räume im College mit einem anderen Studenten der Naturwissenschaften namens Peter Aldiss geteilt. Intelligenz ist eine Eigenschaft, die viele Leute abstrahlen wie Funkwellen. Aldiss war ein Beispiel für das Gegenteil. Jeder, der ihn nur flüchtig kannte, würde vermuten, dass er die Weisheit nicht gerade mit Löffeln gefressen hatte. Eine gewisse generelle Behäbigkeit in Wort und Glied schien anzudeuten, dass sich auch seine mentalen Prozesse extrem langsam vollzogen. Er brauchte lange, um irgendetwas zu sagen, und oft war das, was dann herauskam, recht profan. Aber er war ein unerbittlicher Logiker und ein Füllhorn an brillanten Ideen, wenn es um akribisch betriebene Experimentalforschung ging.

Folglich war es ein Schock für Brooke gewesen, eines Sommerabends im Jahr 1913 festzustellen, dass Aldiss ein verwegenes Geheimnis wahrte.

Es hatte Hinweise gegeben: die nächtliche Abwesenheit, das plötzliche Wiederauftauchen am frühen Morgen, die Gruppe ziemlich blasierter Freunde mit den kalten Augen, die stets jegliches Gespräch abrupt beendeten, wenn Brooke ihnen in einer Bar über den Weg lief. Verraten hatten ihn jedoch seine *Schuhe*; ein Paar markanter Turnschuhe, die Brooke eines Nachts am Fuß eines der steinernen Pfeiler des Colleges entdeckt hatte, abgelegt hinter einer gestutzten Hecke, die Socken im Inneren verstaut.

Schließlich hatte er seinen Freund darauf angesprochen. Es geschah während eines trinkfreudigen Mittagessens in einem Wirtshaus auf dem Lande, eine Woche, bevor beide in den Auslandseinsatz aufbrechen sollten. Brooke würde nach Kairo gehen, Aldiss nach Westafrika. Der Wissenschaftler, deutete Brooke an, gehörte einer geheimen Bruderschaft an, deren Mitglieder man in mondbeschienenen Nächten vor der dunklen Silhouette des Colleges sehen konnte, wie sie verbotenerweise Pinakel, Kapellen und Türme erklommen. Heimlich, denn bei solchem Tun erwischt zu werden barg das Risiko eines Verweises von der Universität, kombinierte derartiges Verhalten doch zwei inhumane Tugenden: eine eisige Ruhe im Angesicht des Todes und Hände und Füße, so kraftvoll wie Schraubstöcke.

Die »Nachtkletterer« hausten in einer beinahe legendären Dimension und gehörten einem elitären Club von begabten Abenteurern an, die den Tod nicht fürchteten. Brooke hatte Menschen dieses Schlages von jeher gering geschätzt in Anbetracht der Tatsache, dass ihre Leidenschaft eine mangelnde Anerkennung des Werts ihrer eigenen Menschlichkeit offenbarte. Sich nicht um den Tod zu scheren, hatte etwas extrem Arrogantes an sich.

Brooke hatte auch nach dem Krieg noch Kontakt gehalten, und vor Kurzem hatte Aldiss mit einer Reihe nächtlicher Experimente begonnen – oder, genauer, mit einem fortlaufenden Experiment auf einer rollierenden Vierundzwanzig-Stunden-Basis. Für dessen Durchführung musste er – bildlich gesprochen – sein Zelt im Labor aufschlagen. Der Wissenschaftler erforschte die Mysterien des zirkadianen Rhythmus, der eingebauten inneren Uhr, sei es die eines Menschen oder die einer Fruchtfliege. Das war eine Arbeit, die erst kürzlich die Aufmerksamkeit von Whitehall geweckt hatte, wo man darum kämpfte, aus Arbeitern – und Soldaten –, die sich vier Tage ohne Pause abrackern mussten, ein Maximum an Effizienz herauszuholen. Brooke hatte Aldiss schlicht auf die Liste seiner Nachteulen gesetzt und besuchte ihn, wann immer er konnte. Dabei machte er sich die Tatsache zunutze, dass der Forscher die neuesten Wissenschaftsmagazine für seine Studenten ausgelegt hatte. Und Brooke mochte zwar seine formalen Studien hinter sich gelassen haben, dennoch war er in vielerlei Hinsicht noch immer ein eifriger Student.

In manchen Nächten, wenn Brooke sich meldete, brachte Aldiss ihn in den bleiverkleideten Raum mit den *Lampyridae*, den Leuchtkäfern. Dort standen sie dann gemeinsam im Dunkeln, umkreist von den leise summenden grünen Lichtern, bis Aldiss die Sonnenlampe einschaltete. Jedes Mal musste Brooke, obwohl er sich die Augen abschirmte, für einen Moment das unfassbar grelle goldene Sonnenlicht verkraften.

Derzeit stand Aldiss mit einem Becher Tee in Händen da und nickte mit dem plumpen Kopf, der seit ihrer gemeinsamen Studentenzeit sämtliches Haar verloren hatte.

Aber er hatte Brookes Frage nicht beantwortet, also wiederholte der sie.

»Ich sagte, triffst du dich manchmal noch mit Dollis, dem Chemiker, der Heroin genommen hat?«, fragte er erneut, während er in der Oktoberausgabe von *Science* blätterte.

Dollis hatte Aldiss' geheime Leidenschaft geteilt: Sie waren beide Nachtkletterer gewesen.

Aldiss blinzelte träge. »Glasgow, denke ich, arbeitet an Patronenhülsen.«

»Ah, da gibt es viel zu klettern. Die Highlands sind nur ein Stück die Straße hinauf«, bemerkte Brooke. »Wie steht es mit dir? Oder haben dir die Jahre die Waghalsigkeit ausgetrieben?«

»Von Großtaten dieser Art habe ich schon vor langer Zeit Abstand genommen, Brooke. Außerdem gab es nach Polen Gerede. Männer starben – und bald würden *unsere* Männer sterben. Junge Männer sollten kämpfen oder ihre Studien fortsetzen, solange diese dem nationalen Interesse dienten. Es war nicht in Ordnung, dass sie ihr Leben bei etwas aufs Spiel setzten, das die Obrigkeit als Dummejungenstreich betrachtet.« Er nippte an seinem Tee. »Das Verbot ist eindeutig: Jeder Student, der auf einem Dach erwischt wird, ist draußen. Für immer. Nicht mehr dieser Unsinn mit der Suspendierung für ein Semester.«

Draußen regnete es, und das Gurgeln der Bleirohre hatte eine der bekanntesten Hintergrundmelodien von Cambridge wieder zum Leben erweckt.

»Mein Problem«, sagte Brooke, »ist, dass ich einen jungen Mann in der Leichenhalle des Galen habe, und ich glaube, er könnte nach einem schlimmen Sturz gestorben sein. Er ist barfuß gestorben, Peter. Ein junger Mann, den du vielleicht sogar kennen könntest: Ernst Lux.«

»Der Amerikaner. Guter Gott – tot?«

»Ja.«

Aldiss zeigte geradewegs in die Luft hinauf. »Doktor Franks Laborant. Fünfte Etage, bei den Biochemikern. Er hatte Interesse an meinen Glühwürmchen und ist runtergekommen, um sie sich anzusehen. Seine Arbeit war für die Regierung ebenfalls von gewissem Interesse, anderenfalls wäre er inzwischen längst wieder zu Hause. Heutzutage hat man nicht viel Geduld mit Dingen, die keinen *Beitrag leisten* …«

Brooke nickte. »Wenn du kannst, würdest du da mal nachhaken? Die genaue Art dieses Beitrags könnte hilfreich sein.«

»Ich werde es versuchen, aber eines der vielen Probleme mit dem Krieg ist, wie du wissen wirst, dass Fragen zu stellen als unpatriotisch gilt. Wir sollen Befehle befolgen. Bist du sicher, dass er geklettert ist? Ich habe Gerüchte gehört, denen zufolge es eine kleine Gruppe von Kletterbegeisterten geben soll … aber ich dachte, das wäre nur Tresengeschwätz.«

»Ich bin ziemlich sicher. Du bist damals barfuß geklettert; ist das die bevorzugte Methode?«

Aldiss nickte. »Ja, ein paar von uns haben Schuhe getragen, aber ohne ist es viel sicherer.«

»Lux' Schuhe waren am falschen Fuß, und die Socken hat ihm auch jemand anderes angezogen. Sein Leichnam wurde am Flussufer gefunden, an einer Stelle, die um die dreihundertfünfzig Yard vom nächsten Gebäude entfernt sein muss. Da dürfte also mehr dahinterstecken, meinst du nicht? Ein Sturz, eine Gruppe Kletterer und der Versuch, die ganze Sache zu vertuschen. Ich weiß von den drakonischen Strafen. Aber was, wenn ein paar beschlossen haben, sich der Herausforderung trotzdem zu stellen? Immerhin macht doch das Risiko den Reiz an der Sache aus. Welche größere Gefahr, abgesehen davon, sein Leben zu verlieren, könnte es geben, als den Verlust deines Platzes in dieser Elfenbeinwelt mit all ihren schillernden Vorzügen?«, sagte Brooke und fuhr fort: »Bleibt noch eine Frage: Wo finde ich diese neuen Kletterbegeisterten?«

KAPITEL EINUNDZWANZIG

Brooke trottete unter einem sternenlosen, durch den Regen gereinigten Himmel die Regent Street hinunter. Die Nachtkletterer beherrschten seine Gedanken. War Ernst Lux beim Klettern über die Dächer der Stadt abgestürzt? Der Fetzen Kautschukmaterial an seinem Körper deutete auf eine gezielte Verschleierung hin. Das wiederum ließ vermuten, dass jemand sich schuldig gemacht hatte. Hatten Lux' Mitkletterer einfach nur versucht, die Aufmerksamkeit vom College weg zu lenken, oder steckte ein noch finstererer Beweggrund dahinter? Brooke war nicht bereit, darauf zu warten, dass ihm die Antworten in den Schoß fielen.

Als uniformierter Constable hatte Brooke wie die meisten anderen Polizisten des Borough in den Jahren nach dem Großen Krieg die Nachtkletterer einfach ignoriert. Diesen Abenteurern Einhalt zu gebieten, war Sache der Colleges und der Universitätsleitung, vornehmlich die des Wachpersonals, der Bulldoggen. Der Sport lief gut, soweit er überhaupt betrieben wurde. Es hatte sogar ein Buch gegeben, veröffentlicht unter einem abstrusen Pseudonym, in dem die besten Kletterpfade, die Tricks und Kniffe, die Freuden und der Nervenkitzel beschrieben wurden, die jene erwarteten, welche den Mut zu klettern aufbrachten.

Brookes angeborene Skepsis hatte ihn veranlasst, dem der Geschichte innewohnenden bescheidenen Heroismus zu misstrauen. Es gab keine Bilder und keine echten Namen, die irgendwelche Heldenerzählungen hätten untermauern können. Tatsächlich hegte er den Verdacht, dass die Legende zu großen Teilen aus wilden Übertreibungen bestand und nicht viel mehr war als eine aufgeblasene romantische Illusion. Er hatte nie daran gezweifelt, dass einige Studenten fähig waren, die Wände hinaufzuklettern, wenn die Pförtnerloge geschlossen war. Aber die spitzen Türme der King's College Chapel oder den großen von St. John's?

Als er an der blinden Fassade des Emmanuel College vorüberging, fiel ihm auf, dass es hier wenig zu erklimmen gab, nicht einmal einen herausfordernden Torbogen oder ein albernes Observatorium auf einem Backsteinturm. Das georgianische Gebäude war niedrig und prosaisch. Klassische Säulen in geisterhaftem Weiß kennzeichneten die Kapelle, die durch die Kolonnade gerade noch erkennbar war; zweifellos das natürliche Feindbild der Nachtkletterer, suchten die doch Abflussrohre und »Schornsteine« – die schmalen Schächte, die es den Nervenstarken gestatteten, sich abzustützen, die Füße auf der einen, den Rücken auf der anderen Seite.

Steinmetzarbeiten lieferten ebenfalls Möglichkeiten, Halt zu finden, Fenstersimse dienten als schmale Pfade, leere Nischen boten willkommenen Platz für eine Verschnaufpause. Aber die Fassaden des Emmanuel waren modern und gesichtslos, die georgianische Schönheit das Ergebnis perfekter Dimensionen, ermittelt anhand des goldenen Schnitts, nicht jedoch irgendwelcher verspielter Dekorationsobjekte. Hier führte kein Weg zum Gipfel.

Parker's Piece, der große Stadtpark, öffnete sich gen Osten und präsentierte sich als Vision eines Militärlagers in der Nacht vor der Schlacht. Der Lichtstrahl verriet die leuchtenden Laternen, die selbst doch nicht zu sehen waren, als würde jede einzelne in einer unsichtbaren Hand geborgen. Fahle Glockenzelte waren in mehreren geraden Reihen aufgeschlagen worden. Holzstege für Lastwagen und gepanzerte Fahrzeuge führten kreuz und quer über die Rasenfläche. Am nördlichen Ende hatte man einige Zivilschutzräume erbaut; einstöckig, bis zum Dach in Gräben versunken, waren sie dazu gedacht, Hunderten Schutz zu bieten während der bevorstehenden Luftangriffe.

Ein Wachmann prüfte Brookes Dienstausweis im Licht seiner Taschenlampe und winkte ihn die Gasse zwischen den Zelten hinunter. Am hinteren Ende fand er Grandcourt, seinen ehemaligen Offiziersburschen aus Palästina, in einem Schützengraben, von dem aus er die Schutzräume bewachte.

Er sprang sogleich auf und hinaus aus der Nische, die er in den Lehm gegraben und mit einem schmucken Regal ausgestattet hatte, auf dem er Kerzen, einen Zinnbecher und das Zubehör für seine Pfeife verwahrte. Wie so viele Menschen von geringer Größe stand er stets sehr aufrecht und drückte die Schultern durch.

»Alles in Ordnung?«, fragte Brooke, nahm den Hut ab und fuhr sich mit den Fingern durch das Haar. Während des langen Feldzugs in der Wüste hatte Grandcourt ihm auf diese Frage ausnahmslos heitere Antworten erteilt.

»Bis jetzt, Sir. Im Gasthaus ist jede Menge Platz«, sagte er und deutete auf die offenen Türen der leeren Schutzräume.

»Ich habe Durst, Grandcourt«, sagte Brooke. »Wie steht es mit Ihnen? Kann ich Sie überzeugen, die Regeln zu brechen?«

Das Lächeln in Grandcourts Gesicht wurde breiter, und er steckte Pfeife und Tabaksbeutel ein. »Wir werden die Sirene hören, sollte ich gebraucht werden«, entgegnete er. Die Rückkehr des Krieges hatte Grandcourt veranlasst, sich ehrenamtlich zum Zivilschutz zu melden und die Luftschutzräume zu überwachen. Die Nächte waren lang und, mit Ausnahme der

Nacht der Großen Verdunkelung, ereignislos, abgesehen von Brookes willkommenen Besuchen.

Neben seiner Nische hatte er eine Reihe Stufen in den Lehm getrieben, die auf Straßenebene hoch führten. Brooke ging voraus in ein von schmalen Gassen und ärmlichen Häuschen geprägtes Viertel auf der Nordseite von Parker's Piece, das als The Kite bekannt war und auf allen vier Seiten von Hauptstraßen begrenzt wurde. Im Kopf hatte Brooke eine Karte von dem Weg, den er von Aldiss Labor aus zu gehen hatte: die Elm Street hinunter, dann links, links, rechts. Die Luft stank nach gekochtem Kohl, dessen verwaschene Ausdünstungen erstickend schwer in jedem Gässchen lagen. Und an jeder Ecke gab es einen Pub oder ein Geschäft.

Ihr Ziel war das *St. Radegund*, ein Wirtshaus, das im Schatten des Colleges gleichen Namens an einer Weggabelung stand, direkt in dem entstehenden bügeleisenförmigen Keil, und sich vom hölzernen Eingang nach hinten weitete. Die Verdunkelung schien in den Gastraum gedrungen zu sein, sodass nur ein wenig Zwielicht blieb, das die Nischen erfüllte, in denen sich Studenten und Dozenten zusammendrängten. Eine Frau saß an einem Klavier in der Ecke und spielte Bruchstücke von West-End-Hits aus alten Bühnenshows. Brooke erkannte *Cheek to Cheek* von Top Hat und tippte den Takt mit dem Fuß, während er auf seine Pints wartete.

»Wie läuft die Arbeit?«, fragte Brooke und machte es sich bequem. Er hatte seinem früheren Offiziersburschen nach dem Großen Krieg eine Position als Lagerverwalter in der Fakultät für Ingenieurwesen der Universität gesichert.

»Gut. Immer noch unverändert, das ist das Gute. Alles hat seinen Platz …«

Brooke trank und beugte sich dicht an ihn heran. Eine der Besonderheiten des *St. Radegund* waren die ungewöhnlich schmalen Tische, lang, aber gerade mal einen Fuß breit; eine Folge der Notwendigkeit, einige Pintgläser auf beengtem Raum unterzubringen.

»Nach dem Waffenstillstand, Grandcourt, als Sie mich da im Krankenhaus in Scarborough besucht haben, da waren dort diese Patienten mit ganz bestimmten Verletzungen. Verdächtigen Verletzungen. Wir haben über die Schützengräben gesprochen und darüber, wozu sie einen Mann treiben können.«

Das Stimmengewirr in dem Pub reichte aus, um ihnen ausreichend Privatsphäre zu gewährleisten.

»Richtig, Sir. Die Wüste war eine Sache, aber die Schützengräben, das ist was ganz anderes. Ich war nur während der letzten paar Monate dort, aber es war so schlimm wie der ganze Rest des Krieges auf einmal. Als würde man in einem Sarg leben, so haben sie gesagt. Sie haben einen Jungen in unserem Haufen erschossen, ein halbes Kind«, fügte er hinzu und trank einen großen Schluck Bier, der eine weiße Brandungsmarke in seinem Schnurrbart hinterließ. »Sie mussten ihn an einen Pfosten binden. Feigling? Das ist ein merkwürdiger Begriff. Er hatte mehr Courage als wir anderen zusammen. Schätze, die Frage ist, wovor man Angst hat. Er konnte nicht damit leben, auf die Pfiffe zu warten.«

Das war die Art geradliniger Weisheiten, die Brooke in der Wüste als so erfrischend empfunden hatte.

»Im Krankenhaus hat es Gerede gegeben«, sagte Brooke. »Über einen Offizier, den sie nach der Schlacht von Cambrai behandelt hatten. Joelyn Stone? Kannten Sie ihn? War damals Captain, aber ich bin nicht sicher, dass ich den Namen richtig in Erinnerung habe.«

»Doch, haben Sie«, entgegnete Grandcourt und löste mit einem Streichholz ein knisterndes Inferno in seiner Pfeife aus.

Durch die abrupt aufsteigende Rauchwolke konnte Brooke eine Gruppe Studenten sehen, die in der gegenüberliegenden Nische die Köpfe zusammensteckten. Etwas an ihrer angespannten Haltung und den hungrigen Augen verströmte eine Aura von Abenteuern. Über ihnen hing ein gerahmtes Foto von den Alpen, übersät mit hingekritzelten Signaturen und einer Jahreszahl: 1937.

Wie es schien, hatte Aldiss mit seinen Informationen ins Schwarze getroffen. Es gab eine neue Generation Nachtkletterer, die möglicherweise gerade den nächsten nächtlichen Ausflug auf die Dächer plante.

»Das war Cambrai, genau«, sagte Grandcourt. »Die erste Schlacht. Ein Läufer kommt von der Front mit der Anweisung, dass Captain Stone am nächsten Tag in der Morgendämmerung rüberkommen soll, *vor* der Artillerie. Überraschungseffekt, haben sie gesagt. Eher der Effekt verdammter Blödheit.«

Grandcourt trank ein weiteres Zoll seines Bieres.

Die Studenten, die im Schatten der Alpen zechten, wurden munterer, und einer von ihnen streckte die Hände aus, die Finger wie Klauen gekrümmt.

»Wie auch immer, der Platoon Sergeant geht zu einer gottserbärmlichen Stunde zu Stones Unterkunft, und da spricht der gerade über das Feldtelefon mit den hohen Tieren und versucht, es ihnen auszureden. Aber nix ist. Drei Uhr morgens macht dieser Sergeant seine Männer im Schützengraben bereit. Alle rauchten noch eine Kippe. Und ein Schlückchen haben sie auch bekommen, und das kam aus Stones Vorrat, so viel muss man ihm lassen. Er war ein echter Organisator. Wie es scheint, einer der Besten.

Alle wussten, wie das enden würde, Mister Brooke. Sie würden alle da draußen im Schlamm sterben. Es ist die absolute Katastrophe, keine Frage. Männer übergeben sich, weinen, beten. Der Sergeant hatte alle Hände voll zu tun, zu verhindern, dass sie in die andere Richtung davonrennen. Dann fällt ein Schuss. Der Sergeant rennt zu Stones Unterkunft und findet seine Pritsche leer vor. Aber dann hört er ihn um Hilfe rufen, und er ist auf der *anderen Seite*, weit entfernt von seinem Kommandoposten im nächsten Schützengraben. Er liegt auf dem Boden. Eine Hand weggeschossen, hält er seine Brille in der anderen Hand. Hat gemeint, er hätte einen Aufklärungsgang gemacht.

Nur …« Der Offiziersbursche stach mit dem Finger aufwärts in die Luft. »Der Sergeant hat gesagt, er hätte den hier hochgehalten, und er hätte Kordit gerochen. Hätte ihn eine feindliche Kugel erwischt, dann hätte der Scharfschütze an die *zweihundert Meter entfernt* sein müssen. Aber der Rauch von dem Schuss hing im Schützengraben, Mister Brooke. Genau da, wo sie waren. Er hat sich das selbst angetan, da gibt's keinen Zweifel.«

Als Brooke am Tresen Nachschub orderte, studierte er die Ecke, in der sich die Studenten zusammendrängelten. Da war ein Bild an der Wand, das ihm bisher nicht aufgefallen war, weil es halb im Schatten verborgen lag. Es war ein Schwarz-Weiß-Foto, aufgenommen auf einem Dach der Stadt, das die vier Spitztürme der King's College Chapel zeigte, jede das Abbild eines rotglühenden Schüreisens mit filigraner Spitze.

Auf dem Rückweg zu Grandcourt kam er an dem Tisch vorbei und blieb stehen. Für einen Moment bekam er eine Vorstellung davon, wie diese jungen Studenten *ihn* wahrnehmen mussten: ein großer Mann in mittleren Jahren mit blassem Gesicht, zurückgekämmtem dunklen Haar, die Augen hinter gelb getönten Brillengläsern verborgen. Sie würden ihn eindeutig mit dem letzten Krieg in Verbindung bringen, der Edwardischen Epoche entsprungen und mit dem verblassten guten Aussehen jener verlorenen Generation. Falls, so gestand er sich ein, sie überhaupt einen Gedanken an ihn vergeudeten.

»Ich bin auf der Suche nach Neuigkeiten über einen Freund«, sagte er zu ihnen und beobachtete ihre Gesichter, senkte dann den Blick, um sich die Spielkarten anzusehen, die in unordentlichen Haufen verteilt auf der bronzierten Tischplatte lagen. »Er ist ein leidenschaftlicher Nachtkletterer.«

Sie alle waren Männer, aber einer war zwanzig Jahre älter als der Rest. Er trug eine Strickjacke über einem kragenlosen weißen Hemd. »Tut mir leid, wir gehören zu Am Dram, dem College-Theaterclub. *Hay Fever* steht als Nächstes auf dem Programm, und wir sind dabei, die Rollen zu verteilen. Ich glaube, Nachtklettern ist schon im letzten Jahrhundert aus der Mode gekommen.«

Alle lachten und nickten, und einer schob sich an Brooke vorbei zum Tresen.

»Tatsächlich?«, sagte Brooke. »Mein Freund hieß Ernst. Sie fanden ihn tot am Flussufer. Er war klettern und ist abgestürzt, und jemand hat seinen Leichnam vom Unfallort weggeschleppt. Seine Verletzungen … nun, das wollen Sie sicher nicht wissen. Das linke Bein beinahe abgetrennt, hier …«

Er fuhr sich mit einem Finger über das Knie.

»Der Schädel war auch eingedrückt. Also, wir sind alle sicher, ganz sicher, dass wir Ernst Lux nicht kennen?«

Brooke beugte sich vor und legte eine seiner Visitenkarten mit der eingeprägten Nummer der Telefonzentrale auf den Tisch: *Cambridge 0959.*

»Falls mir jemand helfen kann, dann rufen Sie an. Wenn ich nicht bald etwas höre, werden wir anfangen, Nachforschungen anzustellen und uns in einem College nach dem anderen umzuhören, angefangen mit dem Michaelhouse. Viel Spaß mit *Hay Fever.*«

KAPITEL ZWEIUNDZWANZIG

Jenseits der Wache im Spinning House hingen an einem mit Haken besetzten Brett die Schlüssel des Reviers. Brooke nahm einen kleinen Bund mit der Kennzeichnung WERKSTATT an sich und erkundigte sich nach dem Gefangenen Turl. Der Sergeant ging das Protokoll durch. »Ich habe zu jeder vollen Stunde nach ihm gesehen, Sir. Hat sein Abendessen um sechs gegessen. Tee hatte er auch, um acht. Der Arzt hat ihn heute Morgen untersucht. Anscheinend ist er physisch gesehen ein Prachtexemplar.«

Brooke dachte an die Geschwindigkeit, mit der er von dem Schauplatz am Castle Hill davongelaufen war und nickte. Mit einem Finger tippte er auf das Dienstbuch. »Irgendwelche Vorfälle, Sergeant?«

Das Wichtigste war schnell erzählt: ein Feuer in einem schmalen Durchgang in der Stadt, vermutlich vorsätzlich gelegt. Ein zerbrochenes Schaufenster an der Girton Road, aber es war nichts gestohlen worden. Und ein Schuss, den mehrere Leute an der Mill Road gehört hatten, früher am Abend, gegen Viertel nach sieben. Zwei Constables waren von Tür zu Tür gegangen, um die Leute zu befragen, hatten aber nichts in Erfahrung bringen können.

»Ich bin in zehn Minuten zurück und sehe nach dem Gefangenen, Sergeant«, sagte Brooke, ehe er zur Hintertür hinaus in den Hof des Reviers ging. Eine alte Wellblechgarage nahm eine Seite des viereckigen Hofs ein. Brooke öffnete das

Vorhängeschloss mit dem passenden Schlüssel und rollte das Sektionaltor in seinen Metallschienen hoch. Das Licht der Leuchtstoffröhren fiel auf die drei Lastwagen vom Castle Hill.

Seine Begegnung mit den Nachtkletterern im *St. Radegund* hatte ihn frustriert und verärgert. Sollte er innerhalb von vierundzwanzig Stunden keinen Anruf erhalten, so würde er Maßnahmen ergreifen: Ein Besuch im College und eine Nacht in der Zelle mochten dazu beitragen, dass sich die jungen Leute mit den Konsequenzen befassten, die sie sich einhandelten, wenn sie sich weigerten, die Polizei bei ihren Nachforschungen zu unterstützen.

Inzwischen erwies sich das fortgesetzte Schweigen von Turl als unerträglich. Brooke war fest entschlossen, ihm die Zunge zu lösen.

Er stand an einer offenen Ladeklappe und bemühte sich, die Ausdünstungen des toten Fleischs nicht einzuatmen. Der sachkundige Konsens lautete, dass die Tiere innerhalb der letzten vierundzwanzig Stunden gestorben waren, die Schlachtkörper waren von guter bis ausgezeichneter Qualität und fachmännisch von einem geschulten Schlachter für den Versand vorbereitet worden.

Dass aus dem Krieg Profit geschlagen wurde, war eine hässliche Wahrheit. *Schwarzmarkt* sagte einfach alles: nebulös, böse, schändlich. Er dachte an seinen Sohn in Frankreich. Lukes letzter Brief hatte wehmütig geendet …

Wenn es losgeht, kann ich nicht schreiben. Wir werden ständig in Bewegung sein, und Geschwindigkeit ist alles. Sag Mum, sie soll sich keine Sorgen machen, ich bin hart im Nehmen. Es gibt Gerüchte über einen Urlaub zu Weihnachten.

Er sammelte eine Werkstattlampe vom Rand der Grube unter einem der Laster auf und schlang sich das sechs Meter lange Elektrokabel über den Arm.

Am Kopf der steinernen Wendeltreppe zu den Zellen trat er sich die Schuhe mit den verräterischen Blakeys von den Füßen und tappte dann geräuschlos die einundzwanzig Stufen hinunter. Ein schwacher Lichtschein aus dem Treppenhaus fiel in den kurzen Korridor zu den sechs verschlossenen Zellen. Nachdem er die Lampe in eine Steckdose in der faulenden Vertäfelung eingestöpselt hatte, näherte er sich Turls Zelle: Nummer fünf.

In den zwanzig Jahren seiner Dienstzeit im Spinning House hatte er die diversen Zellen tausendmal entriegelt. Jedes Schloss funktionierte ein wenig anders, aber ihre jeweiligen Eigenheiten waren ihm in Fleisch und Blut übergegangen, sodass die Tür von Zelle fünf unter einer Drehung seines Handgelenks in nicht einmal einer Sekunde aufflog und gegen die Ziegelmauer im Inneren krachte.

Im selben Moment schaltete Brooke die Lampe an.

Turl stand wie erstarrt vor dem Hintergrund seines eigenen Schattens, während ein Betttuch im Begriff war, seinen Fingern zu entgleiten. Brooke ließ sich Zeit mit dem Reden. Er wusste, dass der Mann in diesem Moment keine Ahnung hatte, wer sich hinter dem Licht verbarg.

Der Gefangene rührte sich nicht. Später sollte Brooke sich fragen, ob er auf eine Kugel gewartet hatte oder auf ein Klappmesser in den Eingeweiden. Sein Gesicht offenbarte die ehrliche Überzeugung, dass sein Tod unmittelbar bevorstand.

»Immer locker bleiben«, sagte Brooke.

»Schlaft ihr Leute denn nie?«, fragte Turl. »Was ist das? Der dritte Grad?«

Brooke schnappte sich den Stuhl und stellte ihn auf die

Schwelle, während Turl sich wieder auf seine Pritsche setzte. Sie waren knappe zwei Meter voneinander entfernt. Brooke steckte die Lampe in eine Wandhalterung, die einst eine Kerze enthalten hatte.

»Wir haben noch ein paar unbeantwortete Fragen«, sagte er.

Sie hatten Turls Tabak und seine Drehmaschine konfisziert, als sie ihn festgesetzt hatten, aber Brooke hatte sie aus der Kiste mit seinem Eigentum geholt.

Er drehte eine Zigarette, bot Turl aber keine an.

Der reckte eine Hand hoch, um sich vor dem hellen Lichtschein zu schützen. »Das ist nicht sehr höflich, Inspector. Hier gibt es eine Lampe …« Er deutete auf die einsame Glühbirne.

»Schmuggel von Schwarzmarktfleisch ist ein schäbiges Verbrechen«, sagte er. »Es ist unprofessionell, sich bei einer Ermittlung von persönlichen Belangen beeinflussen zu lassen, aber mein Sohn ist in deinem Alter, und er lagert derzeit draußen an der belgischen Grenze und wartet darauf, dass der Krieg losgeht.«

Er reichte Turl die frisch gedrehte Zigarette zusammen mit einer Packung Streichhölzer. »Ich dachte, wir unterhalten uns mal zwanzig Minuten lang. Danach kannst du schlafen. Und dann komme ich wieder. Vielleicht heute Nacht. Vielleicht morgen Nacht. Oder wir verkürzen diese Sitzung hier auf zehn Minuten. Wenn du mir eine Frage beantwortest. Dann kannst du dir von mir aus auch zehn Kippen drehen. Ein besseres Angebot wirst du nicht erhalten.«

»Sagen Sie mir, wie die Frage lautet, wenn Sie einen Handel mit mir schließen wollen.«

»Dein Vorname. Dein *echter* Vorname.«

Turl ließ die Hand sinken und kniff die Augen zusammen. »Jack.«

»Kurz für?«

»Für gar nichts. Er lautet Jack.«

»Also gut, ich glaube dir, Jack. Während du dir deine Zigaretten drehst, erzähle ich dir eine Geschichte. Im letzten Krieg geriet ich in Palästina in Gefangenschaft«, begann Brooke. »Es war meine eigene Schuld. Ich hatte einen Plan ausgeheckt, um die Türken zum Narren zu halten. Ganz im Stil von *The Boy's Own Paper*. Wir würden Gaza von Westen aus angreifen, und wir wollten den Feind dazu bringen, einige seiner Leute zur Verteidigung der östlichen Flanke abzustellen. Wir bastelten ein paar verschlüsselte Dokumente und eine Karte, die auf einen Angriff von dort hindeuteten. Wir wussten, dass sie unsere Codes geknackt hatten, aber sie wussten nicht, dass wir das wussten.

Kurz und gut, mein Plan war es, diese Befehle in feindliche Hände fallen zu lassen und dann wie durch ein Wunder zu entkommen. Der erste Teil hat funktioniert. Ich wartete mit den kodierten Dokumenten in der Satteltasche an einer Oase, bis eine türkische Patrouille in Sicht kam. Ich ließ sie ein-, zweimal schießen und bin weggeritten. Ich hatte mir von unserem Arzt eine Flasche mit Blut geben lassen, also war es einfach, eine Wunde zu fingieren und die Satteltasche zu verlieren. Danach sollte ich mich am Pferd festklammern und zurück zu unseren Linien fliehen. Ich hab's nicht geschafft.

Sechs Tage habe ich in der Wüste zugebracht und wurde Tag und Nacht verhört.«

Er legte eine Pause ein, richtete seine getönte Brille, während Turl sich eine Zigarette anzündete.

»Haben Sie denen die Wahrheit gesagt?«, fragte Turl, die Augen im hellen Lichtschein zu schmalen Schlitzen zusammengekniffen.

»Am Ende, nach sechs Tagen, habe ich ihnen eine Lüge erzählt.«

»Das war tapfer.«

»Es war wichtig. Wir haben am nächsten Tag im Westen angegriffen, die türkischen Linien brachen zusammen, und die Straße nach Jerusalem war frei. Der König hat mir einen Orden verliehen.«

Turl neigte den Kopf.

Brooke lachte. »Als ich in der Nacht von der Lampe angeleuchtet wurde, in einer Zelle wie dieser, war ich nicht allein. So habe ich überlebt. So habe ich es überstanden. Es war ein Geist an meiner Seite. Ein Mann, den ich geliebt und bewundert habe. Mein Vater. Er hat einmal Tausende von Leben gerettet, als ich noch ein Kind gewesen war, und ich sah dies als meine Chance an, es ihm gleichzutun. Zu ihm aufzuschließen.«

Turls Zigarettenrauch hing wie eine Wolke über seinem Kopf.

»Was haben die gemacht, als der Angriff losging und sie gemerkt haben, dass Sie sie belogen haben?«, fragte er.

»Sie haben mir ins Knie geschossen, um sicherzustellen, dass ich nicht zu meinem Bataillon zurückkonnte, und dann haben sie mich in der Wüste zum Sterben liegen lassen. Sie sagten, ich würde als Futter für Aasfresser enden, für Wildhunde und Schakale. Sie erklärten mir, dass die mich bei lebendigem Leibe auffressen würden. Oder ich würde verdursten.«

Brooke holte seinen Flachmann hervor und trank einen Schluck kühles Wasser.

»Fühlt sich gut an, was? Prahlen«, sagte Turl.

Brooke lächelte. »Ich erzähle dir das, weil ich nicht angefangen habe, meine Kerkermeister zu hassen. Und ich hoffe, du wirst mich ebenfalls nicht hassen. Wir waren einfach Feinde, und es war Krieg. Es gibt viele Arten des Krieges. Das hier ist auch ein Krieg, Jack. Du und ich. Das ist mein Krieg. Es ist nichts Persönliches, aber ich nehme das sehr ernst.«

Eine Sehne an Turls Kinn wölbte sich vor, als er Nikotin in seine Lunge saugte.

»Siehst du, es hat da noch eine Planänderung gegeben. Wenn ich nicht bald Antworten erhalte, dann, so habe ich beschlossen, werden wir, sobald wir deine Heimatstadt oder dein Heimatdorf gefunden haben, Anklage erheben, dich vor Gericht bringen und dann auf Kaution rauslassen. Und bist du erst frei und streifst dort durch die Straßen, so werden deine Freunde dich schon schnell genug finden.«

»Das können Sie nicht machen«, sagte Turl, ehe ihm aufging, dass er zu viel preisgegeben hatte, indem er seine Angst offenbarte.

Brooke lächelte. »Ich werde die Regeln für dich ein bisschen beugen, Jack. Ehe wir dich gehen lassen, werden wir deutlich machen, dass du sehr hilfreich für uns warst. Dann ist es nur noch eine Frage der Zeit. Dein Kamerad ›Nev‹, der hat diesen Gedanken nicht ertragen können. Wir haben ihn im Fluss gefunden, einen Mauerstein in jeder Tasche. Ich frage mich, ob du wohl in Versuchung geraten wirst, die gleiche Abkürzung zu nehmen. Eine Kaution von einem Fünfer dürfte dir die Freiheit erkaufen. Ich zahle, wenn es dazu kommt. Wir könnten auch eine Spendensammlung veranstalten. Ich dachte, es wäre nur fair, dich das wissen zu lassen, damit du Zeit hast, alles zu durchdenken. Das wird passieren, Jack. Es wird dir passieren, und zwar bald.«

Brooke stand auf und schaltete das Licht aus.

»Ich werde dich den Wölfen zum Fraß vorwerfen«, sagte er und schloss die Tür.

KAPITEL DREIUNDZWANZIG

Ein einzelnes Fenster gestattete einen begrenzten Blick auf ein Labyrinth aus Formschnitthecken und eine Statue von Neptun, die in einem moosbewachsenen steinernen Brunnen im Licht der Morgensonne badete. Die Gärten von Madingley Hall lagen gleich dahinter, zogen sich in eine blaue Ferne, und ein paar Spitztürme erhoben sich aus dem Dunst der Stadt.

Brooke saß auf einem von einem Dutzend Stühlen in einem Korridor, der zu einer polierten Tür führte. Eine halbe Stunde zuvor hatte er noch auf dem elften Platz im Gang gesessen und darauf gewartet, dass er an der Reihe wäre, nachdem ihn zu Hause ein Fahrer des Militärs in einem schwarzen Wagen abgeholt hatte. Der Mann hatte um sieben an seine Tür geklopft und ihm nahegelegt, dass er ein bisschen Zeit mitbringen sollte, um den kommandierenden Offizier oben in Madingley Hall über eine Angelegenheit zu »unterrichten«, die für die Polizeitruppe des Borough von Relevanz sei. Nun, eine Stunde später, saß er auf dem ersten Stuhl.

Einer der erhellenden Aspekte des Krieges war, dass er so manche Wahrheit über bestehende Machtgefüge offenbarte. Er war gerufen worden, und er hatte gehorcht.

»Brooke?« Captain Kerridge tauchte in der Tür auf. »Sie sind dran«, sagte er und fügte flüsternd hinzu: »Wir kennen uns nicht, Eden.«

Der Raum des kommandierenden Offiziers war groß, womöglich ein Speisesaal aus den Tagen mittelalterlicher Pracht.

Nun jedoch stand nur ein Tisch vor einem Erkerfenster, das einen atemberaubenden Blick über die Stadt ermöglichte. Der Kontrast zu Major Stones stickigem Büro war enorm. Die Army war eine Organisation, die Macht exakt in die Hände jener legte, die ein Amt innehatten. Stellvertreter waren nur für den Notfall gedacht und dienten darüber hinaus dazu, Anweisungen innerhalb der Befehlskette weiter nach unten zu reichen und sich emsig durch den Papierkram zu arbeiten. Dies hier war das Büro eines allsehenden Befehlshabers.

Ein kleiner sehniger Mann in einer makellosen Uniform schüttelte Brooke die Hand, setzte sich auf einen Stuhl und bot seinem Gast ebenfalls Platz an. Die entwaffnende Formlosigkeit sorgte dafür, dass der Inspector erst recht auf der Hut war. Kerridge zog sich diskret ein Stück weit zurück und begann, an einem Beistelltisch einige Papiere durchzugehen.

»George Swift-Lane«, stellte der CO sich vor und ließ, wie Brooke nicht entging, wohlbedacht seinen Titel aus, um dem Detective das Gefühl zu geben, es gäbe keinerlei Grund zur Nervosität. Das frisch rasierte Gesicht mit den rosigen Wangen wurde von Augen aufgewogen, die erste Zeichen der rheumatischen Trübung fortgeschrittenen Alters aufwiesen. Swift-Lane hatte sich beim Rasieren geschnitten, und drei Baumwolltupfer zeugten von seinen Bemühungen, die Blutung zu stoppen. Der Mann verströmte eine jungenhafte Energie, die gut zu seinem schlanken Körperbau passte, wirkte aber auch ein wenig zappelig. Die Farbe seines Haars war irrelevant infolge des aufgetragenen Öls, das alles, was da war, fest an den schmalen Schädel klatschte.

»Danke, dass Sie gekommen sind«, sagte er; sofort bekam Brooke ein ungutes Gefühl. Höflichkeit als Vorspiel von autoritärer Rohheit war eine englische Spezialität. Der Kontrast zwischen diesem geschäftigen, schelmischen Offizier und Major Stone, seinem schwerfälligen, bürokratischen Stellvertreter, war bemerkenswert.

Brooke neigte den Kopf zur Seite. »Swift-Lane, der Name kommt mir bekannt vor.«

Die Wirkung, die seine Worte auf das Gesicht des Colonels erzielten, war erschreckend. Sofort zeigte sich ein Ausdruck tiefen Hasses in seinen Augen, und die Farbe wich aus den Schuljungenwangen.

»Ein Bruder im Kabinett, der andere ist Admiral oder so was. Jungs spielen eben gern mit Booten. Ich selbst habe nach dem letzten Krieg ein paar Amateurforschungen betrieben, vorwiegend in der Arktis. Das ist in die Zeitungen gelangt. Ich trage eben einen dieser Namen … Aber kommen wir zur Sache.« Swift-Lane blickte auf eines der drei Telefone auf seinem Schreibtisch. »Ich habe den Chief Constable angerufen und möchte nicht, dass irgendjemand denkt, es wäre meine übliche Vorgehensweise, Leute zu übergehen. Aber dies ist eine äußerst heikle Angelegenheit.«

Der Colonel kniff die Augen zusammen, vielleicht aufgrund von Brookes souveräner Weigerung, die Stille zu füllen, die nach seiner Erklärung eingetreten war. Im Vorzimmer tippte jemand mit der stetigen Geschwindigkeit von Maschinengewehrfeuer.

»Sie werden schon ahnen, womit wir es hier zu tun haben. Die Idee ist einfach. Whitehall-Ministerien, die in der Hauptstadt in Gefahr sind, einem Angriff ausgesetzt zu sein, werden nach Cambridge verlagert. Wir versuchen, die verschiedenen Streitkräfte zusammenzubringen. Das Land ist in Regionen zerbrochen, und jede wird im Falle eines Angriffs sozusagen ihre eigene Hauptstadt haben. Cambridge wacht über den Osten.

Wir gehen derzeit davon aus, dass die Deutschen nächstes

Jahr angreifen werden. Dann wird der Krieg erst richtig beginnen. Das Ende vorherzusagen, ist weitaus schwieriger. Dies wird ein schnelllebiger, technisch geprägter Schlagabtausch. Wir könnten isoliert werden. Das Risiko ist gering, aber wir müssen auf das Schlimmste vorbereitet sein. Auf das Undenkbare: eine Invasion.«

Er ließ den Gedanken in der Luft hängen.

»In diesem unwahrscheinlichen Fall werden die Regionalregierungen Realität. Unter militärischer Kontrolle. Wir müssen bereit sein. Ich sage Ihnen das alles, weil wir Ihnen vertrauen. Ihre Akte spricht für sich.«

Geduld und Macht gingen in der militärischen Psyche nur selten ein Bündnis ein. Swift-Lanes gefaltete Hände lösten sich voneinander und schienen ihn förmlich auf die Beine zu treiben. Er stolzierte zum Fenster und blickte hinaus in den Garten.

»Sie haben Fragen über die Arbeiten auf St. John's Wilderness gestellt«, sagte er, ohne sich zu Brooke umzudrehen. »Ein offizielles Auskunftsersuchen ist auf meinem Schreibtisch gelandet.« Nun drehte er sich um und sah Brooke an. »Lassen Sie das fallen. Das lenkt nur ab und wird nicht wieder vorkommen. Wie soll ich mich ausdrücken? Ein Tätigkeitsbereich, eine Verteidigungslinie, wurde aufgegeben. Zwar wurde hier daran gearbeitet, aber nun wird die Sache nach Oxford verlegt. Es wird keine weiteren Vorfälle geben. Der Chief Constable war sehr entgegenkommend, bat mich aber völlig zu Recht, mich direkt an Sie zu wenden. Was ich nun gern tue, und dies ist eine Bitte, Brooke. Wir sind schließlich noch immer ein freies Land, und genau das ist, wofür wir – auf unsere jeweilige Art – alle kämpfen.«

Brooke nahm seine Brille ab und legte sie auf sein Knie. Entschlossen, direkt, augenscheinlich kompetent, war Swift-

Lane in vielerlei Hinsicht das Musterbeispiel eines höheren Offiziers. In der Wüste war Brookes Leben durch ein weites Spektrum höherer Offiziere in Gefahr gebracht worden, die Dummheit mit verzweifeltem Taktieren kombinierten, um ihre eklatanten Unzulänglichkeiten zu kaschieren.

Swift-Lane setzte zum Sprechen an, doch da reckte Brooke eine Hand hoch. »Wir, die Borough-Police, sind in der gleichen Lage wie alle anderen, Colonel. Unterbesetzt und überarbeitet. Als die Gewalt im Staat, der auferlegt ist, im Zivilleben für Recht und Ordnung zu sorgen, sind wir überbeansprucht bis an die Grenzen der Belastbarkeit. Nein, sogar darüber hinaus. Ich bin aufrichtig, weil ich Ihnen vertraue.«

Swift-Lane sagte nichts.

»Ich hege nicht den Wunsch, einen Zuständigkeitskonflikt zu beschwören, umso weniger einen, den zu gewinnen ich kaum hoffen kann«, fügte Brooke hinzu.

»Guter Mann«, sagte Swift-Lane und reichte Brooke die Hand, als der sich erhob. »Captain Kerridge wird Sie hinausbegleiten.«

»Sie hatten mich gebeten, Sie zu erinnern, Sir«, sagte Kerridge.

»Natürlich.« Swift-Lane schlug einen Ordner auf seinem Schreibtisch auf und zog ein einzelnes maschinenbeschriebenes Blatt daraus hervor, das er Brooke reichte.

»Ihr Chief Constable erwähnte einen verwirrenden Fall mit einer Kolonne von Lastwagen … Schwarzmarkt ist die eine Sache, mit ein paar Lammkoteletts unter dem Tresen rechnen wir so oder so. Und mit frischem Gemüse von den Gehöften. Wenn dieser Krieg in das zweite und dritte Jahr geht, wird das natürlich ein Problem werden: Plünderungen auf dem Lande, Hungersnot in der Stadt.«

Swift-Lane strich sich mit einem Finger über die Lippen,

und Brooke nahm an, er hatte zu viel gesagt. Es war ziemlich unverkennbar, dass das Szenario einer erfolgreichen Invasion in dem Sinne, dass die Deutschen tatsächlich ihren Fuß auf britische Erde setzen würden, recht umfangreich durchgespielt worden war.

»Was wir nicht wollen – was wir nicht zulassen können, Brooke – ist, dass das organisierte Verbrechen einen Schwarzmarkt betreibt. Das würde unsere Regierung unterminieren. Die öffentliche Moral würde sinken. Wir sitzen alle in einem Boot, so lautet die Botschaft des Premierministers. Wir werden nicht dulden, dass die Reichen knappe Nahrungsmittel aufkaufen. Dies könnte helfen …«

Swift-Lane nickte, was ein bekanntes Zeichen für seinen Adjutanten zu sein schien, für ihn zu übernehmen.

»Einer unserer Männer hat sich unerlaubt von der Truppe entfernt. Corporal Stanley Currie. Sie haben da alle Informationen zu ihm …« Kerridge zeigte auf das getippte Schriftstück. »Dieser Mann, Currie, wurde bei drei Gelegenheiten von der Militärpolizei wegen Vergehen befragt, die mit der Beschaffung von Benzin unter Umgehung des Rationierungssystems und dem Verkauf an private Abnehmer in Verbindung gestanden haben. Das war in den letzten drei Wochen. Er hat sich dem Militär während des Großen Krieges angeschlossen und in den Schützengräben gedient; 'siebenunddreißig wurde er dann Berufssoldat. Seither war er zweimal im Bau. Beide Male wegen eines geringfügigen Diebstahls. Beim ersten Mal waren es Zigaretten, beim zweiten Mal Gin, jeweils entwendet aus dem Kasino. Der Chief Constable sagte, diese drei Lastwagen hätten volle Tanks gehabt und keine Papiere zu dem Treibstoff. Die Männer sollen einen nordenglischen Akzent gehabt haben. Im Zivilleben hat Currie für die Werkstatt seiner Familie in Sheffield gearbeitet. An dem Morgen, nachdem

Ihre Lastwagen aufgetaucht sind, hat er Madingley mit einem Passierschein in Richtung Stadt verlassen und ist nie zurückgekommen. Zufall, vielleicht, aber wie es scheint, steht er in dem Ruf, knappe Güter beschaffen zu können. Abgesehen von Benzin hat er anscheinend auch Frischfleisch im Angebot. Vielleicht ist das ja Ihr Mann vor Ort bei dieser Schwarzhandelstruppe?«

Swift-Lane tippte mit seinem Stift auf den Bogen Papier in Brookes Hand.

»Falls und wenn Sie ihn finden, so werden Sie zweifellos eigene Fragen haben«, sagte der Colonel. »Aber wir wüssten es zu schätzen, wenn Sie uns auf dem Laufenden hielten. Schwarzmarktgeschäfte fallen als strafbare Handlungen unter die Notstandsgesetze. Dass er Uniform trägt, wird ihn nicht vor der Strafverfolgung schützen. Zehn Jahre Arbeitslager, nehme ich an. Aber wir wüssten es gern, wenn Sie ihn im Sack haben. Ich persönlich, und das sage ich nur, damit ich mich besser fühle, würde den Dreckskerl erschießen.«

KAPITEL VIERUNDZWANZIG

Eine Frau, die mit einem Armvoll frischer Blumen ein Grab besuchen wollte, stolperte kurz nach zehn Uhr über Chris Childe, der lang ausgestreckt auf der ebenen Steinplatte über dem Grab seiner Eltern lag. Sie stieß einen einzelnen durchdringenden Schrei aus, der eine Starenschar aufscheuchte. Gleich darauf ergriff sie die Flucht, rannte hinaus auf die Mill Road und hielt einen Metzgerjungen auf dem Fahrrad an, der daraufhin einen Constable herbeiholte.

Childes Körper war kalt, die Glieder steif. Aus einer Kopfwunde hatte sich Blut über den Grabstein ergossen. Der Geldbeutel des Opfers enthielt drei Ein-Pfund-Noten, einen Ausweis und eine Mitgliedskarte der Peace Pledge Union, einer pazifistisch orientierten Nichtregierungsorganisation. Die Adresse auf der Karte gehörte zu einer Straße in einer Arme-Leute-Gegend am Rande von Romsey Town, ungefähr eine Meile östlich des Gräberfelds.

Brooke informierte Chief Inspector Carnegie-Brown, dass das Borough eine potenzielle Morduntersuchung am Hals hatte, und schickte Edison mit zwei Uniformierten zum Friedhof, während er selbst sich auf den Weg zum Haus des Toten machte. Als er die Eisenbrücke nach Romsey Town überquerte und die alte Stadt hinter sich ließ, folgte ihm eine ganze Horde Kinder: Evakuierte aus London, die alle einen Koffer umklammerten, von denen ein jeder mit einem Etikett versehen war. Das aufgeregte Stimmengewirr wurde lauter, als sie von dem

Dampf umfangen wurden, der von einem unter der Brücke herdonnernden Zug aufstieg.

Als er in die Gothic Street einbog, sah Brooke einen Constable vor der Haustür; Erleichterung beruhigte seinen Herzschlag wie ein Glas Wein: Zumindest musste er die Neuigkeit nicht überbringen und wäre nicht gezwungen, Euphemismen zu verbreiten, während eine tief betroffene Ehefrau allmählich begriff, dass sich ihr Leben für immer verändert hatte.

Ein weiblicher Constable, einer von zwei in den Reihen des Borough, gesellte sich zu dem Kollegen vor der Tür, als Brooke dort eintraf. »Sir, die Ehefrau ist in der Küche, die Kinder sind bei einem Nachbarn. Zwillingsmädchen. Ihre Mutter ist bei ihr. Sie wohnt bei ihnen. Die Ehefrau ist ansprechbar. Eigentlich ist sie ziemlich ruhig. Sie sagte, sie hätte gewusst, dass irgendetwas nicht in Ordnung war, als er nicht nach Hause gekommen ist. Der Arzt hat ihr ein Beruhigungsmittel dagelassen, aber ich glaube nicht, dass sie es brauchen wird. Sie sorgt sich um die Kinder …«

Im Wohnzimmer gab es eine hölzerne Druckerpresse, Kästen mit Typen, Werkzeuge, die ordentlich wie ein Schof Enten an einer Wand hingen. In der Luft lag das herbe Aroma von Tinte. An einer anderen Wand befand sich ein Klapptisch, auf dem eine schwere Imperial-Schreibmaschine stand. Brooke fiel auf, dass die Beschriftung einiger Tasten, vorwiegend Vokale, so abgenutzt war, dass kaum mehr als ein Fingerabdruck zu sehen war.

Durch die offen stehende Tür konnte Brooke in die Küche schauen und durch die ebenfalls nicht geschlossene Hintertür in einen gepflasterten Hof, in dem ein Fahrrad stand.

»Tee?«, fragte er – das universelle englische Heilmittel bei Schockerlebnissen und Trauerfällen.

»Ich habe eine Kanne gekocht, Sir. Ich kann bleiben, falls das hilft.«

Brooke schüttelte den Kopf und ging in die Küche.

Mary Childe saß am Küchentisch und umklammerte einen leeren Becher. Eine ältere Frau mit grauem Haar hatte den Arm um ihre Schultern gelegt.

Brooke sagte, ihr Verlust tue ihm leid, und fügte noch einige weitere Höflichkeitsfloskeln hinzu, die er über die Jahre Situationen dieser Art zugeordnet hatte. Mental befand er sich bereits auf einem anderen Gleis, betrachtete den Tisch, die Art, wie er die Familie selbst verkörperte, die zu den Mahlzeiten um ihn herumgesessen hatte: Da gab es Kerben und Rillen und einen kreisrunden Brandfleck, die ihre eigene Geschichte über das Leben in diesem beengten Reihenhaus erzählten.

Brooke gab der Mutter einen Schilling und bat sie, an der Ecke eine Portion Pommes Frites für den Constable zu holen, der vor der Tür Dienst tat. Die Frau drückte den gebeugten Rücken durch und blieb vor Brooke stehen. »Hat er sich das selbst angetan?«, fragte sie.

»Es ist noch zu früh. Ich glaube, etwas zu essen wäre hilfreich …«

Die Frau des Opfers zitterte ein wenig und presste die Hände zusammen, um sie ruhig zu halten.

»Sie haben gesagt, sie wüssten nichts. Ich weiß nichts. Aber *irgendetwas* muss ich den Kindern sagen. Können Sie mir bitte helfen? Bitte, sagen Sie mir, was passiert ist.«

Ihm fiel auf, dass all ihre Worte, die auf »-s« endeten, von einem leisen Zischlaut begleitet wurden. Das Gesicht der Frau wurde von großen glänzenden Augen beherrscht, die es nicht schafften, Brookes Blick länger als eine Sekunde standzuhalten.

»Der Tod muss unmittelbar eingetreten sein«, sagte Brooke. »Ein Schuss, hier, direkt in die Schläfe.« Er legte kurz seinen

Finger an die entsprechende Stelle; sie blickte auf, und sämtliches Blut wich aus ihren Wangen.

»Der Pathologe nimmt an, dass Chris zwischen fünf und acht gestorben ist. Wir haben Berichte über einen Schuss, der in dieser Gegend, ungefähr um Viertel nach sieben gehört wurde. Ballistische Spuren weisen darauf hin, dass die Waffe fast direkt auf die Haut gesetzt wurde. Wir können nicht ausschließen, dass er selbst geschossen hat. Allerdings wurde die Waffe nicht gefunden. Wir wissen, dass eine Kugel abgefeuert wurde, und wir haben sie aus einem Baumstamm nahe dem Grab bergen können. Es tut mir leid, aber das sind die Fakten.«

»Danke«, sagte sie.

Brooke lockte schnell aus ihr heraus, was sie über die Aufenthaltsorte ihres Mannes wusste. Zwei Tage zuvor hatte er das Haus wie üblich um halb acht mit seiner Brotbüchse verlassen. Da er Kriegsdienstverweigerer war, hatte man ihn zu städtischen Arbeiten verpflichtet. An jenem Tag war er zum Reinigen von Straßengräben in Waterbeach eingeteilt gewesen, war aber früh nach Hause gekommen und hatte erklärt, man hätte ihn der Nachtschicht zugewiesen, und er solle Gräben auf Parker's Piece ausheben. Er hatte zwei Stunden geschlafen, Tee getrunken und war dann zum städtischen Betriebshof aufgebrochen und erst früh am Morgen zurückgekehrt, als die Luftschutzsirene geheult hatte.

»Das war die Nacht der Verdunkelung«, fügte sie hinzu.

»Als er zurückkam, ging die Sirene los, also haben wir uns alle unter der Treppe versteckt, nur Mum nicht. Sie geht gern ein Risiko ein, da ist sie in der Mansarde geblieben.« Sie zupfte an der schlichten Silberkette an ihrem Hals. »Egoistisch ist das. Wären wirklich Bomben gefallen, hätten wir sie ausgraben müssen.«

»Und der nächste Morgen?«

»Chris hat nicht geschlafen. Wir sind nach der Entwarnung alle wieder ins Bett gegangen, und die Mädchen sind bei uns geblieben, weil sie ängstlich waren – zumindest aufgeregt. Chris ist in der Dämmerung aufgestanden und hat angefangen zu arbeiten. Ich konnte die Schreibmaschine hören.«

»Ist das ungewöhnlich?«

»Nein, er arbeitet ständig, mein Chris. Als ich ihm eine Tasse Tee gebracht habe, hat er gesagt, er muss einen Bericht schreiben. Für die Partei. Chris lebt für seine Politik, für die Kommunisten und die Peace Pledge Unit. Er ist ein leidenschaftlicher Kriegsgegner, das sagt er auch immer unseren Mädchen. Darum ist er nachts so spät unterwegs gewesen. Er hat sich mit den anderen Mitgliedern des Komitees getroffen, weil die ihm helfen wollten, sich auf die Verhandlung vorzubereiten. Er musste vor dem Tribunal erscheinen, darum konnte er nicht die ganze Zeit drucken. Aber er hatte vor, ein neues Nachrichtenblatt für die Partei herauszugeben.«

»Worum ging es in seinem Bericht?«, fragte Brooke.

»Das wollte er mir nicht sagen. Er wollte ihn nur fertig schreiben und den Brief dann nach London schicken, zur Parteizentrale. Vera, das ist die Parteisekretärin, wusste, wem sie ihn senden muss. Darum hat er gesagt, er würde ihn auf dem Weg zum Betriebshof bei ihr vorbeibringen.«

»Haben Sie die Adresse von Vera?«, fragte Brooke.

Sie nahm ein kleines ledergebundenes Büchlein von der Kommode. Sämtliche Eintragungen waren in säuberlicher Kupferstichschrift vorgenommen worden. »Das gehört Chris. Henderson ist der Vorsitzende, Lauder sein Stellvertreter und Popper ist Schatzmeister – sie haben alle bei den Proben für das Tribunal geholfen. Vera Staunton ist die Sekretärin.«

Brooke blätterte in den Seiten, fand Adressen und eine Telefonnummer für Henderson und machte sich Notizen. Aber unter »S« gab es keine Staunton.

»Irgendeine Ahnung, wo Vera wohnen könnte?«

Sie schüttelte den Kopf.

Als er fertig war, blickte er sich im Raum um, betrachtete den ausgetretenen Teppich auf den blanken Bodenbrettern, die Zinkwanne an ihrem Haken. »Wer könnte Chris töten wollen, Mrs Childe? Hatte er irgendwelche Feinde? Irgendwelche Streitereien oder Unstimmigkeiten mit Nachbarn vielleicht oder mit seinen Kameraden in der Partei ...?«

So banal die Frage war, sie förderte eine profunde Antwort zutage. Es stand außer Frage, dass das Leben Christopher Childes größtenteils durch den Grundsatz definiert worden war, niemanden zu verärgern. Drucken, die Partei, die PPU, seine Romane (unveröffentlicht), seine Wirtschafts- und Politikstudien, die zu einem Abschluss führen sollten, der stets knapp außer Reichweite zu sein schien, und seine Familie: Das alles waren Eckpfeiler eines tadellosen Daseins.

In dem verzweifelten Bemühen, seinem gewaltsamen Tod einen Sinn zu entringen, entschied sich seine Frau schließlich für die Ideologie. »In der Partei haben sie gestritten. Chris hat das verrückt gemacht. Er ist dann immer ganz aufgeregt heimgekommen. Chris mochte die Debatten und die Theorie von all dem, aber er hat nicht gern den Kürzeren gezogen. Und ich glaube, die anderen haben die Geduld verloren. Aber sie waren Kameraden, das hat er auch immer gesagt. Und Kameraden halten am Ende zusammen.«

Brooke machte sich eine Notiz. »Aber er ist nicht mehr zurückgekehrt, nachdem er mit diesem Brief fortgegangen ist?«

»Nein. Er hatte das Tribunal am Nachmittag, und das hätte er auf keinen Fall verpasst. Und er musste sich auf der Arbeit melden, obwohl die gesagt haben, dass er für die Verhandlung freihaben kann. Maisie, auf der anderen Straßenseite, hat gesagt, er hätte beim Tribunal erreicht, was er wollte. Ihr Sohn musste auch hin. Wenn er also nach Hause gekommen wäre, dann hätten wir gefeiert …«

Bei diesem Gedanken unterbrach sie sich mitten im Satz.

»Das Geld, das sie ihm für die harte Arbeit bezahlen, reicht nicht«, erklärte sie schließlich. »Und die Arbeit bedeutete, dass er keine Zeit zum Drucken hatte, was uns sonst ein bisschen Geld einbrachte. Anerkannt zu werden hätte sein Leben verändert. Unser Leben …«

Für einen flüchtigen Moment hellte sich ihre Miene auf. »Das Letzte, was er getan hätte, wäre, sich das Leben zu nehmen. Er hätte uns nicht verlassen.« Sie barg das Gesicht in Händen, aber Brooke hörte den Nachsatz: »Nicht die Mädchen.«

Brookes skeptischem Geist entging nicht, dass Childe, der Pazifist, seiner eigenen Familie dennoch enorme Beschwernisse auferlegt hatte. Während er seinen Leidenschaften nachgegangen war, hatte er wenig Zeit gefunden, um dafür zu sorgen, dass sie über die Runden kamen.

Mrs Childe stand auf, um neuen Tee zu kochen. Sie bewegte sich, als wäre sie unter Wasser, als wäre die Last der Gravitation beinahe zu schwer, um auch nur die Füße zu heben.

Sie denkt darüber nach, wie sie es den Kindern beibringen soll, dachte Brooke.

An der Wand über der Feuerstelle erblickte Brooke ein gerahmtes Foto mit der Bildunterschrift: *Das Anglo-Sowjetische Komitee, Cambridge, 1938.*

Außerdem waren die Namen samt der zugehörigen Position aufgeführt, darunter auch *Christopher Childe, Herausgeber des Anglo-Soviet Bulletin.*

Brooke nahm die getönte Brille ab und studierte den Rest

der Leute auf dem Foto. Beinahe ausschließlich Männer; größtenteils Brillenträger in abgetragenen Anzügen, die meisten in mittleren Jahren oder älter. Aber eine Frau stach aus der Gruppe hervor. Sie stand in der Mitte der vorderen Reihe und verstieß mit ihrem Lächeln gegen das Protokoll, tat das aber offenbar ohne jede Scheu. Sie hatte ein schönes Gesicht, sehr klar konturierte Brauen, von denen eine hochgezogen war, als wollte sie der Kamera eine Frage stellen. Mitte dreißig, möglicherweise auch älter, dabei aber zart und geschmeidig, während die Männer, die hoch aufgerichtet um sie herumstanden, steif wirkten. Etwas an der direkten Verbindung zwischen ihr und der Linse der Kamera wirkte herausfordernd.

Brooke las die Inschrift. *Mrs Vera Staunton, Sekretärin des Komitees.*

KAPITEL FÜNFUNDZWANZIG

Major Joelyn Stone nahm den Zug nach London. Als höherer Offizier in Madingley Hall hatte er sich ein Erste-Klasse-Ticket sichern können. Der Waggon war leer, und er sah zu, wie die Erntefelder vorbeizogen und überflog immer wieder ein Blatt mit Notizen, das er seiner Aktentasche entnommen hatte. Der Krieg hatte das Land wieder zum Leben erweckt, die ganze Nation ackerte für den Sieg. Pflücker arbeiteten in langen Reihen in den Ackerfurchen, Traktoren wühlten roten Marschlandstaub auf. Stone ließ die Szenerie vor seinen Augen vorüberziehen.

Die Bahnsteige am King's Cross waren vollgestopft mit Evakuierten, die auf Züge in Richtung Norden warteten. Dennoch herrschte ein Flair, das an Strandausflüge erinnerte, nicht aber Panik, nicht einmal Furcht. Stone fiel der Geruch auf, der Gestank der Menge, etwas, das er seit seinen Vorkriegstagen in Indien vergessen hatte.

Draußen beobachtete er den Verkehr auf der Euston Road. London lag unter einer tiefen Wolkendecke und sah aus, als hätte es sich in Khaki gekleidet. Eine Wand aus Sandsäcken versperrte den Weg zur U-Bahn. Nach einem Blick zur Uhr rechnete er sich aus, dass er Zeit genug hatte, um zu Fuß zu seinem Termin im Army and Navy Club zu gehen, und machte sich auf den Weg, die Gray's Inn Road hinunter. Im Osten konnte er ein paar Sperrballons über dem Hafen ausmachen, und ein weiterer schwebte einsam und allein im Westen, möglicherweise über dem Buckingham Palace.

Er überquerte den Trafalgar Square und passierte das Kriegsministerium; morgen würde er sich hier zu einem formellen Gespräch einfinden, aber der wichtige Teil fand heute statt, ein behaglicher »Plausch« beim Mittagessen im Club.

An der Ecke Downing Street fand er, dass es hier genauso aussah wie immer: heruntergekommene Mittelklasse mit schmutzigen Fassaden. Ein verwahrlost wirkendes Maschinengewehrnest aus Sandsäcken versteckte sich unter einer Tarnplane. Ein Mann im Schoßrock kam die Straße herauf, klopfte und wurde eingelassen. Die ersten dunstigen Sonnenstrahlen fingen sich im Glanz der polierten schwarzen Tür.

Der Army and Navy Club – oder *The Rag*, wie er auch liebevoll genannt wurde – lag an der Pall Mall. In den Flitterwochen mit Margaret war er in einem Hotel am Canal Grande in Venedig abgestiegen und hatte sie mit langen Spaziergängen gelangweilt, um einen Blick auf den Palazzo Cornaro zu werfen, das architektonische Vorbild für einen der imposantesten Herrenclubs, den *Good Old Rag*.

Stone rauschte hinein, bemüht um ein gelassenes Auftreten. Gezielt ignorierte er die lebensgroßen Porträts von Männern in Uniform, denn eines davon zeigte seinen Schwiegervater. Stone kam aus einem Stall der Mittelklasse. Seine Karriere hatte zweifellos bis zu einem gewissen Grad von den Verbindungen der Familie seiner Frau profitiert, aber es gefiel ihm nicht, allzu unverhohlen an diese Tatsache erinnert zu werden.

Brigadier Pearce saß in einem Lehnsessel, hielt liebevoll einen Tumbler mit Whisky umfasst und sah ein bisschen verwirrt aus, als er aus seiner inneren Entrückung gerissen wurde. Pearce war ein Mann in seinen Achtzigern, ein Veteran, dessen Karriere sich bis ins vorige Jahrhundert erstreckte.

Die Hand mit dem Glas zitterte ein wenig, aber seine erste

Frage nach ein paar wenigen oberflächlichen Worten war von unverblümter Direktheit.

»Dieser Plan, den Sie da ausgeheckt haben, Stone, hat etwas brutal Geniales an sich. Ich glaube nicht, dass außer Ihnen je irgendjemand daran gedacht hat, einen Sperrballon als Waffe zu benutzen. Einfach die Taue kappen und sie hinfortschweben lassen? Das ist natürlich feige, meinen Sie nicht? Sie können töten und verstümmeln, sie können Chaos verbreiten, aber sie sind unbemannt, nicht wahr? Sie bringen den Tod in Vertretung der Soldaten. Da fehlt der Sinn für das Gefecht …«

Der Ausdruck in Stones Zügen musste Pearce wohl erschreckt haben. Das Wort »feige« schien jeden Tropfen Blut aus dem Gesicht des Majors gesaugt zu haben.

»Und dann ist da dieses amerikanische Opfer in Cambridge«, drang Pearce weiter in ihn. »Dieser Doktor Lux. Bedauerlich, um es milde auszudrücken. Hier wie dort kein Wissenschaftler von militärischer Bedeutung, ich weiß. Aber der Vorfall hat Fragen aufgeworfen. Das zeugt von Nachlässigkeit.«

»Die örtliche Polizei hat heute früh angerufen«, sagte Stone und streckte die Beine aus, um sich entspannt zu präsentieren. »Der Tod des Amerikaners ist nicht unsere Sache. Ich weiß nicht, worauf das hinauslaufen wird. Der Detective, der mit der Angelegenheit befasst ist, ist ein schwieriger Bursche und war nicht bereit, den Sachverhalt klarzustellen. Aber er ist ziemlich überzeugt, dass der Ballon nicht der Übeltäter war. Ein Unfall, vielleicht; davon hat es während der Verdunkelung mehrere gegeben. Und alle drei Ballons konnten inzwischen gesichert werden. Das wird sich nicht wiederholen. Die neuen Winden sind so ausgelegt, dass wir die Ballons gezielt freisetzen können. Es hat eine Fehlfunktion gegeben, und sie wurden umgebaut. Problem gelöst.«

»Missverstehen Sie mich nicht, Stone. Alle sind beeindruckt. Sogar der Premierminister. Genauer gesagt, *vor allem* der Premierminister …«

»Das ist die perfekte Waffe«, sagte Stone. »Wenn wir es richtig anstellen, kann sie vernichtend sein. Wir müssen das Met Office hinzuziehen. Windgeschwindigkeit, Wind*richtung*, das sind die entscheidenden Punkte. Aber es steht außer Frage, dass die Wirkung den Feind lähmen würde. Tausend Ballons, freigesetzt im richtigen Moment, könnten die Ruhr ins Chaos stürzen. Das wären Zeitlupenbomben.«

Ein skeptischer Ausdruck trat in die Augen des Brigadiers, als wäre diese Zukunftsvision zu viel für ihn.

»Und die Deutschen könnten nicht zurückschlagen«, bemerkte Stone entschieden. »Die Windrichtung arbeitet nahezu ständig gegen sie. Außerdem sind die Kosten minimal. Vergleichen Sie das mal mit einer Spitfire oder einer Wellington.«

»Ganz recht«, sagte Pearce und rief einen Ober herbei. »Eine Flasche von dem Tsarine«, sagte er und richtete sich in seinem Lehnsessel auf. »Sie bekommen die Papiere, aber, entre nous, das Kabinett hat beschlossen, dass die Finanzierung Ihrer Ballons zumindest für sechs Monate bereitgestellt werden kann. Die Kommandostruktur wird kurzgehalten sein, wenn also etwas schiefgeht, dann sind Sie derjenige, dessen Hals in der Schlinge liegt. Sie sind verantwortlich. Sie werden zunächst vom Kriegsministerium aus in Aktion treten müssen, und dann von irgendwo an der Südküste, das müssen Sie selbst ausarbeiten.«

Stone glaubte, sich verhört zu haben. »Ich habe das Kommando? Aber was ist mit den anderen Kandidaten?« Stone hatte *gehofft*, er bekäme einen ranghohen Posten; selbst stellvertretender Kommandant hatte er sich nur in seinen wildesten Träumen vorgestellt. Nie war ihm in den Sinn gekommen, dass man ihm das Kommando übergeben könnte.

»Überlassen Sie uns die anderen Kandidaten. Das ist eine organisatorische Herausforderung, Stone. Wir brauchen keine protzigen Heldentaten. Aber vorerst behalten Sie die Ernennung für sich. Der andere wesentliche Kandidat wurde bereits über Ihre Ernennung informiert. Und achten Sie auf die Feinheiten, das ist derzeit alles noch unter Verschluss …«

»Selbstverständlich.«

»Guter Mann. Sie werden sich natürlich mit dem Kriegsministerium abstimmen müssen. Eine Produktionsstätte muss gefunden werden. Industrielle Kriegsführung, das ist genau das Richtige. Aber, ja, tausend von diesen Dingern über Dortmund oder Mainz, das trifft den Zeitgeist, Stone. Es ist billig, und es könnte funktionieren.«

Als er zwei Stunden später nach einem exzellenten Mittagessen auf den Stufen des *Rag* stand, dachte Stone, das Leben könne gar nicht mehr besser werden. Er hatte ein Zimmer für die Nacht gebucht, brachte aber Pearce zur Tür, als der alte Soldat in seinen Armeemantel schlüpfte. »Vergessen Sie das formelle Gespräch morgen nicht. Gehen Sie auf Nummer sicher. Die wollen nur das Gefühl haben, auf dem Laufenden zu sein.«

Er schüttelte Stone nicht die Hand – selbst sein Nicken beschränkte sich auf eine abweisende Aufwärtsbewegung des Kinns. Doch nach ein paar Schritten drehte der Brigadier sich noch einmal zu Stone um. »Eines noch: Angesichts der Reichweite dieses Kommandos halten wir Lieutenant Colonel für angemessen. Das wird Zeit kosten, da sind einige Rädchen zu drehen. Aber man wird Sie zu gegebener Zeit unterrichten.«

Pearce mummelte sich in ein Taxi, und weg war er.

KAPITEL SECHSUNDZWANZIG

Detective Sergeant Edison steuerte den Wolseley Wasp aus dem Hof des Spinning House in die Regent Street. Fahler Sonnenschein fing sich in dem auf Hochglanz polierten pflaumenroten Lack, in dessen Oberfläche man sich beinahe spiegeln konnte. Er schaltete in den zweiten Gang, dann in den dritten, und sie flitzten los. Vorbei am Downing College und weiter bis über Parker's Piece hinaus, während die alte Stadt draußen vorüberhuschte und Brooke sich auf dem Beifahrersitz die Karte dicht vor Augen hielt.

Ihre Priorität bestand darin, Vera Staunton zu finden. Der Schlüssel dazu, Chris Childes Mörder aufzuspüren, lag nach Brookes Empfinden in dem Brief, den er der Sekretärin des hiesigen Ablegers der Partei gebracht hatte. Aber Staunton erwies sich als schwer fassbar. Sie hatten Uniformierte zur Peace Pledge Union geschickt, und ein Verwaltungsmitarbeiter im Spinning House ging das Wählerverzeichnis durch. Bisher gab es keine Spur von ihr. Brooke und Edison würden versuchen, sie mithilfe ihrer Parteigenossen aufzuspüren: Henderson, Popper und Lauder, die drei Funktionäre, die Childe erfolgreich auf seinen Auftritt vor dem Tribunal vorbereitet hatten.

Sie waren auf dem Weg nach Barnwell, einem Vorort am Flussufer, der sich einst um ein großes Augustinerkloster herum entwickelt hatte. Einige Fragmente mittelalterlicher Zeiten hatten in den beengten Straßen bis heute überlebt: die alte gemauerte Schatzkammer der Mönche und eine Kapelle, die nun als Kirche diente. Der Ort gab sich alle Mühe, vornehm zu erscheinen, aber unten an der Uferstraße gab es Elendsquartiere. Lauders Adresse war ein Fremdenheim an der Wharf Street. Das Skelett eines alten Kinderwagens stand auf dem Pflaster, und ein kleines Kind rannte in der Gosse hinter einem Ball her. Ein Nachbar verriet ihnen, dass Lauder ein Schotte sei, ein Maurer, und dass er sich an diesem Tag noch nicht blicken lassen habe.

Seine Tür in der dritten Etage des Häuserblocks war verschlossen.

Edison klopfte und klopfte dann wieder, während sie vor der Tür standen und auf Geräusche im Haus lauschten. Irgendwo lief ein Radio, und unten auf der Straße prallte rhythmisch der Ball auf den Boden.

»Es ist nur vernünftig, anzunehmen, dass, wenn Childe tot ist, auch das Leben seiner Kameraden in Gefahr ist«, bemerkte Brooke, trat einen Schritt zurück, verlagerte sein Gewicht und trat die Tür ein, kraftvoll genug, dass vom Rahmen kaum mehr als Splitter übrig blieben.

Von Lauder war keine Spur zu entdecken, aber der Raum war durchwühlt worden: Das Bett war umgekippt, die Schubladen der Kommode herausgezogen, ein Teppich zurückgefaltet worden. Die einzige Überraschung bestand in einem Notenständer, der immer noch stand, einer an die Wand gelehnten Violine und Notenblättern auf dem Boden – eine Sonate von Mozart.

Der Arzt Dr. Jacob Popper, Lauders Genosse und Schatzmeister des Ortsvereins, war ebenfalls nicht aufzutreiben. Seine Praxis befand sich in einer Doppelhaushälfte nahe der Hills Road in einem wohlhabenden Vorort mit viel Grün, der von den Sperrballons, die über die Bahnlinie wachten, überschattet wurde. Der Junggeselle, der in einer Wohnung im

Dachgeschoss des Hauses lebte, war zum letzten Mal während der Nachmittagssprechstunde am Tag zuvor gesehen worden.

»Er ist ein verdammt guter Arzt, unser Jacob«, erklärte sein Teilhaber. »Das Problem ist, dass er immer vergisst, das Honorar einzusammeln. Wir sind ja nicht die Wohlfahrt, nicht wahr? Jacob arbeitet doppelt so viel wie andere und erzielt nur halb so viel Einkünfte. Er ist schon früher mal verschwunden, unser Jacob«, fügte er hinzu und schloss die Tür zu der Dachwohnung auf. »Ist zu irgendeinem Marsch in London gegangen, als der Krieg ausgebrochen ist, und hat mir nur eine kurze Nachricht auf dem Schreibtisch hinterlassen. Der taucht schon wieder auf.«

Poppers Wohnung war ebenfalls durchsucht worden. Bücher lagen überall herum, die Kleidung war aus dem Schrank geholt und aufs Bett geworfen, ein Schreibtisch von der Wand abgerückt worden.

Damit blieb noch Henderson, der Gewerkschaftsfunktionär und Vorsitzende des Ortsverbands der Partei. Brooke hatte es vom Spinning House aus dreimal mit der Telefonnummer aus Childes Adressbuch probiert, aber niemand hatte abgenommen. Als Adresse war Abbey Island angegeben, ein Stückchen Land, eingeklemmt zwischen der Hauptverbindung nach Lynn und der Nebenstrecke nach Bury, nicht weit vom Bahnhof in Cambridge gelegen. Das v-förmige Gelände wurde im Norden von einer Güterstrecke begrenzt, die dazu diente, Züge zu wenden. Ergo: eine urbane Insel, umgeben von eisernen Schienen.

Der Wasp rumpelte über drei Bahnübergänge, ehe sie wieder »festen Boden« unter den Pneus hatten. Eine einzelne Straße führte nach Abbey Island hinein, gesäumt von typischer Bahnbebauung: keinerlei Wohnhäuser, nur marode Bürogebäude und Werkstätten, von denen sich viele durch zertrümmerte Fensterscheiben und aus den Angeln gerissene Türen auszeichneten.

Edison baute sich auf der Straße auf, soweit man hier von einer Straße sprechen konnte, und begutachtete die Umgebung. Der Zug nach London donnerte vorüber, Sekunden später folgte ein Güterzug in Gegenrichtung.

»Wenn er wirklich hier wohnt, muss er sich eines verdammt tiefen Schlafs erfreuen«, stellte Brooke fest.

Am hinteren Ende der Straße stießen sie auf eine Treppe, die hinaufführte zu einer Tür mit der Aufschrift:

Associated Society of Locomotive Engineers and Firemen
Bürostunden: Montag – Freitag
8.00 – 18.00

Die Tür war verschlossen. Im Inneren konnten sie einen Schreibtisch mit einem Telefon erkennen. Aktenschränke verdeckten eine Wand, und in einer Ecke stand ein Tresor auf eisernen Klauenfüßen.

Brooke rüttelte an der Türklinke. »Stahlrahmen«, sagte er. »Vielleicht liegt da ein Vermögen im Tresor.«

Auf der Rückseite des Gebäudes fanden sie eine Tür auf Bodenebene, auf der zu lesen stand: *J. R. Henderson, Funktionär.*

Die Jalousie vor dem einzelnen Schiebefenster war geschlossen. Neben der Tür stand ein großer Blumentopf, der hier so fehl am Platze wirkte, dass Brooke die Blätter der darin befindlichen vertrockneten Hortensie teilte und tatsächlich einen Messingschlüssel entdeckte.

Das Wohnzimmer war spartanisch eingerichtet: ein Lehnsessel, eine Feuerstelle, ein Kohleneimer. Auf dem Boden lagen verschiedene Magazine und Zeitungen. Brooke sah *Labour News*, *Picture Post* und *Peace News*.

Sie stiegen eine Hintertreppe hinauf und fanden sich in der nun schon vertrauten Szenerie wieder. Das kleine Schlafzimmer war durchsucht worden, die Matratze stand aufrecht an der Wand. Es gab ein Waschbecken, einen Gaskocher und einen Schreibtisch, dessen Schubladen herausgerissen worden waren und nun auf dem kahlen Boden lagen.

Edison sah geduldig die im Raum verteilten Dokumente durch.

Brooke ging hinaus, zündete sich eine Zigarette an und stellte sich eine zunehmend drängende Frage: Wie standen die Chancen, dass er noch vor Anbruch der Nacht die nächste Leiche am Hals hatte?

Edison öffnete das Schiebefenster und rief ihn wieder zurück. Der Detective Sergeant musterte die grob verputzte Schlafzimmerdecke. »In dem Jahr, in dem ich im Ruhestand war, habe ich die Abendschule im College besucht: Elektrik für Hausbesitzer. Edith meinte, wir kämen mit der Pension besser aus, wenn ich mehr selbst erledigen würde. Nein – *ein bisschen*. Was man auch macht, es ist nie recht, was?«, sagte er. Damit zeigte Edison auf ein Kabel, das über die Oberkante des Schiebefensters in den Raum geführt wurde und dann, an die Wand geklammert, zur Decke hinauf verlief und schließlich ohne erkennbaren Grund über ihren Köpfen verschwand. Aufschlussreich war, dass es nicht einmal in die Nähe der Deckenlampe gelangte.

Brooke ging hinaus, um das Kabel zu seinem Ursprung zurückzuverfolgen. Vom Fenster aus ging es weiter hinauf bis zum Dachfirst, wo es zu einer festgerosteten Windfahne führte, die nach Süden gen London zeigte.

Wieder drin balancierte er auf einem Hocker, den er aus dem Wohnzimmer geholt und die Treppe hinaufgeschleppt hatte, und entdeckte eine kleine Bodenluke, die durch geschickten Verputz getarnt worden war. Er reichte Edison seine Brille und drückte die Luke mit der flachen Hand hoch. Das Loch, das zum Vorschein kam, war gerade so groß wie eine Bratpfanne. Vorsichtig steckte er den Kopf in die dunkle Öffnung. Nach einer verkrampften Drehung um die eigene Achse fand er einen großen Rundfunkempfänger, auf dessen Skalen europäische Hauptstädte verzeichnet waren: London, Paris, Berlin, Rom, Madrid. An einer Seite war ein verchromtes Mikrofon festgehakt, an dessen abgeschrägtem Handgriff sich das Licht fing.

Brooke drehte den Regler, bis er das dumpfe Brummen fließenden Stroms hörte; die Beleuchtung der Skalen und Regler flammte auf, und das Wort MOSKAU schimmerte im Zwielicht.

KAPITEL SIEBENUNDZWANZIG

Der Betriebshof des städtischen Zivilschutzes, auf dem Childe sich hatte melden müssen, befand sich neben dem Bahnhof: Alte Lagerhäuser und ein nicht genutzter Zuckerrübenmarkt boten Platz für Feuerposten, Luftschutzwarte, Fahrrad- und Motorradboten und Childes Einheit, die Schwerarbeitertruppe.

Zwar hatte die Große Verdunkelung ihre Herausforderungen mit sich gebracht, und die rußgeschwärzte, rauchende Ruine von Kew's Mill ragte immer noch über dem Gelände auf, doch bisher hatte der Sitzkrieg keine Luftangriffe gezeitigt, und trotz der allgemeinen Panik wegen einer möglichen fünften Kolonne und Spionen, die per Fallschirm auf die Insel gelangten, war Cambridge der Anblick des Feindes in jedweder Form bislang erspart geblieben.

Als er unbehelligt den Hof betrat, sah sich Brooke mit allgemeiner Ermattung, wenn nicht purem Müßiggang, konfrontiert. Ein Mann saß vor einer Hütte, die mit dem Wort MONTAGE gekennzeichnet war, und prüfte einen Reifen in einem Wasserbottich auf Löcher. Zwei Feuerposten spritzten ein Feuerwehrfahrzeug ab, schienen aber viel mehr daran interessiert zu sein, einen Hund zu erwischen, der beständig im Kreis lief. Offenbar war das Tier nicht imstande, zu entscheiden, ob es eine gute Idee war, nass zu werden. Das einzig wirklich sinnhaft Erscheinende war ein Teewagen, an dem zwei Frauen in WVS-Uniformen damit beschäftigt waren, reihenweise Becher bereitzustellen und Sandwiches zu stapeln.

In dem alten Zuckerrübenmarkt entdeckte Brooke eine teilweise verglaste Baracke, die als LABOUR OFFICE ausgewiesen war.

Ein Mann mit strähnigem aschgrauen Haar hatte die Füße auf dem Schreibtisch abgelegt.

Als er Brooke sah, faltete er die Zeitung zusammen, in der er gelesen hatte, nahm die Füße aber nicht herunter.

Brooke sagte ihm, er wolle die Person sprechen, die für den Trupp verantwortlich war, zu dem Chris Childe gehört hatte.

»Childe? Der Wehrdienstverweigerer? Der ist unerlaubt abwesend«, sagte der Mann und wälzte etwas im Mund, das aussah wie ein Klumpen Tabak.

»Ist er nicht. Der Mann ist tot«, entgegnete Brooke. »Und ich bin in Eile. Wie ist Ihr Name?«, fragte er und ließ seinen Dienstausweis aufblitzen.

»Hartnell, Oberaufseher«, sagte er und stellte die Füße auf den Boden.

Von draußen drangen Stimmen und das Geräusch marschierender Füße herein.

»Das da sind Chris' Leute«, sagte der Mann und stand auf. »Wie ist er abgekratzt?«

»Kugel im Kopf. Wie war er so?«, fragte Brooke.

»Einzelgänger. Hatte immer ein Buch in der Hosentasche. Hat aber ordentlich gearbeitet … Eine Kugel? Gott im Himmel.«

Den Männern wurde gesagt, sie sollten sich Tee und ein Sandwich holen, und dann versammelte Hartnell sie in dem Markt und forderte sie auf, Sackleinen und alte Apfelkisten als Sitzgelegenheiten zu benutzen. Brooke zählte fünfzehn, die Hälfte davon Jugendliche, die andere Hälfte zu alt für den Dienst an der Waffe. Die meisten rauchten.

»Es tut mir leid, Ihnen sagen zu müssen, dass Chris Childe

tot ist«, verkündete Brooke. »Sein Leichnam wurde heute Morgen auf dem Mill Road Cemetery gefunden. Er wurde erschossen, und wir führen nun eine Mordermittlung durch. Soweit mir seine Witwe berichtet hat, haben Sie kürzlich alle auf Parker's Piece Grabungen ausgeführt. Das muss in der Nacht der Großen Verdunkelung gewesen sein. Ich muss wissen, was Sie dort getan haben und was Chris getan hat. Das ist wichtig.«

Ein schlaksiger, selbstsicherer Junge ergriff das Wort.

»Ne, nich' Parker's Piece. Das war unten am Flussufer …«

Am Flussufer? Brooke zog sein Notizbuch hervor und zwang sich, den Zeugen in seinem eigenen Rhythmus erzählen zu lassen. Er forderte den jungen Burschen auf, die ganze Geschichte von Anfang an zu berichten.

Der Trupp hatte den Betriebshof um sechs Uhr dreißig verlassen. Trotz der Großen Verdunkelung hatte man die Männer mit Laternen ausgerüstet, allerdings mit der Sorte, die mit Metallschirmen versehen war, die es erlaubten, das Licht weitgehend zu verbergen. Unter Mr Hartnells Aufsicht marschierten sie hinunter zur Magdalena Bridge und dann zum St. John's College. Dort gestattete man ihnen, durch den Hof zur College-Brücke zu gehen, wo sie warteten.

»Die Seufzerbrücke?«, hakte Brooke nach, und der Bursche nickte. Dieses Detail hatte etwas Betrübliches. Das Original, dessen recht grobe Kopie diese Brücke war, verband den Dogenpalast in Venedig mit dem Gefängnis. Gefangene, die hinüberstapften, erhielten durch die vergitterten Fenster ein letztes Mal Gelegenheit, einen Blick auf die Schönheit der Stadt zu werfen. In der Nacht der Großen Verdunkelung musste der hiesige Ausblick jedoch furchterregend gewesen sein.

»Was ist dann passiert?«, fragte er.

»Ein Soldat hat uns abgeholt und rübergeführt.«

Hartnell hielt ein Klemmbrett bereit und reichte Brooke

einen Laufzettel. Der Soldat, der die Verantwortung für die Männer übernommen hatte, war Corporal S. Currie: Swift-Lanes unerlaubt abwesender Langfinger und Möchtegern-Schwarzmarkthändler.

Brooke machte sich eine weitere Notiz. »Nur weiter, Junge«, sagte er.

Currie hatte die Männer am Ufer entlanggeführt.

»Da hat Chris diesen Sergeant gefragt, was wir denn tun würden, weil er sich nur freiwillig gemeldet hat, nachdem ihm versprochen worden war, dass er keine Kriegsarbeit verrichten muss«, erklärte der Jugendliche. »Verteidigung wäre in Ordnung, aber Töten könne er nicht unterstützen, das hat er gesagt.«

»Was hat der Soldat, dieser Corporal, geantwortet?«, wollte Brooke wissen.

»Der hat ihm gesagt, er soll die Klappe halten und weitergehen. Sie wären eine Zivilschutzeinheit, folglich wäre das auch ihre Aufgabe. Für den Zivilschutz zu arbeiten. Also sind wir alle weitermarschiert, bis wir St. John's Wilderness erreicht haben.«

Und dort begann die Arbeit. Schon vor ihnen hatte jemand Gruben ausgehoben und aufgefüllt, denn sie konnten in der Abenddämmerung säuberlich aufgeschichtete Erdhaufen erkennen. Man wies sie an, eine frische Grube auszuheben, sechs Fuß tief. Der Soldat stellte Pfosten in vier Ecken eines Rechtecks auf, das ungefähr zwanzig mal zwölf Fuß maß.

Sie brauchten zwei Stunden, um das Loch zu graben.

»Der Corporal war ein Angeber«, warf einer der anderen Jugendlichen ein. »Konnte sich nicht beherrschen. Er hat gesagt, seine Einheit hätte die anderen fünf Gruben vor Wochen ausgehoben und aufgefüllt, aber sie hätten sich über die Arbeit beschwert, und deswegen hätte man uns für das Graben angefordert. Jemand – du, Ron …«

Ein schmaler älterer Mann, der seinen Tee umklammerte, blickte erschrocken auf, als sein Name fiel.

»Du hast gefragt: ›Was haben Sie verbuddelt?‹, und er hat gesagt, das geht uns einen Dreck an. Es wäre streng geheim. Aber das hat sich so nach Unsinn angehört, dass ein paar von uns ihm mitten ins Gesicht gelacht haben. Dann ist da ein Bote zu Fuß aufgetaucht. Die haben sich ein bisschen unterhalten, und danach hat der Corporal einen anderen Ton angeschlagen. Wir hätten richtig gute Arbeit geleistet, meinte er, und uns eine Pause und eine anständige Mahlzeit verdient. Alles gratis. Aber wohlgemerkt, er sah gar nicht zufrieden aus, er sah hundeelend aus. Und dann haben wir die Soldaten gehört, die aus der anderen Richtung das Flussufer entlangmarschierten, von der Silver Street aus. Wagenräder konnten wir auch hören. Und er auch, dieser Corporal, und da hat er uns ganz schnell in die Gegenrichtung marschieren lassen.«

Mehrere der anderen Männer beteiligten sich nun daran, ihm den Weg des Trupps durch Cambridge zu beschreiben: die Seufzerbrücke zurück über den Fluss, dann die Trinity Street hinauf und durch Market Hill, vorbei an der Getreidebörse zum University Science Quarter und weiter zu einem neuen Gebäude aus weißen Steinen.

»Das Galen Building für Anatomie?«, hakte Brooke nach.

»Das ist es«, sagte der Junge. »Genau.«

Brooke fühlte sich beschwingt, sogar schwindelig. Es war, als würde er zusehen, wie ein Puzzle sich von selbst löste. Nur dass das noch keine Lösung war, sondern lediglich zu einer neuen Reihe von Fragen führte: Welche Verbindung gab es zwischen den Gruben und den drei verlassenen Lastwagen? Und wie passte Lux, der Wissenschaftler, da hinein? Er war in jener Nacht vor seinem plötzlichen gewaltsamen Tod im Galen gewesen.

Wenn überhaupt etwas Sonderbares an der Geschichte dran war, die er hier hörte, dann war es wohl ihr Ende. Man hatte die Männer in den Keller des Galen gebracht, wo es einen Boiler gab. Dort bekamen sie ein opulentes Essen: Roastbeef, gekochte Kartoffeln, Blumenkohl und Karotten, dazu Kräuter und eine deftige Bratensoße. Jeder Teller wurde mit einer Abdeckhaube aus Metall gebracht, die dazu diente, das Essen warm zu halten, und man sagte ihnen, es sei College-Essen von bester Qualität.

Dann war Corporal Currie wieder da. Er verteilte Kopien des Official Secrets Act und erklärte ihnen, dass sie sie zu unterzeichnen hätten. Er machte ihnen klar, dass sie gemäß der Notstandsgesetze zur Landesverteidigung gehalten seien, mit niemandem über das zu sprechen, was sie in dieser Nacht getan hatten.

»Wir gehen mal davon aus, dass wir es Ihnen jedoch erzählen dürfen«, sagte der Bursche zu Brooke, und alle lachten dazu.

Currie hatte ihnen dann gesagt, man würde sie in zwei Stunden zum Betriebshof zurückbringen, aber bis dahin könnten sie es sich in dem warmen Kellerraum bequem machen.

Was sie auch taten, mit Ausnahme von Childe.

»Er ist zur Tür, als Currie sich verpisst hatte«, sagte Ron und nippte an seinem Tee. »Aber sie war verschlossen. Er hat gesagt, das könnten die nicht machen. Hat gesagt, das wäre gegen das Naturrecht. So hat er oft geredet. Er sagte, man kann ein ›Gelöbnis nicht rückwirkend ablegen‹, und darum hätte es auch keinen Sinn, irgendwas zu unterschreiben. Flinker Bursche. Er hat gesagt, wenn er das Dokument unterschreiben würde, dann würd er sowieso einen falschen Namen nehmen. ›Was soll in diese Gruben?‹ Das hat er immer wieder gefragt. Und wieder und wieder.«

Sie konnten, so der Bursche, hören, dass oben ein Film lief.

»Ein *Film*?«, hakte Brooke nach. »Mir hat man gesagt, dort hätte eine Vorlesung stattgefunden.«

Alle waren sich einig: Was sie gehört hatten, war eine Stimme wie aus der Wochenschau, deren Bassanteil nicht trug. Es war definitiv ein Film.

Childe hatte nach einem anderen Weg aus dem Boilerraum gesucht und war in einer Ecke über einen kleinen Lift gestolpert; beinahe ein Speiseaufzug, nur ein bisschen größer, der dazu diente, allerlei Güter in die Labore weiter oben zu befördern.

»Chris hat den Kopf in den Schacht gesteckt und gesagt, da könnte er den Film besser hören«, erzählte der Bursche. »Er hat uns rübergerufen, und er hatte recht, auch wenn ich nicht so recht schlau daraus geworden bin. Ich weiß nicht, was in Chris gefahren ist, aber er hat gesagt, er würde sich das ansehen und abhauen, wenn er konnte. Wir haben ihm gesagt, er wäre verrückt. Der Transportkorb war ganz oben im Schacht, aber er hat sich einfach das Seil gegriffen und angefangen, zu klettern. An dem Kerl war nicht viel dran, und er war auch kein Schwächling. Der ist da raufgehuscht wie eine Ratte. Es war dunkel, aber wir konnten seine Schuhe sehen, verschränkt um das Seil. Nach etwa fünfzig Fuß hat er für eine Minute angehalten, und dann ist da plötzlich helles Licht gewesen, und wir konnten sehen, wie er sich rüberbeugt und die Fahrstuhltüren auseinanderdrückt. Danach hat er sich irgendwie hinübergeschwungen und war nicht mehr zu sehen. Er mag ja ein Wehrdienstverweigerer gewesen sein, aber Schneid hatte er.«

Fünfzehn Minuten später kehrte er zurück, fuhr der Junge fort und erzählte: »Er hatte sich einen von diesen langen Haken geholt, mit denen sie die Jalousien runterziehen, und damit hat er das Seil geangelt. Wir konnten ihn gut sehen, weil er sich gar nicht die Mühe gemacht hat, die Aufzugtür wieder zu schließen. Wie gesagt, etwa fünfzig Fuß hoch, vielleicht auch mehr, und dann gleitet er mit einer Hand ab und wäre beinahe gestürzt. Der wäre mausetot gewesen, wenn er sich nicht mit der anderen hätte halten können. Aber danach klettert er einfach so runter.«

»Er hat ziemlich fassungslos ausgesehen«, fügte Ron hinzu. »Er hat dann zu uns gesagt, er hätte den Film gesehen – oder einen Teil davon, und dass es damit nicht getan wäre. Dass die Leute ein Recht hätten, zu erfahren, was los war. Es wäre genauso unser Land. Er war richtig aufgebracht. Ich hab zu ihm gesagt: ›Du siehst aus, als hättest du ein Gespenst gesehen, Kumpel.‹ Und da hat er gemeint, es wäre viel schlimmer. Er hätte die Zukunft gesehen.«

KAPITEL ACHTUNDZWANZIG

Edison wartete mit dem Wasp am Tor vor dem Betriebshof und putzte die Seitenspiegel mit seinem Taschentuch. Brooke setzte sich auf das Trittbrett und brachte ihn über Chris Childes abenteuerlichen Abend im Galen – oder besser, seine bemerkenswerte Besteigung des Galen mithilfe eines Warenaufzugs – auf den neuesten Stand.

»Ein Film?«, fragte Edison.

»Allerdings. Was immer er gesehen hat, es hat offenbar einen tiefen Eindruck hinterlassen. Wahrscheinlich hat er genau das in dem Brief festgehalten, den er Staunton übergab«, sagte Brooke. »Also stehen wir wieder vor der Frage: Wo ist sie?«

Edison schüttelte den Kopf. »Da rennen wir bisher gegen Mauern, Sir. Die Mädchen gehen immer noch die Wählerlisten durch. Die Frau, die die PPU leitet, sagt, Vera habe zwei Tage pro Woche morgens in dem Heim für gefallene Mädchen in Chesterton gearbeitet – ich hab schon einen Wagen hingeschickt. Es gibt da zudem ein Gerücht bei der PPU, dass Vera nachts arbeitet, wenn Sie verstehen, worauf ich hinauswill …«

Edison setzte eine missbilligende Miene auf.

»Babylon Street, jedenfalls in dem Bereich.«

Brooke stieß einen Pfiff aus. »*Babylon.* Gütiger Gott.«

»Gibt zu denken«, fügte Edison hinzu und rückte seine Krawatte zurecht.

Die ehrenwerte Vera Staunton, Sekretärin der Partei, war womöglich nicht die Frau, die Brooke sich vorgestellt hatte. Er dachte zurück an das Foto an der Wand von Childes Schlafzimmer; hatte er in ihren Augen eine gewisse sexuelle Freizügigkeit wahrgenommen und einfach verdrängt? Eine Adresse in der Babylon Street verortete sie jedenfalls im Herzen des hiesigen Rotlichtbezirks.

»Weisen Sie den dort zuständigen Constable an, an ein paar Türen zu klopfen«, sagte Brooke. »Und wir sollten die Grafschaft bitten, ihre Akten ebenfalls durchzugehen; auf der Suche nach Freiern könnte sie auch weitere Kreise gezogen haben. Dabei fällt mir ein, wir müssen unsere eigenen Akten überprüfen. Wir brauchen diesen Brief, Edison. Um ehrlich zu sein, ich frage mich, ob den nicht der Mörder in der Tasche hat.«

Brooke schlüpfte auf den Beifahrersitz und schloss, tief in Gedanken versunken, die Augen.

»Einen kleinen Fortschritt gibt es«, verkündete Edison während er den Zündschlüssel drehte und den gut geölten Vierzylindermotor des Wasp startete. »Unser Pathologe hat scharfe Augen«, sagte er und reichte Brooke ein getipptes Blatt Papier mit Namen und Adressen, das er aus seiner Innentasche gezogen hatte. »Das ist die heutige Liste vermisster Personen der gesamten Grafschaft. Doktor Comfort bekommt eine Kopie davon, falls eine der Personen in seiner Leichenhalle auftaucht. Beachten Sie Neville Sneeth, Manor Farm, Horningsea. Genauer gesagt, beachten Sie die besonderen Kennzeichen.«

Brooke ging die Zeilen durch, bis er Sneeths Namen gefunden hatte; daneben stand das Kürzel *CTEV*.

»Kongenitaler Talipes Equinovarus«, verkündete Edison stolz. »Klumpfuß, Sir.«

»Wie unser flüchtiger Lastwagenfahrer, der später in Byron's Pool treibend gefunden wurde«, sagte Brooke.

»Genau. Und ein Bauer obendrein. Sieht aus, als hätte er

eine gute Methode entdeckt, um sein Fleisch teuer zu verkaufen. Die Uniformierten haben einen Wagen losgeschickt, um seine Frau Elspeth herzuholen, damit sie den Leichnam identifiziert. Aber im Grunde kann es da kaum einen Zweifel geben«, berichtete Edison. »Ich dachte, wir könnten uns den Bauernhof mal ansehen. Wir hätten ihn jetzt ganz für uns allein …«

Edison drückte den Fuß aufs Pedal und brachte den Wasp auf fünfzig. Die Stadt blieb hinter ihnen zurück, und sie schossen über eine von parallelen Pappelreihen gesäumte Straße auf das Land hinaus. Blasser Sonnenschein blitzte zwischen den Bäumen auf.

Ein Dorf, ein Pub, ein kleines bisschen Grün an einem Kriegsdenkmal, und dann waren sie wieder auf dem Land, und die Straße schlängelte sich einen kleinen Hügel am Rande der Fens hinauf.

Edison hatte sich die Karte offensichtlich gut eingeprägt, denn nun wurde er plötzlich langsamer und bog in einen Feldweg ein, der zu einem zweiflügeligen Hoftor führte. Der nächtliche Sturm hatte Streifen schwarzen Wassers in den Spurrillen hinterlassen, deren Oberfläche sich durch Motorenöl und Benzin in einem psychedelischen Farbenrausch präsentierte.

Brooke kletterte aus dem Wagen, atmete tief die Landluft ein und ging in Richtung Scheune. »Sparen wir uns das Haus bis zum Schluss auf«, sagte er zu Edison, der mit einem Paar Gummistiefeln kämpfte.

Manor Farm bestand aus dreißig Morgen Weideland auf einem Hang mit lehmhaltiger Erde. Doch es war kein Tier zu sehen, abgesehen von zwei Pferden, die, gebeugt von der Last nasser Decken, an das Tor zum ersten Acker gebunden waren. Die Scheune war im Erdgeschoss voller Roter Bete, während auf der zweiten Ebene Säcke lagerten, aus denen Karotten fielen.

Brooke blieb an der offenen Tür stehen und ließ den Blick über das Gehöft schweifen. »Felder voller Kuhdung«, sagte er. »Und wenn mich meine Nase nicht trügt, muss es auch irgendwo einen Schweinestall geben. Aber wo sind die Tiere, Edison? Nun, ich denke, wir wissen, wo sie sind, nicht wahr? Und das da ...« Er deutete auf eine Trift, die in Richtung Wald führte. »... das sind die Spuren eines Lastwagens.«

Sie führten über ein Feld in einen Hohlweg, den ein lustloser Bach gegraben hatte. Ein kleines Reh, nicht größer als ein Hund, stand für einen Moment auf dem Weg und schien sich dann mit einem kurzen Kräuseln in den Schatten aufzulösen. Krähen krächzten über dem Blattwerk, machten aber nicht den Eindruck, landen zu wollen, sondern kreisten nur in einer Warteschleife über ihren Köpfen.

Die Lichtintensität nahm ab, als sie durch das Tal trotteten.

Eine S-förmige Biegung führte sie zu den Ruinen einer alten Wassermühle. Eine über einen Querbalken gehängte Plane formte ein auf beiden Seiten – stroman, stromab – offenes Zelt. Die Reifenspuren endeten an der Mühle, während stromabwärts ein Pfad erkennbar war, zertrampelt von den Hufen der Rinder, die von der Weide heraufgetrieben worden waren.

Edison stand am Rand des lichtbeschienenen Bereichs und lugte in die Ruine, musterte eine blutbefleckte Holzbank. Ein zweiter Boden aus Holzlatten zog sich bis hinaus zum Bach, sodass sie unter sich das Wasser sehen konnten.

»Ein Schlachthaus?«, fragte Edison.

Brooke rückte seinen Hut zurecht. »Vermutlich. Ich denke, sie haben die Tiere hier getötet. All die Schlachtkörper auf den Lastwagen waren noch vollständig. Die Zerlegung sollte wohl später erfolgen.«

Brooke glaubte nicht an Geister, aber es gab Orte, an denen schien die Zeit Narben zu hinterlassen. Die Bäume raschelten, und im Hintergrund gurgelte leise das fließende Wasser. Aber am Rande seines Hörvermögens glaubte er, die Tiere hören zu können, die hier aufgereiht am Bach gestanden hatten, voller Angst, die Augen so verdreht, dass das Weiße zu sehen war. Furcht erfüllte die alte Mühle; eine Furcht, die nicht weniger real war als der Bach.

»Wir müssen einen Constable herholen, der diesen Ort bewacht, bis wir alles aufgezeichnet haben. Die sollen die Bank zum Revier bringen, und die Teile des Lattenbodens, die fleckig sind.«

Auf dem Rückweg zum Wagen war Edison derjenige, der bemerkte, dass sich an einem der Fenster im Obergeschoss des Farmhauses etwas bewegte.

»Sir«, rief er und zeigte auf das Fenster. »Ein Gesicht da oben. Ist gleich wieder verschwunden. Sah nach einem Kind aus.«

Die Vordertür war offen, das Haus im Inneren eine Überraschung. Weiß getünchte Wände, bunte Teppiche, in der Küche ein großer Herd mit rot glühenden Kohlen. In einem Topf blubberte ein Schmorgericht.

Edison ging steifen Schritts voran und die Treppe hinauf, rief und hielt seinen Dienstausweis vor sich wie eine Laterne.

Sie hörten zögerliche Schritte, und dann kam ein Kind in Pyjamahose aus einem Badezimmer. Allerdings war *Kind* nicht der richtige Begriff, nun, da sie ihn sahen, denn der Junge war ein stämmiger Heranwachsender, auch wenn sein blasses Gesicht noch recht kindlich aussah.

Sein Name, sagte er, war Jed, und er war Neville Sneeths Sohn.

»Die Pferde gehören mir«, sagte er und führte sie zu einem Fenster, von dem aus man das Feld sehen konnte. »Dad hat gesagt, ich kann sie behalten.«

Er tappte zurück zum Bett, erklärte, er sei erkältet. Er habe Husten, und die Ärzte seien besorgt, er könnte sich die Grippe eingefangen haben, und darum müsse er sich warm halten.

Das Bett sah aus wie ein Nest, und in einem kleinen Ofen brannte ein Feuer. Eine Decke lag auf dem Boden, dort, wo er Zaumzeug poliert hatte – Gebiss, Zügel und eine Reihe Messingbeschläge.

»Den Rest der Tiere haben sie auf den Lastwagen geladen, richtig?«, fragte Brooke, erhielt aber keine Antwort.

Jed lag auf dem Rücken und schloss die Augen. »Hat man Dad gefunden? Mum hat gesagt, ich soll mich lieber auf das Schlimmste gefasst machen. Er hat sich solche Sorgen gemacht. Wegen dem Geld, wegen dem Hof. Das hat ihn ganz schön zermürbt. Ich wollte mit ihr gehen, aber sie hat gesagt, ich soll mich ausruhen. Ich war ziemlich schwach, aber es geht mir schon besser. Vielleicht hätte ich doch mitgehen sollen.«

Jed schlug für einen Moment die Augen auf und schloss sie gleich wieder.

Brooke hatte den Eindruck, dass der Junge unaufrichtig war. »Die Leiche eines Mannes wurde im Fluss gefunden, Jed. Deine Mutter ist unterwegs, um nachzusehen, ob es dein Vater ist. Bis wir von ihr hören, können wir das nicht sicher sagen.«

Der Junge nickte, hielt aber weiter die Augen geschlossen.

»Ich habe dir eine Frage gestellt, Jed. Wohin sind eure Schweine und Rinder verschwunden?«

»Ich war völlig weggetreten«, sagte er und sah Brooke nun endlich an. »Ich muss mich jetzt ausruhen«, fügte er hinzu und klappte die Augen wieder zu. Brooke konnte jedoch sehen, wie sie sich unter den Lidern bewegten.

»Wir werden dir eine Tasse Tee machen«, sagte der Inspector. »Mein Sergeant sieht sich einfach ein bisschen um …«

Edison ging den Flur hinunter, um sämtliche Räume zu

kontrollieren, während Brooke ins Badezimmer schlüpfte, um sich den Dreck aus dem Schlachthaus von den Händen zu waschen. Eine alte Wanne stand auf Holzblöcken neben einem Porzellanwaschbecken. Er drehte den Hahn auf und sah zu, wie das Wasser eine säuberliche Reihe dreier leuchtend roter Tropfen frischen Bluts wegspülte.

KAPITEL NEUNUNDZWANZIG

In dieser Nacht entführte Claire Brooke ins Kino. Sie gingen ins *Regal*, gerade hundert Meter vom Spinning House entfernt, um sich *Auf Wiedersehen, Mr Chips* anzusehen. Claire hatte einen freien Abend, und sie waren stets bemüht, solche Gelegenheiten zu nutzen, um eine geisterhafte Silhouette eines echten Lebens zu schaffen. Brooke wählte seine dritte Brille, die mit den tiefdunklen, blauen Gläsern. Sie verliehen dem Schwarz-Weiß-Film eine surreale blaue Tönung.

Während sie im flackernden Lichtschein saßen, versuchte er, die einzelnen Fäden der diversen zu untersuchenden Fälle zu einem kohärenten Muster zu verweben. Zuvor, im Büro, hatte er Tafel und Kreide genutzt, um das zu zeichnen, was man als Venn-Diagramm bezeichnet, so benannt zu Ehren eines begabten jungen Wissenschaftlers, der das Konzept keine halbe Meile entfernt am Gonville and Caius College entwickelt hatte. Drei Kreise: einer für die Fleischlaster am Castle Hill, einer für die Gruben am Flussufer und einer für den amerikanischen Wissenschaftler Lux. Abgesehen von der Tatsache, dass sie alle einen Augenblick im Lauf der Zeit teilten – die Große Verdunkelung – was verband diese drei Kreise? In dem Bereich, in dem sie sich alle überlappten, hatte er einen einzigen Begriff eingetragen: *Film.* Und dazu einen einzigen Namen: *Currie.*

Auf Wiedersehen, Chips lief fast vollständig an ihm vorbei. Nur die Schlussszene drang durch, in der der titelgebende Lehrer in einer Kapelle stand und die tägliche Liste ehemaliger Schüler verlas, die in den Schützengräben zu Tode gekommen waren. Dann legte er eine kurze Pause ein und fügte den Namen eines mit den anderen zusammen gefallenen deutschen Freundes hinzu, den er als Jugendlicher bei einem alpinen Abenteuer kennengelernt hatte. Das Publikum, das sich im Kino unter Schwaden von Zigarettenrauch drängte, reagierte mit angespannter Stille.

Später, daheim, aßen sie Leber und Milchreis und tranken eine weitere Flasche Wein von seinem Vater. Im Bett, das Fenster war wie immer offen, lauschten sie dem fernen Raunen des Flusses; hier gab es nicht nur einen Wasserlauf, sondern mehrere, die sich aufteilten in Mühlbäche und Tümpel, Staugewässer und Teiche, ehe das Wasser schließlich stromabwärts über das Wehr stürzte. Vom Schlafzimmer aus bekamen sie mehr Wasser als Land zu sehen.

Schlaflos ergingen sie sich in einem kleinen Ritual, das zu einer Droge geworden war. Sie stellten sich exakt diese Szene so vor, als wären Joy und Luke bei ihnen.

Brooke fing an: Sein Sohn war draußen, unter den Sternen, mit dem kleinen Teleskop, das er ihm am Bahnhof als Abschiedsgeschenk überreicht hatte.

Claire nahm Joys letzten Brief als Ausgangspunkt, in dem sie einen jungen Arzt namens Ben erwähnt hatte. »Ich hoffe, die beiden sind jetzt auch im Bett«, sagte sie, woraufhin Brooke ein Keuchen vortäuschte.

»Der echte Krieg steht bevor«, sagte Claire zur Erklärung. »Sie sollten den Tag nutzen.«

Brooke schlief unruhig, wanderte im Traum in der Zeit zurück und in ein Krankenhausbett, genauer, in ein Sanatorium wenige Meilen außerhalb von Scarborough. Die Szene, die ihm in Erinnerung blieb, war plastisch, denn er wusste, was als Nächstes geschehen würde. Die Tür am Ende der Station würde sich öffnen, und ein Offizier – ein Captain – würde den Gang zwischen den Betten hinuntergehen. Er würde um Aufmerksamkeit bitten, um sodann zu verkünden, dass der Krieg vorbei sei oder in weniger als zehn Minuten vorbei sein würde.

Also: 11. November 1918 gegen zehn Uhr fünfzig am Morgen.

In diesem Moment saß Claire auf seiner Bettkante. Er hatte sie ständig Little Nurse Tidy genannt, bis sie ihren Widerstand aufgegeben und ihm ihren richtigen Namen genannt hatte. Romantischer Humbug, natürlich, aber kaum hörte er den Namen, fühlte er sich bemerkenswert vertraut an.

»Erzählen Sie mir eine Tatsache und ein Geheimnis, und ich werde das Gleiche tun«, hatte sie gesagt und dabei verstohlen seinen Puls gemessen.

Sie hatten ihm eine Brille mit einer sonderbaren violetten Tönung gegeben. Mit ihr sah der Sonnenschein abstoßend aus, was dazu führte, dass er sich nach frischer Luft sehnte, aber die Fenster waren geschlossen. Etwas früher hatte er sie gefragt, was die Ärzte über sein Knie dachten und ob er je wieder würde gehen können, und sie war der Frage ausgewichen.

»Ich habe einen Orden erhalten«, sagte er. »Das ist wirklich passiert. Das Geheimnis ist, dass ich ihn nicht verdient habe.«

»Was für einen Orden.«

»Na ja, es ist der DSO, der Distinguished Service Order für besondere Verdienste. Ich bin nicht sicher, ob es da tatsächlich ein Abzeichen gibt.« Er sah zu dem deckenhohen Fenster hinaus, suchte nach dem durchbrochenen Streifen blauen Lichts, der die See hinter dem Vorhang aus Bäumen verriet. Er stellte sich einen Strand mit weißem Sand vor, und den Ausblick bis zum Horizont. »Es ist eine Auszeichnung. Ein Orden. Für Tapferkeit.«

»Warum haben Sie ihn nicht verdient?«

»Ich wurde gefangen genommen. Ich habe nicht geredet. Aber ich hatte Angst, sogar große Angst. Ich glaube, ich wusste gar nicht, was die Wahrheit war. Dafür habe ich kaum einen Orden verdient.«

»Einer Ihrer Besucher hat gesagt, Sie hätten die Leben von Hunderten, womöglich Tausenden Männern gerettet.«

Er schloss die Augen, wusste, dass ihn das für ein paar Sekunden von dem Schmerz befreien würde, der sich anfühlte, als wäre ein Elektrodraht um seinen Kopf gewickelt.

»Jetzt Sie«, sagte er.

Als er die Augen aufschlug, kam sie gerade vom Fenster zurück, dessen Jalousie sie heruntergelassen hatte. Eine Minute mochte vergangen sein, oder auch nur ein paar Sekunden. Der Mann im Bett neben seinem wimmerte im Schlaf, und sein Fuß schob sich unter der Decke vor.

Claire sah zur Uhr. »Ich habe fünf Brüder, das ist die Wahrheit.«

Brooke verstand sogleich, denn er konnte sich das Chaos und den Wirbel des Familienlebens lebhaft vorstellen, ebenso wie die Notwendigkeit, für Ordnung, Reinlichkeit und Ruhe zu sorgen.

»Und das Geheimnis?«

Sie ging um das Bett herum, um das Laken festzustecken, und brachte ihre Lippen nah an sein Ohr.

»Der Arzt sagt, sie werden Ihr Bein in Ordnung bringen, damit Sie wieder gehen können, und dass der Weg zur Wiederherstellung morgen im Schwimmbad im Keller beginnt. Sie werden Sie schwimmen lassen.«

KAPITEL DREISSIG

Um sechs Uhr an seinem Schreibtisch fühlte er sich neu belebt. Auf der Tafel prangte immer noch das Venn-Diagramm, das er am Vorabend gezeichnet hatte. Nach einem Frühstück in der Masonic Hall hatte er eine Reihe von Anrufen getätigt, bis Edison, seine verquollenen Augen reibend und mit einem Schinkenbrot in der Hand, aufgetaucht war. »Nichts Neues vom Flussufer«, sagte er, als er über die Schwelle trat. »Ich bin bis lange nach Mitternacht geblieben. Ruhig wie auf einem Friedhof. Und verdammt kalt.«

»Lust auf einen Ausflug?«, fragte Brooke. »Benzin geht auf Spesen.«

»Der Wasp steht auf dem Hof, Sir, und der Tank ist voll.«

»Dann eben eine Gaumenfreude, Edison«, sagte er und gab ihm eine Reihe Fotografien, die sie von Turl gemacht hatten, um sie nach Sheffield zu schicken, der Heimatstadt ihres geflohenen Schwarzmarkthändlers Stanley Currie. Der Corporal stand nun im Zentrum der Ermittlungen zu dem Schwarzmarktfleisch. War er nach Hause geflüchtet? Steckte er mit Turl und den anderen unter einer Decke?

»Treten Sie das Pedal durch, dann schaffen Sie es hin und zurück bis zum Einbruch der Dunkelheit«, sagte Brooke. »Ich habe auf dem Revier in West Bar angerufen, die erwarten Sie bereits. Sehen Sie sich die Werkstatt der Familie Currie im Stadtzentrum an. Tun Sie, was Sie können. Wir haben Turl, und Sneeth liegt in der Leichenhalle. Vielleicht wissen die, wo wir den dritten Fahrer finden können, den Mann, den Turl Ginger genannt hat.«

Eine Mitteilung von Scotland Yard, aus dem Büro des Commissioners, die Brooke von Carnegie-Brown erhalten hatte, betonte erneut das persönliche Interesse des Innenministers an diesem Fall, also gab er Edison auch die. »Wenn die nicht kooperieren, zeigen Sie ihnen das hier. Sollten die uns nicht helfen, diesen Fall zu knacken, Sergeant, dann wird sich Scotland Yard auf den Weg nach Norden machen.«

Edison verschwand und nahm sein Schinkenbrot mit auf die Reise.

Den Rest des Vormittags verbrachte Brooke mit dem Versuch, Vera Staunton aufzuspüren, aber sie erwies sich als eine recht unwirkliche Präsenz. Tür-zu-Tür-Befragungen in der Babylon Street hatten nichts ergeben. Es gab weder beim Amtsgericht noch in ihren eigenen Archiven eine Akte über sie, allerdings war die Grafschaftspolizei weiterhin damit beschäftigt, ihre Unterlagen durchzugehen. Schließlich rief er bei der Ausweisbehörde im Innenministerium an, doch es konnte Monate dauern, von dort Informationen zu erhalten.

Er nippte an seiner dritten Tasse Tee und gestand sich ein, dass sie es womöglich mit einem Decknamen zu tun hatten. Stauntons vermisste Parteigenossen aufzutreiben war eine nicht minder schwere Herausforderung. Wo waren Henderson, Lauder und Popper? Oder, um es auf den Punkt zu bringen, welches Schicksal mochte sie ereilt haben? Waren sie geflohen, bevor ihre Räume durchsucht worden waren, oder hatte man sie verschleppt? Waren sie – wie Childe – einem berechnenden Mörder zum Opfer gefallen? Brooke hatte ihre Ausweisnummern bei den Häfen in Umlauf gebracht und Hendersons Arbeitgeber informiert. Davon abgesehen konnte er nicht mehr viel tun, außer zu warten und zu hoffen.

Womit ihm noch der Film blieb, der in der Nacht der Großen Verdunkelung im Galen gezeigt worden war. Um welches Thema ging es dabei? Was war in den Gruben am Flussufer verscharrt worden? Welche Verbindung existierte zwischen diesen beiden Dingen? Eine Lagebesprechung war notwendig, und der kommandierende Offizier in Madingley Hall war der perfekte Mann, um Informationen zu liefern. Colonel Swift-Lanes Beteuerung, sich raushalten zu wollen, klang nun ziemlich fadenscheinig. Es war Zeit, Klartext zu reden.

Brooke rief Captain Kerridge an.

»Ich würde seinen Stellvertreter fragen, wenn ich könnte«, sagte Kerridge. »Major Stone ist eher bereit, einen nützlichen Hinweis zu liefern, wenn es Zeit und Mühe spart. Allerdings ist er für eine zweitägige Konferenz zum Kriegsministerium gereist; alles streng geheim. Damit bleibt nur Colonel Swift-Lane. Er ist bestimmt nicht der Typ, der als geheim eingestufte Informationen weitergibt. Ich werde es versuchen. Falls ich irgendetwas erreiche, rufe ich an, aber er hat dir ja schon persönlich deutlich gesagt, wo er steht. Überlass das vorerst einfach mir.«

Als es Abend wurde, hatte Brooke die relevanten Akten erneut gelesen und eine kurze Zusammenfassung für Carnegie-Brown verfertigt. Danach konzentrierte er sich im Lampenschein auf Elspeth Sneeths Aussage und las sie im Schnellverfahren ein drittes Mal vom Anfang bis zum Ende. Seine Augen huschten über das maschinengeschriebene Blatt. Ihre Geschichte war unspektakulär, abgesehen von dem Umstand, dass sie – schlussendlich und mit erbarmungsloser Logik – zu der Leiche auf Dr. Comforts Autopsietisch führte, an deren bleichen Gliedern die Grünalgen aus Byron's Pool hafteten.

Neville Sneeth war der dritte Sohn eines Bauern aus Lincolnshire. Er hatte Elspeth, eine Milchmagd, 1925 geheiratet, und als er eine Anzahlung von hundert Pfund zusammengespart hatte, hatte er 1937 Manor Farm, Horningsea gepachtet. Das Land war ihnen von Verwandten empfohlen worden, die einen Kleinbauernhof in der Nähe von Newmarket bewirtschafteten. Es war kein sehr kluger Rat gewesen. Sie mussten sich abrackern, um die Pacht zusammenzubekommen, und hatten sich im dritten Jahr nur über Wasser halten können, weil einer von Nevilles älteren Brüdern, Eigentümer eines Fuhrunternehmens für landwirtschaftliche Transporte in Gainsborough, ihnen einen Kredit gegeben hatte.

Brooke hatte eine Landkarte von England an der Wand hängen und fand Gainsborough direkt auf Augenhöhe, gerade dreißig Meilen von Sheffield entfernt.

Die kausalen Verbindungen zwischen Sneeth und dem Schwarzmarkt waren von bezwingender Logik: Schulden, ein zusätzlicher Kredit, Sheffield, Viehbestand, Fleisch, Geld – oder, was relevanter war, der Mangel an Letzterem. Mrs Sneeths Zusammenfassung lieferte einen Hinweis darauf, was sie vermutete: *Ich habe nicht allzu viele Fragen gestellt. Nev hat gesagt, er hätte einen guten Handel abgeschlossen und gemeint: Was sein muss, muss sein. Wir bekämen Bargeld, und wir würden einen Überschuss erzielen, mit dem wir im Frühjahr neues Vieh anschaffen könnten. Aber ich wusste von dem Schlachthaus an der Mühle. Ich bin nicht blind. Er hat gesagt, ich soll mich fernhalten. Er hat gesagt, auf diese Weise würde er den Amtsschimmel nicht bezahlen müssen und könnte das Fleisch direkt auf den Markt bringen. Alles, was Nev zu tun hatte, war, das Fleisch bereitzustellen und den Laster zu fahren.*

Brooke las die Aussage gerade noch einmal, als sein Telefon klingelte und einer von Dr. Comforts Assistenten ihn darüber in Kenntnis setzte, dass man nun in der Leichenhalle des Galen mit der Autopsie Christopher Childes beginnen würde. Fünf Minuten später blickte Brooke auf den Leichnam des jungen Mannes auf dem Metalltisch. Die Austrittswunde hatte den hinteren Teil des Schädels zertrümmert, aber sein Gesicht war, von der Eintrittswunde an der Schläfe abgesehen, auf eine befremdliche Weise unberührt. Brooke fiel es schwer, sich auf die milde überraschte Miene zu konzentrieren und auf die Tatsache, dass die Lippen leicht geöffnet waren, als hätte der Mann gerade zum Sprechen angesetzt. Es war schwer, die instinktive Schlussfolgerung zu vermeiden, dass dies das Gesicht eines unschuldigen Opfers war. Brooke erduldete die äußere Inaugenscheinnahme, ging aber, als einer der Diener mit dem Brotmesser und einer Säge an den Tisch trat, die dazu diente, die Hirnschale abzutrennen.

Zurück in seinem Büro widmete er sich im Licht der Schreibtischlampe wieder dem Papierkram. Draußen heulte eine Sirene, und die Lichter der Stadt erloschen flackernd und ließen eine totale Finsternis zurück.

Als Great St. Mary's zehn Uhr schlug, hörte er, wie ein Wagen im Hof Kies aufschleuderte. Beim Blick hinunter sah er Edison aus dem Fahrzeug steigen. Er drückte den Rücken durch und klopfte dann auf das Dach, als wäre der Wasp eine Art Haustier, mit dem er gerade einen langen Spaziergang gemacht hatte.

»Wie war es in der Stahlstadt?«, fragte Brooke, als Edison mit einem Tablett hereinkam, auf dem das Kantinenessen für die Nachtschicht lag: Fleischpastete, Kartoffelbrei und Karotten. Brooke räumte Platz auf seinem Schreibtisch frei, damit sein Detective Sergeant bequem essen konnte.

»Ich habe die Great North Road genommen; ich bin geflogen«, sagte Edison und spießte ein Stück undefinierbaren Fleisches auf. »Currie, Ihr verschwundener Sergeant, ist dauerhaft unerlaubt abwesend, fürchte ich; die Leiche wurde gestern auf irgendeinem Brachland im Don Valley gefunden, ein, zwei Meilen vom Stadtzentrum entfernt. Sheffield war immer berühmt für seine Bandenkriege, aber ich dachte, das hätten sie unter Kontrolle bekommen. Der Ort ist die Hölle.«

Edison schüttelte den Kopf und unterbrach sich nur, um etwas Kartoffelbrei in seinen Mund zu schaufeln. »Es war auch nicht viel von ihm übrig. Der Leichnam ist bis zur Unkenntlichkeit verbrannt. Sie haben seine Brieftasche auf die kalte Leiche geworfen, damit jeder weiß, dass er es ist. Genau wie Turl es vorhergesagt hat. Der Polizeiarzt hat mir zehn Minuten gegeben. Der Tote wurde anscheinend vorbereitet, wie er sich ausgedrückt hat – mit Schmiermittel getränkt, vielleicht irgendein schweres Maschinenöl. Es geht um die Signatur, das ist der Trick. Um ein Kennzeichen, das nur von einer der Banden benutzt wird. Den Tatort haben sie nie gefunden, aber sie nehmen an, es könnte in einer Werkstattgrube passiert sein. Leiche reinwerfen – es gibt Anzeichen für Fesselung – irgendeinen Brandbeschleuniger dazugeben und dann ein Streichholz. Effizient, Sir, und es bleibt nicht ein Fetzen Beweismaterial zurück. Also haben sie das Offensichtliche getan und die Werkstatt der Familie Currie überprüft«, fuhr er fort und wischte sich Gebäckkrümel vom Hemd.

Edison zog sein Notizbuch zurate und legte es neben seinen Teller. »Ziemlicher Saustall. Moorfoot Motors, aber das Schild war neu, und man konnte den alten Namen darunter noch erkennen: Loxley Garage, genau wie auf dem zusammengeflickten Tank unter dem Laster am Castle Hill. West Bar will Forensiker schicken, die den Laden untersuchen sollen. Aber da war es so staubig, ich glaube nicht, dass das viel bringt. Dort ist Currie nicht gestorben.«

Er holte tief Luft und zwang sich, seinen Tee zu schlürfen. »Und sie haben unseren Freund in der Zelle identifiziert«, sagte er. »Nach Augenschein. Hat sie keine Minute gekostet. Ein Bandenmitglied. Sein richtiger Name lautet Jack Gretorix. Diesen Ginger glauben sie auch zu kennen – und werden die Augen offen halten. Von der Sorte gibt es da einen ganzen Rattenkönig.«

Brooke lächelte; das war so ein treffender Ausdruck – *Rattenkönig* – ein Gewirr aus Geschmeiß, das sich gegenseitig die Zähne in den Leib grub.

»Zumindest hat er uns seinen richtigen Vornamen verraten«, bemerkte Brooke. »Das ist natürlich die pure Arroganz, und die wird sein Untergang sein.«

Edison stellte seinen Tee ab und strich mit einem Finger durch den Rest Bratensoße auf seinem Teller.

»Sie werden uns helfen, wenn sie können. Denen sitzt das Innenministerium auch im Nacken«, sagte er. »Die Regierung fürchtet, dass es um Sabotage geht und ein Spion der Jerrys versuchen könnte, Munitionsfabriken in die Luft zu jagen. Da gibt es dieses eine Stahlwerk, da können sie Nockenwellen für eine Spitfire stanzen. Dort herrschen ideale Bedingungen. Ein Anschlag, nur einer im ganzen Land, könnte den ganzen Krieg entscheiden. Eine ordentliche Ladung Sprengstoff, und wir kriegen keine neuen Spitfires mehr in die Luft. Bei der Polizei ist der Urlaub gestrichen, und alle sind auf der Straße. Kriminalbeamte und Uniformierte halten vor allem Ausschau nach Fremden, und das erklärt auch, warum die Banden wieder im Geschäft sind.«

Für einen Moment saßen sie schweigend beisammen.

»Wenn das Fleisch auf dem Weg nach Norden war und es mehr als nur eine Lastwagenkolonne gibt, dann müssen die eine Kühlanlage haben«, sinnierte Brooke. »Eine große.«

»Das haben die zur Kenntnis genommen, aber wie ich schon sagte, sie sind ausgelastet ...«

»Ich komme gerade von der Autopsie an Chris Childe«, sagte Brooke und sah auf seine Armbanduhr. »Aber da gibt es nicht viel zu erfahren. Eine Kugel im Kopf ist eine Kugel im Kopf. Und eine Waffe wurde nicht gefunden.«

»Ich hau mich besser in die Falle, Sir«, sagte Edison und stand auf. »Das hier habe ich gerade unten aufgelesen«, fügte er hinzu und zog eine Mitteilung hervor. »Von der Grafschaft; sie haben unsere Vera endlich gefunden. Babylon Street, so viel zu den Tür-zu-Tür-Befragungen. Zwei Vorstrafen wegen des Feilbietens sexueller Dienstleistungen beim Strawberry Fair. Ist aber lange her, wohlgemerkt – neunzehnzwanzig, -einundzwanzig. Seitdem hat es keine weiteren Vorfälle gegeben.«

Edison sah zur Uhr. »Sie dürfte jetzt arbeiten«, bemerkte er.

»Dann hat das Vorrang«, sagte Brooke. »Und, Edison …«

»Sir?« Der Sergeant lehnte sich an den Türrahmen.

»Gute Arbeit.«

KAPITEL EINUNDDREISSIG

Auf der Pritsche von Zelle sechs schloss Brooke die Augen, ließ sich vom Schlaf niederstrecken wie von einem Hieb, und die Welt um ihn herum war wie ausradiert: der schmale gemauerte Raum, das mittelalterliche Gebäude darüber, die Stadt außerhalb, sein Haus am Fluss. Diese Erleichterung war ihm so selten vergönnt, und er lächelte, als er in die Finsternis glitt.

Ein wirrer Traum bahnte sich einen Weg durch sein Unbewusstes. Ein dunkler, grauer Himmel drückte auf eine Stadt hernieder, die nicht nach Cambridge aussah. Von einem Dach aus blickte er auf und erkannte, dass das keine Wolken waren, sondern Ballons, massenweise. Tausende drängelten sich da oben, und hinter ihnen, in der Stratosphäre, knirschten Wagenräder: mächtige, himmlische Wagenräder.

Als er den Blick senkte, sah er einen See und gleich unter der Oberfläche die fahlen Umrisse einer schwimmenden nackten Frau. Zwar war ihr Haar dunkel, doch er wusste, dass es Claire war. Sie glitt auf ihn zu, erreichte das Ufer und zog sich an Land, blickte ihm ins Gesicht. In ihren Augen sah er Feuer, eine Flamme, die in beiden brannte.

Er erwachte und hörte das Echo seines eigenen Schreis. Für einen Moment blieb er still liegen und lauschte auf Geräusche aus Turls Zelle.

Seiner Armbanduhr zufolge war es vier Uhr morgens. Er schaltete das Licht im Korridor an, suchte an dem Bund, den er benutzt hatte, um Nummer sechs zu öffnen, den Schlüssel zu Zelle fünf.

Dieses Mal war Turl vorbereitet.

»Ich hab den Schrei gehört.« Er nickte in Richtung der Wand zu Zelle sechs. »Schlecht geträumt?«

»Ich habe ja versprochen, dass ich wiederkomme«, sagte Brooke. »Wir geben uns Mühe, niemanden zu enttäuschen.«

»Kein Scheinwerfer? Sie lassen nach.«

»Die Räder drehen sich, Jack«, entgegnete Brooke. »Ein neuer Plan für einen neuen Mann: Jack Gretorix. Sie sind ein Ganove, Jack Gretorix. Die Polizei von West Bar kennt Ihr Gesicht.«

Brooke gab ihm seinen Tabak und die Drehmaschine.

»Ihr Komplize, Stanley Currie … Ich hoffe, er war kein Freund von Ihnen, Jack, denn er ist tot.«

Turl konnte seine Reaktion auf diese Neuigkeit nicht verbergen. Die Haut über seinen Gesichtsknochen spannte sich unverkennbar.

»Mit Öl übergossen und verbrannt, genau, wie Sie gesagt haben. Demnach hat er wohl auch Mist gebaut. Nicht sehr nachsichtig, deine Leute, was?«

Gretorix zuckte nur mit den Schultern, stritt aber nicht ab, Currie zu kennen.

»Also, es sieht so aus, Jack. Die Zeit ist gekommen. Ich werde morgen früh West Bar anrufen und sagen, dass ich dich in deren Obhut entlasse. Du wirst nach Norden gehen. Da oben werden sie dafür sorgen, dass bekannt wird, dass du wieder auf heimischem Terrain bist, und dann lassen sie dich laufen. Sie werden auch verbreiten, dass du uns Namen, Orte und Zeitpunkte genannt hast. Das wird dir entweder die Zunge lösen, oder es führt dich mit hoher Wahrscheinlichkeit in irgendeine Werkstatt; ich bin sicher, du kannst es dir vorstellen. Eine

Werkstatt mit einer Grube. Das ist deine letzte Nacht bei uns, Jack. Danach liegt es nicht mehr in meiner Hand.«

Turl fuhr mit einer blassen Zunge über den Rand seines Zigarettenpapiers. »Mach doch, was du willst, Bulle. Wenn ich weg bin, hast du immer noch Albträume.«

»Richtig. Aber du wirst dann in einem Grab irgendwo auf einem Hang liegen, Jack. Mit ein paar welken Blumen in einem Marmeladenglas neben dem Grabstein. Denk darüber nach, Jack. Und dann ist da noch das: Die Welt wird ein besserer Ort sein, wenn du weg bist. Das weißt du, und ich weiß es auch.«

Er ließ ihm Tabak und Drehmaschine, als wäre eine Zigarette sein letzter Wunsch vor der Hinrichtung, ging hinaus und stieg die Treppe hinauf.

Der Sergeant der Wache sagte, die Nacht sei ruhig, aber man habe ihn gebeten, eine Nachricht der Telefonzentrale in Brookes Fach zu legen.

Brooke nahm den Zettel an sich. Der Anruf hatte am Vorabend um fünf stattgefunden und war kurz gewesen:

Anrufer weigert sich, seinen vollen Namen oder Kontaktinformationen anzugeben, sagt aber, die Nachricht stamme von den NACHTKLETTERERN. Es gehe um Ernst Lux: FRAGEN SIE IM MICHAELHOUSE NACH MARCUS ASHMORE.

Brooke fragte sich, welcher der Darsteller aus *Hay Fever* aus der Reihe getanzt war. Die Botschaft selbst war einigermaßen erschreckend. Marcus Ashmore, Jos älterer Bruder, war Doktorand im Michaelhouse College, genau wie Ernst Lux. War er einer der Nachtkletterer? War er gar oben gewesen, als der Wissenschaftler in den Tod stürzte? Was hatte seine Schwester von ihrem Beobachtungsposten auf dem Dach aus gesehen?

KAPITEL ZWEIUNDDREISSIG

Jo Ashmore hatte einen Fuß auf der Brüstung und hielt sich das Fernglas an die Augen. Sie suchte den westlichen Horizont ab, ohne auf Brookes forsche Annäherung auf der Steigleiter zu ihrem Beobachtungsposten auf dem Dach zu achten.

»Der Kessel steht in der Bude«, sagte sie, ohne sich umzudrehen. »Bedienen Sie sich.«

Sogar jetzt, sogar hier wirkte ihre Erscheinung stilvoll. Die Gasmaske saß auf eine nette Weise an ihrer Hüfte; geschickt platziert, eine Pappschachtel, umgewidmet zu einem Modeaccessoire.

Er kippte Tee in zwei Becher, schüttete Kondensmilch aus einer kleinen Dose hinterher und fügte Zucker hinzu.

»Etwas beschäftigt mich«, sagte Brooke vorsichtig. »Die Nachtkletterer sind wieder auf den Dächern der Stadt unterwegs, aber du hast sie nicht gesehen. Und du bist so eine gewissenhafte Beobachterin.«

Sie hielt immer noch das Fernglas an die Augen. »Macht das was?«, fragte sie.

»Ein Mann ist gestorben.«

Sie ergriff ihren Teebecher.

»Der Mann, von dem wir angenommen hatten, er wäre von einem treibenden Sperrballon getötet worden, war klettern. Dabei ist er abgestürzt. Jemand hat seine Leiche vom Michaelhouse College weggeschafft und sie mit einem Fetzen halb verbrannten Kautschuks garniert. Die Stadt war voll von dem Zeug wegen dieses Luftschiffs, das am Bahnhof explodiert ist.«

Brooke drehte sich um und setzte sich aufs Geländer. »Ich habe gerade die Akte des Opfers durchgesehen. Sie enthält einen Plan von seinen Räumlichkeiten im Michaelhouse, in dem auch die Namen der anderen Studenten verzeichnet sind; mein Sergeant ist langsam, aber akribisch und zuverlässig. Das Zimmer gegenüber von Lux gehört deinem Bruder Marcus. Es gibt eine Liste mit Lux' Freunden, und alle sagen, er und Marcus wären sehr vertraut miteinander gewesen. Eine Freundin gibt es auch, aber die ist ein bisschen schwer zu fassen. Marcus selbst hat sich etwas distanzierter über Lux geäußert und gesagt, sie wären Kollegen und der Amerikaner sei ein ›Einzelgänger‹ gewesen, was selbst bei großzügiger Auslegung ein bisschen klischeehaft klingt.«

Jo legte den Kopf in den Nacken und studierte den Himmel, an dem hier und da Sterne zwischen den Wolken zappelten.

»Womit ich immer noch vor derselben Frage stehe und keine Antwort habe«, sagte Brooke. »Wenn die Nachtkletterer wieder da sind, warum wurden sie dann von einer Beobachterin mit scharfen Augen und eigenem Adlerhorst auf dem Dach nicht gesehen?«

Im Süden pulsierte einige Male das Motorengeräusch eines Flugzeugs, verhallte aber bald, doch Ashmore reagierte immer noch nicht.

»Ich muss mit Marcus sprechen, Jo. Ich möchte nicht im College auftauchen und unnötige Unruhe stiften. Mir ist klar, welches Risiko sie eingehen. Ich weiß auch, dass man ihn rauswerfen könnte, wenn er erwischt wird, und das wäre das Ende seiner Karriere. Das möchte ich ihm nicht antun, das muss ich ihm nicht antun. Aber ich muss mit ihm reden. Darum brauche ich einen Mittelsmann, und das bist in diesem Fall du, Jo. Ich glaube, aus der Sicht deines Bruders ist das ein annehmbarer Vorschlag.«

Jo ging zu der konischen Postenbude, kam mit einer halb vollen Flasche Brandy zurück und schüttete einen Schuss in beide Becher.

»Sie und Claire, Sie haben nie gefragt, warum ich hier oben bin. Warum ich das Leben, das ich vorher hatte, hinter mir gelassen habe. Es war glamourös, nicht wahr? Die Partys, die langen Nächte in London. Ich hatte eine ziemlich gute Zeit.«

Sie trank einen Schluck aus ihrem Becher und verzog das Gesicht, als der Alkohol sich bemerkbar machte.

»Seltsamerweise geht es bei all dem …« – mit einer Geste erfasste sie den Beobachtungsposten – »… darum, nicht aufzufallen. Daddys Worte. Sie werden nichts davon gehört haben, das ist auch nur in der Welt wichtig, in der er lebt. Aber der Lehrstuhl ist bald vakant, und von Rechts wegen sollte er ihm gehören. *Professor* Ashmore. Jemand hat mich mal gefragt, warum Akademiker so gemein zueinander sind. Das liegt daran, dass so wenig auf dem Spiel steht. Mir gefällt das. Es hat einen Skandal gegeben, Brooke, nichts, was öffentlich gewesen wäre. Ich habe diesen Skandal verursacht. Sehen Sie, das hier, das bin ich, wie ich die *Verantwortung für meine Taten* übernehme. Dieser Lebensstil, den ich hatte … Eines Nachts bin ich im *Criterion* einem Mann begegnet. Es gibt da einen Jazzclub an der Kingly Street hinter dem *Liberty*. Ich wurde mit ihm gesehen, oft. Fehler wurden begangen. Ich bin ein Risiko eingegangen und brauchte Hilfe. Medizinische Hilfe. Es war …«

»Du musst mir das nicht erzählen, Jo.«

»Ich erzähle es Ihnen gern. Na ja, gern vielleicht nicht, aber es tut mir gut. Sie sind diese Art Mann, Brooke. Die Leute wollen, dass Sie gut von ihnen denken. Darum hilft das auch … Na ja, ich denke, ich suche nach Vergebung.«

»Dir ist vergeben«, sagte er.

Sie klopfte eine Zigarette aus der Packung, schirmte sie vor der nächtlichen Brise ab und entzündete sie im finsteren Schatten ihres Jackenaufschlags.

»Ein *öffentlicher* Skandal oder auch nur die Andeutung eines solchen hätte das College und das Institut erreichen können.«

»Was ist mit dem Mann vom *Criterion*?«

»Wenn man ihn Mann nennen kann.« Sie stieß ein bitteres Lachen hervor, und Brooke glaubte für einen Moment, ihre Zukunft nach dem Krieg vor sich zu sehen, beherrscht von der Reue über eine Nacht in London.

»Ich habe während der Großen Verdunkelung keine Nachtkletterer gesehen. Die meiden jedoch oft die Dächer, darum ist das nicht verwunderlich«, sagte sie. »Aber ich habe sie diesen Herbst schon gesehen. Meine Schicht dauert drei Tage, dann habe ich drei Tage frei. Marcus kennt meine Dienstzeiten. Er ist gelangweilt. Er wollte an die Front, aber Daddy hat ein paar Fäden gezogen. Die Regierung braucht begabte Mathematiker. Also wird er den Krieg damit zubringen dürfen. Er dreht also Däumchen und ist bereit, für seine albernen, lebensgefährlichen nächtlichen Spielereien alles aufs Spiel zu setzen, einschließlich Daddys Reputation. Vielleicht sind wir uns ähnlicher, als ich je gedacht hätte. Er wollte klettern, wegen des Kitzels. In seinem Fall ein etwas sprödes Vergnügen, aber ich glaube, das gehört zu den wenigen Dingen, die Freude in seinen Alltag bringen. Er hat es mit Spielen versucht, aber das kommt dem nicht einmal nahe. Er hat mich gebeten, wegzusehen. Um Daddys willen, was immerhin eine nette Geste war.«

Sie drehte sich um und sah Brooke an. »Tut mir leid«, sagte sie.

»Entschuldigung angenommen.«

»Wo wollen Sie mit ihm sprechen?«

»Bei mir zu Hause. Morgen um sechs? Er kann das alte Tor an der Weide nehmen, die Hintertür wird offen sein. Sag ihm, ich muss nur die Wahrheit erfahren.«

KAPITEL DREIUNDDREISSIG

Peter Aldiss befand sich in einem Raum, den er als Kakerlakenkammer bezeichnete, und überwachte Veränderungen im Verhalten in Abhängigkeit von Licht unter den mehreren Hundert Arten *Blattodea.* Das Studium des zirkadianen Rhythmus war eine endlose Aufgabe. Brooke hatte es quasi aufgegeben, ihn persönlich zu treffen. Sogar hier, in dem kalten Licht des Labors, glaubte er, die Insekten durch die Tür hören zu können, das sonderbare, beinahe metallische Rascheln ihrer Panzer auf dem Betonboden, wenn sie schattengleich in die Ecken flüchteten. Die Glühwürmchen verhielten sich still hinter ihrer Tür.

Aldiss kehrte mit einer einzelnen Schabe in einem Becherglas zurück, das er auf dem Labortisch abstellte, ehe er seine Hände an einem Tuch abwischte.

»Hast du die Kletterer gefunden?«, fragte er.

»Ich bin nahe dran, dank dir.« Brooke saß auf einem der robusten Labortische. »Du hast gesagt, du würdest versuchen, mehr über Lux' Arbeit herauszufinden …?«, fragte er.

Die Art, wie der Amerikaner zu Tode gekommen war, besonders aber die mysteriöse Verschleierung, beunruhigten Brooke. Er wollte mehr wissen, ehe er mit Marcus Ashmore sprach. Hatte er den Leichnam des Wissenschaftlers einfach von den College-Gebäuden weggebracht, um seine eigene akademische Laufbahn zu schützen? Was ihn wurmte, war das Zusammentreffen mit Childes Ableben. Lux war an diesem Abend im Galen gewesen und hatte den Film ebenfalls gesehen. Brooke war einem Motiv auf der Spur, das finsterer war als ein Unfall. Ob es etwas mit der Arbeit des Amerikaners zu tun hatte?

»Ich habe mich erkundigt«, sagte Aldiss. »Die höheren Mächte sind ein bisschen nervös. Die professorale Klasse neigt nicht gerade zu müßigem Geplauder. Am Ende war ich ehrlich, oftmals eine desaströse Taktik, aber dieses Mal hat es funktioniert. Ich habe gesagt, du möchtest etwas über Lux' Forschungsgebiet erfahren. Der Name hilft. Deinem Vater wird immer noch … wie lautet der Begriff gleich, Brooke? Gehuldigt! Jedenfalls habe ich auf diese Weise so etwas wie eine Antwort erhalten. Lass es mich dir zeigen«, sagte Aldiss, ging zum Lichtschalter und stürzte sie zurück in tiefe Finsternis.

»Siehst du?«, erklang Aldiss' Stimme aus der Ecke.

Das Einzige, was Brooke jetzt noch sah, war das leuchtende Ziffernblatt der Uhr des Wissenschaftlers, das wie ein Pendel von einer Seite zur anderen schwang.

Als das Licht wieder aufflammte, offenbarte es die ganze Uhr, die nun wie ein Ausstellungsobjekt auf dem Tisch lag.

»Sie lassen Frauen die Zahlen auf diese Ziffernblätter schreiben. Da gibt es eine große Fabrik in den Staaten. United Radium. Die sind Marktführer. Nun stell dir vor, ich bin so eine Frau in so einer Fabrik …«

Er stellte seinen leeren Becher auf die Seite und holte einen Satz extrem feiner Pinsel aus der Tischschublade.

»Hiermit tupfe ich die Leuchtpunkte auf die Rücken der Kakerlaken. Auf diese Weise kann ich bestimmte Tiere im Dunkeln ausmachen. Stell dir vor, in meinem Becher wäre Farbe.«

Er nahm den Pinsel, steckte ihn in den Mund und zog ihn zwischen den Lippen wieder heraus. Dann tat er, als würde er ihn in Farbe tunken und imitierte die präzise Kunst, winzige Zahlen auf ein Ziffernblatt zu malen. Anschließend leckte er erneut den Pinsel ab und wiederholte den Vorgang.

»Mach das jedes Mal so, und du kannst dir vorstellen, was passiert. Sie nennen sie die Radium-Girls, die Opfer. Man hat ihnen gesagt, die Farbe wäre unbedenklich, also haben sie sich damit zum Spaß Nägel und Lippen bemalt. Natürlich wurden sie per Stück bezahlt, eineinhalb Cent pro Ziffernblatt. Hunderte haben sich eine Radiumvergiftung zugezogen. Die Symptome sind mehr als nur unangenehm, und das Schlimmste dürfte die Kiefernekrose sein. Die Firma hat behauptet, diejenigen, die das Radium verantwortlich machten, hätten sich in Wirklichkeit mit Syphilis angesteckt. Fünf sind vor Gericht gegangen und haben Gott sei Dank auch gewonnen, also kennen wir nun die Wahrheit.«

»Und Lux?«

»Ein Experte für Biolumineszenz. Die *natürliche* Elektrizität der Natur. Stell dir vor, wir könnten herausfinden, wie das funktioniert. Dafür wäre sogar ich dankbar; dann würde ich wissen, wie Glühwürmchen glühen, Brooke. Und es gäbe keine schrecklichen Todesfälle mehr bei United Radium …« Er überdachte die Idee noch einmal. »Besser noch: Es gäbe überhaupt kein United Radium.

Also, das fiel in sein Forschungsgebiet, und ich bin überzeugt, ihm wurden großzügige Mittel geboten, ganz besonders von den USA. Aber die besten Chemiker sind hier. Das ist die Verbindung. Als dann der Krieg ausgebrochen ist, hat er sich breitschlagen lassen, seine Fähigkeiten in den Dienst eines anderen Kollektivs zu stellen und sie den Kriegsanstrengungen zu widmen. Wie er das getan hat, weiß ich nicht. Ich bin nur dankbar, dass er einen Teil der Ergebnisse seiner Forschung mit dem Rest von uns geteilt hat. Letztes Jahr hat er ein Rundschreiben über die Risiken an alle Labore rausgegeben. Ich lecke niemals einen Pinsel ab.«

KAPIEL VIERUNDDREISSIG

Claire hatte wieder Nachtschicht, und das gemeinsame Haus in Newnham Croft war ohne sie unerträglich leer, aber Brooke spürte, dass ihn eine neue Episode kurzzeitigen Schlafs umkreiste. Er brauchte einen Platz, um sich auszuruhen. Die Rückkehr in Zelle sechs mit dem Gefangenen Turl im Nebenraum kam nicht infrage. Als er Aldiss schließlich seinen Schaben überließ, machte er sich über Parker's Piece auf den Weg, vorbei am Fenner's, dem Kricketplatz der Universität, und eine Sackgasse hinunter, an deren Ende ein hohes Haus stand. Seit inzwischen einem Jahr hatte in der schmalen Fassade stets ein Nachtlicht am Schlafzimmerfenster im dritten Stock geleuchtet.

Die unverschlossene Eingangstür führte in einen Gang, in dem ein Spiegel Brookes Silhouette reflektierte: eine große Gestalt mit leicht nach vorn geneigtem Hut, die sich zu den Schuhen hin verjüngte. Leise stieg er die Stufen zum dritten Stock hinauf und schlüpfte in ein Schlafzimmer auf der anderen Seite des Flurs. In den dunklen Schatten unterhalb des offenen Fensters mit dem schwachen Nachtlicht auf dem Sims regte sich etwas.

»Frank«, sagte Brooke anstelle einer Begrüßung. »Die Nachtlampe?«, fragte er.

»Warum nicht?«, antwortete eine Stimme, in der keine Spur von schläfriger Mattigkeit lag. »Hell, dunkel, Tag, Nacht. Ich habe meinen Platz in der Welt verloren.«

Der ehemalige Detective Chief Superintendent Frank Edwardes lag im Licht der elektrischen Lampe auf eine Nackenrolle gestützt da, und seine übliche Blässe, die an feuchten Marmor erinnerte, trat vielleicht noch etwas stärker als sonst zutage.

Edwards, dreißig Jahre lang treuer Diener des Spinning House, war Brookes Mentor. Nach dem Krieg, als Brooke aus dem Krankenhaus heimgekehrt war, um seine Studien wieder aufzunehmen, hatte er festgestellt, dass der Charme der Naturwissenschaften für ihn verblasst war. Dazu kam, dass seine geschädigten Augen das Studieren zu einer Tortur machten. Außerdem hatte er das Gefühl, dass er sein studentisches Selbst irgendwo im Sand jenseits der Oase im Osten Gazas zurückgelassen hatte. Eine Rückkehr in sein früheres Leben erschien ihm unwirklich.

Ermittlungsarbeit, die logische Methode, um dem Guten den Sieg über das Böse zu sichern, belebte seine Vorstellungsgabe. Abgesehen von der extremen Empfindlichkeit seiner als fotophobisch diagnostizierten Augen hatte sein Körper sich gründlich von der Gefangenschaft in der Wüste erholt, und er hatte die medizinische Untersuchung des Borough problemlos bestanden. Und da man ihn nie gefragt hatte, wie es um seinen Schlaf stand, war seine Insomnie gar nicht zur Sprache gekommen. Seine derzeitige Sehschärfe lag bei 20/20, aber die getönten Gläser waren unumgänglich, um die Lichtintensität zu dämpfen. Edwardes, nach *seiner* Rückkehr aus Flandern frisch befördert, dachte sich etwas aus, um dafür zu sorgen, dass Brooke während der zwei Jahre, die er in Uniform zubringen musste, ehe er zur Kriminalpolizei wechseln konnte, vorwiegend im Nachtdienst eingesetzt wurde. Die nötige medizinische Dokumentation führte lediglich die Verordnung von Sonnenbrillen auf, eine Kategorie der Behinderung, die im Verzeichnis der Polizei nicht aufgeführt war.

Edwardes, bei dem Magenkrebs diagnostiziert worden war, war ein Jahr zuvor in den Krankenstand entlassen worden. Brooke suchte ihn in seinem Haus auf, um ihn über die aktuellen Fälle auf dem neuesten Stand zu halten und seinen Lehnsessel für eine Ruhepause zu nutzen.

»Ich nehme an, Sie waren schwimmen?«, fragte Edwardes, und in seiner Stimme lag eine ernsthaft verärgerte Note. »Man sagte mir, es gäbe verblendete Individuen, die den Fluss für ihren Sport nutzen.«

Brookes nächtliche Schwimmausflüge waren im Spinning House der Stoff für einen unterdrückten Skandal. Als Constable im ersten Jahr bei der Truppe hatte er sich eine Strafe eingefangen, als sein Sergeant ihn beim Schwimmen im Fluss erwischt hatte, die Uniform sauber gefaltet am Ufer abgelegt. Edwardes hatte die Strafe ausgesetzt, aber ein Hauch moralischer Entrüstung hatte überdauert.

»Nicht heute Abend«, sagte Brooke. »Und bald wird es zu kalt dafür sein.«

Auf einer Seite des Betts verdeckte ein Tisch mit allerlei elektronischen Geräten die Wand. Apparate brummten, nicht nur in einer Tonlage, sondern in einem ganzen Spektrum, sodass es beinahe schien, als würde eine Gruppe Sänger versuchen, a cappella zu singen. Mehrere der oberen Kästen wiesen die halb dunklen Fronten von Funkgeräten auf.

Edwardes war einer von mehreren Tausend »Hams« – begeisterten Amateurfunkern – die überall in Großbritannien rekrutiert worden waren, um den Äther zu überwachen. Diese offiziellen Pflichten gestatteten ihnen, ihre Funkgeräte zu behalten, die anderenfalls konfisziert worden wären. Jeder Funkverkehr, der als interessant eingestuft wurde, musste aufgezeichnet und schriftlich festgehalten werden. In Anbetracht seiner Krankheit war diese neue Pflicht ein wahrer Segen, verlieh sie doch seinem Hobby einen Schauder echter Aufregung.

Während jedoch an diesem Abend die Funkgeräte summten, schwiegen die Ätherwellen.

Der alte Mann litt Schmerzen. Er hielt sich mit einer gewissen Spannung, berechnete jede Bewegung von Hand oder Kopf. Nun griff er zu einem Glas Milch neben seinem Bett, nippte daran. Das Glas hinterließ eine weitere weiße Gezeitenmarke auf einem Nachttisch, der schon von ihnen übersät war.

Sie hörten das Rappeln des Kessels auf dem Herd weiter unten im Haus.

»Wie geht es Kat?«, fragte Brooke. Edwardes' Frau hatte als Geriatrieschwester im selben Krankenhaus gearbeitet wie Claire.

»Dreißig Jahre auf Station, und dann geht sie gerade passend in Rente, um festzustellen, dass ihr Zuhause kein Zuhause ist, sondern ein Ein-Bett-Krankenhaus. Aber sie verkraftet es gut.«

Brooke machte es sich in dem weichen Sessel bequem.

»Schlafen Sie, wenn Sie wollen«, sagte Edwardes. »Wenn nicht, was gibt es Neues?«

Brooke bemühte sich um Konzentration. »Über den Kriegsdienstverweigerer, der auf dem Friedhof an der Mill Road erschossen wurde, werden Sie schon Bescheid wissen.«

Edwardes nickte. »Ein Kriegsdienstverweigerer? Dieses Detail kam mir nicht zu Ohren.«

»Außerdem war er Angehöriger der hiesigen kommunistischen Partei. Obendrein sind drei von seinen Kameraden verschwunden. Puff, und weg waren sie. Wohin? Warum? Entweder sie haben im Kollektiv die Flucht ergriffen, oder sie sind auch tot. Was bedeuten würde, dass sich in unseren Straßen ein äußerst aktiver Mörder herumtreibt. Ich muss diese Leute finden, Frank. Und zwar schnell. Wir haben eine Frau ermittelt, die das Opfer an seinem Todestag gesehen hat; morgen werden wir mit ihr sprechen. Aber ich würde auch gern ihre verschwundenen Kameraden finden … besonders denjenigen, der einen Rundfunkempfänger auf seinem Dachboden hatte.«

»Tatsächlich?«

»Eingestellt auf Moskau. Ein Mikrofon war auch daran angebracht.«

»Das ist ein Transmitter, mit dem er Nachrichten rausschicken kann. Himmelkreuzdonnerwetter. Hoffen wir, dass er nichts gewusst hat, was er nicht wissen sollte …« Edwardes mühte sich ab, um sich etwas aufrechter an seine Kissen zu lehnen. »Ist dieser Tage nicht so leicht, einfach zu verschwinden. Haben Sie es an den Häfen versucht?«

Brooke nickte.

»Hatten die Benzinmarken? Ein Fahrzeug?«, fragte Edwardes. »Züge wären die beste Wahl. Wenn sie Vorsprung hatten, sind sie vielleicht zusammen gereist.«

Wieder nickte Brooke. »Einer der Männer, der mit dem Rundfunkempfänger, gehört der Eisenbahnergewerkschaft an.«

»Na, da haben Sie es doch. Die können kostenlos reisen. Das gehört zu den Dingen, an die sich ein Fahrkartenkontrolleur erinnern sollte. Ein Nicken, ein Plausch, ein bisschen Gejammer wegen der Löhne. Wenn die südwärts nach London gefahren sind, können Sie sie in den Wind schreiben. Aber wenn sie nach Westen, Osten oder Norden reisen, haben Sie noch eine Chance.«

In diesem Moment hob ein unüberhörbares, regelmäßiges Piepen an und erzwang Edwardes' Aufmerksamkeit. Er ergriff unaufgeregt ein Protokollbuch und fing an, Buchstabengruppen, bestehend aus je fünf Lettern, zu notieren. Aber das Piepen verhallte rasch, und bald war es ganz verstummt.

Brooke rieb sich die Augen und wünschte, Kat würde ihnen Tee heraufbringen.

»Heute Nacht geschlafen?«, fragte Edwardes.

»Eine Stunde, vielleicht etwas weniger.«

Brookes Lider fielen zu, sein Gehirn schaltete für eine flüchtige Sekunde auf Leerlauf, und er ließ sich von dem fremdartigen Gefühl des Fallens überwältigen wie ein Trunkener, der einem schweren Schwindelgefühl anheimfällt. Sein Körper wirbelte herum, schien aber nie die vollen dreihundertsechzig Grad zu schaffen, bevor er wieder zu seiner Ausgangsposition zurückkehren musste.

Das Nächste, woran er sich erinnerte, war, dass er erwachte, als wäre er aus einer anderen Dimension in dieses Zimmer gestürzt. Das Piepen einer weiteren Transmission erfüllte die Luft. Edwardes' Finger flogen über das Papier, während er geübt Punkte und Striche in Buchstaben umkodierte und in seinem Buch festhielt.

Kat tauchte mit zwei Tassen Tee auf, stellte eine neben Brooke ab und nahm eine andere, inzwischen erkaltete, mit, die sie vermutlich zu einem früheren Zeitpunkt für ihn dagelassen hatten.

Als sie seiner Aufmerksamkeit sicher war, blickte sie kurz zu ihrem Gatten, der fiebrig den Code notierte, und verdrehte dann die Augen. »Das wird Göring sein, der versucht, ein Boot für Göbbels zu bestellen. Grüßen Sie Claire von mir, sollten Sie sie irgendwann mal sehen«, bat sie, ehe sie sich zurückzog.

Edwardes zog ein silbernes Zigarettenetui unter dem Bett hervor. Brooke hielt an seinen Black Russians fest.

Der alte Mann produzierte einen Rauchring. »Folgender Gedanke, junger Brooke. Offiziell gibt es über das Land verteilt ein paar Hundert von uns Hams, aber in Cambridge sind wir *sechs*. Wir treffen uns. Nirgends steht, dass wir das nicht tun können. Offenbar gibt es in einer Hafenstadt an der Front wie Hull nur einen Funker. Und hier sechs. Warum?«

»Sagen Sie es mir«, entgegnete Brooke.

»Die halbe Universität arbeitet für die Regierung. Dies ist geheim, das ist geheim. Einer der anderen Hams hat einen Sohn, der in den Laboren an der Free School Lane forscht. Der hat seinem Vater erklärt, dass sie alles Mögliche unterschreiben mussten und er ihm nichts erzählen kann. Aber er hat ihm das hier gegeben …«

Edwardes zeigte Brooke das Buch, auf das er sich bezog. *A Trap to Catch the Sun* von H. G. Wells.

»Science-Fiction, Frank, weiter nichts«, sagte Brooke.

»Aber Sie haben es nicht gelesen, nicht wahr?«

Brooke fühlte sich wieder wie der neue Junge im Spinning House. Edwardes hatte ein besonderes Talent, leeres Geschwätz herauszuhören.

»Es geht um etwas, das Wells eine *ewige Bombe* nennt«, klärte Edwardes ihn auf. »Sie hört nie auf zu brennen, Brooke. Die Kraft der Sonne, eingefangen in einem Teilchen, so klein, dass man es nicht sehen kann. Ein Atom. Die Welt ist in seiner Geschichte wieder im Krieg, und der lässt den letzten aussehen wie ein Picknick, diesen auch – jedenfalls bisher. Dann, im letzten Moment, lässt Wells alle Regierungen zusammenkommen und Vernunft annehmen. Wells ist ein Optimist, Brooke. Das ist der Teil, den ich nicht glaube.«

Er schleuderte das Buch zu Boden.

KAPITEL FÜNFUNDDREISSIG

Unter dem Schutz eines ausladenden schwarzen Regenschirms wartete Sergeant Edison früh am Morgen an der Ecke zur Babylon Street und betrachtete mit großem Interesse die Fenster und Türen des Rotlichtbezirks. Die Straße selbst, knappe hundert Meter lang, ehe sie abrupt vor einem Bahndamm endete, lag verlassen da. Die Gullys mussten verstopft sein, denn das Wasser hatte über die ganze Breite der Straße einen gleichmäßigen Spiegel gebildet, der die tief hängenden grauen Wolken reflektierte. Brooke, der von The Kite kam, fiel wieder einmal Edisons Talent auf, auch in Zivilkleidung wie ein Polizist auszusehen.

»Sir«, sagte der Sergeant zur Begrüßung und hob den Schirm, um auch seinem Vorgesetzten Schutz vor dem Regen zu bieten.

»Unser Mädchen ist in Nummer zwölf …«

Sie klopften eine volle Minute lang immer wieder laut an die Tür, ehe geöffnet wurde.

Eine junge Frau in einem Nachthemd tat ihnen auf und rieb sich die Augen.

»Wir sind auf der Suche nach Vera Staunton«, sagte Brooke und hielt seinen Dienstausweis hoch.

»Versuchen Sie es bei Ida«, sagte sie, öffnete die Tür ganz und deutete mit einem Nicken den Korridor hinunter zu einer anderen, halb verglasten Tür. »Sie behält uns alle im Auge. Sieht, wer kommt und wer geht. Sie weiß bestimmt, ob Vera frei ist. Allerdings könnte heute Idas Kliniktag sein«, fügte sie hinzu. »Sie ist alt, und ihr Herz sitzt zwar am rechten Fleck, funktioniert aber nicht mehr so, wie es soll.«

Sie verschwand wieder in ihrer Erdgeschosswohnung.

Sie klopften an Idas Tür, doch alles, was dabei herauskam, war ein Chor aus Katzenmaunzen aus dem Inneren der Wohnung. Ein Perlenvorhang verwehrte ihnen die Sicht durch die Glasscheibe. Auf der Türmatte sah Brooke einen Brief mit einem Poststempel aus Glasgow, Name und Adresse niedergeschrieben in säuberlicher Kupferstichschrift.

»Suchen wir Vera eben allein«, sagte Brooke und ging voran, die Treppe hinauf.

In jeder Etage gab es drei Räume, jeweils gekennzeichnet mit Namen auf handbeschrifteten Karten: Marge, Gilly, Esther, Bethy …

Vera Staunton kam an ihre Tür, als sie eintrafen. Eine Sicherheitskette teilte ihr Gesicht in zwei Hälften. Brooke zeigte ihr seinen Ausweis und erklärte, sie führten eine Routinebefragung durch und würden gern zehn Minuten ihrer Zeit beanspruchen.

Im Hauptraum standen ein Doppelbett, ein Barwagen, eine spanische Wand und ein großer Spiegel. Sie bot ihnen Sitzplätze an und nahm selbst auf einem schicken Art-déco-Stuhl Platz. Edison blieb stehen und stellte ein paar Routinefragen – Name, Geburtsdatum, Ausweisnummer –, während Brooke seinen Hut in Händen hielt und die Frau prüfend beäugte.

Sie trug ein Nachthemd, das weit genug aufgegangen war, dass ihr Unterrock zu sehen war; ohne sich um diese Offenherzigkeit zu scheren, streckte sie ihre blanken Beine und die schlanken Füße aus und wackelte mit den Zehen. Ihr Haar war kunstvoll gefärbt, aber ihre Haut wies – trotz Rouge und Gesichtspuder – die Spuren der Zeit auf.

Edison zog einen der Stühle einen Meter weit zurück und

ließ sich abrupt darauffallen, was zwei Singvögel in ihrem silbernen Käfig veranlasste, mit den Flügeln gegen die Stangen zu schlagen.

Brooke übernahm die Befragung. »Haben Sie die Neuigkeiten gehört? Über Chris Childe?«

»Ja. Die Partei kümmert sich um ihre Leute. Es gibt nur vier oder fünf aktive Mitglieder, aber es stehen zwanzig oder mehr auf der Mitgliederliste. Die Neuigkeit hat sich rumgesprochen, allerdings weiß ich nicht recht, was ich darüber denken soll.« Sie studierte ihre Fingernägel in einer Weise, die Brooke als vorgespielte Teilnahmslosigkeit einstufte. »Armer Chris. Wie geht es Mary?«

»Wir glauben, Chris wurde ermordet«, sagte er, ohne auf ihre Frage einzugehen. »Wir müssen wissen, warum jemand das tun sollte. Mrs Childe sagte, er sei mit einem Brief zu Ihnen gegangen. Ein dringender Bericht, wie sie hinzufügte. Zwei Fragen: Was beinhaltete dieser Bericht, und haben Sie ihn seiner Bitte entsprechend weitergeleitet?«

Sie wickelte sich das lockere Nachthemd fester um die Schultern.

»Er sagte, er sei Zeuge von etwas geworden. Dass er was Wichtiges gesehen habe und dass das Komitee des Ortsvereins beschlossen habe, er solle eine offizielle Erklärung abgeben. Ich habe lediglich den Umschlag an unser Büro am Cadogan Square in London adressiert, zu Händen des Generalsekretärs, und bin losgegangen, um Briefmarken zu besorgen und ihn abzuschicken. Chris hat vorgeschlagen, es als Einschreiben zu versenden, aber ich habe gesagt, das würde – wenn es überhaupt etwas bewirkt – die Wahrscheinlichkeit, dass die Nachricht unterwegs abgefangen wird, nur vergrößern. Besser, sie verschwindet inmitten der Millionen von Briefen, die Tag für Tag verschickt werden.«

Sie sah sich im Zimmer um. »Chris ist nicht lange geblieben … möglicherweise fand er meine Lebensumstände anstößig.«

Sie legte eine Hand auf das Bett, das mit einer Vielzahl an Kissen, Decken und Seidenbezügen in exotischen Mustern überladen war, und zog zugleich in einer fließenden Bewegung die Beine unter den Körper. »Chris war leicht erregbar, irgendwie unschuldig. Einige von uns müssen jedoch in der realen Welt leben. Clever war er, unser Chris, aber auch ein wenig enttäuscht von seinem Leben, diesem Leben …«

Sie küsste ihren Handrücken und kontrollierte die Lippenstiftspuren auf ihrer Haut. »Ich muss ja ein Anblick sein«, sagte sie.

»Hat er nicht gewusst, dass Sie eine Prostituierte sind?«, fragte Brooke, der allmählich die Geduld für Euphemismen verlor.

Sie wiegte sich ein wenig auf ihrem Platz und zuckte dann mit den Schultern. »Ich glaube, sie wussten es alle. Zumindest haben sie es vermutet. Aber Chris? Vielleicht nicht – wie ich schon sagte, er ist irgendwie unschuldig. Es hat jedenfalls Gelegenheiten gegeben, da habe ich mich bei unseren Treffen für die Mädels eingesetzt, für Frauen wie mich.«

»Dieser Brief, die Adresse …?«, soufflierte Brooke.

Sie warf den Kopf zurück. »Chris wollte, dass ich ihn Pollitt schicke, aber den haben sie rausgeworfen. Der neue Mann heißt Palme Dutt.«

Sie buchstabierte den Namen, während Edison sich Notizen machte.

»Macht auch nichts weiter aus, denn er wird ihn nicht so bald zu sehen bekommen. Ich war mal am Cadogan Square, Inspector. Die reinste Müllhalde. Überall Bücher und Papiere. In jedem Raum finden Besprechungen statt, die noch mehr

Papiere produzieren. Und Palme Dutt ist außer Landes. Irgendeine Sekretärin wird den Brief unter ›Eilt‹ abgelegt haben, und das ist alles.«

Plötzlich wurde sie lebendig und beugte sich vor. »Ich habe Chris gesagt, er sollte selbst hingehen, könnte gleich an dem Morgen in einen Zug steigen, wenn es so wichtig wäre. Aber ich bin offen gesagt nicht überzeugt, dass er den Mumm dazu hatte. Mumm trifft es nicht ganz – Tatkraft, vielleicht. Natürlich hatte er da diese Anhörung vor dem Tribunal, aber wenn es *so* wichtig war …«

»Und wann ist er gegangen?«

»Vor neun, zum Betriebshof. Er musste noch zur Arbeit.«

»Welchen Eindruck hat er auf Sie gemacht?«

»Nervös, aufgeregt sogar. Chris hat studiert, hatte ständig die Nase in einem Buch – Geschichte, Ökonomie, Politik. Gott, die Politik hat er geliebt. Er hat ständig Vorträge gehalten, wenn ein kurzer Satz auch gereicht hätte.«

»Sie mochten ihn nicht?«, hakte Brooke nach.

Härte spiegelte sich in ihren braunen Augen. »Ich mochte es nicht, dass er hierhergekommen ist. Ich lebe in zwei Welten, Inspector. Mehr sogar. Und die halte ich gern alle getrennt voneinander.«

»Über die möglichen Folgen dieses Berichts hat er nichts gesagt?«, erkundigte sich Edison.

»Er hat damit gerechnet, dass man ihn ins Parteibüro rufen würde, damit er persönlich Bericht erstattet. Aber wie schon gesagt, das war seine heimliche Hoffnung. Vielleicht hat er seinen Platz in der Geschichte einfach überschätzt.«

»Der Brief?«

Wieder trat der harte Ausdruck in ihre Augen. »Wie gesagt, ich habe ihn an dem Morgen abgeschickt.«

Sie stellte die Füße auf den abgenutzten Teppich.

»Er hat nicht erwähnt, dass er einen Film gesehen hat?«

»Einen Film? Nein. War auch ein bisschen früh fürs Kino …«

Brooke schüttelte den Kopf. »Haben Sie irgendjemandem von dem Bericht erzählt?«

»Nein. Henderson wusste davon, Popper und Lauder auch. Chris wollte nicht einmal ihnen Einzelheiten verraten. Er hat erst angefangen, aber dann plötzlich keinen Piep mehr gesagt. Irgendeinen Unsinn hat er geplappert, er hätte die Zukunft gesehen, und Soldaten wären ein Relikt der Vergangenheit. Klingt ganz nach Chris.«

Brooke erhob sich. »Vergeben Sie mir, aber Politik scheint mir ein eigenartiges Interessengebiet zu sein für …«

»Für eine Frau? Oder für eine Frau wie mich?«

Brooke wartete auf eine Antwort.

»Sie haben mich *gebeten*, mich ihnen anzuschließen, Inspector. Sie haben mich für die PPU arbeiten sehen – die Peace Pledge Union. Da bin ich schon seit zwanzig Jahren Mitglied. Mein Mann ist im letzten Krieg gestorben. Ich glaube, heute würde er sich als Kriegsdienstverweigerer registrieren lassen, aber damals? ›Dein Land braucht dich‹ und all das … Er ist nicht zurückgekommen. Nicht einmal sein Leichnam ist zurückgekommen.«

Sie schüttelte den Kopf. »Es ist kein so großes Opfer, nicht wahr, ein paar Notizen machen, Agenden herumschicken und den Papierkram in Ordnung halten. Vor dem Krieg habe ich in einem Büro gearbeitet, also weiß ich, wie ich mit all den Papieren umzugehen habe. Glauben Sie mir, das ist das, was die Partei am besten beherrscht. Papiersoldaten, alle, wie sie da sind.«

»Ihr Gatte: Rang, Einheit?«, fragte Edison.

Sie blinzelte zweimal, und Brooke dachte: Sie kalkuliert, fragt sich, wo die Fakten hinführen werden.

»Mein Mann war Corporal Harold Staunton. Bei den Cambridgeshires.«

»Und welchen Beruf hatte er, als Sie sich kennengelernt haben?«, hakte Edison nach.

»Harold hat auf dem Fluss gearbeitet. Er war Kahnführer, aber voller Ideen. Er hatte Ehrgeiz. An den meisten Abenden war er unten an der Mill Road in *The Settlement*, das ist die Arbeiterschule. Wollte sich verbessern. Das hat mir gefallen. Er hat gesagt, es könnte allen gut gehen, wenn die Reichen nur ein bisschen von dem, was sie haben, den Armen geben würden. Er hat gesagt, nach dem Krieg würde es eine gemeinsame Zukunft für uns geben. Und dann hat er die Uniform angelegt.«

Zum ersten Mal wirkte sie, als wollte sie sie verzweifelt loswerden. Sie stand auf, ging zu ihrem Mansardenfenster und blickte hinunter auf die verregnete Straße.

»Die Witwenrente ist nicht ausreichend?«, fragte Brooke, zufrieden mit der Schlussfolgerung in seiner Frage.

Sie drehte sich um und lächelte. »Ich sagte doch, wir wollten etwas erreichen. Der Krieg hat das zunichtegemacht. Frederick, unser Sohn, ist jetzt alles, was mir geblieben ist. Darüber haben wir gesprochen, ehe Harold gegangen ist. Wir haben einander versprochen, das Kind bekäme eine Chance im Leben, eine anständige Ausbildung. Also, Internat. Und das ist nicht billig gewesen.«

Sie brachte sie zur Tür.

»Childe hatte nicht zufällig einen Durchschlag von dem Brief?«, fragte Edison auf der Schwelle.

Die Frage war so gut, dass in ihren Augen Schrecken aufflackerte.

»Ja. Ich habe ihn danach gefragt, und er hat nur auf seine Brusttasche geklopft. Müsste der dann nicht bei seiner Leiche sein?«

KAPITEL SECHSUNDDREISSIG

Chief Inspector Carnegie-Brown rief die vollständige Besatzung der Tagesschicht des Spinning House – Kriminalbeamte und Uniformierte – im alten Saal im dritten Stock zusammen. Ihr Vorname war Jean, aber niemand im Borough sprach sie je anders als mit »Ma'am« an. Gepflegt, selbstsicher und entspannt stand sie vor ihren Truppen wie ein General vor seinen Mannen, ehe die Schlacht beginnt. Als sie ihre Position auf dem leicht erhabenen Podest eingenommen hatte, drückte sie die Schultern durch und musterte für einen Moment die aufwendige Zimmermannsarbeit der edlen Holzdecke.

Es war dieser Raum, in dem arme, obdachlose junge Frauen zur Arbeit an den Spinnrädern genötigt worden waren. Etwas an Carnegie-Brown fand hier ein Echo; sie war umgeben von einer Aura puritanischer Werte wie frischer Luft, Leibesübungen und Abstinenz. Leidenschaftliche Anglerin, die sie war, hatte Brooke sie oft bei seinen sommerlichen Schwimmausflügen am Ufer von Fen Ditton gesehen. Beim Fliegenfischen an der Stelle, an der der Fluss nach Norden schwenkte und Totwasser einen schwarzen Tümpel am Treidelpfad füllte. Vielleicht erinnerte sie dieser Ort an ihre eigentliche Heimat an der schottischen Grenze.

Sie ließ ihren Blick über ihr Publikum schweifen, bis Ruhe eingekehrt war.

»Wunderbare Neuigkeiten von Scotland Yard«, sagte sie,

und die Stille vertiefte sich. »Die Hilfsfeuerwehr führt heute Abend auf Midsummer Common eine Übung durch; ein Ereignis, das bereits Eingang in unser Verzeichnis wahrer Wunder gefunden hat. Wie Sie alle bemerkt haben dürften, wurde dort ein Haus aus Pappkartons erbaut und soll um acht Uhr in Brand gesteckt werden. Die beiden Löschfahrzeuge der Hilfsfeuerwehr sollen sich des Problems annehmen und dabei einen hohen Grad an Effizienz und Befähigung demonstrieren.«

Die Hilfsfeuerwehr war weder für Effizienz noch für Befähigung bekannt. Zudem hatte sie es nicht geschafft, reibungslos mit der städtischen Feuerwehr zusammenzuarbeiten. Aller Wahrscheinlichkeit nach würde ihr Können beim Feuerlegen mit ihrem Unvermögen, ein Feuer zu löschen, wohl gleichziehen.

»Der Ausbau der Hilfsfeuerwehr genießt Priorität seitens der Regierung. Die besten Journalisten der Fleet Street wurden eingeladen, hinaus in die Provinz zu ziehen, um Zeugen ihrer Fähigkeiten zu werden. Das Kabinett wünscht, seine Unterstützung zu zeigen. Der Arbeitsminister, der Sehr Ehrenwerte Alfred Brown, wird daher Gast unserer Stadt sein.«

Einvernehmliches Stöhnen klang auf.

»Jeglicher Urlaub ist gestrichen«, sagte sie und hob dabei die Stimme. »Die Tagesschicht läuft bis Mitternacht. Die Grafschaft wird eine Motorradeskorte und zwanzig uniformierte Officer bereitstellen, die den Minister auf Schritt und Tritt begleiten werden. Wir sind dafür verantwortlich, während dieses Ereignisses die Ordnung in der Menge zu gewährleisten. Das sollte kein Problem darstellen, da weder das Ereignis selbst noch der Besuch unseres Ehrengasts im Vorfeld angekündigt worden sind. Da es hier aber um einen Minister geht, erwarte ich, dass Sie Ihre Aufgabe, wie geringfügig sie auch sein mag, souverän erledigen. Danke. Dann können wir jetzt an die Arbeit gehen, einverstanden? Inspector Brooke, kommen Sie bitte für einen Moment in mein Büro.«

Brooke betrachtete ihre Absätze und die Nähte ihrer Strümpfe, als sie die Metallwendeltreppe zu ihrem Büro hinaufstiegen, dessen Erkerfenster direkt auf die belebte Regent Street und die Kapelle des Emmanuel College gleich dahinter hinausblickte. Ein Sonnenstrahl fing sich in dem von Christopher Wren gestalteten exquisiten Tiburio, der durch die Wolken gebrochen, aber gleich darauf von einem neuen Sturzbach aus Regen davongespült wurde.

»Der Childe-Fall?«, fragte sie, setzte sich an ihren Schreibtisch und legte eine Hand auf einen flachen Ordner auf der Schreibunterlage.

Brooke lieferte ihr eine kurze, konsistente Zusammenfassung: Childe glaubte, Zeuge von etwas sehr Bedeutsamem geworden zu sein, wobei es sich mit nahezu vollkommener Sicherheit um den geheimen Film handelte, der in der Nacht der Großen Verdunkelung im Galen gezeigt worden war. Er hatte das, was er gesehen hatte, in einem Bericht skizziert, der von der Sekretärin des Ortsvereins der kommunistischen Partei in das Londoner Hauptquartier geschickt worden war. Einen Tag später war Childe tot. Die Metropolitan Police bemühte sich, den Brief aufzutreiben. Derweil standen Fragen offen: Hatte Childe irgendjemandem vom Inhalt des Berichts erzählt? War er getötet worden, um sicherzustellen, dass er nicht redete? Wer hatte jetzt den Durchschlag des Briefes, der *nicht* bei dem Leichnam gefunden worden war?

»In diesem Fall gibt es beunruhigende Feinheiten«, sagte Brooke und beließ es dabei.

Carnegie-Brown schloss die Augen. Sie erwartete von ihrem dienstältesten Detective Officer, dass er Klarheit ins Leben brachte, dass er Lösungen lieferte, nicht dass er mit komplexen Problemen aufwartete.

»Der Chief Constable hat eine Reihe von Anrufen von Madingley Hall erhalten«, sagte sie und schlug den Ordner auf.

»Ja, ich habe Nachforschungen zu den Soldaten angestellt, die am Flussufer gegraben haben – in St. John's Wilderness, in der Nacht der Großen Verdunkelung. Der kommandierende Offizier Swift-Lane hat mir dringend davon abgeraten«, sagte Brooke. »Und ich habe seinen Rat mit Freuden befolgt. Jetzt allerdings empfinde ich keine Freude mehr. Childe hat zu dem Arbeitstrupp gehört, der dort Gruben aushob. Ich habe um weitere Informationen ersucht: Ich möchte wissen, was in diesen Gruben war. Es geht hier um eine Mordermittlung, Ma'am. Dieser junge Mann hinterlässt eine Frau und zwei Kinder. Er hat ein Recht auf eine ordnungsgemäße Untersuchung.«

»Mir ist durchaus bewusst, wie ernst dieser Fall ist, Brooke. Aber treten Sie zurückhaltend auf. Der Chief Constable rät zu Kooperation, nicht Konfrontation.«

»Es wurde ein Treffen auf neutralem Grund vereinbart«, sagte Brooke. »Swift-Lane ist, so scheint es, erpicht darauf, reinen Tisch zu machen. Wir werden sehen.«

Sie stand auf und zog ein silbernes Zigarettenetui aus der Innentasche ihrer Uniformjacke. Das Gerücht machte schon eine ganze Weile die Runde im Spinning House: Sie hatte einen Schwachpunkt, eine menschliche Schwäche, selbst wenn es eine sehr verbreitete war, aber niemand hatte je erlebt, dass sie ihr nachgegeben hätte. Sie zündete die Zigarette mit einem Feuerzeug an und stellte sich ans Fenster.

»Diese Gruben am Flussufer, Brooke. Was halten wir wirklich davon?«

»Das Geschwätz in der Stadt liefert eine große Auswahl«, entgegnete Brooke. »Erschießen sie Aufrührer? Ich bezweifle es. Verbuddeln sie die verstümmelten Todesopfer von Luftangriffen, die von Whitehall vertuscht worden sind? Ich bezweifle es. Testen sie Waffen, draußen bei Thetford Chase oder in irgendeiner gottverlassenen Ecke der Fens? Hat es dabei Unfälle gegeben, die sie verheimlichen wollen? Alles nur Gerede.«

»Gerede?«, wiederholte Carnegie-Brown. »*Das* ist eine Waffe, die wir fürchten sollten.«

KAPITEL SIEBENUNDDREISSIG

Regen ging auf die Backs nieder, der Fluss war angeschwollen, und seine Fluten leckten am Ufer. An Tagen wie diesen hatte Brooke stets das Gefühl, das Wasser würde überall hervorbrechen: aus Abwasserkanälen und Straßengräben, Bächen und Boden, bis die ganze Stadt nichts weiter war als eine Reihe von Reflexionen in einem spiegelartigen Labyrinth. Eine morastige Niederung *Acqua alta*. Selbst die Rinder auf den Weiden sahen durchnässt aus, das Haar an ihren Mäulern glich strähnigen Bärten, während sie ihr Gras kauten.

Colonel Swift-Lane, eingewickelt in einen langen Ölmantel, saß aufrecht auf einer Bank und blickte über die Weide hinaus zu einem fernen Schulsportplatz. Als Brooke sich näherte, kündigte der Pfiff des Schiedsrichters gerade den Beginn eines Rugbyspiels an.

»Wissen Sie, Brooke, ich bin Ihnen für dieses Treffen zu Dank verpflichtet«, sagte Swift-Lane und schüttelte ihm lebhaft die Hand. Der Mann war ein Bündel unterdrückter Energie. »Ich denke, es ist an der Zeit, dass wir unsere Kräfte bündeln. Der Tod dieses Kriegsdienstverweigerers ändert alles. Der Chief Constable hat mich unterrichtet, und er war der Ansicht, es wäre hilfreich, wenn wir uns zusammenschließen. Hat es bei den Ermittlungen irgendwelche Fortschritte gegeben?«

Brooke zündete sich eine Zigarette an und überlegte, inwieweit es in seinem Interesse war, den Colonel zu informieren.

»Bisher gibt es keine Spur von dem Brief an das Londoner Hauptquartier der Partei am Cadogan Place.«

Brooke beobachte, wie die Jungs auf dem Spielfeld im Regen eine Gasse bildeten.

»Himmel, was für ein Kuddelmuddel«, schimpfte Swift-Lane. Dann sprang er auf, ging zum Flussufer und kam gleich darauf zurück. »Ich muss wohl nicht erst betonen, dass wir diese Information auf einen engen Kreis begrenzt sehen wollen. Sie ist streng geheim.«

Brooke fielen wieder einmal die schlanke, drahtige Gestalt und der fassförmige Thorax auf, die so gar nicht zu den kurzen, kräftigen Beinen passen wollten. Der Colonel hatte eine Expedition in die Arktis erwähnt, und Brooke hatte ihn sich vorgestellt, wie er mit Muskelkraft einen Schlitten zog. Ihm kam in den Sinn, dass dies das perfekte Erscheinungsbild für einen Arktisforscher sein mochte: drahtig, kompakt und nicht zu groß.

»Der militärische Nachrichtendienst ist involviert, Brooke. Deren Leute waren dort in jener Nacht, im Galen, und sie sind an diesem Fall schon von Anfang an dran. Sie behalten alle geheimen Projekte genau im Auge. Nach dem letzten Krieg habe ich eine Weile für sie gearbeitet, ehe ich wieder zum Generalstab gestoßen bin. Ich weiß, wie die vorgehen. Wenn sie zu dem Schluss kommen, dass irgendwelche heiklen Informationen durchgesickert sind, dann werden wir unser blaues Wunder erleben.«

Er drehte sich auf seinem Platz um, als wollte er etwas Vertrauliches weitergeben. »Ich schätze es, wenn Sie mich auf dem Laufenden halten. Sie wissen, Sie können jederzeit Kerridge anrufen. Was mich betrifft, so habe ich Neuigkeiten. Der Geheimdienst hat drei von Childes Sympathisanten aufgegriffen. Sie sind oben im Castle Gaol in Gewahrsam. Ihre Namen lauten Henderson, Lauder und Popper. Ich wurde heute Morgen darüber in Kenntnis gesetzt.«

Verärgert zündete sich Brooke mit übertriebener Gelassenheit eine Zigarette an. »Es war ihnen wohl nicht möglich, mich, den für die Ermittlungen zuständigen Officer, zu informieren?«

Swift-Lane konzentrierte sich auf das ferne Spielfeld. »Diese Männer könnten schon eine Weile unter Beobachtung gestanden haben. Ich bin nicht vollständig eingeweiht. Aber das ändert nichts am Kern der Sache, Brooke: Diese drei Männer haben Childe gesehen, *bevor* er seinen Bericht abgeschickt hat. Sie haben sich in eben dieser Nacht getroffen. Sie behaupten, Childe hätte ihnen nichts erzählt. Lügen sie? Falls sie das tun, wem mögen sie es dann erzählt haben …«

»Sie wissen, was in diesem Film zu sehen war?«, erkundigte sich Brooke.

»Ich kenne keine Einzelheiten.« Swift-Lane fuhr sich mit einer Hand durchs pomadig glänzende Haar. »Sehen Sie, der Film und die Gruben sind wesentliche Teile desselben …« Er suchte nach dem passenden Begriff. »… desselben *Projekts*. Was immer am Flussufer verborgen wurde, ist genau das, verborgen. Und Vergangenheit. Das ist wirklich alles, was Sie wissen müssen, Brooke.«

Der Colonel barg den Kopf in seinen Händen.

»Kann ich Childes drei Kameraden befragen?«, erkundigte sich Brooke.

»Ich werde Ihnen eine Freigabe erteilen«, sagte Swift-Lane. »Wir müssen wissen, warum Childe gestorben ist. Liegt der Grund dafür in dem Brief? Oder gibt es andere, weniger sichtbare Motive dafür? Die bittere Wahrheit lautet, dass der militärische Nachrichtendienst sich des Falls annehmen wird, wenn wir ihn nicht aufklären können, und zwar in Bausch und Bogen. Entweder das, oder sie übergeben ihn dem Special Branch im Yard, und dann werden wir nie die Wahrheit erfahren.«

Brooke rückte die Brille mit den getönten Gläsern zurecht und verfolgte das Rugbyspiel in lebhaftem Grün.

Swift-Lane war schon wieder auf den Beinen.

»Ein Detail sollten Sie noch erfahren«, sagte Brooke. »Henderson, der Vorsitzende des Ortsvereins … Wir haben uns in seinem Haus umgesehen und einen Zwei-Wege-Rundfunksender und -empfänger gefunden.

Swift-Lane zeigte sich verblüfft. »Sein Haus wurde durchsucht. All deren Häuser wurden durchsucht! Wie können die einen Rundfunksender übersehen haben?«

»Er befand sich in einem kleinen Raum direkt unter dem Dach.«

Wilder Jubel brandete auf, als eine Mannschaft in dem Rugbyspiel mit einem Versuch punktete.

»Dann müssen wir wirklich Verbindung halten, Brooke«, sagte Swift-Lane, und es hörte sich an wie eine Drohung.

KAPITEL ACHTUNDDREISSIG

Detective Inspector John Solly von der CID Sheffield stand auf dem Fitzalan Square und sah zu, wie das erste Schneegestöber des Jahres sich auf den Bronzeschultern von Edward VII anhäufte, der von seinem zentralen Sockel aus gen Norden in Richtung der fernen Erhebungen der weißen Hochmoore blickte.

Solly, ein großer Mann in einem schweren Mantel mit hochgeschlagenem Kragen, studierte das große Gebäude auf der anderen Seite, das er seit seiner Kindheit nie unter einem anderen Namen als White Building gekannt hatte. Während der Rest der Stadt von Ruß überzogen war, trotzte dieses Haus dem Schmutz. Die glasierten Fliesen der Fassade bildeten reliefartig ab, wofür die Stadt berühmt war: Männer in der Glut eines offenen Schmelzofens, Männer an Drehbänken, Männer mit Bohrlehren, Männer mit Dampfhämmern.

Sollys Brüder hatten sich für die Stahlindustrie entschieden, aber er war klüger und nicht leicht aufs Glatteis zu führen, also benutzte er sein Gehirn, nicht seine Muskeln. Und seine Augen: Seit zwanzig Minuten beobachtete er schon die Eingangstür des *Elephant Inn*, gleich neben dem White Building. Als er endlich seine Beute ausgemacht hatte, hüpfte er zwischen zwei schwarzen Taxis am Taxistand hindurch und stürmte in den Pub, wo ihn warmer menschlicher Mief umfing, angereichert um die Ausdünstungen feuchter Kleidung und Kohlenrauch.

Drei vollbesetzte Theken führten zu einem Nebenraum, in dem so dichtes Gedränge herrschte, dass er sich einen Weg hindurchbahnen musste. Es war, als wollte er versuchen, auf der Tribüne an der nahen Bramall Lane einen guten Platz zu ergattern, um seine geliebte United-Mannschaft spielen zu sehen. Am Ende des Tresens angekommen rollte er eine Pfundnote fest zusammen und steckte sie einem dort stehenden Mann in die Brusttasche.

»Das übernehme ich«, sagte er einem Schankkellner, der gerade ein Pint ablieferte. »Und noch eines dazu.«

Von ihrem Standpunkt in der Ecke hatten sie auf Augenhöhe eine Reihe offener Sichtblenden vor sich, kleine Scheiben beschlagenen Glases. Flink schloss Solly zwei davon, sodass sie vom Hauptraum aus nicht gesehen werden konnten.

»Ich kann nicht reden«, sagte Sollys Informant und entblößte dabei tabakbefleckte Zähne. »Es ist zu gefährlich.« Clossick besaß ein Taxi und prahlte damit, ein Gehör zu haben wie eine Fledermaus und einen Verstand, scharf genug, um sich die kleinsten Details einzuprägen. Die berüchtigten Verbrecherbanden der Stadt nutzten Taxis, um dem CID, das regelmäßig eine Liste verdächtiger Kennzeichen kursieren ließ, einen Schritt voraus zu bleiben.

Clossick hörte viel, sagte aber wenig, es sei denn, er wurde bezahlt.

»Dafür ist es jetzt zu spät, Kamerad«, erwiderte Solly. »Mach es einfach kurz und bündig, und genieß das Pint, wenn ich weg bin.«

Der Taxifahrer hatte große flackernde Augen, mit denen er unverwandt alles beobachtete, was hinter dem Detective vorging.

»Die Lastwagen?«, soufflierte Solly.

»Darum geht's. Ich hab in der Tat gehört …«

Das war Clossicks charakteristische Einleitung. *Ich hab in der Tat gehört …*

»Sie haben eine Kolonne zusammengestellt, Mister Solly«, berichtete Clossick. »Die sind runtergefahren und haben Fleisch von Bauernhöfen geholt. Alles unterm Ladentisch, ohne Papiere. Jedenfalls hat es keine echten gegeben.«

Clossick tippte auf den Tresen. »Abfahrt im Morgengrauen, Rückkehr in der Abenddämmerung, so läuft das. In den letzten paar Monaten haben die ein halbes Dutzend Fahrten gemacht und keine Schwierigkeiten bekommen. Der Plan ist, das Fleisch einzulagern und auf die Rationierung zu spekulieren.«

Clossick trank und stellte dann das leere Glas auf der Theke ab.

Solly öffnete eine der Blenden, bestellte Nachschub und nippte an seinem eigenen Pint.

»Beim letzten Mal ist dann alles aus dem Ruder gelaufen«, fuhr Clossick fort und hob sein Glas. »Uniformierte in Cambridge haben sie erwischt, als sie an der Straße parkten. Zwei der Laster waren voll. Einer der Fahrer ist in Panik geraten und abgehauen, als die Polente kam. Der Nächste ist gleich hinterher. Würde nicht darauf setzen, dass die noch eine Chance haben, ihre Visagen wieder in der Stadt zu zeigen. Wären sie ruhig geblieben, hätten sie vielleicht davonkommen können.«

Solly stützte den Ellbogen auf den Tresen und drehte sich so, dass seine Lippen nahe am Ohr des Taxifahrers waren. »Wir müssen das Fleisch finden, Clossick. Wie viele Male haben die diese Fahrten durchgeführt? Ein halbes Dutzend Mal? Also existieren da irgendwo Lastwagenladungen an Fleisch. Und das schon, wenn es nur diese eine Kolonne gibt. Was, wenn es mehr sind? Treiben Sie eine Adresse für mich auf, Kamerad. Das ist einen Fünfer wert. Und falls Sie die Gelegenheit haben, lassen Sie durchsickern, dass der Fahrer nach

Hause überstellt wird. Ist zum Spitzel geworden. Verhaftungen stehen unmittelbar bevor. Morgen Nacht wird er in einer Zelle in West Bar sein. Ich fahre rüber, hole ihn ab und sorge dafür, dass er sicher herfindet. Danach wird er auf Kaution entlassen. Verbreiten Sie die Neuigkeit, Clossick.«

Solly ging, prallte unterwegs mit anderen Gästen zusammen und stolperte hinaus auf die Straße. Der Schnee lag inzwischen einen Zoll tief. Er blickte zu dem düsteren Himmel hinauf, der aussah, als hinge er gerade einen Fuß über seinem Kopf, und beobachtete die Schatten der fallenden Flocken, die schon rußbeschmutzt herunterkamen.

KAPITEL NEUNUNDDREISSIG

Brooke kletterte den Castle Hill hinauf, vorbei an der Stelle, an der die Lastwagen in der Nacht der Großen Verdunkelung geparkt hatten. Ganz oben stand inmitten der Burgruinen das County Gaol. Das Bezirksgefängnis war ein geometrisches Juwel: achteckig, ein elegantes Oktagon, und jeder Flügel verfügte über seinen eigenen, drei Stockwerke hohen Mittelgang und ein hoch aufragendes Dach aus Glas und Eisen. Der Ausblick von dort war allenfalls mittelmäßig, die schmalen Zellenfenster horizontal wie vertikal durch Eisenstangen versperrt, sodass man die Turmhelme des Colleges nur in Form eines Gitterwerks erkennen konnte. Regen fiel auf die schiefergraue Stadt.

Henderson, Lauder und Popper, die Hauptakteure des hiesigen Ortsverbands der Kommunistischen Partei, waren auf Zellen im B-Flügel verteilt worden, aber auf verschiedenen Etagen. Es war ihnen verboten, an der Hofrunde teilzunehmen, dieser einen Stunde pro Tag, in der die Häftlinge im Gefängnishof im Kreis herumgingen und Gelegenheit bekamen, miteinander in Kontakt zu kommen. Der Deputy Chief Warder war der einzige Mitarbeiter, der autorisiert war, ihre Zellen zu betreten; ihre Mahlzeiten mussten sie allein einnehmen, und sie wurden ihnen vom persönlichen Küchendiener des Direktors gebracht.

Hier spürte Brooke die grausame Prägung autoritärer Disziplin. Das Risiko, das diese Männer für den Staat darstellten, war eindeutig begrenzt: Unabhängig voneinander beteuerten alle, dass sie keinen Einblick in die Szenen erhalten hatten, die Childe gesehen hatte. Vera Staunton hatte es bereits verdeutlicht: Er war entschlossen gewesen, zunächst London zu informieren – schriftlich – und sonst niemanden.

Henderson, der Gewerkschaftsfunktionär, stand in Hemd, Krawatte und Jackett neben seinem Bett, als der Wärter die Zellentür aufschloss. Ein Leinenhandtuch lag über einem Eimer neben dem Waschbecken, und das Fenster stand offen, dennoch war der Gestank überwältigend.

»Auf wessen Befehl und nach welchem Gesetz werde ich hier festgehalten?«, fragte er, ehe Brooke ganz zur Tür hereingekommen war. »Ich verlange einen Rechtsbeistand und wünsche, von meinem Recht Gebrauch zu machen, vor einen Richter zu treten.«

In gewisser Weise gehörte die Kunst der Konfrontation zu Hendersons Arbeit als Gewerkschaftsfunktionär, aber diese unverblümte Vorgehensweise, die Art, wie er moralische Gerechtigkeit ins Spiel brachte, war dennoch beeindruckend.

Brooke reichte ihm eine Kopie der Notstandsgesetze, auf der er die relevanten Klauseln eingekreist hatte, da er mit so etwas gerechnet hatte. Carnegie-Brown hatte einen Stapel Kopien im Korridor des Spinning House ausgelegt, eine geschickte Methode, die Leute daran zu erinnern, wer in Zeiten des Krieges die Zügel in Händen hielt.

Henderson holte eine Brille aus seiner Jackentasche und las: »›Bedrohung der nationalen Sicherheit‹? In welcher Hinsicht? Himmel, ich habe für dieses Land gekämpft, Brooke, mehr als die Mistkerle, die diesen Müll schrieben, es je getan haben …« Er warf das Dokument in die Luft.

»Wir haben Ihr Haus und Ihren Dachboden durchsucht«, sagte Brooke.

Henderson nahm die Neuigkeit auf, als hätte Brooke ihm einen schweren Schlag versetzt. Er sank auf seine Pritsche, barg den Kopf in den Händen und strich sich dann langsam mit den Fingern durch das zurückweichende Haar.

»Das ist kein Verbrechen.«

»Doch, im Grunde ist es das. So richtig genau kennen Sie die Gesetze wohl nicht, oder? Solange Sie nicht als Teilnehmer am Funküberwachungsprogramm der Regierung registriert sind, ist der Besitz eines Transmitters illegal.«

Henderson schüttelte den Kopf. »Die Partei hat ihr eigenes Sendernetz, das ist nur eine Vorsorgemaßnahme für den Fall einer Invasion. Wir müssen uns organisieren, um die Lage im Griff zu behalten. Ich habe Moskau belauscht; wir haben nie gesendet. Ist das ein Verbrechen, Mann? In einem freien Land? Wenn die Nazis kommen, sind wir bereit zu kämpfen, Brooke. Härter, als es die Faschisten tun werden. Zum Teufel mit den *Peace News*. Auf heimatlichem Terrain werden wir die Deutschen schon bekämpfen, machen Sie sich nur keine Sorgen.«

Brooke war mit einer Packung Woodbines hergekommen, eine Gewohnheit, die er im Zuge der Gefangenenbesuche über die Jahre aufgebaut hatte.

Ein einziger Zug an der Zigarette reichte, damit sich die kleine Zelle mit Rauch füllte, in dem sich ein Sonnenstrahl fing, der durch das hohe, schmale Fenster fiel.

»Danke«, sagte Henderson, »das habe ich gebraucht. Es tut mir leid, es ist nichts Persönliches. Aber die Tirade hat gutgetan … Die haben mir sämtliche Glimmstängel abgenommen. Besuche haben sie auch verboten, obwohl der Direktor behauptet, er würde versuchen, dieses Verbot aufheben zu lassen. Wir werden sehen.«

Brooke war bemüht, den Zorn in diesem Raum einzudämmen. »Das Problem, der Grund, warum Sie hier sind, ist Childes Brief. Er ist nicht in London eingetroffen. Außerdem hat Vera gesagt, er hätte einen Durchschlag angefertigt. Den hätte er bei sich haben müssen, aber wir haben ihn nicht gefunden.«

Henderson schüttelte den Kopf. »Ich habe versucht, Chris dazu zu bringen, uns an Ort und Stelle zu erzählen, worum es ging. Uns nichts zu verraten war unlogisch. Das Büro in London ist durchlässig wie ein verdammtes Sieb. Wenn man denen etwas erzählt, macht es eine halbe Stunde später am Hafen die Runde. Da wäre er viel besser beraten gewesen, mit uns zu reden – danach hätte er, wenn es sich denn als notwendig erwiesen hätte, nach London gehen und es dort jemandem *erzählen* können. Warum irgendetwas zu Papier bringen? Am Ende haben wir zugestimmt, dass er den Brief schreiben soll, damit wenigstens irgendjemand die verdammte Wahrheit erfährt, wie immer die auch lauten mochte.« Henderson senkte die Stimme. »Die Sache ist die, Brooke. Der Idiot hat es sich anders überlegt.«

»Childe?«

»Ja. Er hat mich von einem Telefonhäuschen aus angerufen und gesagt, er würde uns bei dem wöchentlichen Treffen am Abend alles erzählen. Um sieben Uhr im Hinterzimmer des *Mitre*, wie immer. Während die Münzen durchgerutscht sind, hatte er nicht viel Zeit, aber er hat mir gesagt, er hätte die Sache noch einmal durchdacht und sich überlegt, es wäre das Beste, an die Öffentlichkeit zu gehen. Der Himmel weiß, was er im Sinn hatte. Speakers'-Scheiß-Corner?«

Brooke nahm an, dass Swift-Lane einen Herzinfarkt erlitten hätte, wäre ihm dieser kleine Leckerbissen von einer Information zu Gehör gekommen. Childes Brief war gefährlich genug, aber wenn er beschlossen hatte zu reden und anderen davon zu berichten, dann hatte er zweifellos sein Leben aufs Spiel gesetzt.

»Denken Sie, Vera hat den Brief wirklich abgeschickt?«, lenkte Brooke die Befragung in eine andere Richtung.

Henderson studierte sein Gesicht. »Was? Denken Sie etwa, dass sie ein falsches Spiel treibt? Eine Spionin innerhalb der Partei ist? Auf keinen Fall, Brooke. Vergessen Sie nicht, wir haben *sie* angeworben. Nein, Vera ist in Ordnung.«

»Und wo ist dann der Brief?«, bohrte Brooke weiter.

»Wenn Sie mich fragen, ist er im Parteibüro oder an einem sicheren Ort. Denken Sie mal darüber nach: Wenn jemand am Cadogan Square den Brief geöffnet und gelesen hat und das wirklich so eine große Sache ist, warum zum Teufel sollte derjenige das zugeben? Warum sollte er der Polizei irgendetwas erzählen?«

Brooke dachte, dass diese Worte von zwingender Logik waren.

Henderson sah seine Chance gekommen. »Tun Sie mir einen Gefallen«, sagte er. »Sorgen Sie dafür, dass wir nicht einfach verschwinden. Eine Anklage kann ich verkraften, ein Gerichtsverfahren auch, aber das nicht. Irgendwo in einer beschissenen Zelle vergessen zu werden und einsam und allein zu verrotten. Sie wissen, mit wem Sie sprechen müssen, Brooke. Sie wissen, wie man Leute im Auge behält. Ich weiß nicht, was die Ihnen über unsere Entlassung gesagt haben, aber ich glaube, jemand will uns wegschaffen. Eines Nachts kommt ein Laster her. Und dann? Das weiß der Himmel. Also bitte, passen Sie auf uns auf.«

»In Ordnung«, sagte Brooke, außerstande, ihn zurückzuweisen. »Aber die müssen von diesem Transmitter wissen, also sollten Sie mit Besuch rechnen.«

Er versprach noch mehr Zigaretten, ehe er an die Tür

klopfte, damit man ihn hinausließ. Anschließend folgte er dem Wärter den Gang entlang und eine Treppe hinunter, um die anderen Gefangenen aufzusuchen. Lauder und Popper bestätigten Hendersons Version vom Ablauf der Ereignisse: Childe hatte sein Geheimnis gewahrt, zumindest ihnen gegenüber.

Endlich führte der Wärter Brooke zurück in Richtung Haupttor.

Der Korridor endete an einer Tür, hinter der ein kleiner schattiger Garten lag. Ein Mann in einem schwarzen Overall grub die lehmige Erde um, und Brooke erkannte erst, als er auf gleicher Höhe mit ihm war, dass es sich um den Direktor handelte. Sein haarloser Hinterkopf glänzte vor Schweiß. Brooke war überzeugt, dass dieses Zusammentreffen kein Zufall war.

»Inspector. Richten Sie Carnegie-Brown meine besten Grüße aus. Hab sie nicht mehr gesehen seit dem Rotary-Dinner im letzten Jahr«, sagte er. »Mein Zufluchtsort«, fügte er hinzu und deutete auf das säuberlich gepflegte Gartenstück und eine Reihe von Spalieren, an denen Winterjasmin und ein verholzter Blauregen rankten.

Der Direktor blickte auf und musterte den Himmel. »Erinnert mich immer an Wildes ›winziges Zelt von Blau‹.« Er stellte den Spaten weg. »Wegen dieser drei Gefangenen«, sagte er. »Ich bin nicht sehr erfreut. Isolation ist unmenschlich. Man sagt mir ständig, wir seien im Krieg, aber das ist eine faule Ausrede. Ich wollte Sie nur wissen lassen, dass ich das nicht gutheiße.«

Die Klagen zogen sich noch einige Minuten hin.

»Eine Bitte«, sagte Brooke schließlich. »Würden Sie mich informieren, sollte ein Verlegungsbefehl ergehen? Und darauf bestehen, dass man Ihnen den Vollzugsbefehl vorlegt und auch den Bestimmungsort nennt? Und sollte man dem nicht nachkommen, könnten Sie dann das Kennzeichen notieren? Was immer Ihnen möglich ist.«

Der Direktor sah erschrocken aus. »So weit kann es kommen?«, fragte er.

KAPITEL VIERZIG

Brooke stand an der Terrassentür und sah zu, wie der Nebel vom Fluss heraufkroch und sich dort festsetzte, wo Rinder das Ufer zertrampelt hatten. Ein einsames Pferd verschwand langsam im Dunst: erst die Hufe, dann die Fesseln, bis irgendwann nur noch der edle Kopf wie ein Springer aus einem Schachspiel mitten in der Luft zu hängen schien. Aus dem Weiß schälte sich eine gebeugte Gestalt, die vom Treidelpfad auf das Haus zukam: Marcus Ashmore, Nachtkletterer, Mathematiker und der fleißige Bruder der feierwütigen Jo.

Ein sonderbarer Junge, dachte Brooke; das war ein so überaus englischer Beiname, ein Allerweltsbegriff für so viele unausgesprochene Eigentümlichkeiten im Verhalten und Handeln. Dies war das Universalurteil, das die Familie Brooke gefällt hatte, gleich an dem Tag, an dem Marcus mit seinen Eltern das erste Mal in ihr Haus gekommen war. Die Kinder bildeten einen eng verbundenen Club – zwei Mädchen, zwei Jungs, allein gelassen, während die Erwachsenen am langen Tisch im Esszimmer speisten. Das alte Haus war zu ihrem Spielplatz geworden, der schattige Dachboden und der triefend feuchte Keller zum Schauplatz von Versteckspielen, stets von lautem Kreischen begleitet. Als die Ashmores in ein stattlicheres Collegehaus umzogen, hatten die Kinder, anders als die Eltern, weiter Kontakt gehalten.

Marcus näherte sich dem Gartentor, hob mit geübter Leichtigkeit den Hebel an und kam zur Küchentür.

»Tee?«, rief Brooke, bemüht, seiner Stimme zur Erinnerung an frühere Zeiten ein wenig Wärme zu verleihen.

»Bitte«, antwortete Markus und setzte sich an den schlichten Tisch, der einst dem Kartenspiel gewidmet war. »Es ist schön, wieder hier zu sein«, fügte er lächelnd hinzu. Klein und adrett von Gestalt gelang es ihm mühelos, den Geist des Kindes, das er einst gewesen war, heraufzubeschwören.

Marcus, rechnete Brooke aus, musste zweiundzwanzig sein – in akademischer Hinsicht in der intellektuellen Blüte seines Lebens. Seine physische Untätigkeit hatte stets auf ein surrendes Gehirn hingedeutet, das zudem von den raschen Bewegungen seiner Augen verraten wurde. Derzeit tanzten sie wieder einmal hektisch durch den vertrauten Raum, vermutlich auf der Suche nach dem, was ihnen noch nicht vertraut war: ein neuer Wasserfarbendruck, eine Erweiterung von Brookes Sammlung gerahmter Karten der Stadt oder die glänzende Kaffeekanne.

»Wie geht es Joy?«, fragte Marcus.

Eine Minute lang tauschten sie Neuigkeiten über ihre Familien aus, bis Brooke den Tee einschenkte und die Keksdose, einen Familienschatz, in dem Bestreben zwischen sie stellte, dem Treffen mit Leckereien aus der Kindheit einen informellen Anstrich zu geben.

»Jo sagte, Sie wollen mich sprechen«, kam Marcus schließlich auf den Punkt.

»Ja, wegen Ernst Lux – ein Freund, ein Kollege?«

»Ein Freund. Wir haben russisches Roulette gespielt …« Marcus lächelte, und Brooke musste daran denken, wie viele Male er erlebt hatte, dass die Unschuld in seinen Zügen eine grausame Ader hatte durchschimmern lassen.

»Keine Waffen«, sagte Marcus und reckte beide Hände hoch. »Ernst hat ein Buch benutzt. Wirklich schlau. Wir haben diverse Bedingungen aufgestellt. Beispielsweise schlägt man das Buch auf der Grundlage auf, dass man hundert Pfund erhält, wenn man eine gerade Kapitelnummer erwischt, während eine ungerade für eine sofortige Einberufung zu einer Truppenübung stand. Oder eine durch fünf teilbare Seitenzahl bringt tausend Pfund, jede andere führt zum Verweis von der Hochschule. Wir haben stundenlang gespielt. Dabei zeigt sich der Charakter.«

Für eine Sekunde sah er Brooke in die Augen, dann nahmen seine Blicke ihre Reise wieder auf und stellten ein Inventar von Tellern und Tassen, Gläsern und Pfannen auf.

»An dem Abend, an dem Ernst gestorben ist, da wart ihr beide beim Nachtklettern. Habt ihr das regelmäßig getan?«

Marcus musterte seine Teetasse, wartete vielleicht auf Informationen darüber, welche Risiken er einging, wenn er dem Detective die Wahrheit verriet.

»Ich kann nichts beweisen«, sagte Brooke. »Und das hier ist ein Privatgespräch. Ich bin der letzte Mensch, der sich zum Bewahrer der Universitätsvorschriften aufschwingen würde. Aber ich muss wissen, wie er gestorben ist, Marcus. Seine Arbeit unterlag zumindest in Teilen der Geheimhaltung. Sowohl meine als auch deine Vorgesetzten wollen erfahren, wie er umgekommen ist. Sie müssen – ich muss – sicher sein. Ein Unfall ist ein Unfall. Aber wenn ich die Wahrheit nicht zu hören bekomme, kann ich andere Maßnahmen ergreifen. Wir könnten ein formelles Gespräch im College führen, aber dazu müsste ich die Zustimmung deines Masters einholen.«

Marcus nickte, als hätte er genau damit gerechnet. Er legte die Fingerspitzen aneinander, als wollte er sie dazu benutzen, die Möglichkeiten zu kalkulieren, um zu einer Entscheidung zu gelangen.

»Ernst war an dem Abend betrunken«, sagte er schließlich.

»Wirklich betrunken. Wir waren eine ganze Weile nicht losgezogen. Ein wenig Alkohol kann dann tatsächlich Wunder wirken. Er enthemmt, macht die Glieder beweglicher. Aber ihm war schwindelig, also haben wir geredet. Er war in einer sehr merkwürdigen Stimmung. Auf dem Rückweg vom Pub hat er einen langen Spaziergang gemacht – um nachzudenken. Als er dann wieder am College anlangte, war das Tor verschlossen, also ist er an der Zeder über die Mauer geklettert, für Ernst eine Kleinigkeit. Aber der Zustand, in dem er in meinem Zimmer aufgetaucht ist … Wir sind jedenfalls raus und haben uns an die Dachkante gesetzt. Er war sehr still, introspektiv, ganz klar.

Ich habe ihn gefragt, ob alles in Ordnung ist. Er hat gesagt, es wäre seine Arbeit und er wäre bei einer Vorlesung im Galen gewesen, die eine unerwartete Wendung genommen hat. Genau so hat er es ausgedrückt: eine ›unerwartete Wendung‹. Ich glaube, er war deprimiert. Das ist der Aspekt bei Alkohol, den alle immer vergessen, dass er Stimmungen nur verstärkt, nicht schafft.«

»Mehr hat er nicht darüber gesagt, warum er so bestürzt war. Nichts Genaues?«

»Nein, und ich bin nicht darauf herumgeritten. Wir haben uns nie über Ideen akademischer Art ausgetauscht. Er ist Naturwissenschaftler. Oder Chemiker. Oder beides. Meine Arbeit ist eine völlig andere. Und unterliegt der Geheimhaltung. Ich schätze, wir haben uns gewissermaßen auf eine Art unbewusstes Stillhalteabkommen hinsichtlich aller Themen, die unsere Arbeit betreffen, geeinigt.«

Aus dem milchigen Dunst hörten sie das *Plosch!* eines Ruders, das die Wasseroberfläche im Fluss durchschlug.

»Wir sind auf das Klettern gestoßen«, sagte Marcus, als wäre es völlig normal, sich dem Risiko eines abrupten Ablebens auszusetzen; nicht viel anders als eine Partie Bridge. Immerhin schien er selbst zu merken, wie aberwitzig das klang. »Ich weiß. Es liegt wohl an der Aufregung. Das hebt die Stimmung. Ich glaube, wir haben das wirklich gebraucht. So wie eine Droge. Ich bin da nicht anders. Man kann nicht das ganze Leben im eigenen Kopf zubringen.«

Dieser Enthüllung haftete etwas Vertrautes an, beinahe, als würde er eine Beichte ablegen. Brooke fühlte sich durch diesen Einblick seltsam berührt.

»Du kanntest die Konsequenzen?«, fragte Brooke.

»Na ja, es war schon immer verboten«, sagte Marcus. »Aber Michaelhouse hat die Strafen raufgesetzt und die moralische Schande verstärkt, also war das Risiko ziemlich groß. Aber ich glaube, wir haben das beide eher als zusätzlichen Anreiz aufgefasst. Ich bin allerdings nicht sicher, ob Ernst das überhaupt gekümmert hat, und in dieser Nacht hat es ihn ganz bestimmt nicht gekümmert. Es gibt einen relativ leichten Weg von der Kapelle rüber in den North Court. Wir haben uns in meinem Zimmer fertig gemacht und sind dann an der Dachrinne entlang, was eigentlich eine Schummelei ist, aber auf diese Weise waren wir sicher vor Dorics elender Wachsamkeit …«

Er lächelte, möglicherweise verunsichert wegen Brookes Verweigerung, seine aufgekratzte Abenteurerstimmung zu teilen.

»Seine Schuhe und Socken hat er in deinem Zimmer gelassen?«, fragte Brooke.

»Ja. Ich klettere mit Schuhen, aber Ernst ist immer barfuß gegangen. Die Experten streiten …«

Brooke nickte.

»Wie auch immer, wir haben unter dem Dachüberstand eine Pause gemacht und auf die Stadt hinausgesehen. Rückblickend haben wir wohl beide die Wirkung der Verdunkelung unterschätzt. Sogar bei bewölktem Himmel hat man immer noch ein bisschen Licht, aber in dieser Nacht war die Dunkelheit wirklich undurchdringlich. Die Finsternis fühlte sich erdrückend an.«

Er hielt die Hände vor das Gesicht, um seine Worte zu veranschaulichen.

»Ich dachte, Ernsts Stimmung wäre besser geworden, aber ich mag mich getäuscht haben. Wir haben beschlossen, weiterzugehen, die Fassade des West Range zu überqueren und dann in einem Schornstein runterzugehen … Das ist kein echter Schornstein, verstehen Sie? Es ist nur eine vertikale Lücke zwischen zwei Pfeilern. Man legt den Rücken an den einen, die Füße an den anderen. Routine für uns. Auf halbem Wege kann man dann auf ein Fallrohr wechseln, aber dazu muss man über einen schmalen Sims. Da braucht man starke Finger.«

Marcus dehnte die linke Hand. Zum ersten Mal kam Brooke in den Sinn, dass er ihn unterschätzt haben könnte. Verbarg sich hinter der beinahe kindlichen Fassade ein berechnender Geist?

»Wir wollten unbedingt runter, weil die Luftschutzsirene geheult hat. Im College gibt es Feuerposten, aber die sitzen nur faul herum. Die bewegen sich genauso wenig wie die Front.«

»Ich habe nicht gesehen, wie es passiert ist. Ich war da noch im Schornstein, aber er hatte schon den Sims erreicht und wollte rüber. Ich hab seine Füße scharren gehört, und seine Hände. Das ist wichtig, glaube ich, wenn es dir um Beweise geht. Hätte er in dem Moment beschlossen, seinem Leben ein Ende zu machen, dann hätte er sich einfach fallen lassen, aber seine Hände und seine Zehen haben für einen Moment verzweifelt nach Halt gesucht. Und dann war er in der Luft.«

Brooke war erschrocken über diese neuerliche Andeutung,

der lernbegierige Amerikaner könnte sich das Leben genommen haben.

»Dann habe ich ihn gesehen«, fuhr Marcus fort. »Sein Gesicht, das eigentlich ziemlich ruhig wirkte, wie es von mir weggefallen ist. Da war Licht am Himmel, von dem Feuer am Bahnhof, darum konnte ich seine Augen erkennen. Bis zu den Steinbildhauereien des Vordachs sind es fünfzig Fuß, und da gibt es eine Reihe kleiner Pinakel, und auf die ist er gestürzt. Er hatte keine Chance zu überleben. Es ging sehr schnell. Das ist das, was alle sagen, nicht wahr? Ich bin aber nicht so sicher, ob das auch schmerzlos war.«

»Kein Seil?«

Wieder dieser Hauch eines Lächelns. »Nein. Das ist so ziemlich de rigueur. Natürlich war das ein Desaster. Sie hätten mich der Hochschule verwiesen, rausgeschmissen. Als ich also bei ihm angelangt war, habe ich seinen Puls gemessen, aber er war zweifellos tot, sein Körper war regelrecht zerschmettert. Da bin ich dann ins Zimmer eines Freundes, und wir haben eine Gruppe von sechs Leuten zusammengestellt. Der Pförtner macht in der Morgendämmerung seine Runde, also hatten wir Zeit.«

»Und das Geräusch durch den Sturz?«

»Wie gesagt, die Sirene hat geheult, und da haben sie ein paar Jagdflieger losgeschickt. Das war ein Höllenlärm. Das reinste Chaos, und das war perfekt, weil alle dringeblieben sind, um die Verdunkelung einzuhalten. Wir haben ihn in einen Teppich gewickelt und weggetragen. Jemand hatte vor Jahren den Schleusenschlüssel geklaut und Kopien angefertigt, also haben wir ihn ein paar Meter weit weg ans Flussufer gebracht. Überall waren Fetzen von dem Ballon. Wir dachten, das könnte …« Er suchte nach den passenden Worten. »… als Erklärung funktionieren.«

»Doktor Lux hatte ausgedehnte Verletzungen. Da muss doch Blut gewesen sein – oder Schlimmeres.«

»Ja. Wir haben die Steine auf dem Vorbau und unten auf Bodenebene geputzt. Wenn Sie weiter oben nachsehen, bei den Pinakeln, da werden Sie Beweise finden. Aber Sie müssen wissen, wo Sie danach suchen sollen. Und das alles war Regen und Sonne ausgesetzt.«

Blut, Knochen, Muskeln, Gehirn, wie schnell diese Dinge zu bloßen Beweismitteln verkamen. Brooke fühlte, wie die Kälte des Flussnebels in das alte Haus drang.

»Warum, glaubst du, ist Ernst abgestürzt?«

»Ich nehme an, er hat die Konzentration verloren. Das wäre fatal. Es *war* fatal. Man muss einen kühlen Kopf wahren. Aber wir kannten die Risiken. Zumindest insofern war das seine Entscheidung. Immer noch besser, als auf irgendeinem Feld in der Fremde niedergemetzelt zu werden, weil dir irgendein vorgesetzter Offizier sagt, du hast zu kämpfen, schätze ich. Dann ist man in einer Situation, in der jemand anderes die Risiken abwägt. Und seine Familie wird seine Asche erhalten, das ist immerhin ein Trost, nehme ich an. Außerdem hat er seinen Beitrag geleistet, was mehr ist, als die meisten je tun werden. Für mich wird er immer ein Opfer des Krieges sein.«

»Und was hast du empfunden?«

»Dass ich einen Freund verloren habe und dass ich ihn vermisse. Ich habe nicht viele Freunde. Das macht die Arbeit zu einer sehr einsamen Angelegenheit.«

KAPITEL EINUNDVIERZIG

Das Kartonagenhaus auf Midsummer Common war beinahe dreißig Fuß hoch; ein sonderbar solide erscheinendes Objekt in dieser nebligen Nacht, ausgestattet mit Tür und Fenstern und einem auffälligen Dach. Es war im Zikkuratstil gestaltet, bei dem jede neue Lage Kartons ein bisschen kleiner war als die darunter, bis mit vorbildlichem Können der Gipfel erreicht worden war. Die beiden Löschfahrzeuge der Hilfsfeuerbrigade standen bereit, um den selbst entfachten Brand zu löschen. Die Menge, die man zum Ufer getrieben hatte, versammelte sich um das *Fort St. George*, einen Pub unten am Fluss.

Brookes Gegenwart hatte eher symbolischen Charakter. Der für die Uniformierten zuständige Inspector hatte die Zügel in der Hand und war damit beschäftigt, den städtischen Constables Anweisungen zu geben und sie ostentativ in Form eines Kordons unterhalb der Ehrentribüne zu postieren, einem Balkon des *Fort St. George*, der mit einer Union Flag und dem Wappen der Hilfsfeuerbrigade geschmückt und derzeit noch vollends verlassen war.

Zwei Soldaten hielten auf der Weide neben dem Kartonhaus Wache, vermutlich weil sie befürchteten, irgendein Schurke könnte versuchen, die Geschehnisse vorzeitig in Gang zu setzen. Brooke nahm an, dass sich die Nachricht von der Stippvisite des Ministers auch über die hohen Ränge hinaus verbreitet hatte, denn die Menge zählte jetzt schon mindestens hundert Menschen und wuchs immer noch sichtbar an.

Edison duckte sich auf einem arthritischen Knie unter der Absperrung hindurch. »Sir, Sheffield hat einen Inspector geschickt, der Gretorix abholen soll. Einen Wagen mit einem Polizisten am Steuer haben sie auch mitgeschickt. Der Officer wurde im *Bull Hotel* untergebracht. In der Nachricht heißt es, sein Name ist Solly, und er ist an der Bar. Den Gefangenen will er morgen um acht abholen, würde ihn aber gern heute Abend noch sehen. Dachte mir, ich kann ihn kaum davon abhalten, richtig?«

Brooke nickte und zog sich den Schirm seines Huts tiefer ins Gesicht. »Morgen, Edison, müssen wir als Erstes unsere Ergebnisse im Fall Childe noch einmal durchgehen.« Die Kontrolle über Gretorix' Schicksal entglitt ihren Händen, und der Tod von Lux sah wie ein Unfall aus Leichtsinn aus. Aber Childes kaltblütige Ermordung war immer noch völlig ungeklärt. »Wir stehen unter Druck, weil wir gefordert sind, den Fall dem Yard oder dem militärischen Geheimdienst zu übergeben, wenn wir keine Fortschritte erzielen. Wir haben einen Tag, vielleicht zwei, ehe wir den Fall verlieren, und dieser Fall gehört nicht zu denen, die ich zu verlieren gedenke.«

Edison nickte, holte seine Pfeife hervor und kratzte den Kopf mit einem kleinen Messer aus. »Die Met hat angerufen. Sie sind mit der Durchsuchung des Postzentrums Mount Pleasant fertig, und es gibt keine Spur von Childes Brief. Sie haben jeden Einzelnen festgenommen, den sie in den Büroräumen der Kommunistischen Partei angetroffen haben, einschließlich des stellvertretenden Generalsekretärs. Das stinkt unverkennbar, und Whitehall lacht sich ins Fäustchen. Bisher haben sie es dem Commissioner noch nicht auf den Schreibtisch gelegt, aber dabei wird es nicht bleiben …«

»Reden wir mit Childes Nachbarn und verschaffen uns ein umfangreicheres Bild von ihm«, sagte Brooke. »Staunton ist auch ein Mysterium. Warum bestehen wir nicht darauf, dass sie uns eine Liste ihrer Klienten gibt, Edison? Mir ist egal, ob das schlecht fürs Geschäft ist. Irgendwas stimmt nicht mit dieser Frau.«

»Da ist er!«, rief eine Stimme in der Menge. Erst brandete ein Jubelruf auf, dann rasten viele die Reihen der Leute hinauf und hinab. Auf dem Balkon des *Fort St. George* winkte vergnügt der Arbeitsminister.

»Haben Sie Ihre Enkel hergebracht?«, fragte Brooke.

»Hätte ich nicht darauf verzichten wollen«, sagte Edison. »Sie lieben Feuer.«

Brooke war außerstande, das kurze Aufflackern der Erinnerung an ein Bild aus einem Albtraum zu unterdrücken: Claire, in deren Augen Flammen flackerten.

Oben auf dem Balkon hatte sich ein Kontingent Honoratioren zu dem Minister gesellt; Brooke sah Colonel Swift-Lande und Carnegie-Brown, die sich genau in diesem Moment vorbeugte, um dem Gast einen Feldstecher zu überreichen.

Ein Platoon Soldaten marschierte in eleganter Manier vorüber, ehe eine schattenhafte Gestalt, bei der es sich um den Oberbürgermeister handeln mochte und die gerade erst auf dem Balkon eingetroffen war, eine unhörbare Rede hielt. Der Minister sagte zur Antwort auch ein paar Worte, von denen Brooke »großartige Stadt«, »ehrwürdig« und »Stippvisite« aufschnappte.

Endlich flackerte die erste Flamme auf. Die Pyrotechnik war spektakulär und mit an Sicherheit grenzender Wahrscheinlichkeit ungeplant. Die Luft in den Kartons wirkte wie Treibstoff, also glich das Ergebnis des Unterfangens weniger einem Feuer als einer Explosion. Die Löschschläuche kämpften ohne große Wirkung gegen etwas, das sich als riesige einzelne Flamme entpuppte, die das Wasser mitten in der Luft verdampfte. Das Feuer, im Herzen von lebhaftem Gelb, schien bis zu den niedrigen dunstigen Wolken hinaufzureichen. Der Lärm war fürchterlich und schlug wie ein Wirbelwind auf die Trommelfelle ein.

Jeder Karton loderte gerade so lange auf, wie es dauerte, die empfindliche Pappe aufzuheizen und zu zerstören. Die einzelnen Lagen stürzten eine nach der anderen von unten nach oben ein, bis das Zikkuratdach in einem Bett aus Asche versank.

Unsicherer Applaus begegnete einer Szene totaler Zerstörung.

Brooke hatte gar nicht zugesehen. Von dem Moment an, in dem die erste Flamme aufgeflackert war, hatte er dem Spektakel den Rücken zugekehrt und in dem zunehmend grelleren Licht die Würdenträger auf dem Balkon beobachtet. Die Brille des Ministers verwandelte sich in zwei kleine Feuerkreise. Carnegie-Brown reagierte zuerst, wich plötzlich zurück und verschwand außer Sichtweite; dann flogen die Hände des Oberbürgermeisters an seine Lippen. Swift-Lane stolperte tatsächlich seitwärts, als hätten seine Beine unter ihm nachgegeben, sodass jemand seinen Arm ergreifen musste, um ihn auf den Füßen zu halten.

Die Menge, die sich in ehrfürchtigem Schweigen ergangen hatte, keuchte kollektiv auf. Ein Schrei zerriss die Luft.

Brooke drehte sich wieder zum Feuer um. Eine Gestalt stand in der Asche. Während er hinschaute, schien sie zu wachsen, schien sich im Stil eines Phönix von den Knien zu erheben. Brooke konnte das plötzliche Gefühl nicht abschütteln, dass dieser Mann wiederauferstanden war, als hätte die reine Macht von Hitze und Feuer ihn aus der Erde hervorgeholt. Für einen Moment stand die Gestalt still. Flammen leckten an den ausgestreckten Gliedern, loderten um den Kopf. Dann tat sie einen Schritt auf sie zu, ihre Hände vollführten eine Art Totensignale, die folgenden Schritte wirkten mechanisch, als wären die Glieder an den Gelenken verschmolzen.

Schließlich, aller Energie beraubt, sank die Gestalt am Rand eines Grabens, der ausgehoben worden war, um das Feuer einzudämmen, auf die Knie. Eine vereinzelte Flamme sprang aus ihrer Brust hervor, ehe sie – endlich – rücklings auf das feuchte, dampfende Gras fiel.

Die von Entsetzen getragene Stille war umfassend.

Brooke rannte los, schnappte sich am Rand des Schutzgrabens einen Löscheimer, überwand den Graben und war nach weiteren drei Schritten bei dem geschwärzten, verbrannten Leichnam, deren Gliedmaßen sich im Tod völlig verkrampft hatten. Rauch stieg von einem verkohlten Fuß auf. Brooke vermied es, sich anzusehen, was von seinem Gesicht übrig war, und stellte den Eimer ab.

KAPITEL ZWEIUNDVIERZIG

Claire hatte eine Kerze auf den Tisch neben dem Feuer gestellt, zusammen mit zwei Weingläsern, und war gerade dabei, die Flasche auf dem Herd ein bisschen zu erwärmen. Brooke hatte angerufen, also wusste sie, dass er sich verspäten würde. Und er hatte ihr die Szene auf Midsummer Common beschrieben. War also die Kerze mit ihrer züngelnden Flamme ein Fehler? Sie glaubte es nicht, und so platzierte sie das Silberbesteck auf zwei Platzdeckchen, auf denen Bilder von York Minster zu sehen waren – ein Hochzeitsgeschenk von ihrer Schwester. Die Zinntöpfe mit Salz und Pfeffer stammten von Brookes Mutter, genau wie das Leinentischtuch.

Gemeinsames Essen, diese kleinen Rituale – das war wie ein Griff nach der Welt, die sie verloren hatten. Claire hatte stets den Tisch gedeckt, und ihre methodische Eigenart belohnte sie am Ende mit der perfekten Symmetrie von Silber und Kristall. Sogar die Falte in der Tischdecke lag in exakt dem richtigen Winkel da.

Krieg und die bevorstehende Belastung durch umfassende Rationierungen hatten sich auf ihre Ernährungsweise ausgewirkt. Claire, dazu verdammt, im Krankenhaus Massen zu versorgen, war bereit, sich der Herausforderung anzunehmen: Sie hatten es mit gefülltem Herz probiert, mit Kutteln und diversen neu erfundenen und wiederbelebten Zubereitungsmethoden für Innereien. Heute Abend wurde das Essen in einer

Auflaufform serviert und verriet nach einem kurzen Rühren, dass es so tat, als wäre es Hühnchen.

Brooke traf ein, stieß die Tür auf, während der Schlüssel noch im Schloss hing, und rief: »Zu Hause!« In all den Jahren, in denen die Kinder bei ihnen gewesen waren, hatten sie einander nie im Hausflur geküsst; nun war es zu einem Ritual geworden.

»Dieser arme Mann …« sagte Claire und nahm ihm seinen Hut ab.

»Da habe ich eine Überraschung«, entgegnete Brooke und schüttelte seinen Mantel ab. »Es ist eine Frau.«

Sie hatten den verkohlten Leichnam ins Galen gebracht, und Dr. Comfort hatte sogleich eine rasche äußerliche Untersuchung vorgenommen. Eine Frau, eindeutig, zwischen siebzig und fünfundachtzig Jahren alt, die Kleidung, von der sie mehrere Schichten trug – einen wollenen Hausmantel über einem Hemd über einem Unterhemd –, war zwar abgetragen gewesen, aber von guter Qualität.

Nach Brookes Urteil hatten sie in der Asche des »Hauses« die Stelle gefunden, an der sie versteckt gewesen war. Eine Stelle, gekennzeichnet durch eine verkohlte Decke und zwei leere Glasflaschen Cider, die in der extremen Hitze teilweise geschmolzen waren.

»Denkst du, wir werden je erfahren, was dahintersteckt?«, fragte Claire und stellte sich neben das Feuer. Für sie erhielt das Leben eine Menge Würze, indem sie solche Geschichten hervorlockte und den Fäden, aus denen Charakter und Schicksal gesponnen waren, in die Vergangenheit folgte. Aufgewachsen in einem kleinen Dorf in einer großen Familie war sie es gewöhnt, jedermanns Geschichte zu kennen.

»Vielleicht war sie eine Vagabundin«, sagte Brooke.

Landstreicher, die zwischen den Städtchen und Dörfern der

Fens herumwanderten, waren seit Kriegsbeginn zu einem regelmäßig erscheinenden Merkmal der Stadt geworden. Die Suppenküchen, die kostenloses Essen für die Arbeiter bereitstellten, hatten sich als Honigtopf erwiesen. Einige von ihnen schliefen unter freiem Himmel, bettelten an den Collegetoren um Unterkunft oder krochen auf dem Market Hill unter die Stände.

»Für manche sind Kartons ein Zuhause«, sinnierte Brooke. »Die Isolationsfähigkeit dieser Pappen ist beachtlich. Eine kalte Nacht, ein nasser Tag, vielleicht war sie gerade erst hineingekrochen und eingeschlafen. Das Ding stand ein oder zwei Tage da, und wie hätte sie wissen sollen, welchem Zweck es dienen würde? Bis zum letzten Tag war es unbewacht. Vielleicht dachte sie auch, sie könnte das Risiko eingehen und dann vor Anbruch der Dunkelheit weiterziehen. Wenn die beiden Ciderflaschen ihr gehört haben, dann war sie unter Umständen an einem Punkt angelangt, an dem ihr alles egal war. Wie dem auch sei, es ist nicht mein Fall. Es war ein Unfall, und das ist wohl kaum eine Aufgabe für uns. Die Uniformierten werden die Sache morgen übernehmen.«

Claire schauderte und warf einen Holzscheit auf den Kaminrost. Brooke folgte ihrem Blick zu den sanften Flammen, geplagt von der Erinnerung an die Arme der Frau, an das feurige Winken, das den Eindruck vermittelt hatte, sie wollte eine Botschaft senden.

»Was für eine Art zu sterben …«, sagte Claire. »Wir haben einen Brief von Luke bekommen; ich habe ihn noch nicht aufgemacht«, berichtete sie dann.

»Lass uns damit warten und erst essen. Kaninchen?«, fragte er, schnüffelte in der Luft und ging zum Feuer. Dann nahm er die Flasche vom Herd und schenkte zwei Gläser ein.

»Hase«, entgegnete Claire, stellte die Auflaufform auf den Tisch und prüfte mit einer Gabel, ob das Fleisch auch zart war.

Einen Moment lang aßen sie schweigend.

Brooke schenkte mehr Wein ein. »Mit ein bisschen Glück kann ich mich wieder mit dem Mord an Childe befassen. Das ist ein Fall, der mir wie Sand durch die Hände zu rinnen scheint. Aber nicht wie gewöhnlicher Sand, eher wie das Zeug, das in den Eieruhren steckt. Derzeit werde ich den Gedanken nicht los, dass das Militär mich zum Narren hält. Was mich wütend macht, wenn man bedenkt, dass wir im Krieg sind und ich nicht der Feind bin.«

Er stocherte in einem Stück Fleisch herum. »Das ist nicht schlecht, oder? Irgendwie wie zu lange gelagertes Wild. Als hätte es zwischen Fasanen und Rebhühnern gehangen.«

Claire nippte an ihrem Wein und tupfte sich die Lippen mit der Serviette ab.

»Du wirst schon sehen, in einem Jahr werden wir noch in Erinnerungen an dieses Schmorgericht schwelgen«, meinte sie.

»Was sein muss, muss sein … Die Franzosen haben während der Belagerung von Paris Pferdefleisch gegessen«, sagte Brooke; was ein Fehltritt war, denn es erinnerte sie an Luke, der in diesem Moment draußen auf irgendeinem Feld im Nordosten Frankreichs lagerte.

Er räumte die Teller ab, während Claire den Brief ihres Sohns von seinem Ehrenplatz auf dem Kaminsims holte.

»Lies vor«, bat sie. »Mit deiner Stimme klingt es am besten.«

Luke beschrieb in allen Einzelheiten die Ankunft britischen Wehrmaterials an der Grenze, eine Kolonne, die in der Düsternis des ewigen Herbstregens auftauchte. Er schlief unter einem Panzer, obwohl sie strikte Anweisung hatten, das nicht zu tun, doch er zog es vor, die Nacht im Trockenen zu verbringen, ungeachtet des minimalen Risikos, dass das Fahrzeug in den Boden sinken und ihn erdrücken mochte.

Ich bin erfrischt aufgewacht, lautete die Zeile, die sie beide erfreute.

Brooke stellte fest, dass es schon bemerkenswert sei, wie sich die milde Unannehmlichkeit der feuchten, morastigen Grisaille Frankreichs allmählich zu einer Art Folter entwickeln konnte.

Draußen schmiegte sich der Nebel an das kalte Fensterglas. Das alte Haus war zugig, und die Kerzenflamme flackerte so sehr, dass Brooke sie für einen Moment mit der Hand schützte.

Claire seufzte. »Ich hoffe, sie war betrunken, deine Vagabundin – zumindest nichts ahnend bis zum letzten Moment.«

»Während des letzten Krieges«, sagte Brooke rasch, »haben die Deutschen London bombardiert und diese Feuer entfacht. Man erzählte mir, wenn die Hitze eine bestimmte Stärke erreicht hat, fängt das Feuer an, Luft anzusaugen wie ein Motor Benzin ansaugt. Es wird zu seinem *Feuersturm* – habe ich zumindest gehört. Zivilisten sind gestorben, im East End. Es ist immer das East End, nicht wahr? Die Armen erwischt es zuerst. Der Kaiser, aber das ist nur ein Gerücht …« Er nippte an seinem Wein. »Ein Gerücht, aber dennoch. Anscheinend hat er interveniert und diese Angriffe gestoppt, weil sie, wie er sagte, *unzivilisiert* seien. Also werden wir dieses Mal vielleicht verschont bleiben.«

Brooke sah auf seine Armbanduhr. »Ich muss los. Sheffield hat einen Wagen geschickt, um unseren großspurigen Lastwagenfahrer zu holen. Ich sollte ihn übergeben …«

»Wie war es mit Marcus?«, fragte Claire, erpicht darauf, diese Tünche häuslicher Konversation noch eine Minute länger zu bewahren.

»Nicht viel anders als mit dem Jungen, den wir früher gekannt haben.«

Claire half Brooke in seinen Mantel und fuhr mit dem Finger über den Kragen, um ihn herunterzuklappen, während er ihn häufig auf eine Weise hochgeklappt trug, die sie als aufreizend militärisch empfand.

»Er hat mir immer leidgetan«, sagte sie. »Dieser schreckliche Vater. In der Familie hat es nicht viel Liebe gegeben, kein Wunder, dass er Zahlen so mag.«

Sie bot Brooke den Rest des Weins an. »Als ich letzte Nacht heimgekommen bin, ist schon beinahe die Morgendämmerung angebrochen. Ich konnte nicht schlafen, also habe ich einen Eimer Tünche aus dem Regal genommen und im hinteren Dachbodenzimmer angefangen, in dem alten Kinderzimmer, in dem sie damals gespielt haben. Die Wände sind überzogen mit all den geheimen Plänen, den Abenteuern, die die Jungs ausgeheckt haben. Sie wollten davonlaufen und in den Wilden Westen ziehen, erinnerst du dich? Sie hatten sich sogar einen Fahrplan für das Schiff von Liverpool aus besorgt. Marcus war mit gepacktem Ranzen da draußen auf der Straße, bereit, um Mitternacht loszuziehen …« Sie schüttelte den Kopf. »Da war er acht. Und Luke hat tief und fest in seinem Bett geschlafen und hielt die Karte für ihre Reise umklammert.«

»Sieh sie dir nur jetzt an«, sagte Brooke.

KAPITEL DREIUNDVIERZIG

Detective Inspector Solly war im *Bull Hotel.* Nach Brookes Schätzung hielt er sich bereits mehrere Stunden an der Bar auf. Als Brooke den Raum durchquerte, konnte er seinen Akzent schon hören, dieses eigentümliche, nasale Nuscheln, das so typisch für Sheffield war. Er breitete gerade eine blutrünstige Geschichte über die berüchtigten Bandenkriege seiner Heimatstadt vor einer Gruppe von Männern in Anzügen aus – Handelsreisende, nahm Brooke an, allesamt zu alt, um in den Krieg zu ziehen.

»So muss man das machen«, schloss Solly und zeigte auf mehrere leere Gläser, um Nachschub zu ordern. »Gewalt muss man mit Gewalt begegnen. Diese Verbrecher kennen keine Zurückhaltung, also halten wir uns auch nicht zurück. Wenn man weiß, man hat es mit einem Gauner zu tun, dann behandelt man ihn wie einen Gauner. Niemand endet gern über Nacht in einer Zelle von West Bar, glauben Sie mir.«

Brooke stellte sich vor, ließ sich zu einem Whisky einladen und zog Solly von seinem Publikum weg in eine ruhige Ecke.

Das *Bull* hatte schon bessere Zeiten gesehen. Auf einer Messingtafel am Eingang war zu lesen, dass das Lokal bereits seit der Herrschaft Edwards des Fünften an diesem Ort stand. Die Zwischenkriegsjahre hatten seinen majestätischen Anspruch allerdings angeknackst: Der Axminster-Teppich war abgetreten, die Spiegel in den vergoldeten Rahmen fleckig und milchig angelaufen.

»Hab von Ihrem Feuer gehört. Hat sich der Minister schon wieder nach London verzogen?«, fragte Solly und lehnte die breiten Schultern an den verschlissenen Samt der Rückenlehne der Sitzbank.

»Stippvisite«, sagte Brooke. »Sie haben den Gefangenen schon gesehen, soweit ich informiert bin?«

»Gretorix? Oh, aye. Ich kenne Jack Gretorix. Schon mal von der Skye Edge Gang gehört? Er gehört zu dem, was davon übrig ist. Abschaum, Brooke. Leute wie der haben in den Zwanzigern die Stadt auseinandergenommen, und wir werden nicht zulassen, dass sie das noch mal tun. Wir hatten es mit Morden am helllichten Tag zu tun. Leichen, die an der Straßenecke abgeladen wurden. Aber dieses Mal nicht, Brooke. Nicht mit mir. Ich kenne Jack Gretorix, aber was wichtiger ist: Er kennt mich.«

Solly beugte sich näher heran. »Wir holen die Wahrheit aus ihm raus, da können Sie unbesorgt sein. Ich denke, der singt, sobald er kapiert hat, dass es für ihn wirklich Richtung Norden geht. Wir halten uns an Ihren Plan und sagen ihm, dass er auf Kaution freikommt.«

Brooke hatte den Eindruck, dass Solly den Gegner unterschätzte. »Der wird nicht reden«, sagte er.

»Hat er schon«, erwiderte Solly und verzog das Gesicht über seinem Bier. »Ich schätze, er verfolgt eine langfristige Strategie. Sitzt die Sache aus und wartet auf den richtigen Moment, um uns ein paar Leckerbissen vorzusetzen.«

»Was hat er gesagt?«, fragte Brooke.

Solly nahm einen weiteren Schluck aus seinem Pint. »Er sagte, er weiß, wo sie das Fleisch lagern.«

»Das ist alles?«

»Aye. Und glaubhaft ist es auch. Er meint, sie benutzen das alte städtische Schlachthaus unten im Tal. Wurde schon lange vor dem letzten Krieg aufgegeben, und seitdem verfällt es. Aber wer weiß? Wir werden das überprüfen. Wenn die Information was taugt, dann lassen wir ihn vielleicht doch nicht raus. Doch die nächste Frage ist, worauf es eigentlich ankommt. Kann er Namen nennen? Die Namen der Bosse, nicht nur die irgendwelcher Zwischenhändler? Wenn er das tut, dann müssen wir Jack Gretorix möglicherweise neu erfinden, ihm ein neues Leben ermöglichen. Wenn nicht, werfen wir ihn raus und sammeln seine Leiche dann zusammen mit dem Müll wieder ein.« Er drehte sein Glas um und stellte es kopfüber auf den Tisch. »Sie sind dran.«

KAPITEL VIERUNDVIERZIG

Das Konzept des Opferns hatte sich Doric von jeher entzogen. Vielleicht lag es an seiner pragmatischen militärischen Ausbildung oder am gefährlichen Soldatenleben, aber die Idee, Wehrmaterial sozusagen gezielt auf dem Schlachtfeld darzubieten, das war ein Schachzug, der seinen Horizont überstieg und besser höheren Offiziersrängen vorbehalten blieb.

Die Hand des Pförtners schwebte über dem Turm, den Brooke in Gefahr gebracht hatte. Tonlos vor sich hin pfeifend packte er ihn und warf ihn in eine Balsaholzkiste. Er landete mit einem befriedigenden *Tock!*

»Es gibt schlechte Nachrichten, Mister Brooke«, sagte Doric. »Jenner hat was Neues über die Grabungen auf St. John's Wilderness gehört. Die ganze Einheit wurde im Norden am Ende der Straße postiert. Scapa Flow. Da sind die alle. Keine Erklärung, kein gar nichts. Als wären sie nie hier gewesen.«

Nun, nachdem der Weg durch sein Opfer frei geworden war, zog Brooke seine Dame quer über das Brett, bedrohte Dorics König und dachte darüber nach, was diese neuesten Informationen wohl zu bedeuten haben mochten. Die Entschlossenheit des Militärs, jedes potenzielle Sicherheitsrisiko zu neutralisieren, war bemerkenswert; Henderson, Lauder und Popper saßen im County Gaol, die Soldaten, die am Flussufer gegraben hatten, wurden Richtung Polarkreis verbannt. Was um alles in der Welt befand sich bloß in diesen Gruben?

Der Pförtner zupfte seine Hose zurecht, zog die Bügelfalten gerade und raschelte unter dem Tisch mit seinen Schuhen. Dann stand er auf und holte ein Tablett mit übrig gebliebenem Essen aus der kleinen Küche: eine Platte mit Käse und Brot und dem, was er als »Monnits« bezeichnete. Monnits war alles, was man auf Brot oder Toast schmieren konnte: Marmeladen und Konfitüren, Honig oder, besonders beliebt im College, Gentleman's Relish. Brooke hatte in seinem zweibändigen *Oxford English Dictionary* nachgesehen, doch es war ihm nicht gelungen, das Wort »Monnits« oder etwas in der Art zu finden.

Doric beäugte die Lebensmittel auf dem Tablett. »Dieses Feuer. Eine Frau, sagen Sie? Eine Vagabundin?«

»Das ist unsere Theorie. Nun ja, eine Frau ist es definitiv, eine Vagabundin vermutlich.«

Doric schüttelte den Kopf. »Nach dem Krieg hat es hier ein Dinner zur Feier des Sieges gegeben. War eine frostige Nacht im Januar neunzehn-neunzehn. Acht Gänge. Mit Schildkrötensuppe, daran erinnere ich mich noch. Wir waren alle in der Küche, um sie zu probieren. Je gegessen?«

Brooke schüttelte den Kopf, brach etwas Brot ab und fügte eine Scheibe Cheddar hinzu.

»Überschätzt«, sagte Doric mit einer gewissen Genugtuung. »Von einem guten Essen kann man lange zehren, Mister Brooke. Als ich an dem Abend nach dem Fest die Mülleimer rausgebracht habe, war er da, der Vagabund. Ich habe tote Männer gesehen, sterbende Männer. Aber das? Erfroren, haben sie gemeint. Direkt auf meiner Türschwelle, eingewickelt in einen Vorhang in der Nische beim Briefkasten wie eine Kirchenmaus …«

Er wischte sich die Hände an einer zusammengefalteten Serviette ab. »Das erinnert mich an was.« Er ging hinaus ins Postzimmer und kehrte mit einem Bündel Briefe zurück, die mit einem blauen Band zusammengebunden waren. »Die Tagesschicht hat Doktor Lux' Zimmer ausgeräumt. Sie haben all sein Zeug in eine Teekiste gepackt. Der Oberpförtner hat mir gesagt, es wär alles in Sack und Tüten.«

Der Oberpförtner, dem nie die Ehre zuteil wurde, beim Namen genannt zu werden, war ein Inbegriff für Inkompetenz und Schlamperei.

»Darum habe ich einen Blick in sein Fach geworfen. Und siehe da …«

Doric tippte auf das Bündel.

Zwei Studenten kamen zur Pförtnerloge und wollten ein Boot für eine frühmorgendliche Rudertour auf dem Fluss buchen. Während Doric mit viel Herumgefuchtel den Papierkram erledigte, zog Brooke das Band ab, um das Postbündel zu lösen.

Objekt Nummer eins war ein Bewerbungsformular aus dem Bureau of Internal Revenue mit einem Poststempel aus Washington, D.C.

Objekt Nummer zwei: eine handschriftliche Notiz von einem Dr. Stern mit einer Reihe von akademischen Artikeln, die unter Lux' Namen in wissenschaftlichen Zeitschriften veröffentlicht worden waren. Ein Titel sprang Brooke ins Auge: *Die Rolle von Aequorin bei der chemischen Reaktion zwischen Luciferin und Luciferase: Eine Fallstudie zur Biolumineszenz*. Die Notiz war auf einem Zettel mit dem Wappen der University of California, Berkeley, geschrieben worden.

Objekt Nummer drei: die August-Oktober-Ausgabe von *The Cordillera Climber*, einer unbebilderten Zeitschrift, die in kleiner Schrift Hinweise zu Touren durch das gab, was Brooke als Rocky Mountains bezeichnet hätte.

Objekt Nummer vier: eine Postkarte, auf der eine schwere graue See mit einer Insel in einiger Entfernung abgebildet war, die von einem großen, aber schlichten Zweckbau, einem Turm und einem Leuchtturm beherrscht wurde. Ein Boot beanspruchte den Vordergrund, und sein V-förmiges Kielwasser zog sich bis zu einem Hafendamm.

Doric war mit den Ruderern fertig, also las Brooke die Postkarte laut vor:

> *Ernst, wir schicken dir all unsere Liebe. Wir haben einen Ausflug die Küste hinauf gemacht. Der Pfeil ist von deinem Vater. Das war seine Zelle! Er ist so stolz, obwohl das eine uralte Geschichte ist. Er behauptet, Al Capone hätte sein Zimmer bekommen. Wir denken immer an dich. Travis sagt, er meldet sich freiwillig zum Militär, wenn es so weit kommt. Du kannst dir den Krach sicher vorstellen. Versuch zu schreiben, du ahnst nicht, wie viel uns das bedeutet. Deine Mutter. XXX*

Brooke drehte die Karte um, und da war er, ein mit Tinte gezeichneter Pfeil, der auf das Gebäude auf der Insel zeigte. Der Maßstab war zu klein, um ein einzelnes Fenster zu erkennen, aber die dichte Reihe sah eindeutig nach Gefängnis aus.

Er sah sich erneut die Rückseite an. Ganz unten war in kursiver Schrift eine Abbildungslegende aufgedruckt: *US Federal Prison, Alcatraz, CA.*

KAPITEL FÜNFUNDVIERZIG

Nach Mitternacht wehte ein sanfter Wind den Nebel fort. Bis er Frank Edwardes' Haus erreicht hatte, hatte bereits eine Gruppe Studenten auf Fenner's begonnen, bei Mondschein Kricket zu spielen. Vom Fenster des Krankenzimmers des alten Mannes verfolgte Brooke das Spiel eine Weile; sechs Studenten hatten sich um den Schlagmann versammelt, als der Werfer am Gresham-Road-Ende des Felds einen Ball mit viel Effet warf. Ein Schatten klebte im Mondschein an einem Feldspieler, als er zum Feldrand lief, um den Ball zu holen, und Brooke fühlte sich an eine Peter-Pan-Inszenierung in seiner Kindheit erinnert, in der der Held sein substanzloses Alter Ego hinter sich herzog.

»Dumme Säcke«, knurrte Edwardes, der mit geschlossenen Augen an seinen Kissen lehnte. Papiere verteilten sich über das Bett, jedes eng beschriftet mit Fünf-Buchstaben-Blöcken des Morsecodes.

»Ich brauche Hilfe«, sagte Brooke am Fenster, und Edwardes nickte und legte seinen Block zur Seite.

Eine kurze Beschreibung des Childe-Falls dauerte fünf Minuten: angefangen mit den Ereignissen während der Großen Verdunkelung, weiter zu den Gruben am Fluss, dem Film im Galen, dem Brief nach London, bis hin zu dem Mord auf dem Mill Road Cemetery. »Mir scheint, um das Motiv kommen wir nicht herum: Childe wusste zu viel, also wurde er ermordet und der Durchschlag seines Briefs entwendet. Aber das erscheint nicht sehr sinnvoll, wenn das Original per Post auf dem Weg nach London ist.«

»Diese Frau, Staunton, wie überzeugt sind Sie, dass sie ihn abgeschickt hat?«

Brooke zuckte mit den Schultern. »Sie könnte lügen. Andererseits, was wäre dann *ihr* Motiv? Aber Sie haben recht, sie ist selbst ziemlich rätselhaft. Wir versuchen, mehr über sie herauszufinden. Und dann sind da noch ihre verschwundenen Parteigenossen. Die sind oben auf der Burg und werden nach den Notstandsgesetzen festgehalten. Jemand denkt, sie könnten zu viel wissen. Vielleicht tun sie das. Aber Mörder? Nein, Frank, mir entgeht ein entscheidender Teil des Gesamtbilds. Ich denke immer wieder, das Militär hält uns Informationen vor. Da gibt es einen Major – Stone ist sein Name, ein richtiger Bürohengst –, aber der war nicht ganz ehrlich, was die Nacht der Verdunkelung und die abgetriebenen Sperrballons betrifft. Sein Boss, der CO, auch ein Karrieresoldat, heißt Swift-Lane. Er steckt voller Tatkraft und gibt sich umgänglich, aber ich würde ihm nicht weiter trauen, als ich spucken kann. Ein Bruder sitzt im Kabinett, ein anderer ist bei der Marine, also haben wir es da vielleicht einfach mit Rivalität unter Geschwistern zu tun. Ich könnte den ganzen Vorgang aber auch einfach vergessen«, sagte Brooke und schnippte mit den Fingern. »Soweit ich es beurteilen kann, bin ich den Fall morgen früh sowieso los. Aber etwas an der Geschichte macht mir zu schaffen …«

»Hier ist mein Rat, wenn Sie ihn hören wollen …«, sagte Edwardes. »Ich würde zum Tatort zurückkehren. Jemand hat in der Nacht Schüsse gehört? Schicken Sie Uniformierte von Tür zu Tür. Vielleicht hat jemand Ihren Mörder gesehen. Warum nicht einen Mann nach Einbruch der Dunkelheit auf dem Friedhof postieren? Sie sind nicht der Einzige, der sich nachts draußen rumtreibt, wissen Sie. Die meisten derartigen

Orte enden irgendwann als Seufzergässchen. Vielleicht hat jemand den Mörder bemerkt, will sich aber nicht melden. Laufarbeit, Brooke, das ist es, was so ein Fall braucht.«

Von unten konnten sie Kat an der Nähmaschine hören; das rhythmische Treten des Pedals klang wie ein rasender Herzschlag. Der regelmäßige, schnelle Schlag vermittelte Brooke ein fiebriges Gefühl, also setzte er sich in den Lehnsessel, wohl wissend, dass er so womöglich einen Schlafanfall heraufbeschwor.

Er beugte sich vor, zupfte ein Blatt Papier vom Bett und betrachtete die sauberen Kreise, die um die Buchstabengruppen gezogen worden waren. »Was ist das alles?«

»Nichts Raffiniertes«, sagte Edwardes. »Wir hatten Anweisung vom Innenministerium, auf Buchstabengruppen zu achten, die sich in einem bestimmten Muster wiederholen. Immerhin *ein* Hinweis von Madingley Hall, der uns über London erreicht hat. Das nennt man Crib. Es dient als Schlüssel. Wenn man Funkverkehr abfängt und weiß, dass es um Cambridge geht, dann sucht man nach Kombinationen aus neun Buchstaben. Sehen Sie? C a m b r i d g e – neun Buchstaben. Wenn man das einmal hat, kennt man den Code.«

»Aber Sie sind hinter sieben her?«, hakte Brooke nach und ließ, plötzlich wieder hellwach, seinen Blick über die eingekreisten Buchstaben wandern.

»Richtig. Sie haben uns das tatsächliche Wort genannt für den Fall, dass jemand in Panik gerät und eine unverschlüsselte Nachricht schickt. Das ist nicht so verrückt, wie es klingt, denn das Interessante am Morsen ist, dass es schnell geht, und ein erfahrener Morser versteht die Zeichen so unmittelbar wie das gesprochene Wort. Wenn Sie es also eilig haben und denken, niemand hört mit, dann könnten sie geneigt sein, das Risiko einzugehen. Das heißt dann ›Chat‹.«

»Wie lautet das Wort?«

»Pegasus.« Edwardes lachte. »Ich weiß, Sie sind vertrauenswürdig, Brooke. Aber wenn Sie das durchsickern lassen, dann werde ich vielleicht erschossen. Was, wenn ich es recht bedenke, ein Segen wäre. Also, ja, Pegasus. Sie sind derjenige mit der klassischen Ausbildung.«

Brooke schüttelte den Kopf. »Pegasus war ein Gott, ein mythisches Pferd mit Flügeln. Ich glaube, er hat einen anderen Gott getragen bei der Jagd nach der Chimäre, einem schillernden Ungeheuer, geschaffen aus den Teilen von anderen Kreaturen: der Kopf eines Löwen, der Körper einer Ziege, der Schwanz einer Schlange.«

Edwardes nickte und schob einige Papiere herum. »Davon abgesehen ist das nur das übliche Geschwätz. Der Besuch des Ministers hat etwas mehr Funkverkehr verursacht, aber nichts Ernstes. Ein ziemlicher Schock, dieses alte Mädchen im Feuer. Was sagt Doktor Comfort?«

»Nichts Überraschendes. Die arme Frau ist bei lebendigem Leib verbrannt, mehr oder weniger vor unser aller Augen. Wir bearbeiten den Fall basierend auf der Hypothese, dass sie eine Vagabundin war, eine Landstreicherin und vermutlich eine Trinkerin.«

»Aber eine Frau?«, hakte Edwardes nach. »Vagabunden sind normalerweise Männer, Brooke. Frauen sind sehr selten unter denen; und mir tun sie alle leid. Je einen von diesen Leuten in die Zelle gesperrt?«

Brooke schüttelte den Kopf.

»Wenn es das nächste Mal Frostwetter gibt, denken Sie darüber nach. Wohltätigkeit muss nicht auf das Privatleben begrenzt sein.«

KAPITEL SECHSUNDVIERZIG

Rose Kings Hütte auf dem Market Hill war gut besucht; eine Schar junger Verkäuferinnen drängelte sich vor dem Tresen und konkurrierte um eine Gelegenheit, Zucker in den Tee zu schütten.

Als Brooke sich näherte, sagte eine: »Das ist wohl Ihr Glückstag, Rose.« Daraufhin brachen alle Frauen in Gelächter aus.

»Groß, dunkel und attraktiv«, bemerkte eine andere Stimme. »Genau richtig.«

Brookes knappe Schritte führten ihn in den Lichtschein, der sich aus dem Stand ergoss. Er schob sich den Hut in den Nacken, und die Mädchen stoben kichernd davon.

»Ihr Mann ist da drüben«, sagte Rose, wobei eine halbe Zigarette zwischen ihren roten Lippen tanzte. »Der macht mir eine Gänsehaut. Ölig ist das passende Wort, und ich weiß, er ist ein Freund … ich glaube nicht, dass mein Tee ihn in die Stadt lockt, Sie etwa? Die glasigen Augen verraten, was los ist.«

Brooke sah sich auf dem Markt um. Die meisten Buden standen unter Markisen, auf denen die ersten Spuren von Frost schimmerten; kahl, ohne Besucher, ein Netzwerk aus Schatten.

»Beim Brunnen«, sagte Rose und deutete mit ihrem Blick in die passende Richtung.

Captain Richard Kerridge saß am Rand des Brunnens. Zigarettenrauch stieg zwischen seinen Fingerspitzen empor.

Ohne seine Uniform sah er wüst aus, beinahe verlottert. Er lockerte die rote Seidenkrawatte an seiner Kehle und fegte etwas Asche von seinem Jackenaufschlag.

»Rich, danke für die Nachricht«, sagte Brooke.

Kerridge nickte. »Wenn der Held der Wüste ruft, wie könnte ich mich da verweigern?«

»Tu mir einen Gefallen, wenn du kannst, Rich«, sagte Brooke. »Ich muss die Geschichte eines Soldaten aus dem letzten Krieg überprüfen, dem ein Orden verliehen wurde. Könntest du dem nachspüren? Der Name ist Corporal Harry Staunton.« Brooke buchstabierte den Nachnamen. »Das war doch deine Aufgabe im Nahen Osten, nicht wahr? Ordensverleihungen? Hast du noch Kontakte?«

Kerridge salutierte nachlässig und taumelte beinahe in den Brunnen.

»Gab's was zu feiern?«, fragte Brooke.

»Informationen sammeln«, erwiderte Kerridge und schüttete einen Becher mit Roses Tee in den Brunnen. »Und ich muss zurück. Meine Pflicht endet nie.«

Die Mädchenhorde war mittlerweile außer Sicht, aber sie hörten eine Woge entzückter Aufschreie, die durch die angrenzenden Straßen hallten.

»Erzähl mir von Swift-Lane«, bat Brooke.

Kerridge seufzte. »Was soll ich dir da erzählen? Ein Soldat, der versucht, mit den Großtaten seiner älteren Brüder gleichzuziehen. Sagte ich, er versucht gleichzuziehen? Er versucht es *verzweifelt*, wäre vielleicht treffender.«

Er sah Brooke in die Augen. »Ich habe dir das Folgende nicht erzählt, Brooke. Du hast es durch die Gerüchteküche erfahren. Swift-Lane steht in dem Ruf, unzuverlässig und exzentrisch zu sein. Vor dem Großen Krieg hat er eine Expedition zur Kartografierung der Baffininsel oben in der Arktis geführt.

Die war so schlecht organisiert, dass er und seine Männer von der kanadischen Marine gerettet werden mussten. Die haben sich unmöglich gemacht. Im Krieg war er in Gallipoli dabei – desgleichen –, dann an diversen anderen Kriegsschauplätzen, alle sehr entlegen. Nach dem Waffenstillstand ist er als einer von Churchills antikommunistischen Freiwilligen nach Russland gegangen. Danach war er eine Weile beim Militärgeheimdienst und anschließend im Kriegsministerium. Seine Ehe endete mit einer Scheidung. Noch ein dunkler Fleck in seinem Lebenslauf. Dies hier ist seine letzte Chance, Brooke. Aber das ist das große Ding bei einem Krieg, wenn man Soldat ist. Sitzt man zur rechten Zeit am rechten Ort, kann man Karriere machen. Zur falschen Zeit am falschen Ort, und man wird erschossen. Madingley ist ein kleiner Hexenkessel der Intriganten, das kannst du mir glauben.«

»Also traut man ihm nicht?«

»Gemeingefährlich, der Mann, Brooke. Im Kampf tödlich, aber nur für seine eigenen Männer. Es gibt nichts, was ein Soldat mehr verachtet, als einen unbesonnenen Helden. Kein Wunder, dass er Major Stone hasst. Der mag nur stellvertretender Kommandant sein, aber der *trifft* wenigstens, wenn er einen Stein auf den Boden wirft. Wie Tag und Nacht, die zwei.«

»Hass ist ein starkes Wort.«

»Die kommunizieren schriftlich. Die hassen sich wie die Pest, Brooke, glaub mir.«

»Warum hat Swift-Lane so ein großes Interesse am Schicksal von Chris Childe?«

Kerridge strich seinen Mantel glatt und knöpfte den Kragen unter dem Kinn zu. Dabei fing sich das wenige Licht der Umgebung in seinem Profil, und Brooke bekam eine Ahnung, was Alkohol diesem Gesicht in den nächsten zehn Jahren antun würde.

»Swift-Lane interessiert sich für Childe, weil es ihn seine Karriere kosten würde, sollten heikle Informationen nach draußen dringen. Dieser Einsatz am Flussufer, die Vorlesung im Galen, das ist alles Teil einer militärischen Waffenforschung unter Swift-Lanes Aufsicht. Die Nacht der Großen Verdunkelung war ein erstklassiger Schlamassel. Die zivile Einheit hätte diese Gruben nie ausheben dürfen, aber Corporal Currie wollte seinen Jungs eine Pause gönnen. Currie kennt Swift-Lane übrigens von früher – bei Gallipoli war er sein Fahrer. Wie auch immer, er geht zu Swift-Lane und trägt ihm sein Anliegen vor, und der Colonel kommt seinem Wunsch nach und unterschreibt den Befehl. Ein schwerer Fehler, aber es kam noch schlimmer. Major Stone hat Wind davon bekommen und etwas unternommen. Currie musste zum Galen rennen und den Leuten die Leviten lesen. Nicht, dass die irgendwas gesehen hätten. Aber sie konnten kein Risiko eingehen. Und es hätte sogar funktionieren können, aber Childe war, wie du selbst festgestellt hast, beharrlich und hat einen Blick auf den als geheim eingestuften Film geworfen.«

Kerridge warf seine Kippe in den Brunnen. »Wenn es zu einem ernsten Sicherheitsversagen kommt, wenn der Inhalt des Briefes von diesem Kriegsdienstverweigerer Moskau erreicht, dann wird Swift-Lane das ausbaden. Dafür wird Stone schon sorgen.«

KAPITEL SIEBENUNDVIERZIG

In dem morgendlichen Streiflicht, das durch die Fensterläden hereindrang, saß Vera Staunton Brooke in seinem Büro gegenüber. Sie hatte sich um acht Uhr beim Diensthabenden der Wache im Spinning House gemeldet und um ein Gespräch mit dem Inspector gebeten. Zur Begründung hatte sie erklärt, sie wünsche, eine Aussage im Zusammenhang mit dem Tod von Chris Childe zu machen. In geduldigem Schweigen warteten sie nun auf Tee und Edison, der gerufen worden war, um das Gespräch zu protokollieren.

Zu Stauntons Füßen stand ein Weidenkorb mit Einkäufen: ein Laib Brot, ein in braunes Metzgerpapier gewickeltes Päckchen, eine Dose Suppe. Auf ihrem Schoß ruhten ihre Handtasche und eine Ausgabe der Zeitschrift *Britannia and Eve*, auf deren Titelblatt eine junge Frau am Steuer eines offenen Sportcabriolets abgebildet war. Ihr roter Lippenstift passte perfekt zum Lack des Wagens, und auf ihrem Kopf saß eine Baskenmütze in genau dem richtigen Winkel.

Staunton trug einen langen Mantel, der an den Ärmeln ein wenig ausgefranst war, und ein paar flache Lederschuhe. Sie sah müde aus; beinahe wie eine Händlergattin mit Kindern im Haus, die einen Tag voller lästiger Pflichten vor sich hatte. Von der ungezwungenen Selbstsicherheit, die sie in ihren Räumlichkeiten in der Babylon Street zur Schau gestellt hatte, war nichts mehr übrig. Ihr Gesicht, ungeschminkt, wirkte verquollen, so, als hätte sie geweint.

Im Großen Krieg hatte Brooke viele Frauen gesehen, die zur Prostitution gezwungen gewesen waren. In Kairo hatte er Captain Kerridge oft in einer Bar in der Birka getroffen, dem Rotlichtbezirk der Stadt, um den neuesten Klatsch und sogenannte »geheime Informationen« auszutauschen. Läden, Bars und Bordelle lagen an einem See. Die Atmosphäre war fiebrig und mit gutem Grund, denn in den ersten Kriegsjahren war ein Aufstand ausgebrochen, ausgelöst durch die Entdeckung, dass ein englisches Mädchen nackt in einem Club getanzt hatte. Ein Mob Soldaten hatte versucht, sie zu »retten«, und wurde prompt aus einem Fenster im vierten Stock geworfen.

Die Frauen der Birka waren eingeschüchtert, nicht nur durch ihre Kundschaft und ein geradezu greifbares Schamgefühl, sondern auch durch die Männer, die in sämtlichen Treppenhäusern herumlungerten und die Menge auf der Suche nach herannahenden Kunden ständig im Auge behielten. Vera Staunton war in ihrem Metier von einer völlig anderen Aura umgeben: Sie wirkte eher wie eine lässige Kurtisane, eine berufstätige Frau, die man zu festgesetzten Zeiten aufsuchen konnte. Vor ihrer Tür in der Babylon Street hatte es keinen Kuppler gegeben, nur die alte Ida hatte von ihrem Zimmer am Ende des Korridors aus dann und wann ein Auge auf sie.

Edison traf mit Tee und Plätzchen ein und stellte beides ab, ehe er sich selbst auf einen Stuhl sinken ließ. Er war seit der Dämmerung unterwegs gewesen, um die Haustürbefragungen an der Mill Road zu organisieren, die versuchten – wenngleich erfolglos –, Zeugen zu finden, die Childes Mörder gesehen hatten. Mehrere Anwohner hatten den Schuss gehört, irgendwann zwischen sieben und Viertel nach acht, aber niemand hatte jemanden gesehen.

»Sie wollten eine Aussage machen«, ermunterte Brooke die

Frau. Edison hatte sein Notizbuch bereits aufgeklappt vor sich auf dem Schreibtisch.

»Ich habe einen Freund«, sagte Staunton. »Einen Major Stone. Er besucht mich regelmäßig.«

»Ich verstehe«, sagte Brooke nickend, als wäre diese Erkenntnis gar nicht so überraschend. Und in Anbetracht seiner Verwirrung hätte der Euphemismus »Freund« beinahe funktioniert; eine geschickte Wahl, diesen Begriff zu wählen, anstelle von Gast, Bekannter oder Kunde.

»Und er bezahlt, um Sie zu besuchen und Ihr Freund zu sein«, kommentierte er.

»Ja«, sagte sie mit brüchiger Stimme. »Er zahlt.«

Eine Weile war nur das Kratzen der Feder von dem Füllhalter des Sergeants zu hören.

»Es handelt sich um Major Joelyn Stone aus Madingley Hall?«

Sie nickte. »An dem Morgen, an dem Chris mit dem Brief zu mir gekommen ist, da ist er Major Stone auf der Treppe begegnet. Major Stone – Joelyn – war zuvor mehrere Stunden bei mir gewesen. Später, gegen fünf, ist Joelyn zurückgekommen. Er hatte Chris beim Tribunal im Gericht gesehen. Joelyn hat den Vorsitz geführt. Er war überzeugt, dass Chris ihn erkannt hatte, und wollte wissen, ob er seit dem Tribunal noch einmal bei mir war, um Fragen zu stellen. Ich habe ihm gesagt, dass er nicht mehr zurückgekommen ist; ich habe ihm gesagt, er hätte in dem schlechten Licht bestimmt einfach nur irgendeinen Soldaten auf der Treppe wahrgenommen. Chris hätte ihn als vorsitzenden Richter bei Gericht kaum erkennen können. Aber Joelyn hat mir nicht geglaubt … Er ist ein sehr ehrgeiziger Mann, dessen Karriere von der Meinung anderer abhängt«, sagte sie.

In Brookes Augen war dies eine vernichtende Aussage, und

er fragte sich, ob sie sich diese Information – zusammen mit dem Rest ihrer Geschichte – zurechtgelegt hatte.

»Er hat darauf beharrt, dass er das nicht auf sich beruhen lassen könne. Der Zeitpunkt sei ganz besonders schlimm, hat er mir erklärt. Ich glaube, er hatte vor, Chris Geld für sein Schweigen zu bieten. Ich habe ihm gesagt, er soll einfach abwarten, aber er hat gemeint, das wäre keine Option.«

»Ist Major Stone verheiratet?«, fragte Edison.

»Ja. Mit der Tochter eines Generals. Ich glaube, die Beziehung ist ziemlich unterkühlt.«

»Was meinen Sie damit: *Ich glaube, er hatte vor, Chris Geld zu geben*? Wie kommen Sie darauf?«, fragte Brooke.

»Er hat mir einige Fragen über Chris gestellt: Wo er wohnt, wo er arbeitet, ob er Familie hat. Ich habe ihm erzählt, dass er schon oft knapp bei Kasse war und zwei Töchter habe. Das Haus in Romsey Town ist ärmlich und liegt mitten im Slum, jedenfalls in mancher Leute Augen, wenn auch nicht in meinen.«

»Ist Childe an diesem Tag noch einmal zurückgekommen?«, hakte Brooke nach.

Was sich am letzten Tag von Childes Leben ereignet hatte, war immer noch nicht ganz geklärt. Er hatte den Brief zu Staunton gebracht, sich auf dem Betriebshof zur Arbeit gemeldet, war vor dem Tribunal erschienen und dann zur Arbeit auf Midsummer Common zurückgegangen. Seine Leiche war am nächsten Morgen gefunden worden. Hatte er die Zeit gehabt, noch einmal in die Babylon Street zu gehen?

»Ich habe Chris nicht mehr gesehen, nicht, nachdem ich mit seinem Brief zur Post gegangen bin«, beharrte Staunton.

»Einem Brief, der nie angekommen ist, Mrs Staunton«, bemerkte Brooke.

»Für die Royal Mail kann ich nichts, Inspector. Oder für

unser Hauptbüro«, sagte sie und schüttelte einen Armreif an ihrem rechten Handgelenk.

»Warum erzählen Sie uns erst jetzt von Major Stone?«, fragte Brooke. »Glauben Sie, der Major ist ein Mörder und hat einen Mann umgebracht, um seine eigene Position zu schützen?«

»Ich glaube nicht, dass er so etwas geplant hat«, entgegnete sie vorsichtig, und Brooke überlegte, wie verdächtig erst diese Aussage für eine Jury klingen würde. »Aber ich nehme an, wenn er Chris wirklich Geld angeboten hat, dann hätte der das abgelehnt. Er hätte es ihm ins Gesicht geworfen. Und er hätte womöglich manches gesagt: über mein Leben, über die Männer, die zu mir kommen, über die Übel von Geld und Macht. Wenn Chris einmal angefangen hat, dann hat er einfach alles hingerotzt. Vielleicht hat es Streit gegeben, vielleicht haben sie sich geprügelt. Möglich ist das.«

Sie wirkte ehrlich bewegt. »Ich musste es Ihnen sagen. Ich habe gestern Abend Mary besucht. Die haben *kein* Geld. Sie ist eine Witwe mit zwei Kindern, so wie ich eine Witwe mit einem Kind war, als Harry nicht zurückgekehrt ist. Ihr Leben ist ruiniert, Inspector. Sie wird sich jeden Tag abstrampeln müssen. Ich hätte es Ihnen früher sagen sollen. Es tut mir leid.«

Die braunen Augen füllten sich mit Tränen. »Mary verdient Gerechtigkeit. Ich dachte, ich sollte Ihnen die Wahrheit sagen, ganz egal, was es mich kostet. Die Kinder sollten erfahren, was ihrem Vater zugestoßen ist. Das ist das Einzige, was ich für sie tun kann.«

»Ich verstehe«, sagte Brooke in neutralem Tonfall und ermahnte sich im Stillen, dass diese vielschichtige Frau politischen Aktivismus mit der Arbeit als Prostituierte kombiniert hatte. Vielleicht fühlte sie wirklich so sehr mit Mary in ihrer Notlage. Vielleicht hatte sie aber auch andere Motive. »Wie viele *Freunde* haben Sie, Mrs Staunton? Ich frage nur im Interesse unserer Ermittlungen. War Childe je so ein *Freund*?«

»Um Gottes willen, nein. Chris liebt Mary. Mary liebt Chris. Offen gesagt, habe ich von ihm überhaupt keine sexuellen …« Sie suchte nach dem passenden Begriff. »Keine sexuellen Signale empfangen. Was die Zahl meiner Freunde betrifft, Inspector: Sechs, manchmal acht. Kommt darauf an …«

»Ich verstehe«, sagte Brooke wieder. »Wir werden Major Stone mit diesen Angaben konfrontieren müssen, und wir benötigen möglicherweise auch eine Beweisaussage von Ihnen.«

Edison hatte noch eine abschließende Frage: »Gehören irgendwelche Ihrer anderen Kunden dem Militär an?«

Staunton erhob sich mit locker fließenden Bewegungen, und Brooke dachte, sie würde die Frage einfach ignorieren, doch an der Tür hielt sie inne und drehte sich noch einmal um. »Sie gehören *alle* dem Militär an.«

KAPITEL ACHTUNDVIERZIG

Der Schlüssel zu diesem Fall oder zumindest der zu einer erfolgreichen Strafverfolgung war die Tatwaffe. Sollte Major Stone ihr Mann sein, und falls er die Waffe nicht im Fluss versenkt hatte, dann war sie entweder in Madingley Hall oder irgendwo in seinem Privathaus versteckt, einer Villa im Grünen am südlichen Stadtrand. Brooke schickte Edison zum Gericht, um einen Durchsuchungsbefehl für das Haus zu beschaffen, während er darauf wartete, dass er sich auf den Weg zum Militärhauptquartier in Madingley Hall machen konnte.

Das Telefon auf dem Schreibtisch klingelte.

»Inspector?« Brooke erkannte Dr. Comforts plumpe Vokale. »Ich habe die äußerliche Untersuchung der Frau, die gestern Abend im Feuer umgekommen ist, abgeschlossen. Und ich fürchte, ich habe eine Überraschung für Sie. Haben Sie Zeit?«

»Ist es denn dringend?«, fragte er den Pathologen.

»Oh ja, Brooke, das würde ich schon sagen.«

Es würde Edison eine Stunde kosten, den Durchsuchungsbefehl zu beschaffen, also schnappte sich Brooke seinen Mantel und hastete hinaus in den herbstlichen Sonnenschein. Die weiße Fassade des Galen leuchtete grell im morgendlichen Licht. Studenten auf dem Weg zur Vorlesung drängelten sich im Eingangsbereich. Er lief, zwei Stufen auf einmal nehmend, die Treppe zum fünften Stock hinauf und platzte zur Tür hinein in die lichtdurchflutete Leichenhalle.

»Ich werde mich kurzfassen, Brooke, wo Sie offensichtlich in Eile sind«, sagte Comfort anstelle einer Begrüßung. »Es geht um mehrere Punkte, aber das hier müssen Sie sich ansehen …«

Eine chirurgische Maske bedeckte Mund und Nase des Pathologen und dämpfte seine Aussprache. Er bot auch Brooke eine an, doch der schlug das Angebot aus und hielt sich stattdessen sein Leinentaschentuch vor die Nase.

Der schlimm verbrannte Leichnam lag auf einem Metalltisch. Comfort ging zum Kopf, an dem immer noch ein paar Haarsträhnen hingen.

»Alles in allem ist sie zu achtzig Prozent verbrannt. Den Schädel hat es besonders schlimm erwischt. Die Knochen sind verkohlt, aber das hat auch dies offenbart …«

Brooke blieb keine andere Wahl, als hinzusehen. Vorsichtig nahm er seine Brille ab und beugte sich vor, um sich die freiliegende Schädeldecke anzuschauen.

»Können Sie es erkennen? Eine Vertiefung, eine Wunde, fürchte ich. Was genau? In der Mitte ist sie einen Zentimeter tief, was auf einen brutalen Schlag hindeutet. Unser alter Freund mit der stumpfen Waffe, einer sehr stumpfen Waffe, um genau zu sein. Man kann erkennen, dass die Wunde nicht konkav ist, sondern eine flache Vertiefung mit einer gerundeten Form. Und ich habe das hier in der Wunde gefunden; nur ein paar Partikel, die höchstwahrscheinlich etwas mit der Verletzung zu tun haben.«

Er zeigte Brooke eine Petrischale, in der eine geringe Menge eines klebrigen Materials lag, das vor allem durch seine Farbe auffiel, ein metallisches, blasses Blau.

»Keramikfarbe, vermischt mit etwas Blut«, erklärte Comfort. »Dem Farbton nach schätze ich, es handelt sich um eine Farbe, die bei vielen schweren Werkzeugen benutzt wird. Vielleicht stammt es von einem Schraubenschlüssel? Oder einem

Handschraubstock? Sie muss innerhalb von Sekunden nach dem Schlag das Bewusstsein verloren haben, auf jeden Fall aber in weniger als einer Minute, und die Ohnmacht muss etliche Stunden vorgehalten haben. Das hätte sie am Ende auch umgebracht, bedauerlicherweise hat es das jedoch nicht, wie wir wissen.«

Brooke sah wieder die gestikulierenden, zuckenden Arme vor sich, das sonderbar unmenschliche Stolpern und den Zusammenbruch im Gras.

»Es gibt noch ein paar andere Einzelheiten«, fuhr Comfort fort.

Neben einem Mikroskop auf dem Arbeitstisch des Pathologen stand eine Kiste. Darin lag eine von der Hitze deformierte Brille.

»Stark geschmolzen, natürlich, aber das ist eine Lesebrille. Und sie hatte noch ihre eigenen Zähne, die Anzeichen für zahnärztliche Behandlungen aufweisen. Sie hat innerhalb der letzten fünf Jahre eine Füllung bekommen. Und ihr physischer Allgemeinzustand ist, bedenkt man ihr Alter, hervorragend.«

Comfort wiegte seinen Kopf von einer Seite zur anderen. »Wenn sie eine Vagabundin war, dann eine ziemlich ungewöhnliche. Die innere Leichenschau hat keinerlei Anzeichen für Alkoholmissbrauch ergeben. Die Knochen weisen keine Spuren von Rheumatismus oder Deformation auf, und ganz bestimmt sind ihre Füße nicht deformiert, was bei einer Vagabundin zu erwarten wäre. Sie werden diese Sache wohl noch einmal überdenken müssen, Brooke. Tut mir leid. Die gute Neuigkeit ist, dass das Geschäft, aus dem die Brille stammt, den Rahmen markiert hat. Hier, sehen Sie? Goodall's. Silver Street, glaube ich. Das könnte vielleicht helfen. Hier …«

Die herausgelösten, leicht verformten Gläser der Brille lagen in Comforts Hand, ehe er sie zusammen mit dem Rahmen in einen Umschlag gleiten ließ. »Mit ein bisschen Glück führt das zum Erfolg.«

Der Pathologe riss ein Fenster auf, und die Stundenklänge der städtischen Kirchenglocke erfüllten die Leichenhalle.

»Ich weiß ja, dass Ihnen das große Ganze ebenso wichtig ist wie die Einzelheiten«, sagte Comfort. »In der Asche des Kartonhauses wurden noch etliche andere Dinge gefunden: eine Tabaksdose und eine Drehmaschine, ein paar Hühnerknochen, ein Zweischillingstück. Nichts davon schien zur Sache zu gehören. Ich nahm an, es wäre entweder Abfall oder von den Leuten zurückgelassen worden, die die Kartons aufgestapelt haben, von der Hilfsfeuerwehr. Als ich aber nachhakte, haben sie mich darauf hingewiesen, dass sie nicht die einzige Truppe vor Ort waren. Die Sicherheitsgräben auf Midsummer Common – die um das Kartonhaus herum – wurden von einem Arbeitstrupp des Zivilschutzes ausgehoben. Was uns, wenn ich nicht irre, zurückführt zu Ihrem Mann Childe an seinem Todestag.«

KAPITEL NEUNUNDVIERZIG

Mit dem frisch ausgestellten Durchsuchungsbefehl nahm Edison den Wasp und fuhr zu Major Stones Haus. Brooke belegte einen Funkwagen mit einem uniformierten Fahrer mit Beschlag und ließ sich über halb beschattete Straßen hinaus zu Madingley Hall chauffieren. Am Schlagbaum begegnete er Colonel Swift-Lane, der das Gelände gerade am Steuer eines polierten schwarzen Bentley verlassen wollte.

»Inspector. Kann ich irgendetwas für Sie tun?«, rief der Colonel.

Brooke bat den Constable, das Fenster runterzukurbeln. Dennoch war diese Situation der unumwundenen Weitergabe von Informationen alles andere als förderlich. »Nein, Sir, wir ermitteln immer weiterhin; da sind noch ein paar lose Enden zu verknüpfen. Major Stone wird mir reichen. Kann ich Sie erreichen, falls ich Sie später sprechen möchte?«

»Auf jeden Fall. Rufen Sie einfach im Büro des Adjutanten an, die werden mich dann schon finden. Ich bin unterwegs zu einer Besprechung in Whitehall, werde aber gegen Abend zurück sein.«

Swift-Lane wirkte beinahe kindlich erregt. Brooke dachte an Kerridges sachkundige Zusammenfassung seiner Laufbahn und die geradezu jungenhafte Abenteuerlust. Der Mann wippte tatsächlich auf seinem Sitz auf und ab. »Wie kann *Stone* helfen?«, fragte er. »Er ist erst kurz vor Ihnen eingetroffen. Ist aus London zurückgekommen.«

»Ich werde Sie nicht länger aufhalten«, sagte Brooke und nickte seinem Fahrer zu.

Sie fuhren weiter und ließen Swift-Lane allein am Schlagbaum zurück.

Im Vorhof des Gebäudes herrschte reges Treiben. Tische auf Böcken voller schriftlicher Befehle standen auf dem Kies. Motorradkuriere mit Dokumentenmappen kamen und gingen.

»Ganz schöner Aufruhr«, kommentierte Stone, der immer noch neben seinem Dienstwagen stand, während ein Ordonnanzoffizier einen kleinen Koffer aus dem Kofferraum holte. »Invasionsübung, dieses Wochenende. Den Papierkram bekommen Sie zweifellos in der Stadt. Verdammtes Chaos hier … Und der CO ist losgefahren, um sich weitere Befehle von niemand Geringerem als der regionalen Truppenführung zu holen.«

»Ich müsste Sie einen Moment sprechen«, sagte Brooke, und Stone nickte liebenswürdig und ging voran zu seinem Büro. Von dem Argwohn, der bei ihrem letzten Zusammentreffen so deutlich spürbar war, war nichts mehr geblieben. Vielleicht, dachte Brooke, gefällt er sich einfach als Mann der Tat, auch wenn die Tat ausschließlich verwaltungstechnischer Natur ist.

»Geht es wieder um den Yankee-Wissenschaftler?«, fragte Stone hinter seinem Schreibtisch und entzündete einen Zigarrenstummel, der in einem Zinnaschenbecher gelegen hatte.

»Lux, Ernst Lux. Nein, jetzt geht es um eine ganz andere Angelegenheit.«

Stone ging zum Fenster und füllte seine Lunge mit frischer Landluft.

Brooke musterte seinen breiten Rücken. »Kennen Sie eine Frau namens Vera Staunton?«

Stone drehte sich um, versuchte sich an einem Lächeln,

doch das wich schnell einem Ausdruck von Ärger, und er knallte das Stabkreuzfenster zu.

»Welches Interesse haben Sie an Vera?«, fragte er und kam zurück zu seinem Schreibtischstuhl.

»Major, ich weiß, das ist langweilig, aber ich fürchte, ich bin derjenige, der die Fragen stellt. Colonel Swift-Lane ist ebenso erpicht darauf wie ich, den Mörder von Chris Childe zu finden. Ich kann …«

Stone reckte abrupt die Hand hoch, um dem Gedanken an den CO eine Abfuhr zu erteilen.

»Ich denke, wir können die Grundlage ihrer Beziehung zu Vera Staunton als gegeben ansehen, Major«, sagte Brooke. »Ich bin nicht hier, weil mir daran gelegen wäre, ein unbedeutendes Urteil wegen sexueller Dienstleistungen zu erwirken. Sie …«

»Vera ist keine gewöhnliche Prostituierte«, sagte Stone so leise, es klang beinahe wie ein Flüstern.

»In welcher Hinsicht ist sie ungewöhnlich?«

»Sie wahrt den Anstand«, sagte Stone, hörte sich aber an, als wüsste er nicht, ob er ihr damit wirklich gerecht wurde. »Sie ist eine respektable Frau, eine Kriegswitwe. Eine …«

»Und eine Angehörige der kommunistischen Partei und der Peace Pledge Union …«

Stone entspannte die zuvor geblähte Brust. »Ich denke, Sie werden feststellen, dass ihre Rolle bei der bevorstehenden Revolution auf das Füllen von Briefumschlägen beschränkt sein wird. Die Parteizusammenkünfte liefern ihr einen Ausgleich auf intellektueller Ebene. Sie haben sie rekrutiert, wissen Sie? Sie ist eine überzeugte Pazifistin, aber keine Bolschewikin. Und dies ist ein freies Land. Ist das nicht das, worum es bei all dem hier geht?«

Brooke ahnte, dass Stone versuchte, den Verlauf der Befragung in eine andere Richtung zu lenken. »Sie dürften wissen, dass auf einem der städtischen Friedhöfe ein Mann mit einer tödlichen Schusswunde aufgefunden wurde. Die Zeitungen haben detailliert berichtet. Er war ein Kriegsdienstverweigerer namens Chris Childe. Getötet durch einen Schuss in die linke Schläfe.«

Stone hatte genickt, eine kaum wahrnehmbare Bewegung seines kantigen Kinns, und er nickte weiter, doch Brooke hatte das Gefühl, dass er damit ein gewisses Maß an Erschrecken zu überspielen versuchte. Hatte Swift-Lane seinen Stellvertreter vielleicht nicht umfassend über die Angelegenheit informiert?

»Ich verstehe«, sagte Stone. »Bin ich in irgendeiner Weise verdächtig?«

»Mrs Staunton hat eine Aussage gemacht, der zufolge Sie sie in der Nacht der Großen Verdunkelung in ihren Räumen aufgesucht haben und am nächsten Morgen, als Sie gegangen sind, auf der Treppe einem Mann begegnet sind. Sie behauptet weiterhin, dieser Mann sei Childe gewesen. Später sind Sie unerwartet zu ihr zurückgekehrt und haben ihr erzählt, dass Sie ihn ein weiteres Mal gesehen haben, vor Gericht, als er um eine bedingungslose Registrierung ersucht hat. Sie fürchteten, erkannt worden zu sein, und – mutmaßlich – dass der Mann Sie erpressen könnte. Staunton erklärte, sie hätte unter dem Eindruck gestanden, dass Sie versuchen würden, Childe Geld für ein bestimmtes Maß an Diskretion anzubieten. Haben Sie?«

»Nein.« Er ordnete seine Hände auf dem Schreibtisch neu an, hob den Metallfinger mit der gesunden Hand.

Einige unruhige Sekunden lang dachte Brooke, dass er nun nur noch mit platter Verleugnung würde rechnen können, doch der Major ließ die Schultern hängen und sah ihm in die Augen.

»Ich dachte, es wäre kontraproduktiv, an ihn heranzutreten, Brooke. Warum meine Ängste offenbaren? Sollte er den Mumm haben und versuchen, das, was er wusste, zu nutzen, dann, und nur dann, hätte ich ihm Geld angeboten, ja. Oder mir etwas ausgedacht, womit ich ihm meinerseits hätte drohen können. Die Entscheidungen des Tribunals sind schließlich anfechtbar. Er hatte nicht alle Trümpfe in der Hand.«

»Haben Sie irgendetwas unternommen?«

»Ja. Ich hatte den Eindruck, dass Childe dem Tribunal gegenüber hinsichtlich seiner politischen Verbindungen nicht ganz ehrlich war. Vera konnte meine Wissenslücken schließen. Ich habe beim Urkundsbeamten des Gerichts eine Notiz hinterlassen und darum gebeten, sie in Kopie meinen Beisitzern beim Tribunal zukommen lassen. Darin habe ich erklärt, dass ich eine unserer jüngsten Entscheidungen möglicherweise noch einmal überdenken werde. Ich habe dem Urkundsbeamten Childes Fallnummer genannt. Er wird eine Notiz dazu haben. Ich habe mich auf Veras Urteilsvermögen verlassen. Childe war kein Unruhestifter. Aber hätte er versucht, zu verwenden, was er über mich wusste, dann hätte ich zumindest die Mittel zu einem Gegenschlag gehabt. Ich hatte keine Veranlassung, den Mann zu töten, Brooke. Gar keine. Ich hatte die Situation unter Kontrolle.«

Brooke dachte an den Anblick von Childes zertrümmertem Schädel auf dem Stahlkissen in der Leichenhalle.

»Haben Sie den Schuss abgefeuert, der Chris Childe getötet hat?«

Dieses Mal gelang ihm das Lächeln, und er ließ ein kurzes Lachen folgen. »Ich bin nicht überzeugt, dass Panik oder Überreaktionen zu den militärischen Tugenden zählen«, sagte er gelassen.

»Es tut mir leid, aber das ist eine ernsthafte Befragung. Ich kann sie auch im Spinning House fortsetzen. Haben Sie diesen Schuss abgefeuert?«

»Nein.«

»Haben Sie eine Pistole?«

Stone knöpfte sein Lederholster ab und legte es auf den Tisch. Brooke fielen die gezierten Initialen und das Regimentswappen auf dem Griff auf, und er fragte sich, ob dies die Waffe war, mit der er im Schützengraben seine eigene Hand verstümmelt hatte.

Brookes Jackett hatte eine Billettasche, aus der er nun eine Kugel holte, die er auf den Schreibtisch legte.

»Das ist die Kugel, die Chris Childe getötet hat; sie steckte in einem Baum. Ist direkt durch sein Gehirn durchgegangen und doch erstaunlich intakt. Es wird einfach sein, sie mit der Mordwaffe abzugleichen.«

»Zweifellos«, sagte Stone und schob die Pistole im Holster über den Tisch. »Bedienen Sie sich.«

»Ich habe einen Durchsuchungsbefehl für Ihr Haus erwirkt. Die Durchsuchung läuft gerade. Besitzen Sie weitere Waffen?«

»Sie durchsuchen gerade mein Haus?« Stone, der normalerweise ein rosiges Gesicht hatte, wirkte plötzlich völlig blutleer. »Wird meine Frau eine Erklärung dazu erhalten?«

»Nein. Wir müssen einfach nur jegliche Feuerwaffen suchen und aus Ihrem Besitz entfernen. Und wir brauchen eine Aussage von ihr über Ihren Verbleib in der Nacht, in der Childe gestorben ist. Ich wiederhole meine Frage: Besitzen Sie noch weitere Pistolen, die dieses Kaliber abfeuern können?«

»Nicht, dass ich wüsste. Der Vater meiner Frau hat Pistolen gesammelt. Die liegen alle in vernagelten Kisten. Im Obergeschoss haben wir eine Art Waffenausstellung. Offen gestanden handelt es sich größtenteils um Antiquitäten der Indian Army.

Und wir haben eine Flinte in der Küche, aber keine Munition.«

Brooke machte sich eine Notiz.

»Wenn die Kugel nicht passt, hat das dann ein Ende?«, fragte Stone.

»Nein, aber wenn wir auch keine andere passende Waffe finden und Sie Ihren Verbleib in der Nacht des Mordes schlüssig darlegen können, dann sind wir, denke ich, fertig. Können Sie?«

»Ich war bis fünf bei Gericht. Dann bin ich auf einem Umweg zu Veras Wohnung nach Hause gegangen. Ich habe den Fahrer weggeschickt, das ist nur eine Meile. Um acht Uhr dreißig haben wir mit Freunden zu Abend gegessen. Meine Frau kann das bestätigen. Unsere Gäste gingen um elf. Am nächsten Morgen habe ich ein Taxi zum Bahnhof genommen, und wir hielten kurz bei Gericht an, damit ich die Notiz für den Urkundsbeamten hinterlegen konnte …« Er zuckte mit den Schultern. »Ich habe den Zug um neun Uhr siebzehn erwischt und dann zwei Nächte in meinem Club verbracht. Ich bin gerade erst zurückgekommen, Sie treffen mich hier unmittelbar nach meinem Eintreffen an.«

Brooke nickte. »Wir werden einige notwendige Überprüfungen durchführen müssen. Kann ich inzwischen davon ausgehen, dass Sie hier in der Hall im Dienst sein werden? Keine dringenden Militärübungen auf höchster Ebene außer Landes geplant?«

Brooke hatte seine Stimme um einen leicht spöttischen Tonfall angereichert, und er konnte sehen, dass Stones Selbstherrlichkeit ausreichend angekratzt war, dass er sich ein wenig in die Brust warf.

»Auf kurze Sicht, nein. Keine Pläne, Brooke. Aber mir wurde vom Kriegsministerium ein neues Kommando zugewiesen, um genau zu sein, vom Premierminister. Das unterliegt allerdings der Geheimhaltung, sonst würde ich Sie einweihen. Ende des Monats werde ich fort sein.«

»Hoffen wir es«, entgegnete Brooke.

KAPITEL FÜNFZIG

Nachdem Major Stone Brooke die Erlaubnis erteilt hatte, sein Büro und den kleinen Ruheraum im Dachgeschoss zu durchsuchen, in dem er schlafen konnte, wenn er lange arbeitete, forderte er umgehend einen Dienstwagen an, um sich nach Hause fahren zu lassen. Er wünschte, Edisons Durchsuchung zu »beaufsichtigen«. Zurück blieb ein Verdacht, der besagte, dass des Majors dringendes Verlangen, nach Hause zurückzukehren – mitten in einer Militärübung auf höchster Ebene – einer gewissen Besorgnis hinsichtlich seiner Frau geschuldet war: Was würde sie darüber denken? Was würde man ihr sagen? Was wusste sie? Brooke erinnerte sich an die Worte seines weisen Vaters: Beurteile eine Ehe nie von außen. Vielleicht wusste sie längst Bescheid über die Indiskretion und die andere Frau. In welchem Maße mochte sie sich der aufsteigenden Entwicklung der Karriere ihres Mannes verpflichtet fühlen?

Zunächst war für Brooke jedoch Stones Büro an der Reihe. Die bürokratische Einfachheit mit dem Schreibtisch und dem Stuhl, eindrucksvoll unter einer Regimentsflagge platziert, sprang ihm ins Auge. Die beiden farbigen Telefone, rot und grün, standen präzise auf ein und zwei Uhr auf der Schreibunterlage. Ein schwarzer Füllhalter lag im rechten Winkel auf einem Stapel Dokumente. Ganz links war ein gerahmtes Bild so positioniert worden, dass jeder Besucher einen Blick auf die Stufen des Old College in Sandhurst werfen konnte. Vor dem Gebäude stand eine Gruppe Kadetten in Habachtstellung so aufrecht wie die weißen Säulen, die den Ziergiebel über ihnen stützten.

Alles in allem wirkte der Raum wie ein Heiligtum, und das Ausmaß, in dem er vor Geräuschen aus der Außenwelt abgeschirmt war, war außergewöhnlich. So entstand eine Atmosphäre, deren Stille wie eine dicke Schicht Watte auf dem Büro lag. Brooke stellte sich vor, wie Stone in diesem Frieden saß und vielleicht darüber nachdachte, was die Zukunft für ihn bereithielt: ein neues Kommando, ein neuer Rang, sogar ein Titel. Und dabei lagen seine Hände auf der Schreibunterlage, der verstümmelte Finger eine Erinnerung an die Schande, die er nun, endlich, der Vergangenheit überlassen konnte.

Hatte Childe seine glanzvolle Zukunft bedroht?

Brooke suchte sorgfältig, fand aber keine zweite Waffe. Das Dachgeschosszimmer erwies sich als ehemaliges Dienstbotenquartier. Das Buch neben dem Bett trug den Titel *A History of the Punic Wars*, die Decke war ordentlich gefaltet, das Kissen glatt. Brooke fragte sich, ob dieses Quartier Stone die passende Tarnung für seine Besuche in der Babylon Street geliefert hatte. Er malte sich einen spätabendlichen Anruf von dem schwarzen Telefon nach Hause aus, in dem er sich über die Arbeitsbelastung beklagte, die es notwendig machte, dass er das kalte Bett im Dachgeschoss nutzte.

Hier, unter dem Dach, wog die ländliche Stille von Madingley Hall noch schwerer. Und doch durchschlug ein Laut diese Wattewelt: ein Schuss, dumpf, der Knall wie von einem Schalldämpfer unterdrückt. Brooke trat ans Fenster, öffnete es, atmete die von Pinienduft erfüllte Landluft ein und lauschte: Fünf weitere Schüsse erklangen in einer holprigen, unvollkommenen Abfolge.

Nachdem er sich vom diensthabenden Staff Sergeant eine

Wegbeschreibung hatte geben lassen, machte er sich auf den Weg um das Gebäude herum. Er folgte einem verwirrenden Zickzackkurs, vorbei an ummauerten Gärten, Eishäusern und einer verfallenen Orangerie, zu dem Gelände hinter Madingley Hall.

Die Offiziersklasse des Standorts hatte ihre Vergnügungen in Griffweite. Ein Stallbursche führte zwei stattliche Pferde in die alten Stallungen, während zwei Männer auf einem von Blutbuchenhecken gesäumten Platz Tennis spielten. Allerdings war das Netz teilweise verschlissen und grob geflickt worden. Unter dem verrosteten eisernen Dach eines kleinen Musikpavillons spielten zwei Männer mit Hosenträgern vor einem Notenständer Geige.

Ein Pfad führte am Taubenschlag vorüber in den formalen Garten, und Brooke folgte ihm zu einer Gabelung, an der er die linke Abzweigung nahm. An einer Statue eines Gottes, der mit aufgeblasenen Wangen Wind blies, bog er erneut links ab. Schließlich wichen die Bäume einer großen offenen Wiese, die der Staff Sergeant, der ihm den Weg beschrieben hatte, als altes Polofeld bezeichnet hatte.

Hier war ein Schießstand errichtet worden. Die Ziele waren rechts, der Kugelfang stand links von ihm. Dahinter erblickte er einen Holzpavillon im Kolonialstil. Als er die Veranda erreicht hatte, sah Brooke zu, wie ein älterer Mann in Hemd und Kniehose eine Pistole abfeuerte und seine Trefferquote auf den fernen Zielen mithilfe eines kleinen Messingfernglases kontrollierte. Die Ziele bestanden aus Stroh und waren von annähernd menschlicher Form.

Im Inneren offenbarte der Pavillon seinen ursprünglichen Zweck. Eine Reihe Wappen zierte eine lange Theke, und ein halbes Dutzend ramponierter Ledersofas bildete ein behagliches Nest um eine große offene Feuerstelle herum. Am Tresen bearbeitete ein Mann in Tarnkleidung einen Patronengürtel mit Lederfett, und auf einem Tuch lagen mehrere Pistolen, die samt und sonders frisch poliert glänzten.

Brooke hielt dem Soldaten seinen Dienstausweis vor die Nase. »Major Stone bat mich, vorbeizuschauen und seine Pistole zu holen. Nur ein routinemäßiges Ausschlussverfahren. Er sagte, ich solle nach einem Private …?«

»Goodman.«

»Genau. Goodman, das war der Name. Er sagte, Sie hätten hier alles gut im Griff.«

Goodman lächelte. »Ein guter Schütze, der Major – alte Schule, natürlich. Man erkennt, wer beim letzten Mal dabei war. In Wettbewerben, wenn es Zuschauer gibt oder Wetten auf das Ergebnis abgeschlossen werden, dann schießen die besser. Der Rest lässt unter dem Druck nach. Und die Waffe spielt dabei kaum eine Rolle. Der Major hat eine alte Webley .45, aber er macht den Kadetten mit ihrer neuen Ausstattung immer noch was vor.«

Er griff hinter sich und holte den Schlüssel eines Vorhängeschlosses von einem mit Nummern gekennzeichneten Brett.

»Die Waffenentnahme wird registriert? Sie behalten das im Auge?«, fragte Brooke.

»Nicht nötig. Das Anwesen ist gut gesichert. Sie sind durch das Tor gekommen, also haben Sie es selbst erlebt. Da kommt keine Maus durch … der Begrenzungszaun ist sieben Fuß hoch. Außerdem vertrauen wir den Offizieren. Das hier sind nur Ersatzschlüssel.«

Brooke wurde zu einem Umkleideraum voller Spinde dirigiert, in dem es nach feuchter Kleidung, Politur und Schweiß roch. Stones Spind trug die Nummer vierunddreißig und enthielt neben einer Steppjacke und einer Kiste Munition einen in grünes Tuch gewickelten Revolver.

Brooke packte alles in eine Filztasche, die ihm der liebenswürdige Goodman zur Verfügung gestellt hatte.

Wieder draußen auf der Veranda sah er zu, wie der ältere Soldat einen letzten Schuss auf den fernen Strohmann abfeuerte. Die ersten fünf hatten ihr Ziel verfehlt, aber die sechste Kugel traf den Kopf des Ziels, der zurückgeschleudert wurde, nur um gleich darauf nach vorn auf die Brust zu sacken. Eine blaue Korditfahne schwebte über die grüne Landschaft. Durch Brookes Brillengläser betrachtet sah das dünne Wölkchen plastischer aus, als es wirklich war.

Nun, da er draußen im hellen Tageslicht war, öffnete er den Beutel und schob einen Stift durch den Abzugsbügel der Pistole, um sie herauszuholen. Zwar war er selbst ein ganz anständiger Schütze, doch er hatte nie ein besonderes Faible für Waffen entwickelt, nie jene Faszination wahrgenommen, die das schwere Metall auf andere auszuüben vermochte. Folglich war er auch kein Experte. Dennoch war er absolut sicher, dass an seinem Stift keine antike Webley .45 hing.

KAPITEL EINUNDFÜNFZIG

Während Brooke in Madingley Hall nach der Mordwaffe suchte, war Edison ins Spinning House zurückgekehrt und tippte ein Inventar der Gegenstände, die sie aus Stones Haus mitgenommen hatten: insgesamt zweiunddreißig Waffen, alles Zeremonialwaffen, nicht eine in schussbereitem Zustand.

Er wollte gerade eine Zusammenfassung der Aussage von Mrs Stone hinzufügen, als der Sergeant der Wache die Treppe hinaufbrüllte, er solle ans Telefon gehen. Die CID West Bar sei in der Leitung und wolle in einer dringenden Angelegenheit mit Brooke sprechen.

Edison notierte die Grundzüge des Gesprächs.

Der Wagen, der Gretorix – alias Turl – zusammen mit Detective Inspector Solly und einem Fahrer der Polizei nach Norden gebracht hatte, hatte an der A1 bei Newark zum Tanken gehalten. Danach hatte er eine Raststätte am Rand von Sherwood Forest angefahren. Solly hatte Gretorix und den Fahrer allein im Wagen gelassen, während er die Toilette aufgesucht und eine Runde Sandwiches bestellt hatte.

Als er zehn Minuten später zurückkam, fand er den Fahrer bewusstlos am Steuer vor. Ein Schlag auf den Kopf, zugefügt mit einem schweren stumpfen Gegenstand, hatte einen Schädelbruch verursacht. Der Gefangene war trotz der Handschellen, mit denen er im Fond des Fahrzeugs gefesselt war, verschwunden, die Kette der Handschellen mit einem Bolzenschneider aufgetrennt worden.

Als der Fahrer im Royal Northern Hospital wieder zur Besinnung kam, sagte er, er habe im Rückspiegel Scheinwerfer bemerkt, als sie bei Newark abgebogen waren, und später wieder beim Gasthaus. Er hatte sich entschieden, er würde seinen Verdacht zur Sprache bringen, sollte der Wagen ihnen auf die A52 folgen. Der Wagen? Ein schwarzer Ford mit zwei Männern auf den vorderen Sitzen.

In ganz Yorkshire war eine Fahndung nach Gretorix ausgerufen worden.

Der Anrufer war ein Sergeant der Wache, der die Informationen in Sollys Auftrag weitergab. Als er damit fertig war, antwortete Edison in einem resignierten Ton: »In der Tat eine traurige Geschichte.«

Die Leitung wurde unterbrochen.

Edison saß einen Moment schweigend da und sah zu, wie der große Zeiger der Uhr weiterwanderte, während er sich fragte, ob Gretorix noch am Leben war. Und woher der Fahrer des Verfolgerfahrzeugs gewusst hatte, dass sie den Gefangenen im Wagen hatten und welche Route sie nehmen würden. Vielleicht hatten die berüchtigten Banden der Stadt so lange überdauert, weil sie auf Ohren innerhalb des Reviers von West Bar zurückgreifen konnten.

Er war wieder auf den Beinen, hatte sich den Hut aufgesetzt und freute sich auf ein spätes Mittagessen, als das Telefon erneut läutete.

»Detective Inspector Brookes Büro«, sagte er.

Er hörte den Sergeant der Wache etwas murmeln, dann war die Leitung frei. »Eden?«

»Detective Sergeant Edison.«

»Ah. Corby von der *News*.«

Drew Corby war der Herausgeber der örtlichen Abendzeitung.

»Richten Sie ihm etwas von mir aus, ja? Einer der Lokalreporter war gerade in meinem Büro. Er hat einen Anruf von diesem Kerl erhalten, der erschossen aufgefunden worden ist. Ein gewisser Childe? Er wollte sich mit einem Reporter treffen. Hätte eine Story, hat er gemeint, und versprochen, das wäre ein Kracher. Also hat mein Mitarbeiter Dodds ein Treffen im *Maypole* am Portugal Place für neun Uhr vereinbart – an dem Abend, an dem er gestorben ist. Er ist nicht gekommen. Dodds hat eine Stunde gewartet, und dann hat er aufgegeben. Sagen Sie das Brooke.«

KAPITEL ZWEIUNDFÜNFZIG

Jesus Green Pool erstreckte sich hundert Meter weit in die Ferne, ein schmaler Streifen reflektierten Lichts, gerade ein Dutzend Bahnen breit, aber einhundert Yards lang. Erbaut von den Viktorianern auf der Wiese von Jesus Green, sollte die geringe Breite ein Echo der Freuden des Schwimmens im nahen Fluss erzeugen. Die Ausstattung konnte allenfalls als zweckmäßig gelten, ausreichend für die Männer, die das ganze Jahr über jeden Tag zum Schwimmen herkamen. Im Winter galt das Brechen des Eises als zusätzliche Attraktion.

Brooke gefiel es im Herbst am besten, dann, wenn er durch einen Teppich aus Laub pflügen konnte. Vom Wasser aus war der Ausblick auf den Sichtschutz aus Kiefern begrenzt, nur die Mauern des Jesus College waren über das Gras hinweg gerade noch erkennbar. Das College war auf den Ruinen eines Nonnenklosters erbaut worden, dessen Kapellenturm immer noch über der Silhouette aufragte, und er hatte sich oft gefragt, was die Nonnen wohl von dem Anblick im Gras liegender, halb nackter Männer gehalten hätten.

Heute schien das Wasser in seinem eigenen Lichtschein zu glänzen, gescheckt von einer Brise, in der sich die Kiefern flüsternd wiegten.

Ein Telefonat mit Doric hatte ihm vier College-Schwimmer eingebracht. Diese Freiwilligen hatten sich Liegestühle vom Bademeister geholt und lungerten im fahlen Sonnenschein herum. Sie gaben vor, verstaubte Bücher zu lesen, beobachteten aber tatsächlich Dr. Comfort, der an etwas arbeitete, das aussah wie ein obskures trigonometrisches Experiment. Der Pathologe hatte angefangen, etwas zu konstruieren, das er beharrlich den »Scharfschützenstand« nannte. Dabei handelte es sich um einen schweren Dreifuß mit Klemmbügeln, dessen Beine in kleinen Nestern aus Sandsäcken verankert waren.

Die Abmessungen des Jesus Green Pool hatten erhebliche Probleme bereitet. Die meisten Schwimmbecken haben eine tiefe und eine seichte Seite; nicht so Jesus, der in der Mitte tief war. An dieser Stelle war einer der Schwimmer gebeten worden, ins Wasser einzutauchen und zwei schwimmfähige Leinen quer über das Becken zu ziehen, um so ein Testgebiet abzustecken, das von einer Seite zur anderen reichte. Der Scharfschützenstand befand sich seitlich davon an einer Position, die mithilfe eines Winkelmessers festgelegt worden war, den Comforts Diener hastig im Labor konstruiert hatten. Entstanden war so ein provisorischer Theodolit, an dem jedoch kein Teleskop befestigt war, sondern eine Waffe.

Nicht irgendeine Waffe. *Die* Waffe, die in Major Stones Spind in Madingley Hall gefunden worden war; eine Waffe, die mühelos als ein Revolver identifiziert worden war, den man ursprünglich für die Kaiserlich Russische Armee entwickelt hatte.

Als Brooke nun den Winkel betrachtete, in dem die Waffe angebracht war, zweifelte er an Comforts Berechnungen. »Sie wollen mir erzählen, eine Kugel, die in diesem Winkel auf das Wasser abgefeuert wird, erreicht den Boden nicht? Wie tief ist das – acht Fuß, weniger? Das ist Wasser, Doktor, kein Beton.«

»Gerade Sie sollten soldatisches Wissen nicht anzweifeln«, erwiderte Comfort, schraubte die Pistole auf dem Dreibein fest und prüfte ein drittes Mal den Winkel. Der Bademeister, den man hatte nötigen müssen, ihnen den Testschuss zu gestatten, stand bang auf der windgeschützten Seite der Umkleideräume und sah ihnen ketterauchend zu.

Endlich war Comfort zufrieden mit seinen Vorbereitungen. »Da gab es einen Vorfall im Krieg, Brooke, an der Maas, glaube ich: Ein Aufklärungsplatoon saß am feindlichen Ufer fest. Sie versuchten, auf die andere Seite zu schwimmen, aber ein Maschinengewehr der Jerrys hat auf sie gefeuert. Sie haben die Luft angehalten, sind sechs Fuß weit abgetaucht und haben überlebt. Keinen Kratzer haben die abgekriegt, bis sie versuchten, am anderen Ufer wieder *aus* dem Fluss zu klettern. Die Kraft, die Wasser einer Kugel entgegensetzt, ist gar nicht so anders als die von Beton. Aber für unsere Zwecke hat Wasser einen außerordentlichen Vorteil: Es wird die Patrone nicht zerstören.«

Die vier Michaelhouse-Schwimmer warteten darauf, dass die Sonne hinter einer Wolkenbank hervorkam, ehe sie am hinteren Ende ins Wasser glitten und mit geübten Schmetterlingsschwimmzügen zur Mitte schwammen, zweifellos einem vorher festgelegten Plan folgend.

Comfort machte sich an seinem Dreifuß bereit.

»Gut, Brooke, Ihre Aufgabe ist es, Ihre eifrigen Assistenten aus dem Zielbereich herauszuhalten. Ich werde sechs Kugeln abfeuern. Fertig?«

Brooke dirigierte die Schwimmer einen Meter weit zurück.

»Fertig.«

Der erste Schuss krachte, und die Kugel zog eine silberne Spur durch das blaue Wasser, die – beinahe wundersam – vom geraden Weg abwich, langsamer und langsamer wurde und sich schließlich in der Tiefe verlor.

Comfort, unzufrieden mit dem Winkel, verstellte den Dreifuß um ein paar Grad und machte sich erneut bereit. Die nächsten fünf Schüsse fielen in rhythmischer Reihenfolge. Jeder zog seine eigene Silberspur, aber alle Kugeln versanken in dem schmalen Zielbereich und verloren ihre brutale Energie lange, bevor sie die schimmernden hellen Fliesen am Boden des Beckens erreicht hatten.

Brooke ließ die Nixen vom Michaelhouse los.

Plötzlich schienen sie das ganze Becken auszufüllen. Wie Goldfische schnappten sie nach Luft, ehe sie zum Beckenboden hinabtauchten. Schnell war klar, dass sie untereinander irgendeinen rudimentären Wettbewerb vereinbart hatten, denn das Wasser schäumte unter wild dreschenden Gliedern, während Hände die Fliesen abtasteten.

Innerhalb einer Minute hatten sie die sechs Kugeln rausgeholt.

Brooke verteilte Gläser auf einem Tisch auf Böcken und stellte eine Flasche Sherry dazu, den besten, den Doric hatte auftreiben können.

Comfort, ein Monokular vor dem rechten Auge, hielt eine Kugel in der Hand. Sein Kopf, sein Hals und seine Hand erstarrten, als er geschickt die aus dem Becken geborgene Kugel drehte. Dann wiederholte er die Prozedur mit einem Projektil in einem durchsichtigen Plastikbeutel; das war die Kugel, die Christopher Childes Gehirn durchschlagen hatte.

»Ergebnis?«, fragte Brooke und nahm einen Sherry von dem rothaarigen Schwimmer entgegen.

»Wie ich schon sagte, ich möchte derzeit damit nicht zitiert werden, aber visuell und folglich *professionell* beurteilt, stimmen die Kugeln hinsichtlich der Rillenbildung, die vom Lauf der abfeuernden Waffe abhängt, überein.«

»Ist das also die Waffe, die Childe getötet hat?«

Das Licht schwand, als eine dunkle Wolke über das Becken schwebte.

»Es sieht so aus, Brooke. Und das ist auch interessant …«

Er führte Brooke zu seinem Scharfschützenstand. »Jetzt, da wir die Waffe in diesem Winkel im Sonnenschein sehen können, scheint es, als hätte sie eine ganz eigene Geschichte – bedenkt man, dass sie für die Kaiserlich Russische Armee gemacht wurde. Sehen Sie es?«

Dank des Winkels, in dem die Waffe auf dem Dreifuß befestigt war, konnte man die Unterseite des Griffs erkennen. In selbige war in groben Lettern die rätselhafte Inschrift *ACEF* eingeprägt, und darüber waren die ikonischen Umrisse von Hammer und Sichel geritzt worden, das bleibende Symbol der russischen Revolution und der Bolschewiken, die den Zar gestürzt hatten.

KAPITEL DREIUNDFÜNFZIG

Brooke glitt von den moosbewachsenen Stufen in den Fluss. Sein Körper genoss den Schock, sein Herz schlug schneller, das warme Blut raste in Zehen und Finger. Wenn der winterliche Frost erst richtig zuschlug, würde das Wasser zu kalt sein, aber noch lieferte die Herbstsonne gerade genug Wärme, dass der Cam auch in den Stunden nach Sonnenuntergang noch erträglich war.

Auf dem Rücken treibend ließ er die Anspannung aus seinem Körper entweichen. Den Nachmittag hatte er in dem rasenden Bemühen verbracht, die Beweise zu sammeln, die notwendig waren, um eine Mordanklage gegen Joelyn Stone zu stützen. Es wurde bereits Abend, als Dr. Comfort in Brookes Büro anrief, um ihm zu sagen, dass die ballistischen Ergebnisse unzweifelhaft waren. Stones Waffe hatte den tödlichen Schuss abgefeuert. Stones Frau hatte eine offizielle Aussage machen müssen, und man hatte das Kriegsministerium um Auskunft ersucht hinsichtlich genauer Einzelheiten zu der Ernennung des Majors zum Leiter einer neuen Einheit, die mit der Entwicklung von Kampfmittelballons betraut war.

Den entscheidenden Beweis jedoch lieferte Vera Staunton. Brooke und Edison waren noch einmal in ihre Räumlichkeiten in der Babylon Street zurückgekehrt. War sie bereit, vor Gericht auszusagen? Das war sie. Ihre Mitwirkung, davon war Brooke überzeugt, würde Stone die Schlinge um den Hals legen. Dies war ein scheußlicher, brutaler, eigennütziger und billiger Mord. Und eine Enttäuschung. Brooke war überzeugt gewesen, der junge Pazifist wäre gestorben, weil er zu viel wusste, dass sein Tod das traurige Ende einer spannenden Geschichte über politische Intrigen beinhaltete. Aber in der Realität hatte er sich als nichts anderes als eine weitere schäbige familiäre Tragödie erwiesen.

Nachdem er die Babylon Street mit Stauntons unterschriebener Aussage verlassen hatte, hätte er wenigstens eine gewisse Befriedigung verspüren sollen. Aber etwas an der niederschmetternden, verzweifelten Atmosphäre des Hauses machte ihm zu schaffen; diese abgewetzten Teppiche, die gedämpften Stimmen, die freudlosen Namenskarten an den Türen mit der abblätternden Farbe. Auf der Schwelle stehend nahm er den Geruch im Hausflur auf, erkannte die Ausdünstungen von Moder und Verfall, verdorbenem Essen, Zigarettenasche und das saure Aroma von schlecht gewordener Milch. Die Erinnerung suchte ihn heim, als er nun unter die Trinity Bridge glitt, aber er ließ den Gedanken ziehen, ließ sich von der seidenen Umarmung des Flusses ablenken.

Als er die Brücke passiert hatte, drehte er sich um und fing an zu kraulen. Bald, auf der Höhe des St. John's College, hörte er die unverkennbaren Laute des Formal Hall, eines dreigängigen Festmahls bei Kerzenschein. Voll im Gange entwickelte es sich zu einer Kakofonie, bestehend aus dem Klappern von Besteck, dem Klirren von Gläsern und Porzellan, dem Scharren von Stuhlbeinen und Stimmen, die sich zu jenem sonderbar murmelnden Chor erhoben, der so kennzeichnend war für Debatten, Konversation und Alkoholkonsum. Doch nicht ein einziges Licht verriet die Lage des Speisesaals am Ufer.

Er pflügte über den Abschnitt des Flusses, der an den Bootshäusern des Colleges vorbeiführte. Jedes schmückte sich mit einem Flaggenmast imperialer Abmessungen. Gegenüber breitete sich Midsummer Common im Mondschein aus. Hier hatte er am Abend zuvor das Kartonhaus brennen sehen und war Zeuge des grausamen gewaltsamen Todes einer älteren Frau geworden.

Gegenüber dem Fort St. George bemerkte er den Aschehaufen, der von dem Feuer geblieben war, und davor den schmalen Graben, den Chris Childe und seine Kollegen nur Stunden vor seinem Tod ausgehoben hatten. Der Zufall hatte ihm keine Ruhe gelassen, also hatte er Edison zurück zum Betriebshof geschickt, um die Einzelheiten noch einmal zu überprüfen. Hartnell, der erste Vorarbeiter, hatte ihm einen schnellen Überblick über Childes Pflichten an jenem letzten Tag geliefert: Von zehn an war er mit dem Rest des Trupps vor Ort gewesen, war aber zwischendurch für ein paar Stunden beurlaubt, um vor Gericht erscheinen zu können. Um sechs, nachdem der Sicherheitsgraben fertiggestellt war, hatte man die Leute nach Hause geschickt.

War Childe auf dem Weg zu seinem wöchentlichen Parteitreffen und seiner Verabredung mit Dodds von der *Evening News* direkt zum Mill Road Cemetery gegangen? War Joelyn Stone ihm gefolgt, bewaffnet mit seiner Pistole? Brooke stellte sich vor, wie der Major durch das Eisentor schlüpfte, Bäume und Grabmäler als Deckung benutzte, um seine Anwesenheit bis zu dem Moment zu verbergen, in dem er die Waffe zog. Hatte er den Mut besessen, seinem Opfer in die Augen zu blicken?

Brooke machte kehrt und schwamm kraftvoll, bis sein Herz unter der Belastung zu ächzen begann. Gegenüber von St. John's Wilderness sah er einen Gewehrkolben schimmern, dort, wo ein Wachmann am Ufer stand. Mit leisen Schwimmzügen glitt er weiter stromaufwärts und entdeckte zwei weitere Wachen im Abstand von jeweils hundert Metern.

Zwar war die Art, wie Chris Childe den Tod gefunden

hatte, inzwischen klar, jedenfalls in groben Zügen, doch das Geheimnis der Gruben am Flussufer blieb ungelöst.

An dem kleinen Graben, der in den Fluss mündete, quetschte sich Brooke durch das Eisengitter, wie er es schon zuvor getan hatte, und glitt fünfzig Meter landeinwärts, ehe er ans Ufer kletterte und auf die Wiese hinausschaute. Der Mond, der eine Weile mit den Wolken Katz und Maus gespielt hatte, brach durch, und er sah das Röhricht, das Gras, die Bocksdornbäume und die Aufschüttungen, dort, wo die Gruben ausgehoben worden waren.

Aber näher konnte er nicht heran; am oberen Rand der Uferböschung war eine Stacheldrahtspule an einer Reihe von Pfosten angebracht worden. An jedem war ein Schild befestigt, auf dem ein Schädel und eine schroffe Warnung prangten:

HIER WIRD SCHARF GESCHOSSEN –
BETRETEN VERBOTEN!

Eine Stunde später war er mit von der nächtlichen Kälte schmerzenden Knochen wieder im Spinning House. Auf seinem Schreibtisch stand ein Tontopf, in dem eine Pflanze wucherte, die Brooke als Winterjasmin identifizierte.

Eine Nachricht in einem Umschlag bestätigte, dass der Absender der Mann mit dem grünen Daumen war, der Direktor des County Gaol:

Brooke, ich habe es versprochen. Die Vögel sind ausgeflogen. Ein Gefängniswagen mit zwei zivil gekleideten Sergeants der Staatspolizei war hier. Bestimmungsort: Barlinnie, Glasgow. Lasset alle Hoffnung fahren …

KAPITEL VIERUNDFÜNFZIG

Um acht Uhr dreißig, die diversen Uhren in der Stadt schlugen in einer Vielzahl verschiedener Weisen die halbe Stunde, und untermalt von dem musikalischen Glockenspiel von Great St. Mary's, stand Brooke bei dem Optiker Goodall auf der Schwelle. Die Schaufensterauslage war dezent, ein paar Damenbrillen auf einem samtbezogenen Gestell; die goldenen Lettern an der Tür protzten hingegen mit Jacob Goodalls beruflichen Qualifikationen: *FBOA* wies ihn als Mitglied der *Fellows of the British Optical Association* aus, *BOA (Disp)* als geprüften Augenoptiker. Und dann war da noch ein Motto: *Aequis oculis videre – Mit zufriedenen Augen sehen.*

Er klopfte flott an die Glastür.

Auf dem Weg durch die erwachende Stadt hatte er über das Los der drei Kommunisten nachgedacht, Henderson, Lauder und Popper. Barlinnie war ein grauenvolles Zuchthaus, ein Haufen kahler Steine in dem Moorgebiet am Rand der Stadt. Wie viele Männer, überlegte er, waren in England in genau diesem Moment eingesperrt, nur weil sie als Bedrohung angesehen wurden, als undefinierte Gefährdung oder als eine, die nur mäßig nachvollziehbar war? Er hatte versprochen, er würde sie nicht vergessen, und er beabsichtigte, sein Versprechen zu halten.

Brooke glaubte, im Hintergrund des Geschäfts einen Schatten herumhuschen zu sehen. Er richtete seine Brille, versuchte, hineinzuschauen, während das blitzblanke Fenster beharrlich die Straße hinter ihm reflektierte.

Die Sidney Street war in beiden Richtungen verstopft, Studenten strömten aus dem College Lodge in die Rose Street und weiter in Richtung Universitätsbibliothek. Auf halber Strecke zur Round Church wurde ein Militärlaster um einige Hundert Sandsäcke erleichtert.

Plötzlich war der Optiker Jacob Goodall da – schmales Gesicht, gesenkter Blick – und attackierte das Schloss mit einer geübten Drehung seines Handgelenks.

»Probleme?«, fragte er und richtete seine eigene Brille. Das instabile Sehvermögen des Detectives war für Goodall, der Brookes medizinische Unterlagen aus dem Sanatorium in Scarborough studiert hatte, von beruflichem Interesse, und er hatte ihm bereits mehrere speziell für ihn angefertigte Augengläser beschafft. Jacob war ein Handwerker und ein wahrer Künstler, wenn es um Optik ging.

»Nein, nein, Jacob. Nur ein Geistesblitz – hoffe ich jedenfalls. Und alles nur wegen einer Moorkatze.«

Nach seinem Besuch im Spinning House in der vergangenen Nacht war er schließlich heimgegangen und hatte sich in der Küche ein Glas Wasser eingeschenkt, ehe er das Licht ausgeschaltet hatte, damit er den Treidelpfad erkennen konnte. Und da hatte er eine verwilderte Katze am Rand der Böschung entlangschleichen sehen. Stämmig und mit rundlichen Köpfen ausgestattet, streiften diese Tiere als entfernte Nachkommen der Rattenfänger durch das offene Land im Norden der Stadt. Etwas an der Art, wie sie eine Pfote hochhielt, ehe sie sie auf die Erde setzte, erinnerte ihn an den Katzenchor hinter der Tür einer Einzimmerwohnung in der Babylon Street, an einen abgenutzten Teppich und den Geruch von saurer Milch.

Goodall nickte und ging einfach davon, um den Verkaufstisch herum und einen kurzen Gang hinunter, sodass Brooke nichts anderes übrig blieb, als ihm zu folgen. Ein Licht flammte auf und offenbarte einen dreißig Fuß langen Korridor, an dessen Ende eine Sehprobentafel mit den typischen, pyramidenförmig angeordneten Lettern hing. Der größte Buchstabe war ein E in der obersten Zeile. Brooke war schon früher hier gewesen, in seinen Albträumen ebenso oft wie im realen Leben. Heimgesucht von den Lettern sah er sie in der Dunkelheit oft um sich herum kreisen, während er versuchte, Schlaf zu finden.

»Bleiben Sie hier«, sagte Jacob.

»Es geht nicht um mich, Jacob. Mir geht es gut.«

»Ja, aber Ihr letzter Test ist schon Monate her. Sie sind hier, ich bin hier. Sie können Ihre Fragen stellen. Ihr Kollege Edison hat übrigens die Brille vorbeigebracht – die von der alten Frau im Feuer …«

Goodall holte einen Zeigestock hervor und wählte einige Lettern in der dritten und vierten Reihe aus, und Brooke las sie souverän ab: T, Z. P, D.

»Aber Sie konnten die Eigentümerin nicht identifizieren?«, fragte Brooke.

»Richtig. Die Hitze hat die Gläser geschmolzen, darum war der Code der Verordnung nicht mehr entzifferbar. Wir haben Hunderte von Kunden, Brooke, und viele kommen nur einmal und nie wieder. Das ist wie die Nadel im Heuhaufen. Also, dies?« Er zeigte auf die sechste Reihe.

Brooke kniff die Augen zusammen. »F?« Sie versuchten es mit einigen der anderen Optotypen in derselben Zeile und schließlich mit denen in der Zeile darunter.

Goodall schaltete kommentarlos das Licht aus, und sie schlenderten zurück in den Laden. Brooke fühlte sich wie ein unartiger Schulbub, der dem Direktor ins Büro zu folgen hatte.

»Aber wenn ich einen Namen hätte, könnten Sie in Ihrer Kundenliste nachsehen?«, fragte er, bemüht, die Initiative wieder an sich zu reißen.

»Natürlich, Brooke«, sagte Goodall und holte einen dicken Wälzer unter dem Ladentisch hervor.

»Mrs Trew«, sagte Brooke. Er erinnerte sich, diesen Namen auf dem Brief gelesen zu haben, den er vom Fußabtreter aufgehoben hatte, als sie zum ersten Mal in der Babylon Street gewesen waren. »Ida Trew«, ergänzte er.

Goodall blätterte in dem Buch. »Ah, hier. Babylon Street, sagten Sie?«, fragte er und blickte ihn über den Rand seiner Brille hinweg an.

Brooke sah sie vor sich, wie sie mit steifen Gliedern aus den Flammen stakste, aus der Asche stolperte und dann im feuchten Gras zusammenklappte. Saure Milch, der Geruch in dem Hausflur im Erdgeschoss des Hauses in der Babylon Street; das war, was er im Geist auf die Seite geschoben hatte, statt einfach innezuhalten und sich nach Mrs Trew, der aufmerksamen Türhüterin mit ihren Katzen, zu erkundigen.

Brooke notierte die Einzelheiten aus Jacobs Kundenliste. Ida Trew war seit fünfzehn Jahren Kundin.

»Gütiger Gott, Brooke, ein Lächeln!«, sagte Goodall.

»Ja. Danke, Jacob. Ich muss weiter.«

An der Tür legte Jacob eine Hand auf Brookes Ärmel. »Ein ordentlicher Sehtest, bald. Ihre Augen sind nicht besser, womöglich schlechter. Wir sollten andere Behandlungsmöglichkeiten in Betracht ziehen, vielleicht auch eine alternative Diagnose. Wir müssen uns auf das Problem fokussieren.« Sein eigenes Wortspiel entlockte ihm ein Lächeln.

»Erkenntnis ist wichtig, Jacob. Das innere Auge. Haben Sie dafür auch eine Testtafel?«

»Was erzählt Ihr inneres Auge Ihnen jetzt?«

»Es sagt mir, dass ein Mann, der einmal töten kann, auch zweimal töten kann«, entgegnete er.

KAPITEL FÜNFUNDFÜNFZIG

Die Tür zu Ida Trews Wohnung war verschlossen, ein Perlenvorhang versperrte noch immer die Sicht durch die Glasscheibe, die ihr als Fenster zur Welt gedient hatte. Brooke dachte daran, den wenig soliden Rahmen aufzubrechen, doch dann fiel ihm die junge Frau ein, die er auf der Schwelle getroffen und die anschließend in einer Erdgeschosswohnung verschwunden war. Er klopfte an ihre Tür und stellte sich vor. Sie reagierte mit verhuschtem Schweigen, öffnete die Tür aber einen Zoll weit. Eine ganze Reihe unterschiedlicher Gerüche waberte in den feuchten Korridor, darunter Orange und Zimt, alter Schweiß und Pfeifenrauch.

»Es ist noch früh«, sagte sie, und hinter ihr, möglicherweise durch eine Bettdecke gedämpft, gab eine Stimme etwas Unartikuliertes von sich.

»Mrs Trew?«, fragte er und sah sich zu der verschlossenen Tür um. »Sie reagiert nicht.«

»In manchen Nächten ist sie nicht da; normalerweise sagt sie uns vorher Bescheid.«

Während sie sprach, wanderte ihre Hand an der Tür hinauf, verschwand und kehrte mit einem Schlüssel zurück.

»Wir haben alle einen, falls es irgendwelchen Ärger gibt. Dies ist ein sicherer Ort.«

Sie gab ihm den Schlüssel. »Den will ich wiederhaben.«

Als Brooke sich entfernte, rief sie hinter ihm her: »Haben Sie einen Durchsuchungsbefehl?« Aber die gedämpfte Stimme musste sie wohl zurück in die Wohnung beordert haben, denn sie schloss gleich darauf die Tür.

Idas Wohnung war verlassen, aber er konnte die Katzen auf der anderen Seite einer Tür hören, die in eine Spülküche führte. Einmal befreit, schwärmten sie heraus, um sich an einer Reihe von Näpfen gütlich zu tun, von denen jeder mit Milch gefüllt war, die an den Rändern käsig angetrocknet war.

Das wenige Licht, das durch ein schäbiges Fenster in den Raum sickerte, offenbarte ein Waschbecken, einen Gasherd, eine Bettnische, eine Anrichte und eine Kommode. Er legte den Lichtschalter um, doch nichts geschah. Eine einminütige Suche führte ihn zu dem Zähler an der Wand neben der Tür. Er schluckte Florins, also fütterte er ihn mit drei der Münzen und wartete, bis der Mechanismus das Geld erkannt hatte. Begleitet von einem dumpfen Klappern leuchtete das Licht auf, und ein Radio fing an zu spielen. Es war leise eingestellt, aber laut genug, um die knappen Töne von BBCs *Home Service* zu erkennen. Die Katzen strichen ihm um die Beine, ihr beharrliches Tapsen wirkte beunruhigend und vage bedrohlich.

In einem Nest aus alten Polstern neben dem Kopfkissen im Bett sitzend stellte er fest, dass er so bequem den Korridor hinunter bis zur Haustür sehen konnte. Ida war eindeutig die Türhüterin. Eine halb offizielle Rolle, offensichtlich, in der sie das Kommen und Gehen der Freier beobachtete. Wurde sie für ihre Dienste bezahlt? Und was hatte die Frau in der Erdgeschosswohnung noch gleich gesagt? *Dies ist ein sicherer Ort.* Wirklich? Die schäbigen Räumlichkeiten einer achtzigjährigen Witwe?

Vom Bett aus konnte er unter dem Tisch zerbrochenes Geschirr ausmachen, um das die Katzen herumschlichen. Auf den Knien versuchte er, die beiden kaputten Tassen wieder zusammenzusetzen, aber das überstieg seine Fähigkeiten, obwohl er zwei Griffe und die Überreste von Zucker in einer Porzellanscherbe erkennen konnte. Vom Boden aus sah er, dass die Herdklappe ein Stück weit offen stand, und als er ihren Rand genauer betrachtete, fand er Blutflecken auf dem metallischen Rand und eine Flocke blauer Keramikfarbe.

Ein düsterer Hof führte durch ein Tor in eine Hintergasse. Eine Holzkiste quoll über mit Kohle. Jenseits der offenen Tür eines Aborts sah er eine Porzellanschüssel, und draußen in der Gasse fielen ihm auf dem Schlackenweg Reifenspuren auf.

Auf den Stufen der Hintertür entdeckte er ein großes Glas mit Milch. Er verteilte sie auf drei Schalen, die er zuvor im Waschbecken gesäubert hatte. Die Katzen schnurrten im Chor.

Brooke schaltete das Radio aus und setzte sich an den Tisch. Die einzigen Gegenstände in diesem Raum, die irgendwie von Interesse waren, waren eine chinesische Teedose in prachtvollen Gold- und Ebenholztönen und ein Telefon, ein neues Bakelitmodell. Darüber, an der Wand festgeklebt, hing ein Blatt Papier, auf dem drei Nummern und Namen standen:

Pete: 4409
James: 3007
Jim B.: 4888

Ausgehend von der Vermutung, dass sie alle von hier waren, notierte Brooke Namen und Nummern.

Die Katzen, nunmehr gesättigt, strichen ihm wieder um die Beine.

»Tut mir leid«, sagte er. »Ich glaube nicht, dass sie dieses Mal wieder nach Hause kommt.«

Während er hier auf dem verschlissenen gemusterten Teppich stand, konnte er beinahe spüren, wie sie dahinschwand. Da war dieses Gefühl, das beinhaltete, dass da eine Persönlichkeit war, die einen Raum zusammenhielt, die seine diversen Charakteristika miteinander verknüpfte: das Telefon, die Katzenschalen, die Teetassen, das gerahmte Bild über dem Gasfeuer, das eine Pferdebahn zeigte, die in einer verschneiten Abenddämmerung Parker's Piece passierte, während sich die letzten Flecken Sonnenlicht mit den Lichtkegeln der frisch entzündeten Gaslaternen mischten. Der Geruch menschlichen Lebens schwand ebenfalls, die Tanninschärfe der ständig verfügbaren Teekanne, die warme Muffigkeit der Bettnische.

Er griff zum Telefon und wählte 4888.

»Crown«, sagte eine Frau vor dem Hintergrund anderer Stimmen.

Brooke stellte sich vor. »Ich würde gern mit Jim B. sprechen.«

Das Telefon klapperte, und er konnte deutlich hören, dass ein Staubsauger durch den Raum geschoben wurde.

»Worum geht es?«, fragte eine Männerstimme.

Brooke erklärte, dass er Polizist sei und sich in Ida Trews Wohnung befinde, und dass sie vermisst werde und er sich um ihr Wohlergehen sorge.

»Ich bitte um Verzeihung, Sie sind?«, fügte er hinzu.

»Ihr Sohn. Ihr ältester Sohn. Haben Sie die Mädchen gefragt? Wenn die irgendwelche Probleme haben, gehen sie zu Ida, und die ruft dann uns an.« Das Hintergrundgeräusch verstummte, nachdem eine Tür zugeknallt war. »Himmel, bleiben Sie dran.« Es brummte im Telefon, dann herrschte Stille. »Tut mir leid«, kehrte die Stimme bald darauf zurück. »Das Pub ist voller Putzfrauen. Sie sagen, Mom ist verschwunden. Aber seit wann?«

»Seit einem Tag, vielleicht auch zwei. Sie sind im *The Crown* an der Mill Road?«

»Richtig. Ich rufe die Brüder an. Sie ist gut zu Fuß. Vielleicht hat sie nur für eine Nacht bei einem von ihnen übernachtet, weil sie nicht ganz auf dem Posten war. Ihr ist schon nichts passiert. Sie ist in einem Pub in den Gorbals aufgewachsen; eine Nacht draußen in Cambridge haut meine Mutter nicht um.«

Brooke würde medizinische Unterlagen benötigen, um den Leichnam in Dr. Comforts Leichenhalle zu identifizieren. Danach würde er einen Constable losschicken, um die traurige Kunde weiterzugeben. Vorerst überließ er es Jim B., seine Geschwister anzurufen.

»Lassen Sie es mich wissen, sollten Sie sie finden«, sagte Brooke und nannte ihm die Nummer des Spinning House. »Hat eines der Mädchen ihr besonders nahegestanden? Da ist eine in dem vorderen Raum gleich am anderen Ende des Korridors.«

»Nee, die ist neu. Polly nennen sie sie. Mum war nicht begeistert. Darum hat sie die Wohnung im Erdgeschoss bekommen, die ist leichter im Auge zu behalten. Nein, Vera ist ihr Liebling. Mum hat über die Jahre immer mal wieder auf ihr Kind aufgepasst. Die beiden stehen sich nahe. Obergeschoss. Vera ist in Ordnung.«

KAPITEL SECHSUNDFÜNFZIG

Brooke kletterte die düsteren Stufen zum fünften Stock hinauf. Vera musste ihn gehört haben, als er unten mit dem Mädchen gesprochen hatte, denn sie hatte ihre Tür auf dem schwach beleuchteten Treppenabsatz einen Zoll weit offen stehen lassen. Sie sah müde aus, als sie herauskam, ihren dünnen Hausmantel am Hals zuhaltend, um sich vor der Kälte im Hausflur zu schützen, die sich hier, direkt unter dem Dachboden, wo der feuchte Mief regelrecht greifbar war, zu verdichten schien.

Sie legte die Hände auf ihre Schultern. »Was gibt es jetzt wieder? Ich habe all Ihre Fragen beantwortet«, fragte sie und legte eine Hand auf die Türkette.

»Ida ist verschwunden. Ich habe mit einem ihrer Söhne gesprochen. Sie dürfte Major Stone gekannt haben – war er ein regelmäßiger Gast?«

»Ja, seit drei Jahren. Ida behält uns immer im Auge, und wir geben ihr die Namen, damit sie auf dem Laufenden ist. Manchmal besucht sie ihren Sohn und die Enkel und übernachtet dort. Ich würde nicht gleich in Panik geraten. Allerdings gibt sie uns normalerweise vorher Bescheid.« Sie nagte an ihrer Lippe. »Was ist mit dem Krankenhaus? Ihr Herz ist schwach. Vielleicht geht es ihr nicht gut.«

»Ich überprüfe das«, versprach Brooke. »Wissen die Kunden, dass sie hier alles im Auge behält?«

»Nein. Auch wenn sie vielleicht einen Verdacht haben.

Wenn Ida da ist, dann sorgt sie dafür, dass sie wissen, dass sie sie gesehen hat. Manche fragen, wer sie ist; ich lüge dann immer und behaupte, sie wäre die Vermieterin.«

»Wie gut kennt Stone Ida?«

»Er hat ihr Tee mitgebracht. Er ist nett zu Leuten, die er nicht als Bedrohung für sich einstuft. Ja, paketweise Tee. Es gibt da so ein Anwesen in Indien. Er hat zwar nie etwas Derartiges gesagt, aber ich wette, es gehört ihr, seiner Frau. Mir hat er auch was davon mitgebracht, aber ich kann Tee nicht ausstehen. Heißes Spülwasser. Ida hat er sich damit allerdings gewogen gemacht.«

Brooke setzte seinen Hut wieder auf.

»Der Yard hat übrigens Neuigkeiten über den Brief«, sagte er und musterte dabei ihr Gesicht. »Er war adressiert an Palme Dutt, richtig?«

»Ja. Das ist der neue Generalsekretär. Der letzte – Harry Pollitt – ist schon lange weg. Krach wegen Russland, interne Machtkämpfe, darauf könnte ich wetten. Ich glaube aber nicht, dass er ihn gelesen hat; ich schätze, es gibt da … Lakaien.«

»Scotland Yard versucht, Palme Dutt aufzuspüren«, berichtete Brooke. »Der Büroleiter sagt, wenn der Brief eingetroffen wäre, hätte man ihn einem seiner Stellvertreter gegeben, einem Mann namens Hamilton. Im Moment ist *dessen* Verbleib unklar. Er wird sicher wieder auftauchen, aber als er zuletzt gesehen wurde, ging er an Bord eines Schiffs nach Irland.

Sie bekommen vielleicht Besuch aus London. Vom Yard oder vom Militärgeheimdienst. Es herrscht natürlich eine gewisse Besorgnis, der Brief könnte bei Komintern gelandet sein, der internationalen Partei. Was, logischerweise, bedeuten würde, dass er Moskau erreicht hat.«

Brooke bemühte sich, ihren Blick festzuhalten. »Die werden nicht auf dem Treppenabsatz mit Ihnen reden, Vera. Die schicken einen Wagen her. Darauf sollten Sie vorbereitet sein.«

Er tippte sich an den Hut.

KAPITEL SIEBENUNDFÜNFZIG

Die Abenddämmerung legte sich über Cambridge. Ein Dunst aus Flussnebel und Kohlenrauch braute sich im Licht der untergehenden Sonne zusammen und trübte in mittlerer Entfernung die Aussicht, sodass der Blick aus Brookes Büro über die Universitätslabore nur mehr eine graue Dachlandschaft, durchbrochen von elektrischen Lampen, zutage brachte. An einem Fenster konnte er einen Labortechniker im weißen Kittel sehen, der im Licht eines Bunsenbrenners geduldig ein Teströhrchen mit einer Zange über die Flamme hielt. Das Galen ragte aus der Masse hervor, die weiße Fliesenfassade des Anatomiegebäudes schimmerte sonderbar im Zwielicht.

Brooke dachte an die fahlen Leichen im Inneren, verteilt auf ihre metallenen Särge. Dem Tod im Galen haftete etwas Albtraumhaftes an: Die Überreste von Lux, Childe und Sneeth kamen immer wieder ans Licht, wenn sie für eine weitere Untersuchung herausgeholt wurden. Gestrandet in diesem sonderbaren Fegefeuer, würde ihnen ihr Frieden verwehrt bleiben, bis ihre Fälle endlich abgeschlossen waren.

Brooke wies Edison an, Major Joelyn Stone aus den Zellen heraufzuholen. Als er ihn bald darauf von seinen Handschellen befreit hatte, setzten sie ihn hin und ließen ihm neben einem Tumbler eine Flasche Bell's. Stones gesunde Hand war ruhig, als er an dem Whisky nippte. Seine Uniform hatte man ihm abgenommen, um sie zusammen mit Kleidungsstücken aus seinem Haus auf Schussrückstände zu untersuchen. In Ermangelung der militärischen Hülle wirkte er eigenartig verwundbar.

»Wir fanden diese Waffe in ihrem Spind auf dem Schießstand von Madingley«, sagte Brooke und ließ die Waffe aus dem grünen Filzbeutel poltern.

Stone streckte eine Hand aus, hielt dann inne und blickte zu Brooke hinauf.

»Bedienen Sie sich. Es gibt keine Fingerabdrücke; selbst unsere bescheidenen Ressourcen umfassen noch Kohlepulver und einen Pinsel. Sie ist sauber. Um genau zu sein, ist sie so sauber, dass ich annehme, sie wurde abgewischt.«

Stone hielt die Waffe locker in der Hand. »Aber die gehört nicht mir, Inspector. Ich habe diese Dinger gesehen, damals, am Ende des Krieges. Deutsche Gefangene hatten sie, Souvenirs von der Ostfront. Die hatten sie den Rotarmisten abgenommen.«

»Ich mache mir mehr Sorgen darüber, dass Sie bestritten haben, noch andere Pistolen zu besitzen. Sie vergaßen, die zu erwähnen, die Sie auf dem Schießstand aufbewahren.«

»Die in meinem Spind ist eine Webley .45 – uralt, ein verdammtes Museumsstück. Hab ich vergessen, tut mir leid.« Er kippte den Whisky hinunter und schenkte sich nach.

»*Diese* Waffe war in Ihrem Spind, Major. Welche Erklärung haben Sie dafür?«

»Nein. Meine ist eine .45 Webley«, sagte er matt.

»Diese Waffe hat Chris Childe getötet«, informierte ihn Brooke. »Daran besteht kein Zweifel. Ich habe Sie zweimal gefragt, ob Sie den Schuss abgefeuert haben, der ihn getötet hat, Major.«

»Ich habe diesen Schuss nicht abgefeuert«, beharrte Stone und betrachtete die Pistole eingehend, bis er die Inschrift entdeckte. »Ich habe diese Waffe nie zuvor gesehen. Was haben diese Buchstaben zu bedeuten?«

»Ah, dieses Rätsel hat interessanterweise Ihre Frau gelöst.«

Zum ersten Mal erkannte Brooke Furcht in Stones Augen, vielleicht spiegelte sich in ihnen eine Ahnung, dass er den Rest seines Lebens in einer Gefängniszelle verbringen könnte. Oder war es die Scham über die öffentliche Demontage, die sich plötzlich in aller Deutlichkeit vor ihm abzeichnete?

»Meine Frau? Was zum Teufel weiß die über Waffen?«

»Sie ist die Tochter eines Generals. Ich glaube nicht, dass ich Sie daran erinnern muss. Der General hat Pistolen gesammelt. Er hatte drei Söhne. Sie alle haben beim Militär gedient, und sie alle haben ihrem Vater interessante Waffen mitgebracht. Einer von ihnen war Captain in der Armoured Car Expenditionary Force in Russland. Der ACEF. Alles echte Draufgänger, ein Brüderbund, nach dem Großen Krieg auf die Rote Armee losgelassen. Weißer Terror und all das. Ruhm und Orden. Um fair zu sein, Ihre Frau konnte die Waffe an sich nicht identifizieren, aber es steht außer Frage, dass eine Jury diese Koinzidenz überzeugend finden würde, meinen Sie nicht?«

Stone trank einen weiteren großen Schluck von seinem Whisky. Inzwischen war er von einer Aura der Verzweiflung umgeben; vielleicht war es das Gefühl, dass das Leben, was er gekannt hatte, tatsächlich seinen verwundeten Fingern entglitt. Er bemühte sich, seine Würde wiederzugewinnen, und wischte imaginären Staub von seinem weißen Hemd.

»Wenn Sie mich anklagen wollen, dann tun Sie das.«

Edison lehnte sich auf seinem Stuhl zurück, bis der knarrte, und streichelte mit einer Hand die Pfeife in seiner Jackentasche.

»Ich werde Ihnen sagen, was passiert ist«, verkündete Brooke.

»Sie sind an jenem Morgen in dem Haus in der Babylon Street mit Childe zusammengestoßen. Wenige Stunden später steht er unübersehbar vor Gericht, und Sie führen den Vorsitz. Keine Perücken, keine Roben. Sie haben ihn erkannt, hat er also auch Sie erkannt? Es stand eine Menge auf dem Spiel; nicht nur ihre Ehe mit der Generalstochter, sondern eine ganze Karriere. Sie sagten selbst, Sie erwarten, einen neuen Posten zu erhalten. Womöglich endlich eine Chance zu brillieren.«

Stones gesunde Hand schloss sich auf der Tischplatte zu einer festen Faust.

»Nach dem Tribunal haben Sie Vera Staunton aufgesucht. Sie dachten, Sie könnten Childe kaufen. Sie dachten, das Problem ließe sich mit Geld aus der Welt schaffen. Wie haben Sie ihn auf dem Friedhof aufgespürt? Vera Staunton wusste, dass Childe an diesem Tag auf Midsummer Common arbeiten würde. Ich denke, Sie haben sich dort umgesehen. Es wäre ein Leichtes für Sie gewesen, ihm zur Mill Road zu folgen … Haben Sie dort versucht, ihm Geld anzubieten, oder war die Gelegenheit zu gut, um sie zu verpassen? Ein verlassener Friedhof in der Abenddämmerung?«

Stone wollte etwas sagen, aber Brooke reckte eine Hand hoch.

»Dann, nehme ich an, sind Sie zum Abendessen nach Hause gegangen. Später sind Sie mit Ihrem eigenen Wagen wieder in die Babylon Street gefahren. Mein Sergeant sagte mir, das ist ein schwarzer Ford, und er steht in der Garage hinter Blenheim House. Wir überprüfen gerade, ob die Reifen zu den Spuren passen, die hinter Ida Trews Wohnung gefunden wurden. Denn Ida war diejenige, die Sie aufsuchen wollten.«

»Was hat das alles mit Ida zu tun?«

»Sie ist tot, Major, wie Sie sehr gut wissen, denn Sie haben sie getötet.«

Stone stand auf, aber darauf war Edison vorbereitet. Er setzte sein eigenes Gewicht ein, um den Major zurück auf seinen Stuhl zu befördern.

»Wenn Sie noch einmal aufstehen, legen wir Ihnen die Handschellen wieder an«, warnte Brooke. »Ja, Ida, die Türhüterin. Sie hat gesehen, wer da gekommen und gegangen ist. Ein Schwatz hier, eine Tasse guter Tee da? Sie hat Childe gesehen, einen Fremden, also wird sie sich an ihn erinnert haben. Was hat Ida noch gesehen? Was hätte sie gesagt, hätte man sie nach Veras Kunden gefragt? Wollten Sie sie umbringen? Ich habe den Eindruck gewonnen, dass sie eine unbeirrbare Seele war.«

»Ida? Brooke, sie ist eine achtzigjährige Frau. Denken Sie, ich hätte sie umgebracht, um meine Karriere zu schützen? Das ist lächerlich.«

»Die Leiche war ein Problem«, fuhr Brooke fort. »Ich nehme an, Sie haben sie in den Wagen geschafft und sind zum Fluss gefahren. Am Kofferraum Ihres Ford befinden sich Blutspuren. Auch die untersuchen wir …«

»Ein Ausflug nach Schottland, Brooke. Wir waren schießen. Ich hatte den Kofferraum voller Fasane.«

Brooke ignorierte ihn. »Es war Ihre Aufgabe, dort einen Wachmann zu postieren, aber ich habe nachgesehen, vor Mitternacht war der nicht auf seinem Posten. Also bot sich Ihnen eine günstige Gelegenheit. Das große Feuer würde keine Spuren zurücklassen. Aber dabei ist ein Fehler passiert. Sie war nicht tot. Vielleicht hat sich da ein Hauch von Panik gezeigt. Haben Sie sich überhaupt die Mühe gemacht, ihren Puls zu suchen? Aber Ihre Laufbahn ist in Bezug auf Furcht und Panik so oder so nicht ganz makellos, nicht wahr?«

Stone fing an zu zittern, eine hochfrequente Vibration, die sich in seinen Fingern offenbarte. »Was fällt Ihnen ein?«

»Möglicherweise sollten Sie heute Nacht in Ihrer Zelle über Ida nachdenken, Major. Sie war bewusstlos, das steht so gut wie fest, also gibt es wenigstens einen kleinen Trost. Wäre sie sich selbst überlassen geblieben, wäre sie früher oder später gestorben. Ihr Herz war schwach, es hätte irgendwann einfach versagt. Aber dann wurde das Feuer entfacht, und das hat sie ins Leben zurückgeholt, Stone. Der Schmerz des Feuers, die Flammen und die Hitze an ihrem Körper.«

KAPITEL ACHTUNDFÜNFZIG

Brooke ließ die große Eichentür von Michaelhouse hinter sich zuknallen. Das *Bumm!*, ausgeschmückt von dem metallischen Klappern von Riegel und Schloss, hallte in einer Reihe von leiser werdenden Echos nach. Die Straße war leer, die hohen Bordsteinkanten säumten feuchte Pflastersteine, und außer dem Tropfen des Wassers, das von eisernen Dachrinnen troff, war kein Laut zu hören. Doric hatte einen Rest Schinken beschafft, den sie in geselligem Schweigen verzehrt und mit einer halben Flasche Coulange veredelt hatten. Brooke fühlte sich übersättigt, doch seine Schritte waren elastisch.

Unterwegs ging er in Gedanken die einzelnen Teile des Puzzles durch, aus dem der Mord an Chris Childe zusammengesetzt war: das Motiv, die Gelegenheit, die Beweise vom Tatort und aus dem Wagen. Mit etwas Glück hatten sie einen bombenfesten Fall inklusive eines zerstörerischen Motivs: Ehrgeiz. Zwar lag, wie er dachte, der eigentliche Quell des Verbrechens in Stones Feigheit, doch der ständige Druck, sich als Soldat hervorzutun, trieb ihn zu verzweifelten Bemühungen, einen Ausgleich zu schaffen für seine Unfähigkeit, Soldat zu *sein*, als es für seine Männer wirklich wichtig gewesen war.

Der Weg führte Brooke im Zickzack zwischen hohen Wänden hindurch. In seiner Fantasie schwebte er über sich und sah zu, wie sein Hut durch das Labyrinth navigierte wie einer von Aldiss' Hamstern, der mit vollen Backen in einem Laborexperiment gefangen war. Das Konzept war unerfreulich; bei der Vorstellung, er könnte dazu verdammt sein, ohne es zu merken in einem riesigen Puzzle herumzuwandern, das andere geschaffen hatten, fühlte er sich wie ein hilfloses Opfer.

So in Gedanken versunken entgingen ihm zunächst die Schritte hinter ihm, diese fließende Coda zu dem scharfen zweifachen Klappern seiner eigenen Schuhe.

An einer Ecke hielt er im Zwielicht inne, richtete seinen Kragen und schaute sich zu der Gestalt um, die ihm folgte. Dann verschwand er außer Sicht in einem Durchgang, schlüpfrig vor lauter Schlamm, der zu einem College-Garten führen musste. Er wartete mit ruhigem Herzschlag. Schließlich passierten die Schritte sein Versteck. Er sah der Gestalt nach: die Uniform, in der Taille umgearbeitet, verriet, wer sie war, ebenso wie die makellos geschneiderte Drillichhose und die fahlen Strümpfe an den Waden.

»Jo?«, rief er.

Ashmore blieb stehen und drehte sich mit einem Ausdruck freudiger Überraschung und keiner Spur von Unbehagen zu ihm um.

»Du bist mir gefolgt«, sagte Brooke und bot ihr seinen Arm.

»Ich habe es auf dem Revier versucht; die haben gesagt, Sie hätten das Telefon in der Pförtnerloge des Michaelhouse benutzt. Ich habe Sie um eine Minute verpasst. Der Pförtner hat gemeint, Sie wollten Richtung Fluss und dann nach Hause. Dabei hat er mich vielsagend angeschaut; er fürchtet um Ihre moralische Seele, Brooke. Bin ich die einzige junge Frau, die hinter Ihnen her ist …?«

»Du bist einmalig«, sagte Brooke.

Sie umklammerte den Jackenaufschlag unter ihrer Kehle.

»Es ist schon Winter. Ich hoffe bei Gott, dass Sie keinen nächtlichen Schwimmausflug planen.«

Sie betraten die Brücke über das Wehr. Das Wasser raste weiß schäumend unter ihnen hindurch. Stromaufwärts konnten sie im Dämmerlicht die komplizierte Geometrie der hölzernen Mathematiker-Brücke erkennen, einer Konstruktion aus Holzbalken, die, wie die Legende besagte, den Cam überspannte, ohne auch nur einen einzigen Nagel zu benötigen. Durch die Art, wie das Licht einfiel, schien sie einfach so über dem Wasser zu hängen.

Gemeinsam atmeten sie die berauschende Luft. Brooke erklärte, dass der neuesten Theorie zufolge, einer Theorie, die genau hier in Cambridge erprobt wurde, fallende Wassermoleküle geladene Partikel freisetzen würden – neumodische elektrische Ionen –, was die beschwingende Wirkung von Wasserfällen erklären könnte.

»Das ist das Problem mit euch Wissenschaftlern«, sagte Jo. »Wo bleibt bei einem Ion die Romantik?«

Sie stand dicht bei ihm, während er seiner nach innen gewandten Besinnung nachging.

»Es ist wegen Marcus; er ist verschwunden«, sagte sie schließlich und zündete sich mit einem schlanken Perlmuttfeuerzeug eine lange Zigarette mit einem goldenen Streifen am Filter an.

»Inwiefern?«, fragte Brooke. »Ich habe gestern Abend zu Hause mit ihm gesprochen.«

»Insofern, als dass er nicht in seinem Zimmer ist, Brooke«, erklärte sie hitzig. »Insofern, als dass das College sagt, er habe sich abgemeldet, um irgendeine nicht spezifizierte Regierungsarbeit in London aufzunehmen. Insofern, als dass Vater sagte, er sei gestern um Mitternacht in einem Taxi von zu Hause weggefahren. Der letzte Zug nach London fährt vor elf, also ist sein Ziel tatsächlich unbekannt. Es klingt grausam, aber ich muss sagen, meinen Vater kümmert es nicht, wohin Marcus gegangen ist. Die Pflichten seines neuen Lehrstuhls sind, wie es scheint, überwältigend. Er hat sich in einen Potentaten verwandelt, und wir wurden zu bloßen Untertanen herabgestuft.«

Sie warf die halb gerauchte Zigarette weg.

»Es ergibt keinen Sinn. Wenn er Cambridge verlassen hätte, dann hätte er den Wagen genommen. Dieser MG ist sein Teddybär, er würde nie ohne ihn irgendwohin gehen, aber das Ding steht daheim in der Garage. Und dann ist da sein Zimmer gleich neben meinem: seine Bücher, seine Notizbücher – alles unberührt. Sein Zimmer im College ist leer, andererseits hat er da auch nie viel drin gehabt, abgesehen von Stiften und Papier.«

Das Wasser brodelte unter ihnen, rauschte unter der Brücke hindurch.

»Ich habe mit Marcus geredet«, sagte Brooke. »Über den Tod von Ernst Lux. Er sagte, sie wären zusammen klettern gewesen, und dann wäre der Amerikaner abgestürzt. Meinst du, er wäre fähig, in so einem Punkt zu lügen?«

»Marcus lebt nicht in der realen Welt, das wissen Sie doch«, antwortete sie. »Mathematik ist für ihn kein Fach, sondern ein Ausweg aus dem Alltagsleben. Im Innern und von sich aus ist er ein Unschuldslamm, Brooke. Der einzige Mensch, den er je in Gefahr gebracht hat, ist Marcus Ashmore. Aber er war immer empfänglich für die Einflüsterungen anderer; *leicht beeinflussbar*, muss das Fazit lauten.«

Das war eine eigenartig unvoreingenommene Antwort auf seine Frage.

Ashmore sog so gierig an einer neuen Zigarette, dass diese tatsächlich in der Dunkelheit aufflackerte und eine winzige blaue Flamme hervorbrachte. »Ich halte nichts von Melodramatik, Brooke, aber ich kann das Gefühl nicht abschütteln, die Überzeugung, um genau zu sein, dass ich meinen Bruder womöglich nie wiedersehen werde.«

KAPITEL NEUNUNDFÜNFZIG

Trotz der Verdunkelung verrieten Lichtstreifen die großen Tudorfenster von Madingley Hall. Vorhänge, Tafeln, Wandteppiche, alles hatte im wörtlichen Sinne zu kurz gegriffen. Folglich wurden nun die Lampen Stockwerk um Stockwerk, Raum um Raum gelöscht, und das Haus verschwand in der Nacht. Selbst die Wachen, die an der halben Meile Stacheldrahtzaun entlangpatrouillierten, richteten die Lichtkegel ihrer Taschenlampen auf den Boden.

In seinem Schlafraum unter dem Dach las Captain Rich Kerridge eine Akte, die ein Motorradbote aus dem Kriegsministerium, Whitehall, Abteilung für Belobigungen, gebracht hatte. Orden, Lametta, Bänder; die Arbeit in Kairo hatte ihm gefallen, zugegebenermaßen Schreibtischarbeit, die daraus bestanden hatte, ehrenvolle Erwähnungen von vorgesetzten Offizieren, Zeugenberichte und Empfehlungen von Kommandanten durchzugehen. Einer seiner Untergebenen aus der Kriegszeit genoss den derzeitigen Konflikt in der Behaglichkeit von Londons Postbezirk SW1 und hatte Corporal Harry Stauntons Akte in der staubigen Gruft des dritten Kellergeschosses gefunden, in der die Geschichten früherer Heldentaten zur ewigen Ruhe gebettet waren.

Eine verblasste Hieroglyphe in brauner Tinte auf dem Deckblatt der Akte gewann unter der Lupe ein wenig an Bedeutung.

Cpl. Harold R. Staunton
REF: RUS 344/6767
AWARD: MILITARY CROSS

Während er den dreiseitigen Bericht las, rührte er sein Whiskyglas nicht an, aber er leerte es in einem Zug, ehe er die Akte ein zweites Mal las. Das dritte Mal festigte ein anschauliches Bild der Ereignisse jener wenigen Tage im Dezember 1920, beinahe zwei Jahre, nachdem das Waffenstillstandsabkommen unterzeichnet worden war, das den Kampfhandlungen in Frankreich ein Ende bereitet hatte.

Harry Stauntons Einheit hatte am Rand eines Dorfes Zuflucht gesucht; eigentlich kaum mehr als ein jüdisches Schtetl, nahe den Prypjatsümpfen, dreihundert Meilen südwestlich von Moskau. Sie alle waren Freiwillige in der risikofreudigen ACEF, der Armoured Car Expeditionary Force. Ihre drei Fahrzeuge standen vereist in der Scheune versteckt, der Treibstoff gefroren, die Spurrinnen in dem schlammigen Bauernhof hart wie Eisen. Einige Tage lang hatten sie Vögel erfroren vom Himmel fallen sehen, und bei Nacht krachten die Bäume im Wald, wenn ihre holzigen Adern sich in Eis verwandelten.

Der Offizier vor Ort rief seine Männer in die Scheune. Die Position der Einheit, so erklärte er ihnen, sei prekär. Die Weiße Armee, die sich südwärts zurückzog, um sich bei Luzk neu zu formieren, hatte sie zurückgelassen. Der Funkkontakt war verloren gegangen, ganz abgesehen davon, dass die Rote Armee jeglichen Funkverkehr bis hin zur Nachhut der fliehenden ACEF belauschen würde. Sie konnten die Fahrzeuge nicht einfach hierlassen, weil es sich um wertvolles Wehrmaterial in einem motorisierten Krieg gegen die Bolschewiken handelte, die ganz allgemein schlecht bewaffnet waren. Es war unumgänglich, jemanden zu Fuß durch den Wald zu einem nahen

Endbahnhof zu schleusen, den die Weiße Armee zum Schutz ihrer Positionen im Hinterland betriebsbereit zu halten gehofft hatte. An diesem Bahnhof gab es einen Telegrafenmast. Dort konnten sie einen Hilferuf absetzen. Doch es war ein Zwanzig-Meilen-Marsch.

Ein Freiwilliger wurde gebraucht, und Harry Staunton meldete sich prompt. In der Abenddämmerung brach er auf.

Nach zehn Tagen kamen sie zu dem Schluss, dass Stauntons Einsatz fehlgeschlagen war. Der Rest der ACEF musste nun über hundert Meilen entfernt sein. Den Hof und die eingefrorenen Fahrzeuge zu verteidigen, war undurchführbar, also beschlossen sie, die Motoren unbrauchbar zu machen und die Flucht nach Süden anzutreten.

In der Morgendämmerung des folgenden Tages machten sie sich auf den Weg, der Offizier führte mit gezogener Waffe seine Männer an.

Zwei Meilen weiter südlich wurde der Wald dichter. Mit seinem vereisten Astwerk wirkte er wie ein Labyrinth aus Lüstern; Zweige und Äste begleiteten sie mit einem chaotischen, atonalen Klimpern. Alle paar Minuten splitterte irgendwo mit scharfem Krachen ein Baum. Die ausgehungerten Männer befanden sich in einem traumähnlichen Zustand der Erschöpfung.

Eine halbe Meile den Schienenstrang entlang, fanden sie Harry Staunton. Die Kiefern waren inzwischen Birken gewichen, und er saß oben in einer Baumkrone, eingeklemmt zwischen dem Stamm und einem Ast, etwa dreißig Fuß über dem Waldboden. Staunton war ein Athlet, das wussten sie alle, denn er hatte die Bataillonsmedaille über eine Meile gewonnen. Die Kletterei, einen astlosen Stamm empor, war schon für sich genommen eine Großtat und eine Demonstration der Stärke.

Der Offizier benutzte seinen Feldstecher, um ihn sich genauer anzusehen; Staunton hatte seinen Gürtel um den Baum geführt, um sich zu sichern, vermutlich, nachdem er eine Reihe von Schusswunden erlitten hatte, von denen vier vom Boden aus zu sehen waren, darunter eine im Hals. Seine rechte Hand war in die Brust gekrallt, aber die linke hielt noch immer seine Waffe, festgefroren in den gefrorenen Fingern einer gefrorenen Hand.

Im Schnee sammelten sie mehr als hundertfünfzig Patronenhülsen in der Umgebung des Baums. Offenbar hatte Harry Staunton, nachdem seine eigene Munition verbraucht gewesen war, ein leichtes Ziel abgegeben. Hatte er eine Kugel für sich selbst aufgespart, um einer Gefangennahme und dem unausweichlichen Verhör zu entgehen? Sie würden es nie erfahren.

Sechs Mann waren nötig, um den Baum zu schütteln. Eis fiel herab, und die Zweige spielten ihre schaurige Weise, doch der Tote blieb, wo er war. Dann, lange, nachdem es wieder still geworden war, fiel die Pistole aus Harry Stauntons Hand.

Sie hatten keine Chance, ein Grab für ihn auszuheben, selbst wenn es ihnen gelungen wäre, ihn aus seinem Krähennest zu holen, also ließen sie ihn oben. Die Waffe war Stauntons besondere Kriegsbeute; er hatte sie der Leiche eines Soldaten abgenommen, den sie in einem Versteck am Hafen von Archangelsk gefunden hatten, nachdem die Panzerwagen ausgeladen waren. Staunton hatte seinen Kameraden erzählt, der Mann in den Fünfzigern mit dem zerbrochenen Zwicker sei der erste Bolschewik gewesen, den er je getötet hatte. Der Erste von, so hoffte er, vielen.

Kerridge las und leerte sein Glas ein weiteres Mal. Das Fenster stand offen, und er hörte recht deutlich ein desinteressiertes »Wer da?« von einer der Wachen auf dem Gelände.

Die letzten Zeilen des Berichts waren besonders ergreifend. *Die Einheit erreichte die Position der Weißen Armee nach acht Tagen. Stauntons kommandierender Offizier verpflichtete sich mit der begeisterten Unterstützung der Männer und der Mitwirkung des Bataillonsstabs, Cpl. Stauntons Pistole seiner Witwe zu überbringen und sich nach ihren Mitteln zu erkundigen. Mrs Staunton gab an, dass es keine weiteren Angehörigen gäbe und das Militär ihr eine Rente bezahle. Ihr wurde eine Summe von einhundert Pfund aus Geldern ausgehändigt, die zuvor unter seinen Kameraden in der Einheit und darüber hinaus gesammelt worden war. Mrs Staunton bat darum, ihren Dank in der Akte zu vermerken.*

Kerridge schaltete das Licht aus und stellte sich ans Fenster. Er blickte hinaus auf die Kiefernwälder und erhob sein Glas zu einem Toast.

»Auf den gefrorenen Helden.«

KAPITEL SECHZIG

Über der Bühne der auf dem Market Hill neu erbauten Guildhall – Rathaus, Bürgergemeinschaftshaus und Veranstaltungszentrum in einem – hing ein Banner, das in fußhohen Buchstaben brüllte:

WILLKOMMENSFRÜHSTÜCK
THE NATIONAL JOINT COMMITTEE
FOR SPANISH RELIEF

Als Brooke eintraf, saßen die Kinder alle an aufgebockten Tischen und schlangen gekochte Eier, Toast mit Margarine und Marmelade hinunter, umklammerten Krüge mit Milch oder wässrigen Sirupgetränken. Patriotische Musik plärrte aus Lautsprechern zu beiden Seiten der Orgelpfeifen, die die Bühne dominierten.

Ein Mann betrat das Podest und leitete den formellen Teil der Veranstaltung ein, indem er eine Liste von Namen verlas. Begleitet von Applaus traten die aufgerufenen Kinder vor, um einheimischen Familien zugewiesen zu werden, die sie als Ziehkinder aufnehmen würden.

Auf eine leichte Berührung an der Schulter hin drehte Brooke sich um und sah eine Frau dicht vor sich stehen. »Mister Brooke? Detective Inspector Brooke? Ich habe im Krankenhaus eine Nachricht bekommen. Ich bin Ginny Waites, Ernsts Freundin.«

Sie hatte zwei Gläser mit anämischer Siruplösung bei sich. Für eine Frau von vielleicht zwanzig schlug sich in ihrer Stimme und Körpersprache eine bemerkenswert gelassene Selbstsicherheit nieder.

»Sie waren Ernst Lux' Freundin?«, fragte Brooke.

Sie nickte. »Ja. Wir sehen uns schon seit ein paar Jahren – nun ja, zwei Jahre und ein Monat. Aber ich nehme an, ich war die Einzige, die mitgezählt hat … Einmal, bei einem langen Spaziergang am Fluss, dachte ich, er würde mir einen Antrag machen. Nun werde ich es nie erfahren.«

»Es tut mir leid«, sagte Brooke und ließ der Plattitüde ein paar Sekunden Zeit, um ihr Wirkung zu verleihen, während sie zusahen, wie ein weiteres Kind die Stufen erklomm.

»Es geht darum, dass einer seiner Freunde, Marcus Ashmore, verschwunden ist«, fuhr Brooke dann fort. »Sind Sie ihm mal begegnet? Er hatte das Zimmer gegenüber von Ernst.«

»Ja, ein- oder zweimal. Diese Welt, das College, das war nicht meine Welt. Wir haben den größten Teil unserer gemeinsamen Zeit in meiner Wohnung verbracht, oder wir sind spazieren, ins Kino oder in einen Pub auf dem Land gegangen. In seine Arbeit habe ich mich nicht eingemischt, das habe ich ganz ihm überlassen, damit er weiterkommen konnte. Ich bin Krankenschwester, also verstehe ich das. Arbeit ist wichtig, nicht wahr?«

Ihr Blick schweifte wieder zu den feierlichen Vorgängen auf der Bühne zurück.

»Es gibt Gerede im Michaelhouse«, sagte sie. »Ich bin einem der Absolventen auf der Straße begegnet. Es mag Nonsens sein, aber er sagte, es würden Gerüchte die Runde machen, dass Ernst geklettert wäre in der Nacht, in der er gestorben ist. Dass er mit jemand anderem zusammen war. War das Marcus?«

»Ja, tut mir leid.«

Sie nickte. »Ich verstehe. Also hat er mich am Ende doch hintergangen«, konstatierte sie, und Brooke war erstaunt über den Ärger, der sich in ihrer Stimme kundtat.

»Inwiefern?«

»Wegen dieser Nachtkletterei. Die ist kindisch und lebensgefährlich. Ich bin Krankenschwester. Ernst war ein Wissenschaftler, der sich dafür eingesetzt hat, das Leben ausgebeuteter Arbeiter zu schützen. Das hat uns zusammengebracht. Klingt furchtbar, nicht wahr? Ein Weltverbessererpärchen.« Sie lachte kopfschüttelnd. »Diese Kinder … Ihre Eltern sind gestorben – oder vermisst oder Schlimmeres –, weil sie ein Ideal verfolgt haben. Ernst hingegen ist wegen eines Nervenkitzels umgekommen. Es wird mir nicht leichtfallen, ihm *das* zu vergeben.«

Wieder sah sie zur Bühne hinauf, wo die Kinder gerade für einen Fotografen posierten.

Brooke zog die Postkarte hervor, die Doric aus Lux' Fach geholt hatte.

»Das hat mein Interesse geweckt«, sagte er und ließ sie die kurze Nachricht lesen. »Wissen Sie, warum Ernsts Vater einmal in einer Zelle in Alcatraz gesessen hat?«

Sie lachte. »Ich habe Frank und Millie letztes Weihnachten kennengelernt. Sie sind beide rübergekommen, auf der *Normandie*. Sehr mondän. Die Familie hat ihr Geld mit dem Export von Orangen gemacht, wie es scheint. Klingt idyllisch, nicht wahr? Pazifikstrände, Orangenhaine, Schnee auf der Sierra Nevada. Frank ist sehr stolz auf seine Zeit hinter Gittern. Und Ernst war auch stolz darauf. Sehen Sie, Frank hat sich geweigert, im Großen Krieg zu kämpfen. Er war Kriegsdienstverweigerer. Von der Sorte gibt es nicht so viele, schätze ich. Damals war die Insel ein Militärgefängnis. Ein paar Monate hinter Gittern, und dann haben sie ihn zum Holzfällen in die Berge geschickt.«

»Ernst hatte Verständnis für die Haltung seines Vaters, auf politischer Ebene?«

»Ja. Er war zweifellos Pazifist. Ich bin Siebenunddreißig für einen Monat nach Spanien gegangen, in ein Krankenhaus in Tarragona. Ernst fand das falsch, weil es die Kriegsanstrengungen unterstützen würde, auch wenn da Menschen waren, die uns gebraucht haben. Natürlich hat *er* für die hiesige Regierung gearbeitet, aber dafür hatte er eine Rechtfertigung, zumindest vor sich selbst. Einerseits bedeutete das, dass er seine Forschungen fortsetzen konnte, andererseits hat er sich irgendeine Art von Zusicherung verschafft, dass das Projekt humanitärer Art war. Aber er hat auch nicht allzu viele Fragen gestellt.«

Die Menge erhob sich, um gemeinsam ein Kirchenlied zu singen, das Brooke nicht kannte.

»Jetzt wünschte ich, er wäre mit mir nach Spanien gegangen. Da gab es einen Strand vor dem Krankenhaus in Tarragona, und die Wellen haben bei Nacht geleuchtet. Da gibt es so winzige Meeresalgen, die leuchten. Ernst kannte die Theorie, aber er hat es nie gesehen; es war wunderschön, wie die Wellen sich aufgebaut haben und dann brachen, wobei sie von innen leuchteten. Das hätte ich so gern mit ihm geteilt.«

KAPITEL EINUNDSECHZIG

Als Brooke ins Spinning House zurückkehrte, fand er Captain Kerridge schlafend auf einer Bank im Eingangsbereich vor. Der Sergeant der Wache erklärte, er sei kurz nach Tagesanbruch aufgetaucht, um den Inspector zu sprechen, und habe gesagt, er warte gern. Ein schwacher Geruch von Malzwhisky hing in der Luft, im Kampf gegen die Ausdünstungen der Bleiche in dem Reinigungsmittel, das unten in den Zellen benutzt wurde.

In Brookes Büro stürzte Kerridge einen Kaffee hinunter und zog eine Akte aus seinem Mantel. »Das hier ändert alles«, sagte er.

Und so war es.

Eine Stunde später saß Brooke immer noch an seinem Schreibtisch und versuchte einzuschätzen, welche genaue Bedeutung Corporal Stauntons Geschichte für den Fall insgesamt haben mochte. Vera Staunton war nicht die Witwe eines unbekannten Soldaten aus den Schützengräben des Großen Krieges; ihr Mann, ein Freiwilliger, war gestorben, als er im Russischen Bürgerkrieg gegen die Bolschewiken gekämpft hatte. Er hatte zur ACEF gehört – der Armoured Car Expeditionary Force, einer verwegenen Einheit, eine enthusiastische Komponente dessen, was später als Weißer Terror bekannt geworden war. Statt eines menschlichen Opfers des Gemetzels an der Westfront, Symbol der sinnlosen Brutalität des Krieges, war er ein reaktionärer Kämpfer gewesen, ein Mann, der die

Schlacht gesucht hatte, einen halben Kontinent von seinem Heimatland entfernt.

Und dann war da die Pistole. Man hatte sie der Witwe zurückgegeben. Konnte es irgendeinen Zweifel daran geben, dass dies die Waffe war, die Brooke in Stones Spind gefunden hatte? Und wenn das der Fall war, warum ging sie dann zur Polizei und legte sein verräterisches Motiv bloß, Childe tot sehen zu wollen? Die Fragen wirbelten durch seinen Kopf, das Puzzle war wieder offen.

Die Akte deutete darauf hin, dass noch mehr Lügen erzählt worden waren. Mrs Staunton hatte den Kameraden ihres verstorbenen Mannes weisgemacht, es gäbe keine weiteren Angehörigen. Wo war der junge Frederick geblieben?

Staunton hatte gesagt, ihr Sohn habe eine Privatschulbildung genossen. Also hatte er eine gebührenpflichtige *Internatsschule* besucht, hatte mit den anderen Schülern zusammengelebt. Ida Trew, die Türhüterin in der Babylon Street, hatte bei Bedarf auf den Jungen aufgepasst, als er noch ein Kind gewesen war. Hatte Staunton beschlossen, ihren Jungen in der Nähe zu behalten, in der Stadt, als er größer geworden war?

Brooke schickte Edison in sein Büro im Erdgeschoss, um zu telefonieren und bei den vielen gebührenpflichtigen Schulen der Stadt anzuklingeln, in denen die Kinder der Reichen sich einer guten Bildung im Schatten jener großen Universität erfreuen durften, die sie später einmal besuchen würden. Sollte seine Suche fehlschlagen, würden sie Staunton zur Befragung festnehmen. Für den Augenblick wollte Brooke sie jedoch in Unkenntnis darüber belassen, dass ihre Lügen aufgedeckt worden waren.

Vorübergehend wandte sich Brooke wieder Ernst Lux und der Suche nach Marcus Ashmore zu. Er rief im Michaelhouse an und bat darum, in Professor Ashmores Räumlichkeiten durchgestellt zu werden. Das Gespräch war kurz und feindselig. Einmal waren sie Nachbarn gewesen, Freunde sogar. Nun, so schien es, wurde Brookes Platz in der Welt durch seinen Rang bestimmt. Der *Professor* hatte zu tun. Er habe keine Ahnung, wo Marcus war, gehe aber davon aus, dass er Cambridge verlassen hatte, um für die Regierung zu arbeiten.

»Wenn ich ihn finde, lasse ich es Sie wissen«, erbot sich Brooke, aber da war die Leitung schon tot.

Detective Inspector Solly, der an seinem Schreibtisch in West Bar, Sheffield, saß, war hingegen vergleichsweise redselig.

»Brooke? Nein, keine Spur, fürchte ich. Gretorix ist verschwunden. Am besten, wir vergessen ihn einfach. Currie, Ihr unerlaubt abwesender Soldat, wurde gestern in Sharrow Vale beigesetzt. Wir hatten einen Mann vor Ort, aber außer seiner Familie war niemand da. Jede Menge Blumen, die meisten vermutlich von den Männern, die ihn umgebracht haben. Die werden sich um seine Familie kümmern, das tun sie immer. Macht einen krank. Ginger Thorpe ist auch nirgends aufzutreiben; das war unser dritter Fahrer. Er hat es offensichtlich nach Sheffield zurückgeschafft, aber nun ist er auch verschwunden.«

Brooke hörte zu, wie Solly an einer Zigarette zog.

»Über das Fleisch gibt es bessere Nachrichten, also passen Sie auf.«

Die CID Sheffield hatte ausreichend Personal auftreiben können, um das alte genossenschaftliche Schlachthaus, von dem nun nur eine heruntergekommene Industrieruine im Flusstal des River Don übrig war, vierundzwanzig Stunden zu überwachen. Das Schlachthaus selbst war verfallen und hatte keinen Strom. Dennoch fuhren Lastwagen auf den alten Fahrzeughof und verließen ihn wieder, während ein Rudel Deutscher Schäferhunde das Gelände bewachte. Die aktuelle

Theorie besagte, dass das Fleisch dorthin gebracht, zerlegt und dann rasch auf verschiedene Lager im Norden verteilt wurde.

»Wir versuchen, einen Mann da reinzubringen«, berichtete Solly. »Für den Augenblick bleibt nur, abzuwarten. Die hohen Tiere wollen wissen, wer die ganze Sache organisiert. Ich halte Sie auf dem Laufenden.«

Brooke machte eine Mittagspause und ging zur Masonic Hall, wo er sich an seinen üblichen Tisch setzte, um in Frieden ein Sandwich zu essen und ein paar Notizen zu Stauntons Akte festzuhalten. Edison tauchte auf und holte sich eine Portion Cottage Pie, ehe er sich zu seinem Vorgesetzten setzte.

Edison begutachtete sein Essen und lächelte. »Wir haben ihn, Sir«, sagte er. »Den jungen Frederick Staunton. Der Direktor lässt grüßen. Ich habe ihm gesagt, Sie würden ihn gern sprechen, und er sagte, es wäre ihm ein Vergnügen, denn es handelt sich um die alte Schule Ihres Vaters, Sir. St. Botolphs?«

KAPITEL ZWEIUNDSECHZIG

Brooke hatte nicht mehr in der Kapelle gesessen seit dem Gedenkgottesdienst für seinen Vater vor nicht ganz zwanzig Jahren. Damals Schnee, heute strahlender Sonnenschein, der durch das Buntglas hereinströmte und rote, purpurne und blaue Farbtupfer auf das polierte Holz spritzte. Törichterweise reagierte er regelrecht erschrocken auf die nüchterne, fast schon banale Wirkung, die die Kapelle nun auf ihn erzielte. In seiner Erinnerung war das Kirchengestühl unter dem an ein Spinnennetz erinnernden Gewölbedach angefüllt mit Herrschaften in feinem Staat, die seinem Vater in feierlicher Atmosphäre das letzte Geleit geben wollten. Seinerzeit, in der vordersten Reihe direkt vor dem Pult, war es ihm vorgekommen, als wäre jeder Text, der aus der Bibel oder von Tennyson oder Kipling gelesen wurde, speziell für ihn ausgewählt worden.

Heute saß er allein in annähernder Stille da, und das einzige Geräusch, das er hörte, war das Rascheln eines Besens irgendwo jenseits der offenen Tür zur Sakristei. Die Kapelle fühlte sich schäbig an – oder, um es mit Claires Worten zu sagen – angegriffen; die neugotischen Könige wirkten fehl am Platz, die aufgehängten Regimentsstandarten unverhältnismäßig.

Auf Brookes Bitte hin hatte der Pförtner, der ihn hergeführt hatte, die in den Boden eingelassene Gedenktafel aus Messing aufgespürt.

Prof. Sir John Brooke
1833–1921
Schüler, Mitglied des Beirats, Förderer
Präsident der British Paediatric Association
Nobelpreis für Medizin im Jahr 1903
für seine Arbeit an Seren und auf dem Gebiet
der Diphterie bei Kleinkindern

Der Pförtner stützte sich auf seinen Besen. »Hat Leben gerettet, jawohl«, sagte er. »So heißt es jedenfalls. Tausende – sogar Millionen. Im Empire, in Indien und so weiter. Sind Sie ein Arzt?«

»Er war mein Vater«, erklärte Brooke.

Der Pförtner hantierte mit seinem Besen. »Ich werd verrückt. Das ist ja ein Ding.«

Peinlich berührt ergriff der Mann die Flucht.

In der Nähe der Tafel stand auf einem Regalbrett ein Glaskasten, in dem eine Pistole lag. Eine Kupferplakette kündete von den Heldentaten des Eigners, eines jungen Subalternoffiziers, der im Sudan eigenhändig eine Revolte bezwungen hatte. Brooke erinnerte der Anblick daran, dass ein Alibi ebenso sehr von der exakten Kenntnis des Verbleibs eines *Gegenstands* – insbesondere wenn es sich um eine Mordwaffe handelte – abhängig sein konnte wie von einer Person.

Er ließ den Gedanken in der kühlen Stille gedeihen.

Schritte hallten durch das Kirchenschiff, und als Brooke sich umblickte, sah er einen Mann mit militärisch forschem Schritt näher kommen. Er stellte sich als Dr. Paget vor, Schuldirektor.

»Inspector? Man sagte mir, Sie seien hier.« Etwas unbeholfen setzte sich Paget auf den Chorstuhl gegenüber von Brooke und strich sich die schmale Krawatte glatt. »Ihr Vater hat dieser Schule große Ehre gemacht«, bekundete er.

Brooke rang sich ein minimales Nicken ab. »Frederick Staunton«, sagte er. »Um genauer zu sein, seine Mutter. Kennen Sie sie gut?«

»Ja. Eine Witwe. Sie besucht den Jungen oft, aber er geht nie nach Hause. In den Ferien besucht er Kadettenanstalten, bereitet sich auf das große Abenteuer vor. Mehrere der Jungs haben Familie hier in Cambridge; das bedeutet, sie können voll und ganz am Schulleben teilnehmen. Es sind zwar auch ein paar Jungs hier, die nicht im Internat leben, aber die sind, wie soll ich es sagen, Randerscheinungen?«

»Sie haben ihn unterrichtet?«

»Ich unterrichte ihn – Freddie ist in der elften Klasse. Dabei ist er gerade sechzehn, jung für dieses Schuljahr; tatsächlich glaube ich sogar, er ist der Jüngste. Er ist eher klein, aber zäh. Nächstes Jahr macht er seinen Abschluss, aber es gibt jetzt schon Gerede über angebotene Arbeitsstellen, sofern er nicht direkt weiter zur Universität geht. Klug ist er auch, also ist ein Stipendium in Reichweite, was ihm natürlich die Studiengebühren ersparen würde.«

Geboren 1923, überlegte Brooke; drei Jahre nach dem Heldentod seines Vaters.

Die Uhr der Kapelle schlug die Stunde, und Dr. Paget zog die Brauen hoch, als läutete sie auch das Ende des Gesprächs ein.

»Die Gebühren wurden immer pünktlich bezahlt?«, fragte Brooke.

»Pünktlich wie ein Uhrwerk«, sagte Paget, und Brooke konnte das eisige Missfallen in seinen Worten spüren. Er fragte sich, wie viele Mitarbeiter von St. Botolph wussten, welchem Gewerbe Mrs Staunton nachging.

»Ich würde gern mit ihm sprechen, wenn Sie gestatten«, sagte Brooke.

»Das ist nicht so einfach«, erwiderte Paget. »Wie ich bereits sagte, er ist ein eifriger Kadett. Derzeit sind sie außer Reichweite draußen auf dem Schießstand. Ein guter Schütze, dieser Freddy. Und alles in allem recht beliebt. Und ich benötige Mrs Stauntons Genehmigung, wenn ich Sie zu ihm lassen soll. Schulregeln, wissen Sie, in Anbetracht seines Alters … Ich bin sicher, Sie verstehen das. Aber Sie könnten sich auch die Erlaubnis seines Betreuers einholen.«

Brooke konnte dem Köder nicht widerstehen. »Freddie hat einen Betreuer?«

»Ja, einer der Angehörigen unseres Beirats seit dem letzten Krieg. Soweit ich es verstanden habe, war er der kommandierende Offizier des verstorbenen Mister Staunton. Er interessiert sich für Freddie, nicht allzu sehr, aber immerhin.«

»Ich brauche seinen Namen«, sagte Brooke.

KAPITEL DREIUNDSECHZIG

Brooke verbrachte eine kostbare Stunde schlafend in Zelle sechs, in der sein Unterbewusstsein jedoch ununterbrochen daran arbeitete, das komplizierte Puzzle um das Schicksal von Chris Childe zusammenzusetzen. Folglich schien es, als er kurz nach zwei Uhr morgens erwachte, als breitete sich, wenngleich nicht offen sichtbar, so doch zumindest in vagen Umrissen, die Geschichte in gröbsten Zügen vor ihm aus. Im Kern von all dem befand sich Vera Stauntons Lügengeschichte über den tragischen Tod ihres Gatten im Großen Krieg. Kaum hatte er das begriffen und erkannt, warum sie log, da zeigte sich alles Übrige in einem helleren Licht.

Die, wenn man so wollte, Feuerprobe sollte genau acht Stunden später stattfinden, um zehn Uhr vormittags an einer vereinbarten Stätte; genauer gesagt, an einer Hinrichtungsstätte. Noch hatte er die Schuldigen nicht hinbeordert, doch er zweifelte nicht daran, dass sie erscheinen würden, begierig, andere zu belasten und an den Ort des Verbrechens zurückzukehren.

Zunächst aber musste er einen Unschuldigen freilassen.

Trotz der Stunde traf er Major Stone lesend in seiner Zelle an. Brooke betrachtete den Einband: Clausewitz, *On War*.

Brooke zog die Waffe mit der Prägung *ACEF* hervor.

»Die Ironie ist, dass dies die Waffe ist, die beweist, dass Sie Chris Childe nicht getötet haben können«, sagte er und beanspruchte den einzigen Stuhl in der Zelle. Er hatte eine Flasche

Whisky aus seinem Schreibtisch mitgebracht und schenkte jedem einen Schluck in einen Zinnbecher. »Es steht Ihnen frei zu gehen, Major, aber vielleicht wollen Sie sich zunächst anhören, was ich zu meiner Entschuldigung vorzubringen habe. Die Waffe, müssen Sie wissen, gehört Vera Staunton. Zunächst, das gebe ich zu, kam es mir durchaus denkbar vor, dass Sie sie aus ihren Räumlichkeiten mitgenommen haben. Dann wurde mir klar, dass die Waffe selbst Ihnen ein Alibi gibt …«

Brooke räusperte sich. »Ich fand sie zwei Tage nach dem Mord in Ihrem Spind in Madingley Hall. Sie haben die Hall *vor* dem Mord verlassen und drei Tage in London verbracht, und Sie sind bei Ihrer Rückkehr direkt unter meinen Augen selbst durch das Tor gefahren. Verstehen Sie? Die Hall ist gut gesichert, und alle Besucher müssen sich ein- und austragen. Sie konnten die Waffe nicht wieder dorthin *zurückgebracht* haben – gewiss nicht persönlich, und ich erinnere mich nicht, dass irgendjemand einen Hinweis darauf gegeben hätte, dass Sie eine Horde Helfershelfer haben könnten. Wer immer die Waffe in dem Spind deponiert und die Webley .45 verschwinden lassen hat, wollte Ihnen die Tat anhängen. Ausgehend von dieser Gewissheit können wir von vorn beginnen … Tatsache ist, dass der Mörder Ihre Unschuld bewiesen hat, als er versuchte, Ihnen die Schlinge um den Hals zu legen.«

Brooke kippte den Whisky hinunter und verzog das Gesicht.

»Es ist spät, sollten Sie also schlafen wollen, dann nur zu. Ich lasse die Tür offen, und der diensthabende Sergeant hat seine Anweisungen. Ich bitte erneut um Entschuldigung. Ich zweifle nicht daran, dass, wäre dieser Fall vor Gericht gelandet, eine Jury Sie für schuldig befunden hätte. Wir sind also beide gerade noch mal davongekommen.«

Sie schüttelten einander die Hand, dann ging Brooke und blickte nicht zurück. Stone hatte nicht ein einziges Wort gesagt.

Die Straßen waren dunkel. Nur wenige Fußgänger eilten heimwärts, und die Geschäftsfronten waren längst fest verrammelt. Der letzte Bus, in dem es nur Stehplätze gab, schob sich durch die Regent Street, mürrische Gesichter drückten sich an seine Fensterscheiben. Ein Trupp Soldaten, die vor dem Postamt eine Barriere aus Sandsäcken aufstapelten, hatte eine Pause eingelegt, um Zigaretten zu rauchen und ein wenig zu faulenzen. Einer von ihnen pfiff bewundernd einer jungen Frau hinterher, die auf einem Fahrrad vorübersauste.

Bei Frank Edwardes trank er Tee, und während die Funkgeräte ihre Morsebotschaften piepten, konsultierte er die *Who's-Who*-Ausgabe des Hauses. Anschließend diskutierten sie das Aufziehen des Winters, den ersten Hauch von Frost in der Luft, das Laub, das sich über das Outfield von Fenner's Spielfeld verteilte und jenseits der Begrenzung unter den Bäumen sammelte.

Die Sirene blieb stumm, folglich war der Market Hill, als er ihn später aufsuchte, voller Menschen, und an Roses Stand herrschte Hochbetrieb. Heißes Fett waberte durch die Luft, als sie geübt ein Bataillon Bratwürste durchrüttelte.

Er nahm seinen Becher entgegen und ging zum Brunnen hinüber.

In der Ecke des Platzes, auf der die Peas Hill am Gerichtsgebäude vorüberlief, fielen ihm fünf schwarze Taxis auf, die am Taxistand parkten. Jo Ashmores Stimme hallte in seinen Ohren nach, wie sie versuchte, Brooke ihre Sorge um das Wohlergehen ihres Bruders Marcus begreiflich zu machen: »Vater sagte, er sei gestern um Mitternacht in einem Taxi von zu Hause weggefahren.«

Er sprach mit den Taxifahrern. Der Erste hatte schon seit einer Woche keine Fahrt mehr gehabt, die ihn nach Newnham Croft hinausgeführt hätte, während der Zweite sagte, zu dieser speziellen Zeit hätte das die Nachtschicht betroffen. Also wartete Brooke, die fünf Taxis wurden in Anspruch genommen, und er lauschte den besänftigenden Klängen eines himmlischen Madrigals, das eine Gruppe Studenten auf den Stufen von Great St. Mary's zum Besten gab.

Dann erklommen drei Taxis Peas Hill. Erklommen? Die Steigung war so minimal, dass man nicht einmal erkennen konnte, in welche Richtung es aufwärtsging und in welche abwärts. Von Castle Hill abgesehen war die ganze Stadt eine passende Pforte für die ebenen Fens.

Alle drei Taxifahrer erklärten nachdrücklich, dass sie keinen Fahrgast von einem der großen Häuser in Newnham Croft aufgenommen hatten.

Auch diese Taxis wurden wieder gebraucht, und der Taxistand blieb leer zurück.

Brooke wartete weitere zwanzig Minuten und wollte gerade weitergehen, als ein Taxi auf den Platz rollte, dessen abgedeckte Scheinwerfer kaum noch zu erkennen waren. Lediglich der polierte schwarze Lack verlieh ihm physische Substanz, und die Reflexionen auf der Oberfläche schimmerten geheimnisvoll, als es den vordersten Startplatz am Taxistand einnahm.

Ja, der Fahrer hatte jemanden in der Nacht zuvor an dem Haus abgeholt. Einen jungen Mann mit Koffer, einen Schlipsträger, der auf dem Rücksitz Platz genommen hatte.

»Er hatte etwas getrunken«, verriet der Fahrer und drehte bedeutsam das Handgelenk.

»Fahrtziel?«

»Madingley Hall. Das große Haus …«

KAPITEL VIERUNDSECHZIG

An Schlaf war nun nicht mehr zu denken, nicht einmal mehr in dieser sporadischen, kurzen Weise, die Brooke durchleiden musste. Also bahnte er sich einen Weg durch das Labyrinth des alten Ghettos zu Dorics Pförtnerloge, und gemeinsam gingen sie mit zwei starken Taschenlampen hinaus in die miteinander verbundenen Höfe des Colleges. Während sie den Great Court überquerten, erzählte Brooke dem Pförtner, was er über die Nacht wusste, in der Ernst Lux in den Tod gestürzt war.

»Mochte den jungen Mister Ashmore nie«, sagte Doric und ging unter dem Torbogen hindurch voraus zum North Court. »Sein Vater ist kein Stück besser. Als Nächstes kommt der Ritterstand, Sie werden schon sehen. Dann gehört er zu den oberen Zehntausend und hat's so wenig verdient wie der Rest von denen.«

Der Hof lag im Mondschein. Kein Licht fiel aus den Zimmern der Studenten. Brooke dirigierte Doric zu dem kleinen Fischteich in der Mitte und bat ihn, seine Lampe auf den Flügel, den West Range, zu richten, über den Ashmore und Lux in der Nacht der Großen Verdunkelung geklettert waren.

Die Route, wie Ashmore sie dargelegt hatte, war ihm noch lebhaft im Gedächtnis: den Schornstein hinunter – eine schmale Nische zwischen zwei Pfeilern –, dann rüber über den schmalen dekorativen Sims, weitertasten und am Abflussrohr hinabsteigen. Das, zumindest, war der Plan gewesen.

Lux war von dem Sims gestürzt, sein Körper zerschmettert auf den Pinakeln des darunterliegenden Vorbaus. Brooke hievte sich über ein kurzes Stück desselben Abflussrohrs auf das kleine Dach über der Tür. Pinakel aus Stein erhoben sich wie Stalagmiten um ihn herum. Der Gedanke an den menschlichen Körper, der auf diese bösartigen Dornen gefallen war, ließ ihn auf peinigende Weise den Schmerz in all seinen Gliedern nachempfinden. Im Mondschein konnte er Spuren von getrocknetem Blut und Schlimmerem ausmachen. Er rief sich Lux' Leichnam auf Dr. Comforts Metalltisch ins Gedächtnis und sah wieder die scheußliche Schädelverletzung vor sich: Knochen, zersplittert wie eine Eierschale, sodass ein Teil des Gehirns zum Vorschein kam; labyrinthisch verschlungenes, glänzendes, blutiges Gewebe.

»Laut Ashmore haben sie die Leiche runtergeholt und durch die Schleuse hinausgebracht«, berichtete Brooke, als er wieder auf den Boden zurückkehrte.

Ein Torbogen befand sich in der Ostmauer, verborgen hinter Unkraut und einem dornenbehafteten Rosenstrauch. Brooke schob dessen Sprossen mit dem Arm zur Seite, sodass Doric an das Schloss herankam. Beide mussten sich mit der Schulter gegen das Eichentor stemmen, und als es endlich nachgab, sprang es so abrupt auf, dass sie regelrecht auf den Pfad am Flussufer hinausgeschleudert wurden. Fünf Minuten darauf erreichten sie die Stelle in den Backs, an der ein Gassigänger am frühen Morgen Lux' zerschmetterten Leichnam gefunden hatte.

Marcus Ashmores Geschichte passte perfekt zum Stadtplan.

Doric stand ganz still da. Erst als der Mond wieder hinter den Wolken hervorbrach, sah Brooke, dass sich die Lippen des Pförtners bewegten, und ihm ging auf, dass er betete. Nicht, dass Brooke keinen eigenen Glauben gehabt hätte, es war nur so, dass die Existenz eines Gottes, wie er hatte feststellen müssen, in seinem Alltagsleben wenig praktischen Nutzen hatte. Und er glaubte ganz sicher nicht an die Wirksamkeit von Gebeten. In der Wüste, in seiner Zelle, hatte er viele gesprochen, aber gebracht hatte es wenig. Schweigend gingen sie zurück, ein Leichenzug ohne Leiche, und schlossen das Wassertor hinter sich.

Zurück im North Court ging der Pförtner voran zu seiner Pförtnerloge, während Brooke sich noch ein letztes Mal zu der Stelle hin umblickte, an der Lux abgestürzt war, eine Geste des Abschieds und der Resignation. Aber als er nun hinschaute, da sah er die Wahrheit, eine Wahrheit, die die ganze Zeit offen sichtbar gewesen war.

Das Vordach, das Lux' Sturz abgefangen hatte, befand sich *nicht* unter dem schmalen Sims mit seinen heiklen Haltemöglichkeiten. Es lag direkt unter dem Schornstein, den sie, wie Ashmore ihm erklärt hatte, herabgeklettert waren, indem sie sich mit den Füßen auf der einen und dem Rücken auf der anderen Seite abgestützt hatten. Abstiege dieser Art waren beiden längst in Fleisch und Blut übergegangen. Dies war ein Manöver ohne Risiko, eines, das in der Tat weder starke Nerven noch besonders viel Konzentration erforderlich machte.

Aber dort, in genau diesem Abschnitt, war Ernst Lux in den Tod gestürzt.

KAPITEL FÜNFUNDSECHZIG

Brooke traf als Erster am Mill Road Cemetery ein. Der Nebel, der in der Dämmerung aufgezogen war, war inzwischen dicht genug, die Sicht auf wenige Meter einzuschränken, sodass Kreuze und Statuen, Grabmäler und Steinsärge sich erst grau, dann schwarz abzeichneten, schließlich deutlich zutage traten und dann wieder im Weiß verschwanden. Jenseits des kaputten Eisentors schlängelte sich der Weg an einer Kapelle mit einem kleinen schmalen Turm entlang und verzweigte sich dann in drei Richtungen. Brooke bog nach rechts ab in Richtung der baufälligen Friedhofsmauer und umrundete das Gräberfeld, bis er eine Bank vor einem flach in den Boden eingelassenen Grabstein erreicht hatte, der durch eine Polizeilaterne und einen einzelnen Blumenstrauß gekennzeichnet war. In den Stein war das militärische Wappen des Machine Gun Corps graviert worden.

Neben der Bank stand eine alte Gaslampe, ein viktorianisches Eisenmonstrum in Schwarz und Gold, in die ein grobes Abbild des Stadtwappens eingearbeitet war: drei Boote unter einer goldenen Brücke, die links und rechts von Hippokampen gehalten wurde – Neptuns Rösser, halb Pferd, halb Fisch. Die Heraldik harmonierte gut mit dem feuchten Morgen, dem dichter und dichter werdenden Nebel, der eine Million Miniaturgloben aus Wasser auf Brookes Mantel und Haut ablegte. Er stellte sich winzige Seepferdchen in jedem dieser Tropfen vor.

Der Friedhof, weitläufig genug, um ein Dutzend Fußballfelder zu schlucken, wirkte nun so intim wie ein Dampfbad. Ganz in der Nähe konnte er die Busse auf der Mill Road im Leerlauf tuckern hören, das nasse Brausen von Wagen, die durch das Zwielicht krochen, und das Läuten der Glocken, die die Stunde schlugen. Chris Childe war an diesem Ort gestorben, sein Leichnam auf den Grabstein seiner Eltern gesunken.

Brooke schauderte, schlug den Kragen hoch und zündete sich eine Zigarette an.

Aus dem Nebel kam mit militärischen Zuchtmeisterschritten Colonel Swift-Lane hervor. Er setzte sich auf dieselbe Bank, aber an das andere Ende, lehnte sich gegen die eiserne Armlehne, sodass er seinen schmalen drahtigen Oberkörper Brooke zuwenden konnte, und streifte ein paar lederne Autofahrerhandschuhe ab.

»Bentley?«, fragte Brooke.

Swift-Lane ignorierte die Frage und zog ein silbernes Zigarettenetui hervor. Wahrscheinlich lag es nur am Nebel, aber im Profil sah das Gesicht des Colonels aus wie in Schweiß gebadet.

»Was machen wir hier, Brooke? Ich bin ein viel beschäftigter Mann. Gibt es irgendwelche Neuigkeiten?«

Brooke ließ nicht locker. »Ihre Leidenschaft für Fahrzeuge fasziniert mich«, sagte er, legte seinen Hut auf die Sitzfläche und ließ sich nicht aus der Ruhe bringen. »Hat das in Russland beim ACEF angefangen? Ich habe mir Ihren Eintrag bei *Who's Who* angesehen. Sie hatten eine recht abenteuerliche Laufbahn. Eine ganze Armee von gepanzerten Fahrzeugen, die ihrem Befehl unterstanden – das muss der Himmel gewesen sein. Oder war der Reiz der Expedition das, was Sie nach Russland gelockt hat? Oder vielleicht die Politik? Und dann, als sie nach

Hause zurückgekommen sind, ab zum Militärgeheimdienst, wirklich verwegen. Das verlangt nach etwas mit Stil, gewiss, aber ist der Bentley nicht ein bisschen übertrieben?«

»Der Bentley ist neu, aber lassen Sie sich von mir nicht aufhalten. Sie haben offensichtlich Ihren Spaß. Haben Sie mich deswegen hergerufen? Um mit mir über die Auswahl von Fahrzeugen zu reden?« Diese einfache Reihe aus vier Sätzen schien zu reichen, um ihn außer Atem zu bringen.

»Nein, ich wollte mit Ihnen darüber reden, warum Sie Chris Childe getötet haben, gleich hier an dieser Stelle.«

Ungefähr eine halbe Minute lang starrte der Colonel schweigend geradeaus in den Nebel.

Endlich lachte er und sah auf seine Armbanduhr. »Ich gebe Ihnen fünf Minuten, Brooke. Danach ist es, denke ich, an der Zeit, den Chief Constable persönlich aufzusuchen. Ich fürchte, Ihre Karriere ist im Begriff, ein vorzeitiges Ende zu finden.«

»Das alles geht zurück auf Corporal Harry Staunton«, sagte Brooke. »Seine Geschichte führt uns hierher, an diese Stelle. Die Fakten sprechen für sich. Sie waren sein Oberbefehlshaber in Russland, auch wenn Sie an dem Tag, an dem er starb, mehrere Hundert Meilen entfernt waren. Er starb einen heldenhaften Tod, und dann war da das Versprechen seiner Kameraden, seiner Witwe die Waffe zu bringen. Es fiel Ihnen zu, diese Ehre zu erweisen, denn Sie kommen aus Cambridge, und Sie kehrten nach Hause zurück. Unterbrechen Sie mich, wenn ich mich irre … aber so haben Sie Vera Staunton kennengelernt.«

In diesem Moment schien Swift-Lane eine Entscheidung zu treffen, denn er entspannte sich sichtlich und lehnte sich auf seinem Platz zurück.

»Also gut, spielen wir es auf Ihre Art«, sagte er. »Ich werde Ihnen erzählen, was passiert ist, Brooke, und dann ist Schluss.«

Er fasste sich kurz und blieb dabei brutal sachlich.

Ja, er hatte Stauntons Witwe ausfindig gemacht und ihr die Pistole ihres verstorbenen Gatten überreicht. Und da war auch noch ein kleiner Geldbetrag, gesammelt vom ganzen Bataillon, der ihre Pension ein wenig aufstocken sollte.

»Mir war sofort klar, dass Mrs Staunton schon allein wieder Fuß gefasst hatte.«

»Sie war bereits in der Babylon Street?«, fiel Brooke ihm ins Wort.

»Ja. Sie befand sich nicht in einer drängenden Notlage. Ich überreichte ihr die hundert Pfund. Es gab noch andere Offiziere, die sich … wie sollen wir es nennen, Brooke? *Sich nach weiblicher Gesellschaft sehnten?* Ich habe sie bekannt gemacht, so weit reicht unsere Beziehung.«

»Ich verstehe«, sagte Brooke.

»Das bezweifle ich sehr. Mir ging es darum, den Toten zu ehren. Ihr Gemahl war ein tapferer Mann.«

»Ein sehr tapferer Mann sogar. Aber er war nicht der Vater von Frederick. Die Zeiten passen nicht. Ich war in seiner Schule. Sie gehören zum Beirat, soweit ich herausfinden konnte. Sie sind der Betreuer des Jungen. Tatsächlich halte ich es für möglich, dass Sie sein Vater sind. Haben Sie sich auch nach weiblicher Gesellschaft gesehnt? Sie waren gewiss in einer Position, dafür zu bezahlen.«

Swift-Lane legte den Kopf in den Nacken und ließ zu, dass sich die Feuchtigkeit des Nebels auf seinem Gesicht niederschlug.

Brooke hielt inne, denn er hörte näher kommende Schritte. Dann tauchte an einer Biegung des Weges Vera Staunton im Schutz eines Schirms auf. Der Colonel stand halb auf, streckte eine Hand aus und setzte sich wieder, sank auf eigenartige Weise wie in Zeitlupe zurück auf die Bank.

»Ist das wirklich nötig, Brooke?« Die schmalen, militärisch strengen Lippen bildeten eine mörderisch gerade Linie.

Staunton setzte sich auf eine gegenüberstehende Bank. »Sie sagten, Sie wären allein«, wandte sie sich direkt an Brooke. »Warum wurden wir hergerufen?«

Sie fummelte an einem losen Faden an ihrem Saum herum, und Brooke staunte einmal mehr darüber, wie eigenartig sie außerhalb der weichen, geordneten Welt ihrer Räumlichkeiten wirkte. Der sie umschließende Nebel schien sie nervös zu machen.

»Ich habe Ihnen beiden zwei Dinge zu zeigen«, sagte Brooke, zog die Pistole hervor, die Chris Childe getötet hatte, und legte sie auf dem grünen Filzbeutel auf die Sitzfläche neben Swift-Lane. Das polierte Metall hatte einen Glanz, der, verstärkt durch die Wassertröpfchen in der Luft, beinahe aus sich heraus zu leuchten schien.

»Joelyn Stone wurde aus dem Gewahrsam entlassen«, sagte Brooke. »Er hat Chris Childe nicht getötet. Ich nehme an, all seine Laster sind recht stumpfsinnig. Er ist definitiv kein kaltblütiger Mörder. Der Versuch, ihm die Tat durch die Platzierung der Mordwaffe oben auf Madingley Hall anzuhängen, war ein entscheidender Fehler.«

Vera Stauntons Mund stand offen, und sie machte Anstalten, etwas zu sagen, hielt sich aber dann zurück, eingeschüchtert durch einen finsteren Blick von Swift-Lane.

Aus seinem Mantel zog Brooke nun eine zerfledderte Aktenmappe hervor, verschnürt mit einem Band, von dessen ursprünglicher Farbe nicht viel geblieben war.

»Der zweite Gegenstand. Ein umfassender – und offizieller – Bericht über den Heldentod von Harry Staunton. Mit dem Inhalt werden Sie beide vertraut sein. Betrachten wir einmal den schreienden Widerspruch, der all dem zugrunde liegt:

Eine Frau, von der Roten Armee zur Witwe gemacht, nachdem ihr Gatte sich freiwillig zum Kampf gegen die Kommunisten gemeldet hatte, findet sich inmitten des innersten Kreises der örtlichen kommunistischen Partei wieder. Wie können wir diese Fakten unter einen Hut bringen? Versuchen wir es.«

»Das ist eine Farce«, protestierte der Colonel. »Dafür werden Sie bezahlen, Inspector.«

Brooke lächelte Staunton an.

»Ich glaube, als der Colonel Ihnen die Pistole Ihres Ehemannes gebracht hat, da hat es angefangen. Was? Eine Beziehung, zweifellos. Frederick kam zur Welt, und seine Schulgebühren wurden bezahlt. Aber Ihr neuer Mentor wollte mehr, nicht wahr? Inzwischen hat er beim Militärgeheimdienst gearbeitet. Sie, nehme ich an, haben einen glühenden Hass gegenüber dem Regime erkennen lassen, das sie zur Witwe gemacht hat. Die Strategie ist klassisch, wenngleich sie Geduld erfordert. Der Schlüssel dabei ist, niemals selbst in Aktion zu treten, sondern stets abzuwarten, bis man an Sie herantritt. Auf diese Weise regt sich nie irgendein Verdacht. Sie haben sich also zunächst der Peace Pledge Union angeschlossen; ein absolut respektabler Protest gegen die Schrecken des Krieges, der umso überzeugender wurde durch die Geschichte, die Sie sich ausgedacht haben. Um ihrer Haltung mehr Glaubwürdigkeit zu verleihen erzählten Sie nämlich, dass Ihr Gatte das Opfer der Gräuel an der Westfront geworden sei. Sie haben sich nützlich gemacht; zweifellos haben Sie Wohlwollen gegenüber der größeren politischen Sache zum Ausdruck gebracht: Durchsetzung des internationalen Sozialismus und ein Ende aller Kriege auf globaler Ebene. Aber vor allem waren Sie tüchtig, eine wertvolle Hilfe im Büro. Zwangsläufig ist man irgendwann an Sie herangetreten. Und damit gelangten Sie in eine bedeutende Position, wurden zu einer unbezahlbaren Agentin für jeden Geheimdienstoffizier. Und sicher hat man von Ihnen erwartet, dass Sie auch über Ihre Kunden berichten, über all diese Militäroffiziere, die sich nach weiblicher Gesellschaft sehnen. Dass Sie all das indiskrete Bettgeflüster weitertragen. Was auch der Grund dafür ist, dass Sie, als Ihnen Chris Childes Brief in die Hände fiel, gedacht haben, es könnte opportun sein, ihn sicher zu verwahren. Er wurde nie abgeschickt. Ich glaube, Sie haben an diesem Morgen Idas Telefon benutzt, um den Colonel anzurufen und über Childe zu informieren; darüber, dass er ein Zeuge war und fest entschlossen, seine Informationen nach London weiterzuleiten. Hat Ida das Gespräch übrigens mit angehört?«

»Was hat Ida mit all dem zu tun?«, fragte Staunton.

Brooke ließ ein paar Augenblicke schweigend vergehen. »Zunächst gab es keinen Grund, wegen des Briefs in Panik zu geraten. Chris hatte einen Durchschlag, aber er hatte nicht vor, den Inhalt preiszugeben, solange London ihm keine Anweisung dazu erteilte. Aber dann hat sich alles geändert. Nach dem Erfolg beim Tribunal war er optimistisch gestimmt und vielleicht ein bisschen besorgt, sein Brief könne im Parteiapparat verloren gehen. Also beschloss er, London einfach zu umgehen.«

Der noch immer zunehmende Nebel schlug sich auf den Bäumen nieder, von denen er in Form von Wasser heruntertropfte.

»Ich glaube, Childe ist nach dem Tribunal in die Babylon Street zurückgekommen und hat Ihnen gesagt, er würde seinen Kameraden beim nächsten Treffen erzählen, was er gesehen hatte, und er würde damit auch zur Presse gehen. Wie dem auch sei, die Katze war beinahe aus dem Sack. Er musste aufgehalten werden. Also haben Sie erneut den Colonel angerufen. Oder ist er vorbeigekommen? Ja, um den Brief abzuholen? Während er dort war, haben Sie sich die Zeit genommen, ihn auch gleich in Hinblick auf Joelyn Stone auf den neuesten Stand zu bringen, seinen ehrgeizigen Stellvertreter, der selbst entschlossen war, Childe zum Schweigen zu bringen, wenn auch aus einem ganz anderen Grund. Ich glaube, der Colonel hat seine Chance erkannt. Ich glaube, er hat sich die Waffe und die Munition beschafft, und dann ist er nach Midsummer Common gegangen. Von dort aus ist er Childe nach der Arbeit zum Friedhof gefolgt, wo er ihm eine Kugel ins Hirn gejagt hat. Falls Childe einen Durchschlag dabei hatte, so hat er ihn dem Leichnam abgenommen.«

»*Du* warst das?«, fragte sie.

»Genug, Vera. Vergiss den Jungen nicht«, sagte Swift-Lane.

Brooke nickte. »Sie haben die ganze Zeit gedacht, Stone wäre der Täter, Mrs Staunton, auch wenn ich den Verdacht hege, dass man Sie schlussendlich dazu ermuntert hat, Ihre hilfreiche und belastende Aussage zu machen. Der Colonel hier hat die Waffe gestohlen, nicht Major Stone.«

»Hätte ich Childe aufhalten wollen, dann hätte ich eine Jedermannfestnahme durchgeführt«, sagte Swift-Lane. »Warum hätte ich ihn töten sollen? Er war unverkennbar im Begriff, zu einer Gefahr für die nationale Sicherheit zu werden. Ich hätte ihn im Handumdrehen auf die Burg schaffen können …« Er schnippte mit den Fingern. »Wo ich auch seine Kameraden verklappt habe. Mord ist Mord, Brooke. Ich genieße keine Sonderprivilegien vor Gericht. Warum hätte ich den Halunken umbringen sollen?«

Staunton war auf ihren Platz zurückgesunken.

»Richtig, *das* ist die Frage«, sagte Brooke. »Ganz sicher nicht um der nationalen Sicherheit willen, obwohl ich überzeugt bin, dass Sie das zu Ihrer Verteidigung vorbringen werden. Nein, Sie haben die Gelegenheit beim Schopf ergriffen, weil Sie eine Möglichkeit gesehen haben, einen weitaus glanzvolleren Gewinn einzustreichen: ein heroisches, ja, ein historisches Kommando. Sehen Sie, ich habe im Kriegsministerium angerufen, um mich nach Stones neuer Position zu erkundigen. Eine überraschende und außergewöhnliche Ernennung insofern, als dass man den eigentlichen Favoriten für den Posten übergangen hat, einen Offizier von höherem Rang, einen gewissen George Swift-Lane. Ihr Ruf, ein sprunghafter Kommandant zu sein, war nicht so leicht zu verwerfen. Man hat Sie telefonisch über die schlechten Neuigkeiten informiert, *an dem Tag, an dem Childe gestorben ist* …«

Brooke machte eine Pause.

»Wie haben Sie am Telefon reagiert? *Gewiss, Sir, absolut verständlich, jüngerer Mann, volle Unterstützung et cetera et cetera* … Aber wie haben Sie sich gefühlt, nachdem das Gespräch beendet war? Das war nicht nur irgendeine Beförderung, nicht wahr? Das Kabinett hat hinter dem Vorhaben gesteckt, sogar der Premierminister selbst. Was beinhaltete das? Einen Titel, Ehren. Zumindest hätten Sie mit Ihren schillernden älteren Brüdern gleichziehen können. Sie haben zusammen mit Ihrem fleißigen Sohnemann daran gearbeitet, den Plan zu perfektionieren, und nun hatte man Ihnen all das aus den Händen gerissen. Und dann taucht die Gelegenheit auf, Childe zu töten, den Sicherheitsbruch zu kitten, den Ihre lasche Amtsführung ermöglicht hatte, und Stone hinter Schloss und Riegel zu bringen. Unwiderstehlich für einen Mann der Tat.«

Swift-Lane drehte sich auf seinem Platz um. »Beweise, Inspector? Oder sollen wir das alles basierend auf Ihrer moralischen Kompetenz für bare Münze nehmen? Der Held der Wüste ist im Besitz der göttlichen Wahrheit, also muss das reichen?«

»Dann haben Sie Ida Trew getötet«, sagte Brooke.

Staunton erhob sich halb, das Gesicht auf sonderbare Weise nach unten gewandt, sodass sie auf gleicher Höhe mit dem Vater ihres Kindes war, als sie ihn aus ihren braunen Augen fixierte.

»Vera. Die Zukunft des Jungen liegt in *meinen* Händen«, sagte Swift-Lane warnend.

Sie setzte sich wieder und wandte sich dann endlich Brooke zu. »Ida war eine gute Freundin. Wir wollten nur dafür sorgen, dass sie Georges Namen nicht ausplaudert. Ich …«

»Aber sie hatte zu viel gesehen und zu viel gehört, nicht wahr, Colonel? Childes zweiter Besuch, dann Stones Besuch und nicht zuletzt Ihr eigener. Die Telefonanrufe. Vielleicht haben Sie zuerst versucht, sie um Diskretion zu bitten. Ich kann mir schwer vorstellen, dass Sie die Gewalt in Gang gesetzt haben. Allerdings hatte sie Stone ziemlich gern. Die Geschenke, seine freundlichen Aufmerksamkeiten.«

»Sie hatte ein schwaches Herz«, sagte Staunton. »Du hast gesagt, sie sei zusammengebrochen, George.«

»Halt den Rand«, fuhr Swift-Lane sie an und wischte sich den Speichel von der Unterlippe. Für einen Moment schien er um Atem zu ringen, und er presste sich ein Taschentuch an den Mund.

»Vielleicht ist sie gestürzt«, sagte Brooke. »Es gibt Blutspuren an der Herdklappe. Wie dem auch sei, Sie mussten die Leiche loswerden. Der Bentley, nehme ich an, nach Einbruch der Dunkelheit über die Hintergasse. Ich kann nur annehmen, dass sie tot zu sein *schien*. Oder war es Ihnen einfach egal? Als beide tot waren, mussten Sie nur noch Ihre Spuren verwischen. Die misslichen Zeugen waren bereits aus dem Weg; Childes Kameraden saßen da schon im Castle Gaol, und die Soldaten, die die Gruben ausgehoben haben, waren nach Schottland versetzt worden. Aber auch der geflüchtete Corporal Currie musste aufgespürt und zum Schweigen gebracht werden. Als Sie ihn nicht finden konnten, haben Sie meine Hilfe beansprucht. Wirklich dreist und ausgeklügelt.«

»Irgendwelche Beweise, die Ihre Fantasiegebilde stützen könnten?«, fragte der Colonel. »Das geht nie vor Gericht, Brooke. Überlegen Sie doch mal, Mann. Die Implikationen …«

»Es geht vor Gericht, wenn ich die Wahrheit sage«, erklärte Staunton, die inzwischen ganz aufgestanden war. »Du hast mich veranlasst, ihnen von Joelyn zu erzählen. Du hast wegen Ida gelogen. Du hast mich benutzt, George. Du hast mich *benutzt.*«

Endlich kämpfte sich tief am Horizont die Sonne durch den Nebel, ein fahles, aber erstarkendes goldenes Licht.

»Ich glaube, Frederick ist alt genug, um von nun an auf eigenen Beinen zu stehen, George«, fügte sie hinzu. »Er ist ein ziemlich bemerkenswerter junger Mann. Du wirst eines Tages stolz auf ihn sein. Aber er wird niemals stolz auf dich sein.«

KAPITEL SECHUNDSECHZIG

Vierundzwanzig Stunden später wurde Brooke in Carnegie-Browns Büro beordert. Seinen achtseitigen Kurzbericht zu Swift-Lane hatte er bereits am Vortag beim Chief Constable eingereicht. Edison hatte ihn nach seinem Diktat abgetippt. Fünf Durchschläge waren angefertigt worden, und einen davon konnte er nun auf Carnegie-Browns Schreibunterlage liegen sehen. Swift-Lane saß auf Basis einer weniger gravierenden Beschuldigung in Zelle fünf.

»Gute Arbeit, Brooke«, sagte sie. »Eine umfassende Aufgabe, gut gelöst.«

Sie gab ihm ein Glas Sherry, den sie aus einer Flasche eingeschenkt hatte, die für Brooke zunächst aussah, als wäre sie aus Milchglas, bis er erkannte, dass sie schlicht von Staub bedeckt war.

»Ich habe Ihren Bericht per Kurier zum Yard geschickt. Die Abteilung für nationale Sicherheit hat gerade beim Chief Constable angerufen. Ich möchte Sie nur über die neueste Entwicklung in Kenntnis setzen. Alle sind sich darüber im Klaren, dass dies Ihr Fall ist. Ein Wagen ist unterwegs, um den Gefangenen abzuholen, allerdings könnte es zu einer kleinen Verzögerung kommen, weil er über Halsschmerzen und Schwindelanfälle klagt – der Arzt nimmt an, es ist eine Erkältung, darum sollten wir vorsichtig sein. Er ist kein junger Hüpfer mehr. Wenn sie ihn mitnehmen, ist der Fall für uns abgeschlossen. Für morgen wurde eine Besprechung unter Federführung des

Yard in Whitehall anberaumt. Militärgeheimdienst und Downing Street wünschen, informiert zu werden. Der genaue Ort wird noch bekannt gegeben. Von mir wird erwartet, den Chief Constable und das Borough zu vertreten.«

»Ich könnte ihn jetzt vor Gericht bringen«, sagte Brooke und kippte den süßen Sherry in einem Zug hinunter. »Ich habe die Beweise«, fügte er hinzu. »Abgesehen vom Reifenprofil von Swift-Lanes Bentley, das zu den Spuren hinter dem Haus in der Babylon Street passt, und den Schussrückständen am rechten Ärmel einer Jacke, die wir in seinen Räumlichkeiten gefunden haben, haben wir den Brief – Childes Augenzeugenbericht *und den Durchschlag.* Beides wurde unter Swift-Lanes persönlichen Unterlagen gefunden, versteckt in seinem Mansardenzimmer in Madingley. Und dann haben wir noch Stauntons Aussage. Sie ist bereit, in den Zeugenstand zu treten.«

»Gewiss, Brooke. Aber ein Prozess? Was für eine Justiz ist das? Der Fall würde unter Ausschluss der Öffentlichkeit verhandelt werden, ohne Jury. Und was wird der Beschuldigte auf der Anklagebank sagen? Dass er zum Schutz der nationalen Sicherheit gehandelt habe. Beweis: Brief und Durchschlag. Es ist nicht schwer vorherzusagen, wie seine Verteidigung aufgebaut sein wird. Ich weiß, dass er des Mordes schuldig ist, Brooke, und Sie wissen es auch. Er hätte Childe einfach abführen und zum nächsten Revier bringen können, statt ihn aus nächster Nähe zu erschießen. Das war ein verzweifelter Versuch, die Defizite in seinen Führungsqualitäten zu vertuschen und seinen Rivalen in die Pfanne zu hauen. Aber er wird fordern, dass der Inhalt des Films enthüllt wird; das ist sein Recht. Selbst unter Ausschluss der Öffentlichkeit könnte das zu viel verlangt sein. Wir werden vielleicht nie erfahren, was aus ihm wird, Brooke, aber ich kann Ihnen sagen, man hat uns von höchster Stelle aus versichert, dass er nie wieder freikommen oder gar seine Laufbahn wieder aufnehmen können wird.«

Sie trommelte mit den Fingern unter der Schreibtischplatte. »Sie müssen damit abschließen, Brooke. Ihre Arbeit ist getan. Der Eingangskorb ist voll. Wie wäre es also, wenn wir uns wieder *unseren* Aufgaben widmen?«

»Bei dieser Besprechung«, sagte Brooke. »Bei der, die an einem noch bekannt zu gebenden Ort stattfindet. Es wäre mir recht, wenn Sie, sofern Sie einverstanden sind, darauf hinweisen, dass ich mich damit zufriedengebe, wenn sie nach eigenem Gutdünken verfahren. Ich habe kaum eine Wahl, allerdings werden die Zugriff auf unsere Akten und Notizen benötigen. Ich bitte Sie, in meinem Interesse drei Anfragen zu stellen.«

Er neigte den Kopf ein wenig, um sich zu vergewissern, dass sie begriffen hatte, dass er nur eine Frage an sie richtete.

Sie nickte.

»Die erste Frage ist einfach. Ich möchte, dass PC Cable eine Belobigung erhält. Wäre ihm die fragwürdige Dokumentation am Castle Hill nicht aufgefallen, dann wäre nichts von all dem ans Licht gekommen. Das war gewissenhafte Polizeiarbeit. Darauf läuft es am Ende immer hinaus. Zweitens: Swift-Lane mag theoretisch ein *ehemaliger* Angehöriger des Militärgeheimdienstes sein, aber er scheint dennoch aktiv gewesen zu sein. Ich glaube, er war, nachdem er den Dienst verlassen hatte, als Anwerber hier in Cambridge tätig, und sein besonderes Interesse hat dabei der Universität gegolten. Er könnte einen Doktoranden namens Marcus Ashmore angeworben haben. Ich möchte wissen, wo Marcus ist, denn er ist verschwunden, und ich möchte ihn sprechen. Seine Familie ist besorgt. Das ist eine rein persönliche Angelegenheit.«

»Und der dritte Punkt?«

»Ich will diesen Film sehen.«

KAPITEL SIEBENUNDSECHZIG

Drei Tage später saß Brooke allein im Vorlesungssaal des Galen und betrachtete das flackernde schwarz-weiße Viereck, auf dem der Film ablief, den eine knisternde Tonspur begleitete, bis das Bild erlosch und eine handbeschriftete Tafel angezeigt wurde, auf der in Kreide geschrieben stand:

KRIEGSMINISTERIUM
EXPERIMENTE AUF SOAY
21.-25. JULI 1939

Ein verschwommenes Standbild, dann wieder die Tafel mit neuer Beschriftung:

VERSCHLUSSSACHE
HERAUSGEGEBEN IM AUFTRAG VON PORTON DOWN

Nun folgte ein Begleitkommentar ganz im Stil ranghoher Whitehall-Bürokraten.

»Soay«, so wurde dem Zuschauer erklärt, »ist eine abgelegene Insel der Inselgruppe St. Kilda, mehr als sechzig Meilen weiter westlich als die Äußeren Hebriden. Eine Insel im Atlantik, eine Tagesreise mit dem Boot von der Isle of Lewis.«

Die Stimme sprach die Namen auf betont traditionelle Art aus.

Diese Inselgruppe hatte man ausgewählt, weil sogar Hirta,

die Hauptinsel, unbewohnt war, und das bereits seit der Evakuierung der gesamten Bevölkerung im Jahr 1930. Die Entfernung von Lewis bedeutete, dass ablandige Westwinde keinerlei tödliche Gefahr für Menschen bargen.

Warum, fragte sich Brooke, sollte Wind eine lebensbedrohliche Gefahr darstellen?

Forschungen in Bezug auf »BW« wurde sowohl in Oxford als auch in Cambridge betrieben, fuhr der Kommentator fort. Ein Serum war entwickelt worden, Vollum 14578, und man hoffte, die Experimente auf Soay würden Klarheit darüber schaffen, ob die Sporen eine Verbreitung über Mörser oder Eins-Komma-acht-Kilo-Bomben überstehen und eine Bevölkerung infizieren konnten.

Brookes Gehirn verarbeitete diese Information nicht; es nahm sie lediglich zur Kenntnis, analysierte sie aber nicht und verzichtete auf jede Art von Fragen. *Was bedeutet BW?*

Der Film lief mit dem vage fieberhaften Tempo von Stummfilmen an. Soay und Hirta waren von Bord eines stampfenden Boots aus zu sehen. Tausend Fuß hohe Klippen schienen optisch in der schweren grauen See zu versinken, während der Himmel so voller Vögel war, dass er geradezu brodelte. Trotz der körnigen Aufnahmen projizierte die Szene ein ganz eigenes Licht, bestehend aus der Gischt, die an sich aufbäumende weiße Rösser erinnerte, und den kreisenden Möwen, die sich in neon-weißer Intensität von einer grauen, veränderlichen Welt abhoben.

»Der gewählte Erreger ist das Milzbrandbakterium«, erklärte der Sprecher. »Der Film beginnt bei Base X auf Hirta.«

Milzbrand. Nun zwang sich Brookes Bewusstsein die erste Frage auf: Was wusste er über den Milzbranderreger? Ein Bakterium, sicher. Eines, das eine Infektion und eine tödliche Krankheit auslöste, die sich über seine Sporen verbreitete – seine *Saat.*

BW – *Biologische Waffen.*

Soay – Gälisch, so der Sprecher, für »windige Insel« – erwies sich als ein der Hauptinsel vorgelagertes felsiges Eiland, das von einem abgeböschten Hochmoor beherrscht wurde. Ein in einer Bucht vor Anker liegendes Boot wurde über einen Steg mit Schafen beladen und anschließend von einem Landungsboot zu der Insel gezogen, wo die Tiere dann von Hunden an Land geführt wurden.

Der Film sprang weiter zu einer anderen Szene. Hier waren die Schafe oben auf dem Hochmoor zu sehen, eingepfercht in Kisten, aus denen nur die Köpfe herausschauten, und die waren mit Hauben abgedeckt. Bei dieser neuesten Würdelosigkeit rutschte Brooke auf dem harten Stuhl herum. Verhüllte Köpfe verwiesen auf Exekution: Waren die Züge verborgen, ging das Mitgefühl – vielleicht – verloren. Die Nutzung solcher Mittel vermittelte eine Ahnung von der Schändlichkeit.

Die Stimme hingegen erklärte ganz kühl und gelassen, dass Kisten und Hauben dazu gedacht waren, sicherzustellen, dass jegliche mögliche Todesfälle allein das Ergebnis der Inhalation von Sporen waren und nicht durch irgendwelche anderen Einflüsse – sei es ein direkter physischer Kontakt oder die Infektion durch ein anderes Tier – ausgelöst worden war.

Die Männer trugen ebenfalls Kapuzen. Man hatte eine Gasmaske passend gefertigt, um sie mit einer großen Haube aus einer Art Folie zu verbinden, die über einem Ganzkörperanzug saß. Die Kisten wurden auf den Hang geschleppt und in drei parallelen Linien aufgestellt, sodass die Tiere der Wolke entgegenblicken würden. Die Stimme versuchte, dem Ganzen eine Aura vornehmer Pflichterfüllung zu verleihen, als hätten die Opfer irgendeine Wahl.

Die diversen Verteilungsmethoden wurden in einem Ton besprochen, der an einen aufgeregten Schuljungen erinnerte. Ein Bombenangriff war erprobt worden, doch die Eins-Komma-acht-Kilo-Bomben waren in die torfige Erde eingedrungen und stecken geblieben, ohne zu detonieren. Eine nächtliche Übung wurde in Betracht gezogen, in der das Bakterium mit einem lumineszierenden Stoff verbunden werden sollte, damit die Wolke bei Dunkelheit sichtbar war. Dies hatte sich als praktikabel erwiesen, und in Porton Down wurde die Suche nach einem passenden Uran-Isotop vorangetrieben.

Ein *lumineszierender Stoff* … war das, überlegte Brooke, Ernst Lux' ungewollter Beitrag zu diesem Projekt?

»Aber der heutige Beschuss wird mithilfe eines umgekehrten Mörsers durchgeführt. Eine Granate wird von einem hölzernen Galgen in den Boden gefeuert.«

In einer Totalaufnahme des weiten Moors kontrastierte der Galgen stark mit dem weißen Himmel, doch hing an ihm ein nach unten zeigender Waffenlauf anstelle der Leiche eines Verbrechers. Eine plötzliche Erschütterung kennzeichnete den Schuss, und dann trieb eine schmutzige Rauchfahne von der Stelle aus auf die Schafe in ihren Kisten zu. Binnen einer oder zwei Sekunden war sie schon nicht mehr zu sehen, von der stürmischen Luft über dem Atlantik in der Atmosphäre verteilt.

»Nun ist es unerlässlich, die Wirkung des Erregers zu überwachen.«

Die Szene endete, und die Tafel verkündete: DER NÄCHSTE TAG.

Verhüllte Männer waren damit beschäftigt, die Schafe herauszulassen und an Seilstränge zu binden. Eines oder zwei rissen sich los, und der Ton des Sprechers änderte sich. »Jeder, der glaubt, ein Schaf sei ein frommes, seelenruhiges Tier, sollte einmal versuchen, eines zu bändigen, dem der Sinn nach

Freiheit steht!« Wie in einer überspannten komischen Oper jagten Männer hinter den Tieren her.

TAG DREI

»Das Sterben hat begonnen.«

Mehrere der Tiere lagen regungslos an ihren Haltestricken. Diese wurden von ihren Seilen befreit und auf Schubkarren geladen. Brooke fiel auf, dass die Männer nicht einen Blick auf die Tiere warfen, die noch am Leben waren.

TAG SIEBEN

»Nur wenige Tiere haben überlebt. Nun ist es erforderlich, Autopsien durchzuführen, um sicherzugehen, dass der Tod infolge der Inhalation der Milzbrandsporen eingetreten ist.«

Einigen wenigen Schafen waren die Ohren abgeschnitten worden, um für mikroskopische Untersuchungen Blutproben auf Objektträger zu schmieren, aber die meisten wurden einfach auf einem Felsen unterhalb eines zweckdienlichen Wasserfalls aufgeschnitten.

Drei vermummte Gestalten standen daneben, während die Tiere ausgenommen wurden, und die Gasmasken wandten sich einander zu, als eine lebhafte Konversation einsetzte.

Die Kadaver und Eingeweide wurden vor Ort in einem Verbrennungsofen am Strand eingeäschert, die Anzüge und Masken der Männer in heiße Desinfektionsapparate gestopft, die man auf dem steinigen Ufer aufgebaut hatte.

Eine letzte Wendung der Ereignisse veranlasste Brooke, den Blick abzuwenden.

»Es ist weiterhin von Interesse, die Physiologie jener Schafe zu untersuchen, die den Test überlebt haben.«

Ein vermummter Mann streichelte ein Schaf, ehe er eine kleine Pistole hervorholte und seitlich an den Kopf presste. Der unhörbare Schuss löste einen Krampf aus, eine Sekunde später plumpste das Tier zu Boden.

»Die Befunde deuten darauf hin, dass die Soay-Expedition ein Erfolg war«, sagte der Sprecher und hob dabei die Stimme, um zu signalisieren, dass das Schlusswort gekommen war. »Der Erreger kann verteilt werden und ist effizient. Nun werden weitere Forschungen nötig, um festzustellen, welche Todesraten erzielt werden können, wenn es sich bei dem Zielbestand um große, komplexe Säugetiere handelt. Erste Untersuchungen werden auf Institutsebene an Pferden durchgeführt. Die Anfangsphase von Operation Pegasus ist bereits im Gang.«

Nun wurden sechs Männer gezeigt, die, sichtlich begeistert, endlich frei zu sein von den Schutzanzügen und Masken, um ein Feuer herumstanden und Tee tranken. Einer von ihnen hatte sich eine Wollmütze aufgesetzt, die er nun wie zur Feier eines Sieges lüftete.

Der Film schloss mit den Insignien von Porton Down und dem kurz eingeblendeten Bild einer flatternden Union Flag. Dann drehte sich die Spule frei auf dem Projektor. Das Licht wurde zu einem Leuchtfeuer auf dem Viereck aus weißem Papier, und Brooke dachte zurück an die Schüsse, die in der Nacht der Großen Verdunkelung von St. John's Wilderness her an seine Ohren gedrungen waren und die er auf Wilderer zurückgeführt hatte. Und dann sah er wieder die Männer, die sich abrackerten, um die leeren Wagen zu ziehen.

»Pferde«, sagte er laut.

Sie hatten im Zuge ihrer Anthrax-Experimente Pferde infiziert. Einige waren gestorben, andere hatten keine Symptome entwickelt, aber sie konnten kein Risiko eingehen. Sie hatten die getöteten Pferde in den Gruben verscharrt und dann die übrigen erschossen, die die Wagen gezogen hatten.

Der Film hatte ihm ein Gefühl hilfloser Verzweiflung vermittelt. Aber was ihn nun auf die Beine brachte, war eine Idee, eine furchtbare Idee, so tödlich wie die Milzbrand-Saat. Und diese Idee sprang voll ausgereift aus dem Laderaum eines leeren Lasters, der am Castle Hill geparkt hatte.

KAPITEL ACHTUNDSECHZIG

Die Stadt schien, als sie sie vom Hochmoor aus unter sich liegen sahen, in ihrem eigenen Feuer zu schimmern. Funken stiegen aus in Reihen angeordneten Schornsteinen empor, und das abrupte Aufflackern von Ofenflammen huschte flüchtig durch das gewundene Tal. Die höllischen Lichter zuckten über einen von rußigen Wolken bedeckten Himmel. Brooke ging durch den Kopf, wie inadäquat das Wort *Stadt* doch war, umfasste es schließlich einerseits die fließenden Reflexionen auf dem Cam inmitten von mittelalterlichem Gemäuer und andererseits dies – die Stadt Sheffield – einen flimmernden Schmelztiegel aus Ziegeln und Stahl.

Am Steuer des Wasp schielte Edison von der bergab führenden Straße aus auf die Szenerie. Er habe Verwandte in Leeds, erzählte er Brooke, und *die* sagten, das einzige Mal, dass irgendjemand seit Menschengedenken einen klaren Himmel über Sheffield gesehen habe, sei zu Zeiten des Generalstreiks gewesen. Dieser Ort stand für Miasmen von Pech und Schwefel, für Häuserschluchten mit fensterlosen Ziegelmauern, unterbrochen nur von flüchtigen Ausblicken auf die fernen Hochmoore.

Über eine Reihe steiler Kurven gelangten sie in die Stadt. Brooke fiel ein Gebäude auf, bei dem es sich um das Rathaus handeln musste, und ein hoher florentinischer Turm, eingehüllt in schmutzigen Dunst. Eine vornehme neoklassische Konzerthalle erhob sich gegenüber einem hell erleuchteten Kaufhaus, und in einem Springbrunnen mit einem Delfin aus weißem Stein schoss Wasser himmelwärts. Auf eisernen Schienen ratterten Straßenbahnen vorbei.

West Bar, Heimat des Polizeihauptquartiers, lag in einer Senke, durch die ein Kanal verlief, der in einem orangefarbenen Licht erglühte. Hinter dem Gebäude führte ein Hof zu einer Steinwand, von der in Intervallen Wasser herabstürzte. Cambridge, dachte Brooke, schwebte am Rand des Marschlands, wohingegen dieser Ort wirkte, als wäre er aus dem Stein herausgemeißelt worden.

Detective Inspector Solly erschien bewaffnet mit Stadtplan und Taschenlampe und dirigierte Edison am Steuer des Wasp zum hinteren Ende einer Kolonne aus acht ungekennzeichneten Fahrzeugen, zu denen zwei große schwarze Kleintransporter und ein Lastwagen gehörten.

»In voller Truppenstärke«, sagte Solly lächelnd und setzte sich in den Fond. »Die werden allerdings inzwischen ausgeflogen sein. Wie ich schon sagte, Brooke, wollten wir einen Mann einschleusen, um herauszufinden, wer an der Spitze der Organisation steht. Dafür ist es jetzt zu spät. Man kann einfach nichts geheim halten, was? Trotzdem haben Sie die Schandtat angezeigt, Brooke. Das geht auf Ihre Kappe. Hoffen wir, dass Sie richtig liegen. Wenn Sie das tun, dann werden die Fetzen fliegen … Sie sagten, das Fleisch ist infiziert?«

Brooke drehte sich auf dem Beifahrersitz halb nach hinten um.

»Nur das Pferdefleisch«, sagte er. »Die Kadaver sollten vergraben werden, und man hat Soldaten damit beauftragt. Corporal Currie hatte eine bessere Idee. Man schafft die Wagen einfach runter zu den Gruben und dann weiter bis zu einem Sandweg auf der anderen Seite; dort verlädt man das Pferdefleisch in einen Lastwagen und füllt die leeren Gruben wieder auf.«

Die Fahrzeugkolonne entfernte sich über halb dunkle Straßen von West Bar.

»In der Nacht der Großen Verdunkelung ist alles schiefgelaufen«, fuhr Brooke fort. »Unser scharfsinniger Sergeant hat die Kolonne aufgehalten, und Currie musste die Sache abblasen. Folglich blieb ein leerer Laster auf dem Castle Hill zurück. Aber sie hatten zuvor schon fünf Transporte durchgeführt, möglicherweise auch mehr. Dieses Fleisch ist für den menschlichen Verzehr nicht geeignet. Es ist tödlich!«

Eine breite Straße blieb hinter ihnen zurück, dann ein Bahnhof, und sie fuhren unter einer Reihe gewaltiger steinerner Brückenbögen hindurch. Hier begann das Industriegebiet der Stadt, und die Straße führte pfeilgerade über Meilen an hohen Fabrikmauern vorbei. Brooke stellte sich vor, wie die Bomber, wenn der Luftkrieg begann, dem schmalen Silberstreif des Flusses zu diesen Metallwerken folgten. Für jeden Bomber, den sie nach Cambridge schickten, würden die Deutschen hundert hierher befehlen.

Sie passierten zwei Reihenhauszeilen, dann dehnte sich vor ihnen ein Gelände mit verfallenen eingeschossigen Fabrikgebäuden aus. Die Wagen holperten über eiserne Schienen, ehe sie zwischen zwei großen maroden Torpfosten aus Beton einbogen.

Vor ihnen lag das alte Schlachthaus. Solly hatte ihnen erzählt, dass man es in der Stadt nur das »Fleischhaus« nannte. Zwei in klassischem Stil erbaute Verwaltungsgebäude mit schmückenden Säulen säumten zu beiden Seiten die Zufahrt zu einem Komplex aus niedrigen Bauten, in deren Oberlichtern sich das Mondlicht fing.

»Als Kinder haben wir das gerochen«, erzählte Solly. »Sogar im Oberdeck eines Busses war man vor dem Gestank nicht sicher. Eisengeruch im Wind, beinahe wie Rost. Und dann waren da natürlich die Geräusche, das Muhen und dieses eigenartige Gebrüll. Sie wissen es, natürlich wissen die Tiere es, wenn der Tod auf sie lauert, weil überall der Gestank von verbrannten Knochen von den Sägen in der Luft hängt.«

Die Wagen schalteten die Scheinwerfer aus und rumpelten unbeleuchtet weiter. Jenseits der Tore wurden auch die Motoren abgestellt, und sie rollten aus. Auf einer Seite des Hauptgebäudes befand sich eine alte Fahrzeughalle, eigentlich nicht mehr als ein hoher Schuppen mit einem Giebeldach und einem gläsernen Vordach über den großen offenen Toren.

Brooke hörte, wie hinter ihm die Trommel eines Revolvers gedreht wurde.

»Wie viele Waffen?«, fragte er.

»Jeder Inspector hat eine, das macht sechs. Der Papierkram ist erledigt, Brooke, das ist in dieser Stadt keine große Sache. Die sind bewaffnet, wir sind bewaffnet. Sehen Sie nur zu, dass Sie hinter mir bleiben.«

Er beugte sich vor, und Brooke nahm einen Hauch von Bier in seinem Atem wahr. »Wenn wir hier heute Abend jemanden finden, nehmen wir ihn mit nach West Bar, und wenn er die Reise in einem Leichensack antreten will, ist mir das auch recht.«

Die beiden schwarzen Kleintransporter waren zum Stehen gekommen, die Hintertüren wurden geöffnet, und zwei Trupps uniformierter Constables kamen zum Vorschein, die mit gezogenen Gummiknüppeln als Reserve an einer Wand Aufstellung nahmen.

Ein Chief Inspector namens Garside dirigierte seine Leute wie ein Verkehrspolizist auf einer belebten Kreuzung. Eine hastige Durchsuchung der Fahrzeughalle förderte nichts zutage. Dann musste ein stummer Befehl ergangen sein, denn mehrere der Constables fingen an zu rauchen, und das Geflüster der Männer in Zivil wurde lauter.

Solly schlenderte zurück zu Brooke und Edison, die neben dem Wasp stehen geblieben waren. »Hab's Ihnen ja gleich gesagt. Die haben sich weggepisst. Haben irgendwie Wind von der Geschichte gekriegt. Hätten wir mal gewartet.«

Zwei Bogenlampen, die über einen Generator in einem der Polizeitransporter betrieben wurden, leuchteten die Garage aus, und der ölige Betonboden glitzerte, als wäre er von Eis bedeckt. Garside und Solly wurden herbeigerufen, um eine der Gruben in der Fahrzeughalle zu inspizieren. Hier hatten die Mechaniker im Dunkel eines niedrigen schmierigen Lochs unter den Lastern arbeiten können. Erneut schlug die Stimmung um. Ein Arzt mit einer schwarzen Tasche wurde aus einem der wartenden Fahrzeuge geholt.

Dann war Solly wieder da. »Die haben in der Grube einen erledigt«, sagte er. »Abschiedsgeschenk für den Pathologen. Nach dem, was von seinem Haar übrig ist, würde ich sagen, das ist Ihr vermisster Fahrer, Brooke – Ginger Thorpe. Jesus …« Er tastete nach seinen Zigaretten. »Aus der Nähe ist der Gestank garstig. Sie haben ihn verbrannt. Haben ihn in Öl gewälzt und ein Streichholz hinterhergeworfen.«

Garside, dessen Silhouette sich durch einen nicht vorhandenen Hals und breite Schultern auszeichnete, kam zu ihnen. Er roch vage nach Pfefferminz.

»Brooke? Der Yard hat angerufen. Offensichtlich soll ich Sie unterstützen. Nun, hier bin ich und unterstütze. Sieht aus, als hätte sich die Bande aus dem Staub gemacht. Aber wir werden das Gelände durchsuchen. Worauf sollen wir achten?«

»Eiskästen. Ein Kühllager, das groß genug ist, um einen Markt für illegales Fleisch zu etablieren.«

Garside zermalmte knirschend ein Pfefferminzbonbon mit den Backenzähnen. »Dieser Laden wurde sechsunddreißig dichtgemacht. Wir hatten nach ihrem ersten Anruf für eine Woche einen Wagen zur Bewachung abgestellt. Nüscht. Scheiße auch, gar nüscht. Und dann hören Sie mal …«

Er hielt eine Hand an ein Blumenkohlohr.

»Still wie im Grab. Kein Strom. Das Fleisch dürfte inzwischen im Handel sein. Hier, in Leeds, das Tal rauf nach Manchester.«

Garside musterte seine Schuhe. »Trotzdem. Gründlich, das sind wir. Übertrieben gründlich.« Er holte tief Luft. »Wo ist unser Mann mit dem Schlüssel?«, brüllte er einer Gruppe Detectives zu, die sich um einen Funkwagen versammelt hatten.

Das Gelände, erklärte Garside, war von einem Transportunternehmen gemietet worden. Ein Mann in einem braunen Overall führte sie als Vertreter der Eigentümer zu einer Metalltür, kämpfte eine Weile mit den Vorhängeschlössern und stieß sie auf.

»Gehen Sie voran, McDuff«, sagte Garside. »Bringen wir das Theater hinter uns.«

Der Lichtstrahl von Taschenlampen tanzte durch einen großen, beinahe dreißig Meter langen Raum, in dem Metalltische in drei parallelen Reihen standen. An der Decke war einmal ein Flaschenzug über ein Schienensystem gelaufen, und am Ende des Raums befanden sich drei Industrieaufzüge mit Knöpfen für drei Ebenen:

ERDGESCHOSS
KELLER
KÜHLRÄUME

Sie nahmen die Treppe zum Keller, der ebenso groß war wie der Betriebsraum im Erdgeschoss. Korridore mit Ziegelmauern führten zu einer Reihe von Räumen, die noch immer mit Werkzeugen und Fässern vollgestopft waren, und schließlich zu einem Maschinenraum, in dem drei große Stromgeneratoren standen, die mit einer dicken Staubschicht überzogen waren.

Garside zog mit dem Finger eine Spur durch den Schmutz auf dem Metall. Dann fegte er den Staub von einem Stuhl, setzte sich, zog einen Flachmann hervor und bot ihn Solly an, nachdem er selbst einen Schluck getrunken hatte.

»Hab's ja gesagt«, bemerkte Solly. »Ihr Fleisch ist weg, Brooke.«

Brooke dachte daran, ihnen zu erklären, was das bedeutete: dass Hunderte, Tausende, sterben könnten. Aber das konnte warten, denn als sie die Treppe vom Erdgeschoss aus hinabgestiegen waren, da hatte er es gespürt, diesen Hauch von Kälte, ein Grad, vielleicht zwei, aber nichtsdestoweniger wahrnehmbar.

»Ich würde mir gern die Kühlräume ansehen«, sagte er und ging voraus zur Treppe.

Das tiefste Geschoss lag tiefer unter dem Keller als der Keller unter dem Erdgeschoss. Sechs angeordnete Treppenläufe führten sie in einen Raum von weniger als zehn Fuß Kantenlänge, aus dem eine einzelne, verschlossene Tür herausführte. Der Schlüsselmann holte sie ein und mühte sich mit dem Vorhängeschloss ab.

Garside zeigte Brooke schweigend den Staub an seiner Hand, den er am Treppengeländer aufgesammelt hatte. Der Fliesenboden unter ihren Füßen war voller Sand.

Als die Tür geöffnet war, kamen drei mobile Generatoren zum Vorschein, deren neue Metallteile im Licht der Taschenlampen glänzten, und hinter ihnen befanden sich mehrere

Fahrstuhltüren. Neben einer stand ein hoher Metallhocker direkt an den Bedienelementen, und auf dem Boden lag neben einem Keramikbecher eine Ausgabe des *Sheffield Star*, auf deren Titelseite Neville Chamberlain aus einem offenen Wagen winkte. Zigarettenkippen verteilten sich über den Fußboden. Das zerdrückte Papier war weiß und trocken. In den Schatten blitzten Rattenaugen auf.

Garside holte tief Luft. »Benzinbetriebene Generatoren, um Kühlräume und Fahrstühle mit Strom zu versorgen. Genau, die Benzintanks müssen oben sein. Das haben wir also übersehen. Unter anderem.« Er wandte sich an Solly. »Schaffen Sie mir die Elektriker hier runter. Ich will eines von den Dingern in Gang setzen. Ich will Licht. Sofort. Und die Uniformierten sollen auch herkommen, aber schnurstracks!«

Brooke fiel erst jetzt auf, dass die linke Wand des kleinen Raums tatsächlich aus einer Reihe von Metalltüren bestand, die alle mit Vorhängeschlössern gesichert waren.

»Die sind neu«, verkündete der Schlüsselmann und begutachtete die Schlösser. »Ich brauche einen Bolzenschneider.«

Brooke legte eine Hand an die nächste Tür. Sie fühlte sich eiskalt an.

Es kostete die zwei Elektriker keine zwanzig Minuten, den ersten der drei Generatoren zu starten. Die Sache mit dem Bolzenschneider erforderte mehr Zeit, weshalb die Lampen schon Strom hatten, als das erste Vorhängeschloss geöffnet war.

Edison verteilte Gesichtsmasken, eine freundliche Gabe aus Aldiss' Lagerraum im Laboratorium, die sie in einem Ranzen aus Cambridge mitgebracht hatten.

Brooke lehnte sich mit seinem ganzen Gewicht auf den Hebel und stemmte die erste Tür auf, worauf die Luft im Inneren mit einem hörbaren Zischen entwich.

Den Anblick würde er nie wieder vergessen: Dieser Kühlraum, der sich als der Erste von sechs entpuppen sollte, enthielt unverarbeitetes Fleisch. Auf einer Seite hingen ganze Rinder an Haken. Aber auf der anderen Seite war ein Bereich für die Pferde freigehalten worden. Ein Bild von der Westfront blitzte in seinem Kopf auf, von den windigen, winterlichen Feldern Flanderns mit den steifen, in die Luft gereckten Gliedern aufgedunsener Pferde. Frost glitzerte in gefrorenen Augen.

Edison folgte ihm in den Kühlraum und knöpfte sich den Mantel bis unters Kinn zu.

Auf den Knien streckte Brooke eine Hand nach dem Hals eines Pferdes aus, in dessen Gebiss sich das Licht fing, als wären die Zähne mit Diamanten besetzt.

»Also schön«, sagte Garside, die Worte durch die Maske verzerrt, »Sie erzählen mir besser, was ich wissen sollte.«

Brooke zog ein Notizbuch hervor, obwohl er sich die entscheidenden Fakten bereits eingeprägt hatte. »Diese Pferde sind mit einem tödlichen Bakterium infiziert worden. Einer der Gründe, warum das so gefährlich ist, ist, dass es sich über Sporen verbreitet – im Grunde eine Saat. Und die Erreger sind zäh. Sie können diese niedrigen Temperaturen überstehen.«

Er gab Garside Zeit, die Information zu verarbeiten. »Feuer überstehen sie nicht. Ein Verbrennungsofen wäre geeignet. Aber vorsichtig. Menschen können sich dieses Bakterium einfangen. Es löst Milzbrand aus und kann auf drei Arten übertragen werden – über eine Berührung der Haut, das Einatmen der Sporen oder den Verzehr von befallenem Fleisch. Die Leute, die am meisten gefährdet sind, sind die Schlachthausarbeiter. Sie müssen die Männer finden, die das getan haben. Sie müssen sich vergewissern, dass sie das Fleisch nur eingelagert haben. Dass es noch nicht auf dem Markt ist! Und Sie müssen all das hier vernichten …«

In dem weißen Licht konnte er zum ersten Mal Garsides

Augen sehen, die sich nun verengten, als würde er nach einem Ausweg suchen, einer einfachen Lösung.

Während er die Kadaver beäugte, sackten seine Schultern herab. »Also gut. Sehen wir uns die anderen an …«

Kühlraum zwei und drei enthielten geschlachtete Schweine und Lämmer, Nummer vier Geflügel. Im fünften hingen Rinderhälften. Die Generatoren konnten noch nicht lange abgeschaltet gewesen sein, denn sie sahen nirgends Anzeichen für angetautes Fleisch. Die Häute schimmerten unter einer Schichte eisigen Reifs.

In Nummer fünf rief Edison laut. Brooke, der zwischen aufgehängten Schweinekörpern entlanggegangen war, lief zu ihm und blieb neben seinem Sergeant stehen.

Seite an Seite mit den Schlachtkörpern hing Jack Gretorix am Haken, das Gesicht zu einer hässlichen Fratze gefroren. Ein Auge war geschlossen, das andere spiegelte schwach das elektrische Licht. Sie hatten einen Haken durch seinen Gürtel geführt und ihn mit dem Flaschenzug hochgezerrt, und dann hatten sie seine Hände an der Schiene festgebunden. Es gab keine Anzeichen für Wunden oder Gewaltanwendung. Die Frostschicht sorgte dafür, dass er und seine Kleidung die gleiche Farbe angenommen hatten wie die Tiere neben ihm.

»Jack«, sagte Garside, als wollte er einen alten Freund begrüßen. »Tja, einer weniger, über den wir uns den Kopf zerbrechen müssen. Schneidet ihn los …«

Brooke dachte über die Ironie nach, die dem Tod des jungen Gretorix anhaftete: Seine letzten Tage hatte er in Furcht vor Flammen und Hitze zugebracht, dem Markenzeichen seiner Mörder, nur um dann hier in eisiger Stille, umgeben von leeren Blicken aus den glasigen Augen unschuldiger Tiere zu sterben.

Wieder war es Edison, dessen scharfe Augen sie zum ersten

Kühlraum zurücklockten. Er führte sie vorbei an den vielen steifen Kadavern und zeigte auf zwei Pferde, die sie zuvor alle übersehen hatten: Sie waren teilweise zerlegt, einem fehlte ein Bein, dem anderen ein Teil des Bauchlappens. Fahl und blutleer lag das rote Fleisch vor ihnen.

»Ich habe auch teilweise zerlegte Schweine im dritten Kühlraum gesehen«, sagte er. »Jemand hat sich unterwegs an dem Fleisch bedient. Inzwischen wird es wohl verzehrt worden sein.«

Garside sah fassungslos aus, vielleicht aufgrund dieser neuen Erkenntnis. Doch wahrscheinlicher war, dass es am Anblick der gefrorenen Pferdeeingeweide lag, Gedärme, säuberlich um fahle Organe gewickelt.

Er steckte sich eine Zigarette in den Mund, zündete sie aber nicht an. »Wenn jemand sich das einfängt … Wonach müssen wir Ausschau halten, Brooke?«

Aldiss hatte ihm einen kurzen Überblick geliefert. Die Symptome hingen vom Infektionsweg ab: über eine Berührung, über die Luft oder über den Verzehr.

»Das ist kompliziert. Aber wir müssen auf Hautgeschwüre achten, steife Glieder, blutiges Erbrechen, Schmerzen in Nase und Hals – Schwellungen, Atemprobleme. Schock, toxischer Schock. Und dann das Eintreten des Todes.«

Eine Stunde später, nachdem sie Solly abgesetzt hatten, stellte Brooke im Wagen die letzte Verbindung her. Erinnerte Edison sich an Jed Sneeth, der ausgestreckt auf seinem Bett auf Manor Farm gelegen hatte, kränkelnd, und daran, wie er sich beklagt hatte, seine Glieder seien immer so steif? Und dann Brookes persönliche Erinnerung: ein weißes Porzellanwaschbecken, mit Blutstropfen befleckt.

KAPITEL NEUNUNDSECHZIG

Sechs Stunden später holten sie Aldiss an seinem Labor im Herzen von Cambridge ab. Der Wissenschaftler kletterte mit einem Satz Laborkittel, einer Schachtel Gummihandschuhe und einer Vier-Gallonen-Ballonflasche, gefüllt mit einer klaren Flüssigkeit, an Bord. Edison hatte bereits einen A-Ständer mit dem Schriftzug *POLIZEI – ZUTRITT VERBOTEN* besorgt. Ein Funkwagen, der schon zur Manor Farm geschickt worden war, ehe Brooke Sheffield verlassen hatte, war bereits vor Ort und hatte Anweisungen, niemanden rein- oder rauszulassen. »Sagen Sie, es handelt sich um eine Quarantänemaßnahme«, bat Brooke Carnegie-Brown telefonisch. »Aber lassen Sie darüber hinaus nichts verlauten.«

Kurz nach Tagesanbruch verließen sie Cambridge und folgten dem Fluss in nördlicher Richtung. Ein einsames Nebelband kennzeichnete seinen gewundenen Lauf durch die überschwemmten Auen. Der erste Kontrollpunkt der Polizei befand sich am Rand von Horningsea, wo ein uniformierter Constable mit weißen Manschetten gerade einen Traktor auf einen Nebenweg dirigierte. Bis auf einen Landarbeiter, der am Straßenrand Richtung Norden trottete, war das Dorf selbst noch nicht erwacht.

An der Zufahrt zur Manor Farm stießen sie auf den Funkwagen, der die Straße blockierte, während PC Cable das Hoftor bewachte.

»Sir.«

»Cable. Irgendwas los hier?«

»Der nächste Nachbar ist da drüben.« Er deutete über zwei Felder hinweg zu einem Doppelhaus. »Landarbeiter. Sie haben von Sneeths Tod gehört; Dorfklatsch. Die Ehefrau – Elspeth – wurde nicht mehr gesehen, seit sie den Leichnam identifiziert hat. Ich bin seit einer Stunde hier, und bisher hat sich nichts gerührt.«

Cable schaute den Weg zum Bauernhaus hinunter. Keine Katze, kein Hund, nicht mal eine Wolke am Himmel.

»Bleiben Sie hier, wir sehen uns das an«, sagte Brooke.

Aldiss ließen sie ebenfalls am Tor zurück, als sie sich auf den Weg zum Haus machten. Die Gesichtsmasken hingen an ihrem Hals, aber sie hatten sie noch nicht aufgesetzt.

»Doktor Comfort ist der Ansicht, dass es gar nicht so einfach ist, sich Milzbrand von einem anderen Menschen zu holen«, erklärte Brooke. »Alles, was wir zu tun haben, ist, direkten Hautkontakt zu vermeiden, Abstand zu halten, falls jemand hustet, und der Versuchung zu widerstehen, die Einladung zu hausgemachter Fleischpastete anzunehmen. Verstanden?«

Edison nickte.

Die Eingangstür des Bauernhauses war unverschlossen. Als sie die Schwelle überquerten, fühlte sich die Luft kälter an, und das weiße Licht der Dämmerung zeichnete kühle Flecken auf die Tapete. Sie kontrollierten das Erdgeschoss, fanden aber nichts. Die Tür zum Raum des Jungen im Obergeschoss stand offen wie schon bei ihrem ersten Besuch. Das Bett war leer. Brooke fragte sich, ob sie draußen auf den Feldern ein frisches Grab finden würden, als sie das unverkennbare Getrappel eines kanternden Pferdes hörten, dessen Hufe einen freudigen Rhythmus schlugen.

Brooke schob das Fenster hoch, gerade als Jed Sneeth auf einem braunen Pferd aus dem Wald kam. Er ritt das Tal hinauf und trieb das Tier immer weiter, die letzte Energie aus seinen Muskeln herauskitzelnd, ehe er es am Scheunentor zügelte.

Der Junge pfiff tatsächlich eine Melodie, als sie den Stall erreichten. Mit einer Bürste in jeder Hand strich er kraftvoll über die verschwitzte Flanke des Pferdes.

»Wir dachten, du bist krank«, sagte Brooke und hielt sich die Gesichtsmaske vor die Brust.

»Nein, ich hab doch gesagt, ich bin auf dem Weg der Besserung.« Erschrocken über die Masken, fuhr er sich mit der Hand durch die Mähne. »Was ist los?«

Sie antworteten nicht.

»Das ist Broomstick«, sagte Sneeth, »mein Pferd. Jedenfalls für heute. Mum sagt, wir müssen sie verkaufen und auch alles andere, was nicht festgenagelt ist. Wir gehen zurück nach Gainsborough – auf den Hof meines Onkels. Da wird es andere Pferde geben, trotzdem werde ich sie vermissen.«

»Das Pferdefleisch, das dein Vater verarbeitet hat, war kontaminiert«, sagte Brooke. »Es ist tödlich, Jed. Wir dachten, es würde dich umbringen …«

Der Junge schüttelte den Kopf und ließ die Bürste fallen. »Dad hat es *cheval* genannt, aber das ändert nichts daran, was es ist. Ich konnte das nicht …«

»Wir können deine Mutter nicht finden«, sagte Edison.

»Sie ist bei ihrer Schwester in Newmarket; gegen Mittag kommt sie zurück. Aber sie hat auch nichts davon gegessen.«

»Ist noch etwas übrig?«, fragte Brooke.

Der Junge führte sie in die Küche und öffnete die Tür zur Speisekammer. Brooke fand das Fleisch unter einem Nesseltuch; ein großes, außerordentlich mageres Stück, gemasert wie feinstes Rind.

»Dad hat es geliebt«, erzählte er. »Das ist unsere Sonderzulage. Von den anderen hat niemand etwas bekommen, nur wir und Currie, der Soldat. Er hat das organisiert. Dad meinte, das wäre riskant, Fleisch von toten Tieren, die nicht geschlachtet worden sind. Eigentlich hätte man das gar nicht anrühren sollen. Aber er mochte es so gern. Currie hat gesagt, die Pferde wären gestorben, als sie eine Droge ausprobiert haben, eine Arznei, und dass das Fleisch in Ordnung wäre. ›Für den Verzehr geeignet‹, sagte er. Ich mochte ihn nicht, aber er hat immer ein paar Flaschen Bier für Dad gekauft. Den Rest haben wir auch gegessen. Ein Stück Schwein, Hammel, einen Fasan. Dad meinte, es wäre wie bei der Arche, nur umgekehrt. Eine Hälfte für uns, eine für Currie, und da war das Pferdefleisch dabei.

Er hat es aber auch nicht gegessen. Er hat gesagt, er hätte einen besonderen Kunden oben in Madingley Hall, und der würde gut bezahlen. Spitzenpreise.«

KAPITEL SIEBZIG

Auf dem Weg hinunter zu den Zellen lief Brooke dem Arzt über den Weg, einem Allgemeinmediziner, den man wegen des Kriegs aus dem Ruhestand zurückgeholt hatte. Vorsichtig nahm der Mann eine Steinstufe nach der anderen, in einer Hand einen Metalleimer, dessen Inhalt mit einem Tuch abgedeckt war. Doch Brooke konnte Blut riechen, vermengt mit etwas Säuerlichem, das ihm den Magen umdrehte.

»Er hat aufgegeben«, sagte der Arzt. »Anderenfalls hätten wir größere Chancen. Comfort hat ein Serum vorgeschlagen, aber er will es nicht. Wenn er körperlich in einem gutem Zustand wäre und gesund werden wollte … Aber wie die Dinge liegen … Er kann hier nicht bleiben. Addenbrooke kann ihn nicht aufnehmen. In Ely gibt es ein Seuchenkrankenhaus, das wäre ideal, aber erst muss der Papierkram erledigt werden. Darum kümmere ich mich … Vorerst dürfen Sie ihn nicht berühren. Kommen Sie nicht in seine Nähe. Haben Sie verstanden, Inspector?«

Brooke nickte und wich zurück, damit der Arzt ihn passieren konnte.

Die Zellentür stand offen. Swift-Lane lag an ein Kissen gelehnt auf der Pritsche. Sein Hemd war offen, alles, was von seiner Haut zu sehen war, war schweißgebadet, und seine Augen schienen tief in seinen Schädel eingesunken zu sein.

Sein Hals war schlimm geschwollen, einer seiner Mundwinkel von einem kleinen Geschwür entstellt.

»Inspector, ich glaube, das ist das, was Altphilologen Nemesis nennen …«

Er tupfte sich die Lippen mit einem Tuch ab, das mit Blut und Schleim befleckt war.

»Sie sollten sich das Serum verabreichen lassen«, sagte Brooke, nahm sich einen Stuhl und legte seinen Hut auf dem Knie ab.

»Warum? Damit ich fit genug bin, dass man mich vor Gericht stellen kann? Oder schlimmer, fit genug für irgendeine gottverlassene Zelle in einem längst in Vergessenheit geratenen Zuchthaus. Jesus, da wäre ich lieber tot. Und das, Brooke, ist Wunschdenken …«

»Ich nehme an, Currie hat den Lieferanten gespielt, wenn es um Fleisch ging?«

Der Colonel nickte und kämpfte sodann mit quälendem Husten.

Als er sich davon erholt hatte, nahm er sich einige Augenblicke Zeit, um seine Lungen mit Luft zu füllen. »Nützlich, dieser Mann, Currie. Ersatzteile für den Wagen, Zigaretten, und, ja, dann und wann ein mageres Stück Fleisch. Das Steak war außergewöhnlich. Er hat gesagt, er hätte eine Bezugsquelle in Suffolk, und ich habe ihm geglaubt.«

Er schüttelte den Kopf und zuckte vor Schmerz zusammen.

»Meistens habe ich oben in meinem Mansardenraum gespeist, dazu eine Flasche Bordeaux, ganz wie in den alten Zeiten. In der Küche hatten sie nichts dagegen. Wie lange dauert das auch schon? Eine Minute von jeder Seite. Immer blutig. Verhängnisvoll, Brooke. Der Arzt sagt, sie würden das Küchenpersonal untersuchen, aber es hat keine Berichte über Erkrankungen gegeben. Das könnte ich mir nie verzeihen …«

Bei diesen Worten wäre Brooke beinahe in Gelächter ausgebrochen, diese Idee, dass bei all dem die unbeabsichtigte Infektion eines Kochs das einzige Verbrechen dieses Mannes sein könnte …

Swift-Lane faltete sich zusammen, als hätte er einen Schlag in den Bauch einstecken müssen, und tatsächlich konnte Brooke hören, wie sich sein Darm verkrampfte.

Mit heftig zitternden Fingern wischte sich der Mann den Schweiß von der Stirn und zeigte dann auf einen Stapel Dokumente auf dem Boden.

»Ein Brief, für alle, die es betreffen mag. In meinem Raum in Madingley gibt es eine Akte; ein Testament. Frederick erbt alles, sonst habe ich niemanden.«

»Vera?«

»Sie hat mir eine Nachricht geschickt. Frederick wird selbst über seine Zukunft entscheiden. Sie hat Idas Wohnung übernommen. Eine Art Ruhestand … Die Verwaltung oben in Madingley sucht Sekretärinnen, und ich habe ein gutes Wort für sie eingelegt. Wenn nicht, wird die Witwenrente reichen müssen, denn mein Geld will sie nicht. Aber Frederick wird es erhalten, komme, was da wolle …«

In der nun eintretenden Stille hörten sie über sich einen Bus über die Regent Street rumpeln.

»Mein Leben war ein Fehlschlag, Brooke. Das ist larmoyant, ich weiß, denn die Vergangenheit ist eben das: *vergangen*. Natürlich wird es ein vornehmes Begräbnis geben; meine Brüder werden sich um alle Einzelheiten kümmern …«

Er verstummte für eine volle Minute, bemüht, den Rhythmus, in dem sich seine Brust hob und senkte, zu regulieren.

»Zumindest wird es keinen Skandal geben«, sagte er schließlich. »Ich weiß, wie so etwas abläuft, Brooke. Je schneller ich sauber begraben bin, desto besser ist's für alle. Und sobald die Kirche wieder leer ist, bin ich auch schon vergessen. Anonymität ist meine Zuflucht. Die Ironie ist grausam. Mein ganzes Leben habe ich danach gestrebt, mir einen Namen zu machen.«

Brooke hörte Schritte auf der Treppe, dann Stimmen, die eine Strategie diskutierten, wie man eine Trage über die spiralförmig angeordneten Stufen bringen könnte.

Furcht brachte ein wenig Glanz zurück in die Augen des Colonels. »Ich möchte, dass vermerkt wird, dass ich in der Tat einem desaströsen Geheimdienstversagen vorgebeugt habe. Henderson hätte sein Funkgerät benutzen können. Die Information hätte Moskau erreichen können. Ich will, dass das festgehalten wird.«

Brooke hielt es nicht für angemessen, ihm das letzte, selbstgerechte Wort zu lassen.

»Marcus Ashmore, war er ein letzter Rekrut?«, fragte er und stand auf.

»Marcus? Er wird seinem Land gut dienen, Brooke. Orden wird es nicht geben, aber wir können uns unsere Kriege nicht aussuchen, das ist die Lektion, die ich gelernt habe.«

»Und Ernst Lux?«

»Der Amerikaner? Das war die Große Verdunkelung, Brooke. Die wird manche Dinge auf ewig verbergen.«

KAPITEL EINUNDSIEBZIG

Eine weiße Welt dehnte sich jenseits der nördlichen Stadtgrenze von Cambridge aus. Das schneebedeckte Sumpfland zog sich bis zum frostig-frischen Horizont. Station DA, drei Hütten auf einem feuchten Feld im Marschland, war von einem zweireihigen Stacheldrahtzaun umgeben, an dem Eiszapfen hingen, von denen sich im kalten Sonnenschein Wassertropfen lösten. Ein Army-Posten stampfte auf dem gefrorenen Torf, unterzog Brookes Passierschein einer flüchtigen Überprüfung und wies ihn an, auf einem Abschnitt einer alten Piste zu parken, auf der einige Motorräder Schnee auf ihren Ledersätteln sammelten.

Die Ruinen einer alten Abtei standen auf einer kleinen Anhöhe. Brookes historische Kenntnisse über die Fen Islands waren eher wackelig, aber er glaubte sich zu erinnern, dass es da eine Verbindung zum Templerorden gab und das Land als Sicherheitsleistung gedient hatte. Es verströmte immer noch die triste, matte Energie einer verlorenen Zeit. Jenseits der alten Mauer saßen einige Schwäne in einem Torffeld, die Köpfe erhoben, die Hälse gekrümmt wie Fragezeichen. Über ihnen flog in V-Formation ein Schwarm Gänse gen Norden in Richtung Meer.

Marcus Ashmore wartete auf dem Besucherparkplatz auf ihn. Jede einzelne Parkbucht war mit gekalkten Ziegelsteinen markiert, die man auf dem Zementboden ausgelegt hatte.

»Brooke«, sagte er. »Gehen wir in mein Büro?«

Er zeigte auf eine der Hütten. Der Junge hat sich verändert, dachte Brooke, während sie schweigend zur Hütte gingen. Noch vor einem Monat, als sie einander in seinem Haus gesprochen hatten, war er eine scheue, introvertierte Version seines kindlichen Ich gewesen. Nun schritt er schwungvoll aus und verströmte ein so tiefes Selbstvertrauen, als hätte er endlich den Platz gefunden, an dem er wirklich er selbst sein konnte.

In der Hütte standen mit Papieren übersäte Tische auf Böcken, an denen zwanzig Männer und eine einzige Frau arbeiteten, deren Kleidung – Tweedjacke, weißes Hemd und Krawatte – eine Art informeller Uniform darzustellen schien. Pfeifenrauch hing in der Luft, und ein armseliges Gasfeuer verströmte einen Bernsteinschimmer von Wärme.

Brooke nahm das Aroma von zu lange ziehendem Tee wahr, das sich wie ein roter Faden durch den Sitzkrieg zu ziehen schien.

Alle Köpfe drehten sich zu den Neuankömmlingen um.

»Das ist Detective Inspector Brooke«, sagte Marcus. »Er hat die Sicherheitsfreigabe A-plus.«

Brooke lüftete grüßend den Hut.

Einer der Männer – im Anzug, aber wagemutigerweise ohne Krawatte – hustete, und das schien das Signal für alle zu sein, sich wieder auf ihre Arbeit zu konzentrieren.

Auf dem Weg zu Marcus' Büro, einem halb verglasten Kasten, warf Brooke einen Blick auf einige der Papierschnipsel auf den Tischen; Tabellen voller Zahlen beherrschten die Dokumente. Und dann waren da noch Zeitungen, etliche mit deutschen Titeln, aber er entdeckte auch eine in kyrillischer Schrift.

»Ich kann Ihnen nicht sagen, was das alles zu bedeuten hat, Brooke. Eigentlich ist es auch ziemlich langweilig und ganz und gar undramatisch. Aber es stellt den Beginn von etwas dar. Es ist, wenn Sie so wollen, eine Saat.«

»Eine Spore?«, fragte Brooke.

Marcus schloss die Tür.

»Ich wurde angewiesen, Sie so gut wie möglich zu unterstützen«, sagte Marcus, ohne auf die Frage einzugehen. »Eine Strafverfolgung kommt nicht infrage. Gehe ich recht in der Annahme, dass Sie das ebenso sehen?«

Brooke nickte. »Ich wusste nicht, dass der Militärgeheimdienst Interesse an studentischen Überfliegern zeigt, die ihre Universitätsausbildung noch nicht abgeschlossen haben«, sagte er.

Ashmore lachte, und seine Augen fokussierten ein Geheimnis in mittlerer Entfernung in einer Landschaft, die sich nur Männern seines Kalibers und Intellekts offenbarte.

»Ich gebe zu, es gab an der Universität eine gewisse Begeisterung für die Rekrutierung«, sagte er. »Ich denke, als Kader – wenn ich uns so nennen kann – werden wir etwas bewegen können, im Geheimdienst und für unser Land. Man ist an mich herangetreten, und ich fühlte mich geehrt, das Angebot anzunehmen. Das ist alles, was ich dazu sagen kann.«

»Swift-Lane«, kommentierte Brooke.

»Allerdings. Er hatte Kontakte am College. Gibt es irgendwelche neuen Einzelheiten über sein Schicksal?«

Brooke zuckte mit den Schultern. »Er ist in Ely gestorben. Milzbrand, die gastrointestinale Infektion. Er war allein. Er war kein Mann, der Freundschaften pflegt. Der Junge hat ihn besucht, Frederick, das dürfte ihm ein kleiner Trost gewesen sein.«

»Was für ein Schlamassel«, sagte Ashmore und verschob die Angelegenheit damit geschickt in die Kategorie der vergessenen Katastrophen der Geschichte.

An einer Wand hinter seinem Schreibtisch hing ein Monatsplaner für die Jahre 1939, 1940, 1941, 1942. Bei dem Gedanken daran, dass das Jahre ermüdenden, bürokratischen Stumpfsinns sein würden, fühlte Brooke sich plötzlich alt.

»War es unbedingt nötig, Ernst Lux zu töten?«, fragte er. Diese Anschuldigung vorzubringen, war wichtig. Allein die Frage zu stellen, reichte, damit er sich so gut fühlte wie seit einem Monat nicht mehr.

Ashmore legte die Fingerspitzen aneinander. Aber seine Augen verrieten ihn, als sie zu dem Fluchtweg zuckten, den seine Bürotür ihm versprach.

»Seine Freundin sagte, ihr zwei hättet euch nahegestanden. *Seid* ihr euch nahegekommen? Als forschender Amerikaner muss er doch deine Intelligenzantenne gekitzelt haben. Hat er seinen Vater erwähnt, den pazifistischen Helden, der für seine Überzeugungen ins Gefängnis gegangen ist? Wenn wir all das in Betracht ziehen und in Beziehung setzen zu dem, was er in jener Nacht im Galen gesehen hat, in diesem Film, den ich inzwischen auch gesehen habe, dann verstehen wir sein Dilemma. Hat es nicht etwas Anstößiges, dass die Biologie, die Wissenschaft vom Leben, zum Töten genutzt werden kann? Eine einzige Achtzehn-Kilo-Bombe, abgeworfen über der Ruhr. Die würde wie viele Leben kosten? Tausend? Zwanzigtausend? Ein Angriff mit fünfzig Bombern hunderttausend?«

Ashmore sah auf die Uhr.

»Ernst war ein intelligenter Mann«, sagte er. »Er wollte seine Forschungen fortsetzen, aber das hatte seinen Preis. Die Erfordernisse des Krieges …«

»Aber was hat er gesagt, Marcus? Was hatte er vor? Wollte er die Sache öffentlich anprangern? Hat Swift-Lane sich einen weiteren Ausrutscher geleistet, indem er zugelassen hat, dass ein amerikanischer Staatsbürger diesen Film sieht? Es hätte ja nicht viel Sinn gehabt, *ihn* zu verpflichten, den Official Secrets Act zu unterzeichnen, nicht wahr? Er hätte sagen können, was er wollte, sobald er in New York von Bord gegangen wäre. Aber vielleicht hätte er sich auch gar nicht an die Öffentlichkeit gewandt. Was, wenn er sich an Washington gewandt hätte? Das ist tatsächlich eine verdammt gute Frage, Marcus. Sind unsere Verbündeten *informiert*?«

»Die Deutschen sind nicht informiert, darum geht es, Brooke«, konstatierte er. Offenbar wurde er den höflichen Ton ihres Gesprächs leid. »Unterdessen entwickeln die Nazis ihre eigenen Waffen. Ich habe Luftaufnahmen gesehen, und wir haben Leute vor Ort.«

Das »wir« entging Brooke nicht.

»Es gibt ein Dorf in der Lüneburger Heide, in dem sie ein Nervengas namens Tabun herstellen. In der gleichen Einrichtung, in der sie beim letzten Mal das Senfgas produziert haben. Denken Sie, die werden das nicht benutzen? Wo ist Luke? Jo sagte, er wäre in Frankreich, also wird er nahe an der Front sein.«

»Ich bin nur ein einfacher Polizist«, sagte Brooke. »Ich befasse mich mit dem Tod von Ernst Lux. Ich habe den Schauplatz untersucht und festgestellt, dass er mit annähernder Sicherheit nicht den Halt auf dem schmalen Steinsims verloren hat. Wann bist du zu dem Schluss gekommen, es könnte ganz gelegen kommen, sollte er abstürzen? Als die Sirene geheult hat? Als er dir erzählt hat, was er zu tun beabsichtigte? Oder als dir klar wurde, dass du ebenfalls eine Rolle bei diesem Sicherheitsverstoß gespielt hast? Er hat seiner Verlobten versprochen, er würde nie wieder klettern. Hast du ihn in jener Nacht zu einem Ausflug auf die Dächer überredet? Eine letzte Kletterei, vielleicht ehe er eine Überfahrt nach Hause buchte?«

Ashmore erhob sich und bearbeitete einen Bleistift mit beiden Händen.

»Das werden Sie nie erfahren«, sagte er.

Näher würde er einem Geständnis niemals kommen. Brooke fragte sich, ob die Erinnerung an den abstürzenden Ernst Lux und sein ihm zugewandtes Gesicht Marcus verfolgten, und welchen Ausdruck er als Letztes in den Augen des Toten gesehen hatte. Entsetzen über den Verrat oder nur Verwunderung?

»Sie haben einen kometenhaften Aufstieg geschafft«, bemerkte Brooke und musterte die Arbeiter an ihren Tischen, als ihm die Tür aufgehalten wurde.

»Es gibt große Probleme zu lösen. Puzzles, Brooke, Dinge die die menschliche Kraft übersteigen. Wir werden denkende Maschinen brauchen.«

Brooke rückte seinen Hut zurecht. »Wir brauchen denkende Menschen, Marcus. Vergiss das nicht.«

KAPITEL ZWEIUNDSIEBZIG

Brooke befreite den Stocherkahn des Michaelhouse von seinen Fesseln am Anleger des Mill Pond. An einer einfachen Stange, die in einer Halterung im Bug steckte, baumelte eine Laterne über der Lattenbank. Am Ufer lag Schnee, und Claire hatte es sich in eine Picknickdecke gewickelt bequem gemacht, während Brooke, der im Heck stand, sie geschickt unter der Seufzerbrücke hindurchsteuerte und dabei mit einer Hand das Gemäuer über ihm berührte.

»Ich hätte sie beinahe vergessen«, sagte Brooke. »Die drei Kommunisten, Henderson, Lauder und Popper.«

»Und du hast versprochen, dass du auf sie aufpasst«, entgegnete Claire.

Sie konnten keinen Sekt genießen, aber Brooke hatte im Keller einen Chablis gefunden, und die eisige Nachtluft hatte ihn frisch gehalten.

»Ja. Und wir halten unsere Versprechen, wir Brookes. Sie haben sie erneut verlegt – nach Lincoln. Ich bin mit Edison hingefahren und habe einen großen Wirbel veranstaltet. Der Gewerkschafter, Henderson, hat am meisten gelitten. Er war dünn und nervös. Ich bezweifle, dass er noch allzu lange durchgehalten hätte. Sie mussten ihn aus einer Einzelzelle holen. Wir haben sie in den Fond gesetzt und nach Hause gebracht. Wenn sie sich regelmäßig auf dem Revier melden, können sie den Krieg als freie Männer erleben.«

»Das ist es also, was wir feiern?«

»Ja. Niemand hat sich die Mühe gemacht, Swift-Lanes Befehle zu enträtseln. Sie hätten die ganze Zeit dortbleiben können. Nun steht es ihnen frei, für den weltweiten Kommunismus zu agitieren. Allerdings wurde Hendersons Funkgerät beschlagnahmt. Man muss ja nicht gleich übertreiben …«

Claire legte den Kopf in den Nacken und blickte zum Himmel hinauf.

»Einen Vorteil hat die Verdunkelung. Sie gibt uns die Sterne zurück«, stellte sie fest.

»Das ist noch nicht alles«, antwortete Brooke. »Die Colleges haben sich überzeugen lassen, ihren eigenen Feuerpostenplan aufzustellen; einen Posten für jedes von ihnen während der dunklen Stunden. Doric wurde eine Stellung zugewiesen, in der er eine schwindelerregende Autorität erhält. Die Aussicht, in der Tagesschicht arbeiten zu müssen, hat sich auf wundersame Weise in Luft aufgelöst.«

Eine Minute später waren sie gegenüber von St. John's Wilderness angekommen. Ein Schild, auf dem ein Schädel und zwei überkreuzte Knochen abgebildet waren, hob sich kaum sichtbar als Silhouette vorm Himmel ab. Ein Platoon Soldaten hatte die Gruben wieder geöffnet und mit Ausnahme der letzten alle leer vorgefunden. Die modernden, mit Kalk bedeckten Pferdekadaver wurden in der Grube verbrannt. Sämtliches Fleisch in Sheffield war vernichtet worden. Die Polizisten von West Bar hatten eine Reihe von Verhaftungen überall in Yorkshire vorgenommen. Es gab keinen Hinweis darauf, dass ein Teil des Fleisches es über den Ladentisch eines Metzgers geschafft hätte. Aber, wie Solly vorhergesagt hatte, die nebulösen Anführer der Bande hatten sich in Luft aufgelöst.

»Eines Tages«, sagte Claire, »werden vielleicht unsere Enkel an diesem Ufer spielen.«

Sie erhob ihr Glas.

»Lies ihn noch einmal«, bat Brooke.

Der Brief von Joy war an diesem Morgen in der Post gewesen. Eine Hochzeit war für Februar geplant, das Kind sollte im Juni kommen.

Claire las vor und fing geschickt die Andeutung unterdrückter Aufregung auf, betonte das Versprechen, zur Geburt des Kindes nach Hause zu kommen.

»Mädchen oder Junge, was meinst du?«, fragte Brooke und tastete sich durch das Boot, um sich zu ihr zu setzen und sein Glas zu ergreifen.

»Ist mir egal«, entgegnete Claire und rückte die Picknickdecke zurecht.

»Aldiss möchte ein Experiment mit mir durchführen«, berichtete Brooke. »Er glaubt, er könnte mich vielleicht zum Schlafen bringen. Ich habe viel gemeinsam mit seinen Schaben und Glühwürmchen. Anscheinend muss meine circadiane Rhythmik neu aufgebaut werden.«

»Schlaf wäre gut«, sagte Claire. »Ich mache mir Sorgen, dass du das Leben zu schnell lebst, dass du das Ende vor mir erreichen könntest. Dein Haar wird grau, aber das wirkt sehr distinguiert. Und du siehst damit aus wie dein Vater auf dem Bild im Korridor.«

Er nickte und versuchte zu verbergen, wie absurd erfreut er über diese Beobachtung war. »Du kennst doch Rose vom Markt? Sie hat in den Teeblättern gelesen und gesagt, sie hätte Hypnos gesehen, den Gott des Schlafs. Ich werde es Aldiss sagen; er wird begeistert sein.«

Claire faltete Lukes Brief auseinander.

»Kommen wir nun zum Sohn und Erben«, sagte sie, schlug den Brief auf und reichte ihn Brooke.

Der Brief war ein Musterbeispiel für Lukes Stil, farbenfroh und detailliert, aber ohne einen ernsthaften Hinweis darauf, wie er sich fühlte. Sie hatten sich fünfzig Meilen weit zurückgezogen, dann waren sie wieder vorgerückt bis zu einem Punkt an der Grenze, der eine Meile von ihrem ursprünglichen Lager entfernt lag. Es gab Gerüchte, dass die Deutschen Raketen hätten. Als sie einmal eine Sternschnuppe gesehen hatten, hatten gleich alle zu ihren Gasmasken gegriffen. Der Corporal wies sie an, sie bis zum Morgengrauen zu tragen, aber sie erschwerten das Atmen, verwischten die Sprache, und der Schweiß rann an den Plastiksichtscheiben herab.

Es war die Hölle, schrieb er.

Sie glitten unter die Mathematiker-Brücke.

»Ginny Waites, Lux' Verlobte, hast du sie gefunden?«, fragte Brooke mit nachhallender Stimme.

»Ja, Rene kennt die Stationsschwester; sie ist unten in der Geriatrie. Was möchtest du, dass ich tue?«

»Nur, dass du ihr eine Botschaft zukommen lässt, wenn du so nett wärst. Sag ihr einfach, dass Ernst für seine Überzeugung gestorben ist, dass er nicht abgestürzt ist. Sag ihr, ich glaube nicht, dass er sie hintergangen hat. Das hilft ihr vielleicht.«

Für einen Moment herrschte Stille, und Brooke wusste, sie prägte sich die Worte ein, die Sätze, damit sie die Nachricht fehlerfrei übermitteln konnte.

Das Stocherboot trieb stromabwärts, begleitet von dem sonderbar mechanischen *Huhuu! Huhuu!* einer Nachteule der gefiederten Art.

DANKSAGUNG

Ich möchte Mike Petty danken, dem Doyen der Lokalhistoriker von Cambridge, der mir bei den Recherchen zu der kriegsgeprägten Rahmenhandlung geholfen hat. Falls jemand daran interessiert ist, weiter nachzuhaken, so empfiehlt es sich, www.mikepetty.org.uk zu besuchen. Das College of Optometrists lieferte mir eine sachkundige Darlegung der Augenprobleme meines Helden und der Geschichte der Augenbehandlung; mein persönlicher Dank richtet sich an Neil Handley und Daniel Hardiman-McCartney. Lawrence Holmes von der Royal Observor Corps Association ermöglichte mir einen seltenen Einblick in die Gegebenheiten dieses wichtigen Dienstes. Außerdem habe ich mich auf *The Buildings of England – Cambridgeshire* von Bradley und Pevsner verlassen. Im Cambridgeshire Police Museum in Monks Wood haben sich alle förmlich überschlagen, um die Geschichte einer der kleinsten Polizeitruppen des Landes – der des alten Borough – lebendig werden zu lassen.

Vier Bücher dürfen nicht unerwähnt bleiben: *Cambridge at War. The Diary of Jack Overhill 1939-45*, herausgegeben von Peter Searby; *The Last Crusade: The Palestine Campaign in the First World War* von Anthony Bruce; *The Night Climbers of Cambridge* von Whipplesnaith und *Conscientious Objectors of the Second World War: Refusing to Fight* von Ann Kramer.

Mehrere Freunde bescherten mir hilfreiche Erkenntnisse zu dem Manuskript. Ich habe – in der Reihenfolge, in der sie das

Buch gelesen haben – zu danken: Rowan Haysom, Richard Reynolds, Chris Simms und Robert Jones. Die erste Leserin war meine Agentin Faith Evans, die das literarische Schiff erneut von den Klippen fernhielt. Midge Gillies, meine Frau, hat den Text ebenfalls gelesen und mir die Richtung gewiesen. Susie Dunlop, meine Verlegerin von Allison & Busby, und ihr fachkundiges Team haben von Beginn an an Eden Brooke geglaubt.

Außerdem sollte ich erwähnen, dass der Film, der in *The Great Darkness* eine bedeutende Rolle spielt, teilweise auf dem basiert, den die Regierung produziert hatte, um eine Reihe von Experimenten zu dokumentieren, die 1942/43 auf einer Insel vor der schottischen Küste durchgeführt wurden. Dieser Film ist frei verfügbar und kann online abgerufen werden. Mein Film und die Tests auf Soay im Jahr 1939, die darin aufgezeichnet sind, sind reine Fiktion.

Jim Kelly wurde 1957 als Sohn eines Detectives von Scotland Yard geboren. Er besuchte die Universität in Sheffield, absolvierte dann eine Ausbildung zum Journalisten und arbeitete für die *Bedfordshire Times, Yorkshire Evening Press* und die *Financial Times*. Sein erstes Buch, *The Water Clock*, schaffte es auf die Shortlist des John Creasey Awards und hat seither einen CWA Dagger in The Library und den New Angle Prize for Literature gewonnen. Kelly lebt in Ely, Cambridgeshire.

Jim-kelly.co.uk
@thewaterclock